他所闻到的世界

TA
SUO
WENDAO
DE
SHIJIE

草灯大人 著

江苏凤凰文艺出版社
JIANGSU PHOENIX LITERATURE AND
ART PUBLISHING, LTD

图书在版编目（CIP）数据

他所闻到的世界 / 草灯大人著. -- 南京 ：江苏凤凰文艺出版社，2018.4

ISBN 978-7-5594-1757-2

Ⅰ. ①他… Ⅱ. ①草… Ⅲ. ①长篇小说－中国－当代 Ⅳ. ①I247.5

中国版本图书馆CIP数据核字(2018)第052100号

书　　名　他所闻到的世界

著　　者　草灯大人
责任编辑　姚　丽
特约编辑　邓　理
策划编辑　彭朝霞
营销编辑　易湘君
封面绘制　Cicy-J
封面设计　杨　平
内文设计　罗晓芸
出版发行　江苏凤凰文艺出版社
出版社地址　南京市中央路165号，邮编：210009
出版社网址　http://www.jswenyi.com
印　　刷　北京盛通印刷股份有限公司
开　　本　710毫米×1000毫米　1/16
印　　张　19.5
字　　数　300千字
版　　次　2018年4月第1版　2018年4月第1次印刷
标准书号　ISBN 978-7-5594-1757-2
定　　价　35.00元

所有的故事都会继续，
所有的爱情
或早或晚都会来。

目录

Contents

▶ 001 案件一

新娘的葬礼

▶ 159 案件二

冰封的恋人

▶ 274 案件三

4502的秘密

▶ 301 番外

白森之暖

案件一

新娘的葬礼

XINNIANG
DE
ZANGLI

第一集

叶殊从睡梦中惊醒了。

几乎是一瞬间，她由于受到惊吓而骤然心跳加速，迅速挺腰从床上翻起，不慎触碰到腰上刚刚愈合还残留一点肌肤收拢的紧致感的伤疤——这是她几个月前的卧底行动留下的“勋章”，伤疤狰狞，如同一片束缚在身上的湿润枯叶，无法消除，象征着她曾英勇无畏。

叶殊抿了一口温水，脑子里混乱不清。她时而想到梦里残留的一些景象：虚掩的门，门后有人在说话，谈话声音很轻，她好似听到了什么惊天的大秘密，惊恐之中捂住了嘴。再然后，就是她的身份快要暴露，于是提前发动红色追击警令，和警方里应外合，抓住了贩毒团伙里面的一些小喽啰，她却因被人追击，坠下山崖，九死一生……

叶殊只记得这么多了，她伤到了头，又有心理上的问题，因此患了心因性失忆症，遗忘了一部分卧底的生活。幸好日常的人与事仍历历在目，不会影响她现在的刑警工作。

“丁零零”，电话倏忽响起。

叶殊将手机夹在肩与脸颊之间，细声问：“喂？”

“叶老大，我啊，小宁。”

叶殊问：“怎么突然想到打电话给我？现在才早上五点吧？”

小宁是她以前在警校里认识的朋友，现在被分到她所在的重案组里。

“徐队长让我跟你说，今天务必把纪先生接过来。”

“得令，让徐队长瞧好了，我保证完成任务。”叶殊笑了一声，说，“不过就是接个人而已，需要我亲自去吗？这纪先生架子可真大啊。”

“还真就得你亲自去，谁叫队里就咱们两个女的。我肯定是不合适了，最近在跟着徐队长办别的案子，也就你能去了。”

叶殊皱眉，不解：“你等会儿，接纪先生还要挑人？”

“我也不太懂这些弯弯道道，反正徐队长就这么一说。他和纪先生是老朋友了，总是知晓他一些习惯和秉性的，我在想，难道是要你用美色诱惑？谁知道呢，别问这么多了，去见见就知道了。”小宁打了个哈欠，“才早上五点，我继续睡了，待会儿还得去公安局里报到，就这样，祝你好运。”

叶殊听到手机里发出“嘟”的一阵忙音，心里“咯噔”了一下，总觉得今天接人的事会一波三折，不那么顺利。

至于这个纪先生，她也听说过，印象就是——这个名叫纪零的男人是生物化学方面的专家，也是调香师，拥有世界上最灵敏的鼻子。

有他，就连警犬都是多余的。

至于其他，她是什么印象都没有了。

五点十分，当黎明的第一缕日光染黄湖面，叶殊就出发了。

叶殊穿的是警察制服，天冷，已经是初冬了，她在外面套了一件灰色内夹薄棉的呢子大衣，一路驱车绕进山里。

纪零住得偏僻，地理位置难寻，像是隐匿在荒无人烟的苦寒之地的隐士，让闻名而来的客人都预先做好三顾茅庐的准备。

叶殊趴在方向盘上，眉头微微蹙起，不免觉得烦闷。

山里雾重，清晨时刻，每一片纤薄的树叶尖端都覆上了一层绒绒的白霜，乍一看去，银装素裹，混淆着人的视线。

叶殊像是闯入了迷雾之中，完全找不到方向。

这里几乎没什么信号，好几次车里的GPS导航器都不起作用。

她想下车抽根烟，但实际上，她根本就不会抽烟，只是习惯看火光上袅袅升起的白色烟丝，心里能有一些慰藉。

没过一会儿，车总算是开入了导航里指示的大道上。

前方，隐隐出现一座红瓦小屋，砖上漆满了明亮的红色，覆盖着一层灰白，像是童话故事里面的偶然闯入的糖果屋，一切显得格外不真实。

叶殊下车，对照了信箱上的名——Zero，没错，完全正确。

恍惚间，她窥见窗内掠过一个人，看不清模样，只记得他的眼神——黑漆漆的，浮现出某种特别的清冷质感，让人脊背发寒。

是纪零吗？

一个拥有这样犀利眼神的男人。叶殊嘀咕一声，总觉得自己料对了一半。干这一行的，最擅长看一个人的眼睛，眼睛是心灵的窗户，这句话的确是至理名言。

“纪先生，请问您在家吗？”叶殊客套地问，腹诽一句：明知故问。

然而，没人回答她。

叶殊又按了一下门铃，喊：“我是徐队长派来接您去协助刑事工作的，听说您昨天刚回国，今天就来叨扰您了，真是不好意思。”

四周寂静无声，依旧是没有回音。

突然，她感受到一股暖融融的光，自头顶照下。下意识地，叶殊抬起头，正对上那个男人灼灼似火的目光——他的眸光很深，眼珠很亮，仿佛亘古不变的雕塑一般，很久未曾转动。

察觉到叶殊的视线，他微微转了转头，动作与弧度精准到几乎用规尺测量的程度，像是一座每隔一小时才会摇动钟摆的木座老钟，有自己的衡量与准则，轻易不出声提醒这个世界。

“纪先生？”叶殊梦呓一般呢喃自语。

“有事？”他没否认他是纪零，说话态度虽冷淡，却并不疏离漠然，而是带着十成的疑惑。

他的目光贪婪地扫视叶殊浑身上下，半晌，做出一点他感兴趣的结论：“强迫症，袖口没有一丝褶皱，纽扣只扣第一枚，上面有习惯性的脱线痕迹；你的身上没有充满恶意的香水味，很凑巧，在第一面的情况下，你博取了我的好感，我并不讨厌雪花霜的味道，这比一些护肤品上刺鼻的酒精味和谐太多；你的指甲里嵌入了阿莫西林药粉，阿莫西林是用来消炎的，你最近受伤了吗？腰部还有残留的血腥味，以及子弹的金属味，甚至是浓烈的酒精味，是枪伤吗？”

他的每一句询问都不像是冲着叶殊来的，反倒像是在对自己的推测进行自我质问，企图从与自身的探讨中获得某种肯定的答案。

叶殊一声不吭，静候他终止那喋喋不休莫名其妙的言论。

凡是天才，都很疯狂。单凭他嗅觉灵敏这一点，还是勉强承认他的成就，称赞他是天才吧。

叶殊感觉冷了，山风卷入她的衣领，让她环抱手臂，哆嗦了一下。阳光还未来得及融化这些白雪一样的雾絮，昏黄灯光将那些纷纷扬扬的雾霭，照得如同泛着银光的蛛丝。

纪零的瞳孔微缩，按下了窗边的按钮装置，“吧嗒”一声，打开了楼下的门。

他虽一言不发，但叶殊也能从他的行为举止中了解到，这是邀请的意思。

她二话不说，抬脚跨入这间质感特别的小洋房里。

屋内有一张长桌，由年代久远的厚实木板搭建，上面摆放着一些蒸馏的玻璃器皿以及各类碾压草本物的瓷囊与小捣锤。桌后是一个抛光过的木柜子，里头摆了成千上万的瓶瓶罐罐，从那一丝缝隙里，偶尔流出一线隐秘的辛香。

叶殊对它感到好奇，走近一看，却发现那些瓶内装着古怪的物品：譬如一颗乳牙，下面摆着一张精致的标签，滚了银边，上头写了“六岁躯体的废弃物”；又或者一滴血，标签上记录着“吸血公爵的食物”，等等，诸如此类。

她猜不透这个男人的意图了，只知道他不但神秘，还有些偏执。

“你喜欢这些味道吗？”突然，身后传来一个低哑的男人声音。

叶殊猛地回头，对上纪零清冷的灰茶色双瞳时，心底蓦地一惊，微笑：“纪先生收集这些东西是做什么？”

“记录气味，害怕遗忘，”纪零冷漠地说道，“我会记录所有出现在我生命里的气息，也包括今天擅自闯入的你。”

叶殊闻言，头皮发麻。她总有种异常不适的感觉，这种感觉难以言喻，如同被一根细细的针贯穿了心脏，那针不足以刺穿她的毛细血管，却也能散发力量，扎在最深处，隐隐作痛。

纪零的目光就是有这样透彻的剖析能力，窥读她的七情六欲，内心百态。

“记录我的味道？”她呢喃自语，微微一笑，“我能怎么被记录呢？又或者说，我是什么味道的？”

“你的味道很新，我并不排斥。相反的，我对你有某种强烈的控制欲。”纪零忽地走近几步，他纤长的指尖抚过木制桌面最上一层，白润的指腹像是一颗玻璃珠一般，沿着桌面凹凸不平的脉络，一寸寸逼近，最终触上叶殊的耳侧。

他的气息很清新，带有古怪的草木味，近在咫尺，逼得叶殊不得已闭上眼睛，仿佛刻意忽略入侵者的侵犯，允许对方攻城略地似的。

就在叶殊做好准备之际，纪零又垂下手，带起一股和煦的气流，由上至下。

他低声说：“我可以毫不夸张地说，迄今为止，这个世上所有的味道，我几乎是过‘鼻’不忘。可唯独你，暂时让我觉得有些棘手。如果你让我一直闻着你的味道的话，那么，我就答应帮你做事。这是交易，你我之间的交易。”

这个怪人……叶殊蹙眉，换任何一个人对她说这种话，她都可以当机立断拧下那个臭流氓的手臂，可独独纪零，让她颇有些束手无策。

他的眼底是一种近乎痴迷的神态，不疯狂，却兴趣盎然，看她如同看一件最精致的物品，渴望欣赏，甚至是占有。

叶殊没回答，只是下意识低头，嗅了嗅自己的肩窝以及腋下……她哪有什么稀奇古怪的味道，只是警服里放过两颗樟脑丸，难道这就是传说中独一无二的气息？国外没有樟脑丸吗？

她迟疑地问：“或许，纪先生闻到的是……”

“并不是樟脑丸，也不是杏仁沐浴露味。你的指尖上还残留了一点牛奶的乳香，甚至是烟草的粗粝气息……我想说的都不是这些，而是你身上的味道。我可以真诚地说，我喜欢你的味道，渴望占有，或是收集这种味道。”

叶殊嘴角一抽：“你要把我收进罐子里？”

纪零不作声，不置可否。好吧，看来他真的想过。

叶殊几乎是在瞬间想起小宁的交代——务必要把纪先生接过来。

于是，她坚定地点点头，说：“你可以时时刻刻跟着我，闻……呃，我的味道。但是我也有要求，你不能触碰我的身体，也不可以根据自己的需求做任何奇怪的事情。”

“好。”他无异议，歪了一下头，任凭灯光的灰影打在他的鼻侧，不动声色地注视着叶殊，仿佛他荒芜的世界里仅剩她一个人。

纪零难缠，却并没有她想象中棘手，反倒是太轻易能降服了，让叶殊有些惴惴不安。

叶殊握住方向盘，回想起先前的场景还有些郁闷——纪零在生活方面的智商好像为零，就连衣服都不知该如何挑选，出门应急所需的必备品也不知该带些什么，光是站在浴室门前，就深思了足足一个小时，最终选择打电话给他远在意大利的用人，询问相关物品的摆放位置。

最后，还是叶殊看不下去了，她眼疾手快取了他的牙膏毛巾之类的塞入行李箱内，在关箱前，还随手提了两件男士的四角内裤塞进其中……

现在想起来，叶殊也是一个头两个大，她侧头时不时用余光瞥一眼纪零——他正单手撑头，眼珠一眨不眨地盯着她。疏朗的眉目间隐隐有一丝倦色，却不肯闭目休憩，生怕遗漏她脸上精彩绝伦的微表情。

她有什么好看的？叶殊被这目光看得莫名其妙，甚至是无所适从。

她不由自主地红了耳根，原本白皙的肌肤被高温烧成了绯红色，触目惊心。

纪零伸出手，指尖离她的耳垂仅仅一寸，他迷茫地道："高温会让气味变质，变得温和婉转，你的味道好像也出现了一点变化……"

"纪先生，请你闭上嘴，专心坐车。"叶殊从刚开始就窝火，现在忍无可忍，甚至有点恼羞成怒。任谁注意到别人害羞的情绪，都是缄默不语，而不是直接说出来，他还这样点评一番。

纪零听话地闭嘴，坐直了身子，目视前方，世界终于清静了一会儿。

下山的路上，山体滑坡，造成了路阻。

叶殊迫不得已从车上下来，她敲了敲副驾驶座的车窗——纪零侧头靠在上面，额头与玻璃板相接的部位突显出一片细腻的肌肤，这样近的距离，却也没发现他有任何可见的毛孔，毫无瑕疵。

纪零醒来，眨了眨深色的睫毛，迷糊地问："怎么了？"

"堵车了，下来休息一下吧，车里闷。"叶殊必须时刻关照好他，毕竟他是徐队长亲自吩咐要招待好的刑侦顾问，能不能破案就靠他了。

纪零薄薄的唇微微抿起，抿出一线渐变色，许久，他才启唇，说：“有没有水？我渴了。”

叶殊有点犯难，车上水倒是有，只是她喝过了，没有新开的。

“只有我喝过的。”她的言下之意就是没水了。

“哦，麻烦拿给我。”纪零却听不出她的弦外之音，还坚持要水。

叶殊无奈地说：“现在没水了，等下山后我给你买吧？”

纪零抬眸，轻描淡写扫她一眼：“不是还有你的吗？”

“我的？”他的意思难道是要喝她喝过的水？这不太合适吧。

不过转念一想，叶殊以前和师兄弟一起过体能检测的时候，喝水也几乎不分你我，仰着头，隔空就倒，淋嘴里淋头上，怎样畅快淋漓怎样来。

或许纪零也没她想的那么娇气，为了应急，仰头喝个水还是会的。

她把矿泉水递给纪零，恍惚间居然联想到了水流从纪零唇边溢出的画面，他潮红着眼，水渍润湿了锁骨，竟也有些“秀色可餐”。

喀，想歪了。

叶殊赶紧回过神来，望向远处山雾缭绕的路段，余光对着纪零紧追不舍。

只见他小心翼翼拧开瓶盖，仰头直接以唇与矿泉水瓶口相接，缓缓饮水。

叶殊目瞪口呆，这……这是什么意思？

是国外的风俗文化太过于开放，导致没有男女避嫌的习惯吗？但从另外一个角度来说，还存在着卫生的问题，他不嫌弃她的口水？

不，重点不是这个，而是……这算不算是间接接吻啊？

叶殊眉心锁得更紧，太阳穴也隐隐作痛了。

她舔了舔下唇，再次提醒：“不好意思，纪先生，这瓶水我刚才喝过了。”

或许他只是听力障碍，没听清她所说的话。

纪零慢条斯理地说：“我知道。”

你知道？你知道还明知故犯？

“……”叶殊保持沉默。

纪零侧头道：“上面有你的味道，一般人气味消散的时间与浓度成正比，你应该是在四小时之前喝过的水。我说了，我不排斥你的味道，相反的，我很喜欢这种味道，希望你不要介意。”

她倒不会介意，只是转念一想，以后纪零会不会抢她吃过的东西，用她洗过的洗澡水冲凉，甚至是乞求与她共浴……

叶殊以手掩额，她究竟是带了个什么玩意儿回队里啊。

叶殊的贴身随行小宠物？拥有世界上最灵敏的鼻子，以及对她唯命是从，守护她，跟随她，直到她被他完全占有。

这可不就是她在缉毒队里工作时带的妞妞吗？

呃，妞妞是她几年前带的一条德国黑背，一条身强力壮的警犬。

好吧，把纪先生比喻成狗是她不对，但这比喻太传神了，以至于隔了好久，她也没能将这个印象从脑海中驱散开来。

大约一个小时以后，山路终于疏通出了一条单向车道，供叶殊的车通行。

她将车拉到低档，缓慢行进。为了躲避纪零火热的目光，她有一搭没一搭地找话聊：“纪先生在我之前，有遇到过令你感兴趣的人吗？”

叶殊迫切地想知道被纪零这样的狗皮膏药缠上以后，会有什么下场。

“你是第一个。”

好吧，无解。

“那么，事物呢？小动物之类的，仓鼠也行。”

“我对一张照片很感兴趣。”

“哪张照片呢？”叶殊问。

“在这里。”他从袖口里扯出一张证件照，里头的女孩扎着马尾，脸上是浅显的高原红，不施粉黛，精神又靓丽，那正是三年前警校刚毕业的叶殊。

叶殊：“……”

“事实上，让你来接我去队里，也是我向老徐提的要求。我曾在老徐给我寄的信里闻到了你的味道，他提供给我有关你的讯息，我则答应他来协助调查的请求。”

“所以，这一切都是你预谋好的？徐队长背叛了我？以公谋私？”叶殊难以置信。

“这只是很正常的工作任务，不过，我给过你逃跑的机会，我开了门，也在心里默数三声，你一旦进来了，就表示愿意进入我的世界。”纪零的嗓音依旧很缓慢，又沙又柔，尽管轻到勉强让人听清，却不会让人有任何一丝反感的情绪。

叶殊在心底发誓：如果她早知道会有这样的结果，那她这辈子都不会踏进那间小洋房，尽管她再怕冷，被皑皑白雪覆盖，冻到手脚僵硬，心脏骤停，她也不会进去取暖。

如果有可能，叶殊情愿一辈子都不跟这个男人有任何瓜葛。当然，这也是后话了。

叶殊所在的重案三组，最近接手的一桩案子就是跟香水有关，所以徐队长才会灵机一动寻找拥有丰富侦查破案经验，又是调香师的纪零协助调查案件，他在哪方面都是专家，对这个案件肯定会有独到的分析与推断。

叶殊刚回队里，关于这一起特大连环杀人案也仅仅知晓只言片语，昨天刚加入调查，了解的并不比纪零多多少。

回到公安局的刑侦单位楼，叶殊给小宁介绍站在屋外看风景的纪零。

他对整个办公室里那种嘈杂的环境退避三舍，按照纪零的话说就是——“坐在靠窗位置的男人昨晚洗澡没有用沐浴露洗去覆盖在肌肤上的油脂”“坐在柜子前面的那个男人好像刚抽了烟回来”等等，诸如此类。

纪零伫立在门外，与里头的叶殊遥遥相望。他像是被围困在风雨里无法前进的忠犬，企图寻找主人，顺着被雨水冲刷后偶有的残留气息一路跋山涉水，最终却累倒在距离主人几米开外的地方，心有余而力不足。

叶殊只能去检验科给他寻了一个口罩，将百般挑剔的男人推搡进办公室。

徐靖伸出手与纪零相握，言语里有一丝戏谑：“我按照你的要求，让我的得力爱将去接人了。怎么样，还满意吗？”

纪零点点头，不肯发出一点声音，极其吝啬言辞。

徐靖给叶殊使了一个眼色，后者马上将宗卷与档案抱在怀中，带着纪零去了旁边的茶水间。

叶殊给他介绍：“凶手在杀死被害人以后，都会将现场布置得非常温馨浪漫，整个房间弥漫着一种古怪的香水味，我们特意请辨嗅师来嗅气味，得出的结论是，他在每一起杀人案中所用的香水都各不相同。死者的身上分别被泼上一层香水以及一层酒精，原先我们以为凶手是想要纵火烧尸，因为警方赶到才急匆匆逃跑，但现在看来，极有可能是有其他的目的。总之，我们将其归为满足一己私欲的杀人者，杀人到这样游刃有余的地步，一般都是为了彰显力量，与渴望支配这个世界。换言之，此人棘手得很。”

纪零仿佛在听，又仿佛没听。

他闭目养神，连档案都没翻开。隔了许久，才睁开那双眸，哑声问：“他也喜欢味道？”

也？叶殊不置可否，只能顺着话点了点头。

“或许，他的目的不是杀人。”

“什么意思？”

“他在制造香水，死者只是香料之一。”纪零不动声色地微笑，得出了有趣的结论。

“香料？”叶殊显得难以置信，她无法理解人如何作为一种香料入味，至少她没有这个技术，也没觉得一具尸体有什么特别的。

“不能理解，是吗？”纪零双手交叉，以指节抵住下颚，“你知道嗅觉是如何产生的吗？”

他在问她常识性的问题，叶殊自然是知道的。

她小心翼翼地回答：“嗅觉是一种感觉，由两个感觉系统参与，也就是嗅神经系统和鼻三叉神经系统。我记得理论上是这样写的，背得对吗？”

“对，以及嗅觉是一种远感，也就是说，它是通过长距离感受化学刺激的，而味觉比较寻常，是一种近感，毫无气味的特有魅力，”纪零滔滔不绝，对此类学术名词的解释很感兴趣，他沉吟片刻，又说，“那么，你知道如何保留气味吗？”

“我对这个领域一点都没研究。”

“最寻常的方法是将草本植物碾磨，使用冷凝法保存。再之后是挑选喜爱的香氛，混淆，在搭配初味、中味、基味的阶段就是考验你对于气味的支配能力，最后再用酒精封存，就能完成一件专属自己的香水。气味也是一门艺术，只有真正的艺术家才能有精湛的造诣，而他们也会保留一两件自己最为骄傲的作品。气味也能组建成一个王国，有等级之分。”

叶殊对这些没特别的概念，她的皮肤天生就好，所以极少用昂贵的护肤品，更别提香水了。而且在警队里工作，也有个不成文的规矩，就是想要征服那些刺儿头，需要用拳头，或者看破案手段是否高明。谁厉害，谁就有说话权。

就连她之前执行卧底工作时也是一样，在参与这份工作之前，她就私下走了流程，向特区政府律政司申请了“免于起诉保证书”，这样她在获取毒枭信任的期间所做的违法行为则不会被起诉。当时，她也是靠拳头以及狠戾一步步攀升上去，从没有利用美色或者女人的特点行事过。

也可以说，叶殊没什么女人味，办起事来，比男人更狠上三分，至于香水什么的……她好像也就用过六神花露水。

叶殊失了神，等再回头说话时，纪零已注视她长达五分钟。某种异样的感觉又从心底盘旋而上，她僵硬地问：“怎么了？”

纪零摇摇头，说：“那么，就给你打个比方。米饭煮熟的热气很寻常，你也闻过，对吗？”

“对，我很熟悉。”

“这就是初级的味道，也就是普通等级的气味。再然后就是下雨天，雨水击打在地面，扬起尘土，就会散发出杂乱纷扬的气息，这是略高一级的气味，毕竟天气不由人控制。再然后就是一些独门调制的香精，调香师会用这些味道调制香水，这是高级的味道，只有嗅觉敏感的人才能区分，闻出其中的差异，而这个领域，你已经无法涉及了，对吗？”

“是的，我只能说出好闻和不好闻，里面究竟有什么成分，我也不太清楚。”叶殊老老实实认输。

“还有一类，有些人可能毕生都无法触碰，譬如杀人之类的，人死后，尸体会散发出一瞬间的微妙气息，一旦这种气味混入香水之中，就会混合成另一种味道，这就是特殊的香料。你之前提及尸体上混有酒精，那么应该是凶手将尸体作为基味，以死者躯体上的香水为香氛，然后再用酒精保存气味。他在制作一种名为‘死亡’的香水，而警方，则是这场香水发布会的观众。他在展示自己的作品，诉说自己是气味王宫里面的‘无冕之王’。”纪零分析出了凶手近乎变态的犯罪心理，令叶殊咂舌不已。

她呢喃自语：“怎么会有这样的人？他的目的呢？”

“我不知道，或许是为了向我宣战？”纪零望向她，“不过有了你，或许我能做出比他精致一百倍的香水。”

叶殊双手掩胸，吓得朝后退了几厘米：“纪先生，你想干吗？！”

他的眼神专注，近乎痴迷。里面的眷恋与爱慕之意颇深，还有种渐行渐远的朦胧深意，无法窥读其中的讯息。

但叶殊本能觉得不好，万一纪零想要效仿凶手的做法……

纪零歪了歪头，说："我不会伤害你，活人的气息比死人的更好闻。毕竟我一点都不迷恋人死后——细胞死亡散发出的腐烂的甜腥味。"

他的话音刚落，忽地，从裤兜里传来"嘀"的一声来信提醒。

纪零点开一看，邮件上写着：总算找到你了，幸好我没有放弃。纪先生，我注意你很久了，这一次也是我让他们邀请你来参加我的香水发布会，你喜欢吗？这样美妙的味道，请期待我十一月十一日的作品——新娘的葬礼。PS：不用查这个IP了，我用了掩码，而且电脑也会被我销毁。与其花费精力查我的行踪，不如好好期待我的新作品。那么，再见，我最亲爱的对手。

叶殊眉头一拧："死亡预告？十一月十一日会有新的香水？"

"我想是的。"纪零说。

叶殊赶紧把这个消息转告徐靖，让他做好准备，这几日再加强搜寻工作，一定要在下一个目标受伤之前将犯人缉拿归案。

等下班以后，叶殊拿起车钥匙打算回家了。

没走几步，突然接到了徐队长的电话，对方干咳一声，说道："小叶啊，纪先生的住宿我没安排好，你看你家附近有没有合适的旅馆，方便纪先生住几天吗？"

叶殊无奈了："徐队长，您这不厚道啊。自己喊来的人，烫手山芋转手就甩给我……行吧，就这一次，下次我可不帮您跑腿了。"

"好，我女儿今天回家，家里没客房，等过几天把这妮子赶走了，我再让纪先生住家里。"

叶殊"哦"了一声，挂断电话。她也知道徐靖的那个宝贝女儿，整个一混世魔王，警校出身，现在在公安局工作。

她朝前走几步，进入车库。远远的，叶殊看见半倚靠在车旁的男人——他的上身套着一件松松垮垮的毛线衫，低领，露出锁骨以及线条流畅的脖颈，偶有几根尾发掩盖住耳郭，散发出如梦似幻的艳丽气质。

纪零长得很美，那种美不亚于任何漂亮的女人给予人的震撼，混淆了男人五官上的硬朗，反倒蕴含一种莫名的吸引力与契合感。像是熊熊的一场山火，东风拂过，恰到好处助长了这一片炽热的火焰。一切都是那样从容和煦。

叶殊愣了一会儿，直到对上纪零那一双布满疑惑的茶色眼瞳。

他问她："怎么了？"

"没事。"叶殊快步走向他，钻入车内，"你想住什么样的旅馆？有星级要求吗？"

"必须住旅馆吗？"纪零的语气有点痛苦。

叶殊说："那你想露宿街头？"

"也不想……"他欲言又止。

"你不提要求的话，那我就随便选了。对了，身份证带了吗？"

"没带。"

"没带？那怎么登记入住？"

叶殊觉得麻烦，又想给徐靖打电话，却被纪零拦下了，他摇头，说："如果方便的话，我可以在你家住几天吗？"

"和我住？"叶殊倒不用防备他，毕竟即使她在睡梦里也有一定的战斗力，一只手都能拿下十个纪零。

"嗯。"

今晚绕进山里拿证件的确不现实，就暂住一晚吧。

叶殊当即把车开了回来。

她对吃的不讲究，本想出门买快餐吃，纪零却说："我会做饭，可以帮你。你去休息一下，做好我叫你。"

"这样会不会太麻烦纪先生？"

"不会，这勉强当作报酬好了。"

"那谢谢纪先生了。"叶殊的确是累，也不客套了，直接进卧室小睡。

她几乎是在瞬息之间入眠，大脑放空以后，身上的每一寸肌肤都舒展开，就连呼吸也逐渐变得平稳，与静谧的空间糅合在一块儿。

又是那一扇门，虚掩着，漏出一缕斜光，暖黄色，里头有影影绰绰的人影。

叶殊本不该来这里，她怀着警惕小心的心情，一步步朝前迈动，将耳朵贴在门上。

叽里呱啦，一阵嘈杂。她什么都听不到，痛苦地蹙眉，整张脸都因疼痛而变得狰狞万分。

再然后，她睁开眼，浑身是血地倒在地上，触目惊心。

……

叶殊又惊醒了。她气喘吁吁，侧头一看，正好对上纪零那一双暗沉的眼睛。

“纪先生？”叶殊的嗓音哑得不成调。

“你做噩梦了？”

“嗯，我有一些事情想不起来，但每每都会在梦里重现。”

“听起来很有趣。”

“一点都不有趣。”她起身，才反应过来自己穿的是睡裙，这是唯一一件她从卧底的地方带回来的纪念品，所以至今还使用着，非得闻到上头的味道才睡得安心，不知出于什么缘故。

叶殊尴尬地说：“我想换个衣服，纪先生能出去一下吗？”

纪零不置可否，他突然伸出手，朝叶殊的胸口位置探去，越来越近，炙热的体温险些触碰到她光洁的肌肤……

就在这千钧一发之际，叶殊握住他的腕骨，反手一扭，以迅雷不及掩耳之势将他压制在床垫上。

纪零闷哼一声，额上渗满热汗：“很疼。”

他还知道疼啊，知道疼还做出这样失礼的动作！

叶殊脸上一热，又回想起之前的画面——纪零的五指纤长，再凑近一寸，就会抚上她较为隐秘的部位了，真是人不可貌相，看起来这样儒雅温顺的人，居然是个道貌岸然的小人，是伪君子！臭流氓！登徒子！

“你的胸口有油墨的味道，就在领口的位置。”

叶殊皱眉，伸手抚上睡裙领口，是厚布加粗过的双层圆领。细细摩挲一番，好像在接近左侧心脏的位置，那一道布条里还嵌着什么。

她用剪刀挑开缝制的线段位置，从中抽出一小张指甲壳大的字条，上面写着——

4502，这个序号，意味不明。

再好奇，这时也只能暂且放到一边。

叶殊知道自己错怪了纪零，一时间愧疚起来，说：“不好意思，纪先生，是我错怪你了。”

“不用自责，你没有错怪我。我的确是先起了要触碰你的心思，再嗅到那一股油墨味的。”他说得郑重其事。

而叶殊忍无可忍，微笑着，再次拧住了纪零的手腕。

这个……臭流氓！

第二集

晚饭后，叶殊以手臂枕头，手里翻转着昨天拆出的那一张小字条。这张纸是刻意塞入那样狭小的缝隙里，或许是什么重要机密，所以才会这样隐蔽谨慎，甚至藏在贴身之处。

很显然，这应该是失忆前的她所为。

叶殊嘴里细细低语：“4502……”

这究竟是什么意思呢？是编号？还是密码？抑或是房间号？楼层号？抑或是……电话号码的尾数吗？

她无从知晓，脑袋里还有一个大胆的念头——这与她之前的卧底任务有关，与那个令她畏惧万分的诡谲的梦有关。

如果真是这样，那这个信息一定很重要。因为所有在卧底行动内的进展，她都需要通过线人汇报给警方，绝不能有一丝一毫的隐瞒，否则之后会受到上头的处罚。

而她居然冒着被罚的危险，将这串数字藏在了衣领之内，变成唯有自己知晓的秘密，那就说明了事件的严重性。

是她叛变了吗？绝对不可能。

那么，这串数字就是牵涉到了一个让她无所适从的惊天大秘密。让她宁愿冒着生命危险，也不敢跟接应的线人警官吐露秘密。

究竟是什么呢？还是说，这与她梦里反反复复听到的话有关？

就在那一门之隔的地方，就在那后面……

叶殊脑海里幻象蹁跹，她像是想起了什么，可顷刻之间，头又开始隐隐作痛。

她鼻翼微动，冒出了丝丝热汗，最终放弃挣扎，不再想这串数字了。

傍晚，日头正好。

和煦的阳光镀在碎花玻璃上，折射出或红或绿的影像，遍地浮光。

纪零像是昨晚吃够了教训，今天整整一天都老实本分地待在阳台晒太阳。

没了那个男人聒噪的声音，叶殊反倒有些不习惯了。

她暗忖自己是不是有受虐倾向，但还是遵从本心，走到纪零的房门前，屈指，敲击房门。

她喊："纪先生，你在吗？"

没有人回应，很好，很像他的风格。

"纪先生？"

大约过了五分钟，才有人来开门，正是纪零。他晒了一下午的太阳，仿佛吸取了足够的日月精华的山精野怪，眉梢蕴含了一丝慵懒，嘴角也挂着满足的浅笑。

纪零懒倦地道："怎么了？"

叶殊摇头："没事，就问问你晚上想吃什么，要不要去外面的粥铺喝粥。"

"好。"纪零在吃穿方面都不挑剔，一点都不符合他这样神奇的嗅觉特征。

叶殊原以为他会像个真正的科学怪人一样，沉默寡言，喜独居，永远待在深山一隅寂寂终生。但他不是，除了对气味敏感，对陌生事物略有抵触以外，其他的方面都很正常。

但理智告诉她，这个男人绝没有她想象的那么简单，也绝对没有那样平凡，一定异于普通人。

叶殊带他去老街的粥棚喝粥，点了两三样小菜，还有一碟腐乳。

纪零说："你知道腐乳的制作方法吗？是将豆腐密封，自然发酵两周而成。最起初，豆腐表面会有少许白毛以及淡粉色黏稠物，甚至伴随着一股极难闻的恶臭。我不明白，为什么会有人对这种腌制品情有独钟，他们是在自杀吗？"

他对腐乳很抗拒，不仅恶言相向，还后移半步，就为了逃离那股无孔不入的腐烂气息。

叶殊无奈了，只能将小菜撤下，随意扒了两口粥勉强算吃饱了。

纪零紧跟着叶殊的脚步，走了两步，忽地顿住，说："我想去死者的死亡现场看一下。"

"现在？"

"嗯，气味能保持的时间不久。人体表面积所覆盖的香水大概能维持一到两天的味道，还得看香料含量以及浓度，为了避免气味消散，还是早点去比较好。"

"那行，随你吧。我去给徐队长打个招呼。"

叶殊直接驱车去了案发的落地别墅处，偌大的屋子外面还拉着警方的红白色封条，意味着闲杂人等不得破坏现场。

别墅位处郊野，有独立的小院。

叶殊扯开封条，抬脚跨入院中，朝后头伫立许久的纪零招招手："纪先生，这里进去。"

纪零点头示意明白了，随即戴上她递来的一次性塑胶手套，踩着院内的湿土，深一脚浅一脚往别墅内走去。

叶殊："死者是死在二楼……"

她话音未落，就被纪零截断："我知道，我闻到了血的味道。"

叶殊在顷刻之间闭了嘴，她不出声有两个原因，一个是想挑衅一下纪零的狂妄自大，看看他没了她的指引，能否正确寻到房间；另一个是本能遵循他的意见，让他能完全放开手脚，大干一场。

可惜，纪零的鼻子是真的天赋异禀。他凭借傲人的特异嗅觉，准确无误找到了死者的房间，没有彷徨，也没有半分差错。

叶殊甚至觉得他就是迷雾中能够指引方向的指南针，不畏惧任何扰乱方向的风暴，不在任何深渊中迷失，他有目的，不解风情，从不欣赏沿途的风景，只懂野蛮而鲁莽地直击重心。

这究竟是好还是坏呢？叶殊也说不上来，但本能地，她更相信了这个男人一点，相信他所做的一切事情，都有助于案件的发展，会还给死者一个公道。

屋内没点灯，凭借稀疏的一点日光照明。

墙上的画作是后现代的抽象格调：风暴中飘摇欲沉的船，被俘虏的正瑟瑟发抖的野鹿，每一幅画都价格不菲，绘制得活灵活现，好似要从画中跃出。

叶殊对上那恰好被光线照亮的鹿眼，心底蓦然一惊，她总有一种朦胧而怪异的感觉，好似凶手选中这里，并非偶然。

她回忆起死去的三个人——都是女孩，独居，家境殷实。她们身上没有明显的伤痕，鼻腔与眼睑充血、血管爆裂，是被凶手用手活生生捂死的，全身上下没有一星半点的血迹。她们的身上皆披了一层薄薄的白纱，混了香料与酒精，正如纪零所说的，这是一次香水的发布会。

叶殊嘲讽地说：“纪先生，你觉得他调制的香水怎么样？”

居然以死人制作香水，实在是令人费解。

纪零毫不畏惧，居然还张开怀抱，深深嗅了一口，再虚虚吐出。他反复三次，像是解析出了什么，说：“山樱花的香精，还有一点大波斯菊的淡雅气息……山樱花的花语是纯洁、高尚、精神美、向你微笑等等；而大波斯菊的花语则是少女的纯情。这代表什么呢？他的香水名字究竟是什么？”

“香水的名字？”

“每一瓶香水都有名字，根据香味会取不同的名字。我猜他这款香水想表达的意思是——少女的纯情在向你微笑，以死亡的方式。”

叶殊蹙眉，说：“听起来不太妙啊。”

“的确不妙。之前几款香水分别是什么？”

“我想一想，”叶殊他们曾寻辨嗅师来嗅过气味，所以也解读出了其余的香味，“第一具尸体的香味是鳞托菊和麦秆菊的香味，第二具是水仙百合和橙玫瑰的气味。”

“哦？”纪零若有所思地说，“鳞托菊的花语是永远的爱，麦秆菊的花语则是永恒的记忆刻画在心；而水仙百合的花语是喜悦、期待相逢，橙玫瑰则是羞怯与献给你一份神秘的爱。”

“这些花语和凶手的死亡预告有什么关联吗？”叶殊咂舌不已，多亏是纪零来查案，就凭他们，对花花草草还真的是一窍不通。

纪零走进屋，忽地伸出戴上塑胶手套后泛白的手指，如蜻蜓点水一般触摸上玻璃窗，低语：“我与你的爱是永恒的记忆，一直烙印在我心底许久。我借花语羞怯表白，献给你一份神秘的爱。我欢喜着，期盼相逢。再遇你那少女的纯情，向我微笑，以无穷无尽的死亡。”

他像是念诗一样，以低迷婉转的动听嗓音，将所有花语按照死亡顺序串联在一起，解读出凶手要表达的讯息。

叶殊脊背发麻，她凛然地问：“也就是说，凶手在发布死亡预告？他故事里面的你究竟是谁？”

“是他的新娘。”

“新娘？我不懂。”

纪零回头，看她一眼：“不是说了吗？他最后一件作品名叫——新娘的葬礼，他在尝试制作出最适合新娘的香水，打算用在她的死亡仪式上。”

“这个……变态！”叶殊咬住下唇，整个人如坠冰窖，那股冷意几乎是无孔不入，渗透她的四肢百骸，将她淹没，直到她渐渐窒息。

纪零在屋内又走了几圈，时而蹲下身子，抚起地上的沙土，摩挲一会儿，细嗅，随即摇摇头，表示其余的一无所知。

他们最终选择开车离开，迎着夜色渐行渐远，消失在远处的雾霭厚重之处。

前方山路迷雾重重，正如此时此刻的他们，迷失在暴风雨的深处，浪立如壁，仿佛在瞬间就会迎头砸下，将叶殊等人砸得粉身碎骨。

她扒着方向盘，抿住唇，问：“纪先生还有什么收获吗？”

“暂时没有。”

“那我们该怎么办？”

“等。”

“等什么？”叶殊侧头，不满他这样故弄玄虚的话语。

“等我再闻到死亡的初味，”纪零歪头，朝她浅浅扯了嘴角，“别担心，我绝不会让你遇险，毕竟我对你死后的味道一点都不感兴趣。”

叶殊听了这句话，心中一阵激荡。

无论怎样，纪零都是在为她的安全着想，一心想办法护她周全。

“谢谢你，纪先生。”叶殊不是个吝啬言辞的人，她坦荡也正直，面对喜爱的事情馈赠善意，面对罪恶的事情发泄憎恨，是个敢于随时随地表达真实感受的人。

至少现在来看，她对于纪零是持有感激的情绪，毕竟一个素不相识的人在生死面前也能凛然无惧，并且甘愿挡在她的身前。

“你是在感谢我？”纪零像是听到了什么令他愉悦的事情，脸上的表情变得惬意而舒缓，从喉头发出几不可闻的笑声，极浅极淡，“你身上的味道更好闻了，体温是很和煦的温度，心境也很平和，或许让你一直感激我是一件很好的事。不过……”

“不过什么？”叶殊一直不清楚他说的好闻的味道究竟是些什么，是传闻中人类的体香吗？

纪零坐起身，将安全带的长度尽可能拉开。他转过头，几乎是与叶殊面对面，能清楚地闻到对方呼出的气息。

叶殊本能往后倒，微咬下唇，问：“纪先生，你做什么？”

纪零又是略微僵硬地扯了扯嘴角，他轻声呢喃：“没错，就是这样。”

“什么样？”

“你这个时候的味道也很好闻。在你害怕我的时候，畏惧我会对你做些什么的时候，身上会出现一种如青黄李子一样的青涩味，时令未到，抗拒游客的品尝；如果你什么时候散发出甘甜饱满的蜜桃味，或许就是你不再推拒我，心甘情愿被我触碰的时候。另一种味道我也仅仅是在想象阶段，不过很令人期待，对吧？”

等叶殊心甘情愿被他触碰？那么，是指她爱上他的时刻吗？

叶殊再怎样强悍，本质上来说，也只是个女人，在充满雄性荷尔蒙、极具魅力的男人面前，说没有一点心猿意马也是假的。

她的确被纪零的外表征服过那么几秒，但在意识到他们思维以及身份上的悬殊以后，就很快清醒过来了。

她和他不合适，而且她也不会对这种说话模棱两可的怪人报以真心。

纪零对她，不过是对特殊气味的一瞬狂热。就像是一年四季的变换一般，暖春来时，万物复苏，生机盎然，一旦历时过久，就会出现萧条的冬天，皑皑白雪覆盖整个孤寂世界。

不超过一个月，他肯定就会放弃她了。

或者是出现了某种新的气味吸引到纪零，他就会马上将她抛诸脑后。

叶殊深吸一口气，避开纪零那灼灼如日光的双瞳，刻意踩下刹车，让对方在惯性下被紧致的安全带压制回副驾驶座里。

她避而不答纪零提出的暧昧反问，只说："坐稳了，纪先生。开车可不是小孩子玩过家家，万一出了什么好歹，轻则受伤，重则丧命。"

"哦。"纪零乖巧地倚回靠背上，为了配合叶殊，他的手还轻飘飘地搭在膝盖上，正襟危坐。

叶殊松了一口气，继续朝家的方向开去。一路上，她什么话都没再说。

到家时，天色已经完全暗了下来。

路灯带着惯用的暖黄色调，铺就出一派冬日的萧索景致。亮光把叶殊的身影拉得狭长，照亮她原本灰暗的前路。

叶殊刚打算下车，就被瞬息之间伸出的手拦住了去路——原来是纪零握住了她的手腕。

纪零纤长的指骨扣在她白皙的肌肤上，印下几道深刻的指印。似是害怕被遗忘的孩子，先奋力抓住即将要失去的东西，再咧嘴哭诉一般。他直到此刻，才虚虚睁开眼，怔忪问："你要去哪里？"

被抓得紧了，叶殊吃痛蹙眉。她反手扣住纪零的腕骨，以巧劲迫使他松开手，说："哪里都不去，到家了，该下车了。"

说实话，她的确有暂时抛下纪零，一个人去清静清静的想法。特别是看他睡梦正酣，之后问起，也可以编造一个"不想惊扰你睡眠"的借口搪塞他。

只是，这个男人是如何察觉到她的离开的？

叶殊自认自己手脚麻利，特别是当年被特训过，隐蔽行踪的本事很有一套，平常人察觉不出她的动静。

那么，纪零是怎么知道的？难道说，又是他那一只天赋异禀的鼻子？

纪零仿佛察觉到她心中所思，不动声色说道："我闻到了你的味道。"

"味道？"

"原本浓郁的香味，却在几秒间变淡，甚至渐行渐远……这是味源消失的讯号，破坏了我精心构造的梦境，所以让我有所察觉，”他顿了顿，目光灼灼地盯着叶殊，说，“你是要丢掉我吗？”

呃，叶殊怎么觉得心中升腾起一种罪恶感，像是她无情无义，随意抛弃饲养多年的宠物狗一样。诚然，纪零也真的不是狗……

叶殊一个头两个大，只能解释：“在案子没结束之前，我不会丢下纪先生的。”

“哦。”纪零冷淡地应了一声，把头撇向一侧，生硬地避开了她的视线。

叶殊觉得后脊发麻，某种不好的预感油然而生——他这是在闹别扭吗？

倏忽，纪零冷冰冰地补充：“所以，在利用我以后，你就会抛弃我吗？”

他想说的意思应该是……始乱终弃？

叶殊觉得头更疼了：“纪先生，这和利用不是一回事。在案子结束以后，我们队和纪先生的合作也就终止了。所以，之后您可以自行安排自己的行程和生活。”

“这个案子有些棘手，我觉得我可以用一辈子追踪调查。”

“远远超过案件公诉时效了……绝对不行。”

“哦。”纪零失望地点头。

叶殊突然想起一件事，问：“对了，你的身份证还没拿过来，需要去你家一趟取证件吗？不然不好开房，你应该也没带其他证件吧？”

纪零看了叶殊一眼，说：“我已经让用人将我的证件取走了。”

“等等，这是什么意思？”

“所以，你找不到的。”

叶殊嘴角轻抽一下，问：“纪先生说的是什么意思？”

“我绝不会让你找到我的证件，我也绝不会离开你家半步。我说过，我对你很感兴趣。”

叶殊“吧嗒”一声关上车门，几乎是头疼欲裂。

距离凶手的香水发布会还有三天左右的时间。也就是说，在这段时间内，叶殊必须有进展，否则可能还会出现新的受害者。

她接了个队里的电话，有师弟说死者档案整理好了，还亲自送到了她家门口。

叶殊把厚厚的一摞文件搬运到纪零的房间内，由于他的洁癖实在严重，徐队长只能根据他个人癖好，把办公地点改成了叶殊的家里，这样就能让他避免直接闻到那些令他不喜的男人的浑浊味道。

哪料到叶殊刚推开房门，纪零就一蹬地面，将滑动式的座椅推远。

他俊秀的眉峰微微蹙起，看样子，是对她退避三舍。

这是怎么回事?

叶殊无奈地说：“这是徐队长让我带来的文件，纪先生可以从中找找看有关嫌疑犯的线索。也能直接将发现的线索提供给我，我学过对犯罪嫌疑人的心理侧写，可以根据你所说的话，分析出一些潜在的信息。”

“嘘，”纪零将食指抵在薄薄的唇瓣中央，他鼻翼微动，小心翼翼地感受了一下周遭的气味，最终，皱起眉头说，“你的身体残留了其他男人的酸臭味。”

“酸臭味？”叶殊是真的什么都闻不出来。

“那个男人抽烟，并且用食指和中指触碰过你手上的文档，因为那两根手指惯夹烟蒂，所以烟草味才会这样重……你们有肢体接触吗？以及香波的味道与沐浴露的陈旧感不符合，中间隔了大约有十几个小时，这说明他在见你之前特意洗了头，却没有更多的时间洗澡……”

“这些说明了什么？”

“明明时间紧迫，却还是在百忙之中抽空洗了头来见你。由此可见，这个人一定对你抱有某种隐秘的心思，”纪零轻轻呼出一口气，颇有些生无可恋的神态，“也就是说，你去见了其他的男人，你出轨了。”

“纪先生，等一下，我需要澄清几点——首先，我和你没有任何关系，所以并没有出轨这一说法；其次，那个人是我的小师弟，他平时就爱俏，出门洗个头可能是个人习惯；最后，我只是出门拿个文件，正好从一个男人手里拿到文件，所以带回来他的味道。”

纪零歪了歪头，深思一会儿，这才不情不愿蹬着地面，一步步将座椅移近。

他从怀中拿出一个计算机，递给叶殊，郑重其事地道：“我希望你能坚守贞操，在出门之前按下这个计算机上红色的那个键，好好想想自己是否遗忘了什么。”

“红色键？”叶殊尝试着按下那个键，只听得计算机传来嘹亮的一声——“归零”。

纪零满意地点头，“诚如计算机所说，你是属于我的。”

“……”

好吧，完全是鸡同鸭讲。叶殊放弃挣扎了。

已经是深夜了，明天还要上班。

叶殊不打算和纪零周旋太久，放下一摞资料以后，就去浴室泡澡。

她将半张脸埋在浴缸温热的水里，撩起因湿润而色泽发深的刘海，心想：师弟对她有意思？

叶殊从来没想过儿女情长这方面的问题，警队里的每一个人对她来说都是兄弟，都是近似血浓于水的手足至交。

兄弟，是不能对兄弟下手的。何况，她也的确没有关于恋爱方面的细腻情绪，甚至是对于纪零平日里暧昧轻佻的话，她也没有任何多余的想法

也可能在潜意识里，叶殊就认为自己不配拥有爱。

她被徐队长从孤儿院带出来的时候就很清楚这一点，像她这种人，原本该在绝望的黑夜中渐渐死去，但凡给她一点光，她就能拼尽全力从泥泞中爬起来，使尽浑身解数也要报答那点希望之光。

这就是她的一生，像是一棵坚韧不拔的野草，在干涸的土壤里稳扎稳打。即使是面临迎头而来的山火也毫不退缩，等初春来时，就能生机勃勃。

像她这种人，只会生存，又怎么能学会如何爱一个人呢？

浴室布满雾气的毛玻璃上突然闪过一个身影，将叶殊的思绪打断。

她沉声问：“谁？”

好半晌，毛玻璃上才响起一点细微的刮划声，好似一只野心勃勃的猫一样，被拦在门外，就企图用尖锐的指甲破开那一层毛玻璃，擅自闯进来……

绝对不可能！

叶殊回过神，小声试探着问：“是纪先生？”

片刻，有人回答：“是我。”

“你在外面做什么？”

“温度对气味的影响很大，可以让香味组成的分子变得活跃，游离分散到各个位

置。”

“说人话。”

“我闻到了你的味道。”

“……”叶殊不知该说什么好，她以手覆额，说，“纪先生，你的资料看完了吗？”

“我可以选择在浴室门口看。”

“为什么？”

“你的味道能让我静下心看资料，有安神的效果。”

叶殊叹了一口气，也知道和这个男人不能硬着来。他从不按常理出牌，只要不太过分，她都能满足他。这是工作，没什么好恶之分。

“行了，我知道了。等一下我陪纪先生看资料，好吗？”

纪零的声音愉悦了许多，手上的抓挠动作也就此停了下来。没过几秒，他又启唇，问：“为什么不是现在？你的味道很好闻，特别是在高温的情况下。”

那你还不如把我放到高压锅里烹了算了，叶殊心想。

叶殊觉得他性格乖僻，却并不厌恶。因为她和他是同一类人，都有自己无法对人言说的秘密抑或是喜好。

可能是纪零身边的朋友太少了，平日里又常被人当作天才来敬仰，所以很少有人和他说说知心话，或者是某些日常里的人情世故。

于是，叶殊打算当那个第一次吃螃蟹的人，她说：“但是我现在在洗澡，我和纪先生的关系还没有到可以待在同一个浴室里的地步。”

“那么，对你来说，什么样的关系可以？”

“如果是结婚对象的话，应该就可以了。”

“哦。”外头静了下来，很显然，是纪零在思考。

“所以，现在明白了吗？”

“那么，我们什么时候可以结婚？”

叶殊拍了一把水到自己脸上：“这不是结婚的问题。”

“是你说的，这就是结婚的问题。”

“我是不可能和纪先生结婚的。”

“为什么？”

叶殊发狠了，说：“没有为什么！如果你再不回自己的房间，我就用自己的证件帮你开房，然后把你赶出去！”

“……”纪零犹豫了一下，起身说，“那我在房间里等你。”

很好，很识相。叶殊觉得世界清静了。

大约过了半个小时，叶殊洗完澡。

循着客房透出的零星灯光，叶殊蹑手蹑脚推开了虚掩的门。

纪零被惊扰到，手间的动作一顿，小捣锤在瓷碗里发出清脆的一声鸣响，溢出了微乎其微的茶花香气。

他追溯声源，朝叶殊望去，原本凛冽的双眸在看到她的一瞬间，变得柔和而温柔，似依赖感极强，找到了归宿，就会全身心投入进去。

叶殊心尖一颤，她无所适从，避开那灼灼的目光，问：“纪先生在做什么？”

纪零手里不停，嘴上细语：“在制作人的味道。”

“人的味道？”

“人也是有味道的，这和香水不同，人就是天然的载味体，能自行调节温度，将香味均匀散发出去。也可以说，人体就是个躯壳，是个媒介，通俗一点讲，就是装香水的瓶子。”

叶殊似懂非懂：“如果说人是香水的载物瓶，那么，你是在制作香水吗？”

“对，我在制造香水。也可以说，我是在制造气味，一种与人的味道相近的气味。”

“这种气味有什么用？”

“为了不被察觉，更方便我接近你。”

“接近我？”

纪零侧头，抿了抿薄唇，解释：“普通的香水喷在身上，经过你的身旁，你能闻到那股香味，对吗？”

“对。”

“这是香水的味道，”他顿了顿，继续说，“如果一个没有喷香水的人经过你的身边，你就闻不到任何味道，但能察觉出对方是个人，对吗？”

“对，因为这种时候，还有视觉协助我们分辨环境。”

“可实际上，人也是有味道的。正因为你熟悉人的味道，所以才不会区分它们，但又能察觉它们。”纪零将搅烂的花瓣放下，一寸寸接近叶殊，说，“我想制造出一种让你不会察觉的气味，还能让你心安理得享受这种气息接近的味道。这样，我就能让你也迷恋上我，如同我迷恋你一样。”

他纤长的手指虚虚抬起，沿着叶殊的脸颊轮廓扫下。可能是距离隔得太近，叶殊仿佛还能感受到那一层从指间散出的勃勃热气。

正当纪零欲触碰她柔软的唇瓣时，叶殊突然抬臂，以迅雷不及掩耳之势将纪零的手翻转扭下，连手带人一齐压制到地面上。

纪零闷哼一声，疼得热汗直冒，从唇缝间挤出一个字：“疼。”

叶殊不好伤了他，只能愤愤松开手，警告他：“知道疼的话，希望你能引以为戒，不要有下一次。”

纪零垂下细密的眼睫，反复抚着扭伤的那只手，嘀咕：“这只手，今晚不洗。”

“你说什么？”

“你想听？”

叶殊赶紧摇摇头：“你还是别说了，我不感兴趣。”

“哦。”

叶殊翻动桌上的资料，问：“这些资料，你看过了吗？”

纪零回答：“看过了。”

“有什么收获吗？或者说，有什么应对的办法？”

“有。”

“嗯？”

“用人的味道对付他……我正在制造这种味道。”

叶殊蓦然一惊：“难道不是用来对付我的？”

是她错怪了纪零吗？实际上这个男人只是想制造出用来应对凶手的香味，而她却自作多情，曲解了他话中的意思？

纪零说：“实际上，我制造这种味道就是为了你。对付凶手什么的，只是顺道。”

叶殊以手掩面。她就知道，这个男人没安好心。

“还有，我发现了一点怪异的地方。”纪零说。

叶殊本能蹙起眉头，询问：“怪异的地方？”

或许是为了能完美保留下气味，纪零给右手戴上手套——那一只被叶殊伤过的手。

随后，他从档案里拿出一张死者生前的照片，说：“你还记得案发现场吗？”

“记得，你是要问死者的死状？”

“这是一张死者近期的自拍照，死者身后的墙上只有一幅抽象画——是风暴中飘摇欲沉的船。但我们去的时候，墙上有两幅画，还有一张画是——被俘虏的野鹿。”

叶殊几乎是在瞬间想起了那一幅画，她还曾被那双雾气迷蒙的鹿眼吓了一跳。

“难道说……”

纪零点头：“当时我特意嗅过了地面的灰尘，上面专属人的味道已经消失了，可还有一些白色残渣物，我不会认错这个气味，正是墙上的白漆。也就是说，在杀人以后，凶手就把这幅画钉在了墙上。随后处理土屑，又不小心留下了一点灰尘。至于这幅画，肯定有它的意义……他究竟还想告诉我们什么呢？”

叶殊反应过来，说：“我这就打电话给徐队长。”

“如果什么都没查到，就把画带过来吧。我想仔细看看，那一只迷途鹿。”

“好。”

叶殊联系了徐队长，让警方派人前去调查。结果真如纪零所说的那样，什么都没有查到。插画在经过调查人员几番研究以后，终于转到了纪零的手上。

纪零将绘画精致的画面捧在怀中，如动物一般细嗅每一寸颜料。

突然，他睁开眼，说：“我想，我知道凶手是谁了。”

叶殊惊讶地道：“这么快？”

“他把他的香水糅入了颜料里，我记得这个味道，这是他的身份证。”

第三集

有时候，叶殊并不能理解纪零气味世界的规则。

在他的世界观里，任何人都是以气味表明身份。视觉对他来说就是累赘，只有纯粹的观赏价值，他只沉浸在气味的王国里，在那里，他是无冕之王。

所以，在他的领域上，即使得出再令人匪夷所思的结论，那也是有逻辑可循的。

她要相信他。

叶殊对上了纪零那一双清冷如簌簌夜雪的浅茶色双瞳，他似在想事情，魂飞体外，虹膜也如细碎的松针般四散开，并没有集中在哪个点上。

她出声提醒他："纪先生？"

纪零轻轻闭上眼，眼珠在里面滚动一圈，启唇："我在想他的名字。"

"没印象吗？"

"他的香水平淡无奇，我对于平庸之辈没有半点兴趣，也不会特意去记住他们的名字。也可以说，好的香水，就是一块敲门砖，我会邀请他们进入我的世界。"

叶殊突然懂了凶手为什么会选择纪零了，他对气味的灵敏程度已经不能用自信来形容了，甚至是自负，但他也有这样极端自信的资本，因为他本就是内里行家。凡是在这个领域有成就的人，都会想和纪零这个王者一较高下，企图将他拽下神坛，证明自己。

那么，凶手是和纪零有过节吗？所以才会特意选中他接手这桩案子。

叶殊问："那么，纪先生在以前有没有得罪过什么人？譬如看不上谁的香水，否定一个人之类的。"

纪零皱眉，好半晌都没说话。

叶殊试探着问："是想不起来吗？"

"是太多了，无法锁定目标。"

"……"好吧，是她输了。

纪零冷硬地呵笑一声，从喉咙深处挤出一句话："据我所知，我没有佩服过什么人的香水作品，除了你。你是世间独一无二的，你不是装载香水的容器，你就是浑然天成的香水作品，是我最得意的珍藏品，没有之一。"

叶殊眼见他又要发作，急忙打断他的话，说："对于凶手在颜料里留的香味，你还能想起什么吗？"

"如果我没记错的话，这款香水的名字是'极地星辰'，是三年前发布的作品，我还参加了香水发布会。”

“当时发生了什么吗？”

“有记者询问香水的配方以及使用剂量，结果调香师闭口不答，声称这是独门配方。我恰巧路过，就辨析了一下香水里面的物质，说出搭配香水时各类物质所用的剂量，并且提供了一些改善香味持久度的方法。但很显然，他并不领情，并且还想伺机报复我。”

叶殊哑口无言。如果她是那个调香师，在众目睽睽之下被拆台，怕是远不止报复这么简单了。

“就这些？”她问。

纪零点头：“应该就这些了。”

“那我去让公安局的人锁定这名调香师，希望能尽快掌握他的行踪，将他缉拿归案。”

“我想没有那么容易能找到他，”纪零似想到了什么，抿唇说，“他早就借画暴露行踪给我了，很显然，他是想要光明正大和我一较高下，所以查到了他的身份也无济于事，你们是找不到他的。”

叶殊一想也有道理，凶手这样招摇显摆自己精心布置的局，恐怕就是为了宣战。他本来就不怕暴露身份，甚至是迫切想让纪零找到他，与他一较高下。

那么，也就是说，他步步为营至今，就是为了给纪零一个“惊喜”。

这个惊喜究竟是什么呢？

叶殊皱眉，心想：总之，绝不能让他达成目的。

重案组有自己的侦查人员，他们组成一股神秘力量，遍布在各行各业，在警方需要的时候挺身而出，为刑侦工作做出贡献，甚至是类似纪零这样性情孤僻的辨嗅专家。

叶殊将纪零的分析一说，很快就有调查员介入，拿到了有关那名调香师的个人资料。

她把资料递给纪零，由他来做出决策。

纪零随意翻过两页，百无聊赖地撑着下颚，像是对这个男人极不感兴趣。他迅速合上了资料，出声：“看了一下，他应该是我最讨厌的那类人。”

叶殊也是被他弄得没脾气了，她无奈地出声：“让你看资料，不是为了让你区分他是不是有趣的人，是为了找到一些有关他的蛛丝马迹，好推进案件发展的。”

“所以，你是想抓住他吗？”

叶殊斜了男人一眼，说：“废话！”

“哦。”

纪零忽地起身，小心翼翼地凑近了叶殊。他的身材本就高挑，手插口袋时，脊背微颓，线条性感的下颚正好悬在了叶殊的头顶——这么近，她都能闻到男人身上浅淡的山茶花味，带着晨露的青涩潮味，竟让人格外安心。

险些被迷惑了，叶殊迅速清醒过来。

这时，纪零才压低了嗓音，柔柔出声：“如果是你想的，那么就如你所愿。”

“你知道凶手在哪里？

“没有。”

“那你还这副自信满满的样子。”

“为了心爱的女孩，我会创造奇迹。”纪零说得一本正经，发自肺腑之言，半点都不像是开玩笑。

叶殊的心脏似被人用温热的手掌扼住，刹那间，慢了一拍。绝不能多想，这个男人擅长的就是甜言蜜语。如果被他迷惑，之后被认为是自作多情，那就难堪了。

纪零再次凝视那一幅野鹿的画，这是一幅油画，颜料不溶于水，由黏稠的色块堆积，所以会显现出许许多多颗粒状的突起叠加痕迹。

他凑近了，直视那一双雾气迷蒙的鹿眼。

突然，纪零从桌上拿过一把锋利的刻刀，他将刀刃直勾勾刺入画面，刮开一层厚重的硬化颜料，从那一双惊恐的鹿眼里挖出一块小图片——图片的清晰度很高，能看出是一个正微笑着的男人。

叶殊震惊地愣在原地，从纪零的手里接过那一张小图片，只觉得浑身发寒发冷，鸡皮疙瘩立起，隐约浮现一层不适感。

嵌在鹿眼里的男人照片，这暗示着什么？

叶殊再看了一眼小图，可能因为是微缩版照片，五官含糊不清地挤在一起，只能察觉到那个男人冷硬的笑容，充斥着满满的讥讽……就好像隔着那一层水雾弥漫的鹿眼，有人正在暗处默默注视着他们一样，令人感到毛骨悚然。

纪零下了定论：“我明白了，这只野鹿代表了他的新娘，他的存在令新娘感到惊恐，并且倒映在她的眼里。他在提示我们，时间已经不多了，他正一步步朝新娘逼近。”

“那他的新娘是谁？”

“我不知道，但能肯定的是，他已经开始行动了，并且就潜伏在新娘的身边。好消息是，新娘还活着，他还没打算下手，我们的时间不多了。”

这时，叶殊又收到了一封来自调查员的邮件，她迅速点开，略微扫了两眼，挑眉，说：“纪先生，我还发现了一些比较有趣的东西。”

“有趣？”

“凶手的身份已经被查明了，他三年前所在的香水公司，和你是同一家。”

纪零不咸不淡地说：“哦，那么他很幸运，能近距离接触到我。”

“以及，在三年前，你们公司曾在春季推出过两款重点香水，一款是你的，一款是他的。你的香水一上市就被抢购一空，而他的却因不符合大部分人的口味，销量不佳。最后不知出于什么原因，他就辞职了。”叶殊瞥了一眼纪零，见他脸上神情未变，继续说道，“所以我想，你和他之间的过节，可能并不只是一点点。”

“我不需要为别人的无能买单。”纪零以一种轻松的语气诉说着最为残酷冷硬的话语，“如果他因此憎恨我，那他就是个懦夫。有的人生来就低人一等，后天如果不努力，就会一直深陷深渊。这个男人只会反复展现自己的无能，企图得到别人的怜悯。这种人，大概是我最厌恶的类型。”

叶殊听到他所说的——“有的人，生来就低人一等”，心跳慢了一拍，跟不上呼吸的节奏。她知道什么是生来就低人一等的滋味，也忘不了以前被丢在孤儿院，没有人照顾与疼爱的日子。

纪零的这番话，恰好戳中了她的软肋，打中了她的七寸，将她死死压制在地，不得翻身。

叶殊微微眯起眼睛，凝视着男人波澜不惊的双瞳，一字一句说：“我并不觉得谁生来就是低人一等的，更讨厌用这种言论去讽刺一个人的男人。”

纪零一时间怔在原地，不再出声。

“我先走了，今天麻烦纪先生自己坐车回家。副驾驶座，我需要放材料，没有你的位子。”

纪零这才意识到自己说错了话，轻抿了抿略显苍白的唇瓣，委曲求全地说：“那我坐后座。”

“后座也需要放材料。”

“我可以蹲后备厢。”

“抱歉，后备厢也满了。”

纪零想不通她突然变脸的缘故，只能依循本能，拽住她的手腕，怎么都不松手。他像是一只意识到即将被主人抛弃的幼犬，死死咬着最后的希望，绝不离开熟悉的地方半步。

叶殊尝试着甩了两下他的手，无奈这个男人在这方面执拗得要命，似抓住最后一根救命稻草一般，怎么都不肯松手。她只能冷淡地说：“你松手，我会整理出一个位子给你坐，所以，别抓着我。”

纪零点头，顺从地松开了她。片刻后，他又补充：“你身上的味道变了，有种抗拒的意味。你是讨厌我了？”

叶殊客套地微笑：“我和纪先生本就是合作关系，没什么讨厌和喜欢的，照顾好纪先生，当你的助手，这是我的本职工作，我会尽心尽力完成它。”

“你讨厌我了。”他落寞地说。

可叶殊对他这副模样并不感兴趣，转身就去车库开车了。

也没什么讨厌不讨厌的说法。

他戳中了她最隐秘的疤痕，所以要付出代价，仅此而已。

回家路上，叶殊跟纪零没说一句话。途中有好几次，纪零想挑起与案件无关的话题，都被叶殊打太极似的推了回去。

再怎么不谙世事，也能察觉出叶殊的疏远与冷淡，纪零只能尽量不碍着她的眼。

他僵硬地坐在副驾驶的位置上，白皙的手乖巧地搭在膝盖上面，一动也不动，生怕引起叶殊的注意，令她反感。

这样的小心翼翼本就足够怪异，足够引人注目了，叶殊又怎么可能没察觉。

她用余光扫了一眼纪零——男人全神贯注平视前方，细长的眼睫微微下垂，并不敢眺望远处，看样子，在日常生活中，他的性格也颇为内向，与那个惯爱在她面前张牙舞爪的形象格格不入。

究竟是怎么回事?

叶殊觉得烦闷，好似做错了事情的人是自己。他这样积极配合道歉的模样反倒让她无从下手，如同一拳打在棉花上，连宣泄都没了理由。

她闭上眼，仔细一回想：从社会残酷的角度上来讲，纪零说的话倒也没错。本就是她把自己代入了他的话中，心理上不平衡，所以才有了私人的情绪。

算了，就这样吧。

叶殊并不打算和解，却也不想闹僵。她之前的戾气已经消弭不见了，下车的时候，还颇为好心地帮纪零打开车门。

纪零受宠若惊，原本黯淡无光的茶色瞳孔在瞬息之间亮起，直勾勾盯住叶殊，说："你还讨厌我吗？"

叶殊懒得回他，客气道："纪先生，下车吧。"

"不讨厌，还是讨厌？"

"先下车。"

"不讨厌，还是讨厌？我想知道这个问题的答案，这对我来说很重要。"

"我不讨厌纪先生，够了吗？"

纪零不置可否，片刻，又说："我听不出你是不是在说谎，所以，我能不能再问一个问题？这样能让我确认你话中的意思。"

"你问。"

"你今晚洗澡的时候，我可以在浴室门口等你吗？"

"绝对不行！"

"你讨厌我。"

"这和讨厌没什么关系，就算我喜欢你，我也不可能让你待在浴室门口等我。"

纪零愣了一会儿，似理解出了另外一层潜在的暧昧含义。

他从喉头深处发出一声极浅极低的笑，语气里也带了几分欣喜若狂的情绪，说："也就是说，你不让我在浴室门口等你这个结论，包含了两个可能性，一个是你讨厌我，一个是你喜欢我，对吗？你也有可能是因为喜欢我，才不让我待在浴室门口？"

叶殊望着满天璀璨的星辰，第一次有欲哭无泪的感觉。

她深深吸了一口寒气，直入肺腔，呼出，吸入，反复了三次，才忍住拧断他腕骨的冲动。

于是，叶殊僵硬地挤出一个微笑，说："纪先生的想象力很丰富，所以你爱怎么想就怎么想吧。现在，可以下车了吗？"

"还不行。"

"你说什么？"

纪零抿唇："刚才太紧张，膝盖被手压麻了，我得在车上缓一缓才能站起来。不介意的话，你再等我几分钟。"

"行。"叶殊也是没脾气了。

当叶殊回到家，这才察觉自己已经饥肠辘辘。

纪零打了个响指，说："饿了，对吗？"

"你怎么知道的？"叶殊觉得好奇。

"说起来可能不雅，但我的确能嗅到一些胃部的味道。饿的时候，胃部会消化胃粘膜，会有气体上涌……这个时候，就会有某种特殊的味道出现在口腔的唾液内。总而言之，就是我能察觉到。"

叶殊干笑，说："还真是你擅长的领域。"

"我有这个荣幸，为你做饭吗？"

叶殊不挑剔这些，爽快地答："你做吧，麻烦纪先生了。"

"不麻烦，这是我的荣幸。或许吃了这顿饭，你就会喜欢上……"

"绝对不可能。"

"——我的厨艺。"纪零说完了补充的话。

叶殊觉得自己的左侧脸颊被人凭空打了一巴掌，隐隐作痛。

呃，她好像又自作多情了。

纪零做的是鳗鱼饭。顾名思义，就是鳗鱼加饭。

叶殊对米饭并不热衷，说来也怪，她是地地道道的南方人，却偏爱北方的面食。但为了不与这个刑侦顾问撕破脸皮，她还是老老实实夹了一大口热气腾腾的白米饭加煎鳗鱼块塞入口中。

许是鳗鱼上裹了一层厚重甜腻的烧烤酱，一下子将米饭的寡淡味道提升，酱汁的黏稠浓郁口感，混合上米饭的清淡甘甜，恰到好处糅合一体，刺激着叶殊的味蕾。

她低低“唔”了一声，正对上被热气缭绕的纪零。

他微微启唇，呆滞地凝视着她，仿佛是在等待她的反应。

叶殊也不好意思扫他的兴，诚心赞叹：“味道很好。”

“你喜欢？”

“对，我很喜欢。”

纪零很满意，嘴角不着痕迹翘起：“我也喜欢你。”

“你说什么？”

纪零从不按照常理出牌，不说“没什么”，而是兴致勃勃反问她：“你想听？”

“还是别说了，我不感兴趣。”很明显，这顿晚餐很符合叶殊的胃口，她大快朵颐，表明了自己对纪零优异厨艺的认同。

“明天我想出去调查一下，你陪着我。”纪零说。

叶殊下意识拒绝了：“队里还有其他人是负责调查这一块的，我可以找其他经验丰富的人陪你去。”

“你又想要抛弃我了？”

“我说了，这和抛弃不抛弃没什么关系。我和纪先生只是合作关系，你这样让我很不好办，”叶殊还是打算捅破这一层窗户纸，打开天窗说亮话，“老实说，你这样，已经给我添了很多的麻烦了。我想和纪先生好好相处，以搭档，以普通朋友的方式。但你现在所表现出来的暧昧举动，不仅令我措手不及，也让我不知道该怎么和你接触。”

纪零脸上的愉悦之色逐渐褪去，取而代之的是一副冷肃的神态。

“可能在外人看来，你不好相处，甚至古怪。但我能理解你，也会尝试和你一起处事，一起调查案件，但绝对不是以这种方式……”叶殊说完这些，松了一口气，做出结论，“所以，请不要再靠近我了。我不适合纪先生，也绝对不会喜欢上你的，我们之间只有合作关系，我也会尽量配合你的调查工作。”

纪零依旧一声不吭，过了几秒，他启唇，欲言又止。

叶殊截断他的话，大方地微笑，伸出了手：“如果达成共识的话，那让我们重新认识一下。你好，我叫叶殊，是重案三组里负责刑事调查的刑警。”

纪零闭上眼，半晌不语。

他的呼吸变得平缓而浅淡，好几回，都让叶殊误以为他已经昏睡过去了。

不知等了多久，这个男人终于恢复了常态。他睁开眼，一双眼冷得出奇，如坠冰窖。

纪零握住了叶殊的手，慢条斯理地道：“你好，初次见面，我是纪零。”

一切都回到了原点，按照叶殊所期望的方向发展着。

偶尔，叶殊在泡澡时会突然惊觉起身，瞥向浴室门口。如若察觉有浅淡的黑影一掠而过，她就会抱着“逮住纪零偷窥的把柄”的念头，以迅雷不及掩耳之势打开门……可房门外头并没有什么人，连残留的痕迹都没有。她又没有纪零那样天赋异禀的嗅觉，无法捕捉到空气中还未来得及消逝的余味。

她是怎么了？是因为不适应纪零突然的疏远吗？

这本来就是她所期望的，可能只是养成了不太好的习惯。

叶殊擦干脸上氤氲的水汽，下楼，敲了敲纪零的房门。

里面并没有人回应。

叶殊尝试着扭动门把手，房间是上了锁了，说明里头有人。

“纪先生？”她不太肯定地唤了一声。

“有事？”过了好久，才传来有气无力的男人嗓音。

“需要我陪你一起看资料吗？”

纪零低吟一声，回答：“不用了，我可以自己看。”

“哦。”叶殊嘟囔一声，小心翼翼往后退了两步，“那我就去睡觉了，真的不需要吗？”

“不用。”

“好，我就在楼上，有事叫我。”

“哦。”

叶殊在门口等了很久，几番确认的确听不到屋内男人走动的声音，这才安心上了楼。

或许她想的没错。纪零对她感兴趣也不过只是持续一段时间，只要她狠下心斩断纠缠在他们之间的蔷薇荆棘，那么那些瑰丽的爱之花就会枯萎，不再开放。

他会忘记她，再寻找到新的目标。

叶殊回房时，途经浴室。她无意地望了一眼房门，隐约看到地上遗落了一小块新鲜花瓣的碎片，沾着精油，水迹未干，看起来掉落的时间并不长。

她捡起来一嗅，花香犹在，馥郁芳香。

隔天，叶殊跟着纪零出门调查。

距离案件发生才过了一两天，死者生前的交际信息还未查明。他们得去获取更多的消息，好从中缩小范围，找出凶手的藏身处，与新娘的身份。

一共死了三个人，皆为女性，死亡时间相隔一到两天。

凶手能这样巧妙地杀死她们，肯定是有详尽的计划，甚至是以某种形式在死者生前与之进行过联系。

因为房门口没有血迹，也没有拖曳的痕迹。这就说明，案件是在屋内发生的，没有人会缺少警惕心，让一个陌生人进屋。从中可以得出结论，凶手很可能是三名死者的熟人或者是有过交集的对象。

叶殊翻过档案，说："另外两名死者，已经有人在着手调查。我们从前天死亡的那位女士开始查吧，她的个人资料都在这里，要先从她的工作单位查起吗？"

"工作的时候很少暴露私人信息，"纪零意有所指，继续道，"先联系她的父母，询问情况。"

"好，不过该问的，之前也都问过了，询问的问题也有记录在册，可能问不出什么新鲜的事情。"

"先去看看情况，"他顿了顿，说，"还有，凶手的照片打印出来了？"

"他工作时的照片还没拿到手，需要经过对方人事部门的准许，上头的人正在准备搜查证。不过画像里的照片倒是被放大、打印出来了。看起来不太清晰，没问题吗？"

"足够了，"纪零轻声说，"在遭受重创的情况下，只要有一点关于凶手的线索，那些人就会像疯狗一样咬住不放。如果见过这个人，他们会想起来的。这是褒义的比喻，不是贬义。"

他们来到了死者宋琦父母所在的小区，按了门铃，很快就有保养得当的中年女人开门。

叶殊出示证件，客套一句：“你好，是宋琦的妈妈吗？我是重案组的警员，此次负责宋琦的案件。”

宋母听到爱女的名字，眼睛倏忽瞪大，里头盘踞的血丝暴露无遗，显然是许久没睡过好觉。

她拽住叶殊的手，情绪激动地说：“有消息了吗？查出来了吗？”

叶殊不动声色蹙起眉，任凭她抓着，也不推搡开她：“还没有，但是请相信我们，一定会抓到凶手的。”

“没抓到……”

宋母神情恍惚，像是没听到后半句话。她颓靡地松开手，被一侧的宋父扶进屋内。

叶殊的心底浮起某种朦胧的暖意，正因为他们疼爱着宋琦，才会这样迫切想要得知真相。那么，她的父母是不是也会像他们一样，一心一意疼爱着她？

不，不可能的。如果真心爱她，又怎么会把她遗落在孤儿院内不闻不问，一过就是八九年。

叶殊侧头，正对上纪零探究的眼神，他不知在想些什么，呼吸浅浅，悄无声息。好似一尊石塑雕像，寂寂千百年，无人问津。

叶殊如坐针毡，只能视而不见。

片刻，她干咳一声，切入正题：“宋叔叔，我这里还有一些问题想询问你们。”

宋父一边安抚宋母，一边稳妥地接待着他们，说：“你问吧。”

叶殊说：“好的，给您介绍一下，这是负责凶杀案的刑侦顾问纪先生。这次由他来提问，麻烦两位配合了。”

纪零收回在叶殊身上滞留许久的视线，转向另外两人，低低问道：“请问，有没有见过这个人？”

他从怀中拿出那张照片——里头的男人微笑着，笑靥灿烂，讽刺意味十足。

宋父低头看了一眼，正欲摇头……纪零很快补充：“他就是凶手。”

宋父诧异地望着纪零，他僵硬地攥紧照片，似想将照片里的男人活活拽出，千刀万剐。

“有印象吗？”纪零依旧不咸不淡地问。

叶殊却觉得这样太过于残忍了，没有任何缓冲的过程，也没有任何迂回的手段，直接将真相赤裸裸揭开，一般人怎么承受得住？

宋父半晌说不出话，他痛苦地抱住头，陷入追忆。好不容易维持好的冷静形象，又被纪零的几句话，逼到破功。

纪零瞥了一眼宋父，垂下黑长的眼睫，淡然道：“想不起来吗？还是说没有见过？”

宋父长长叹了一口气，哽咽道：“我没见过他……”

“在紧张的状态下，大脑往往能给出最真实的答案。你说了没见过，那么就是没见过了。”

纪零把照片收回怀中，却在半路被宋父拦截住动作。

宋父恶狠狠道：“能把照片留给我吗？”

“好。”纪零把照片递给他，低语，“你可以记住他的样子，记住他是杀人凶手的身份。在没有找到他之前，你不能倒下，也不能搞垮自己的身体，否则就无法报仇，无法让罪人得到应有的惩罚。那我们先走了，再见。”

“纪先生……”叶殊企图打断他的话，却被纪零握住手腕，带出门去。

叶殊烦闷地问：“纪先生为什么要和宋琦爸爸说这些？”

“有时候前进的动力不一定是希望，让一个人爬出泥潭的推动力也可能是绝望。”

“所以你这次来见宋琦父母并不是为了调查，而是为了给他们名为‘绝望’的希望？”

“正如你所说，该问的都问了，我问不出什么新鲜的。这次来，也只是为了了解清楚，他们究竟有没有见过凶手。”

叶殊哑口无言，这些都是借口吗？

她仔细去品味纪零的话，嘴角微微上翘，或许这就是纪零的温柔。

这个男人，也没有她所想的那么冷情孤僻。

“那么，现在开始真正的调查工作，”纪零走了两步，忽地回头，说，“你不用害怕我，昨晚我特意洗冷水澡冻了一夜，成功感冒了。所以现在，我完全闻不到你的味道，只要感受不到你的气息，我就能忍住侵占你的冲动。”

叶殊的心跳慢了一拍，她刚想说些什么反驳，却被急促的手机铃声打断。

“叶老大，查出来了。”是小宁气喘吁吁的声音。

叶殊问：“另外两名死者的信息？”

“对，死的三个人曾就读同一所高中，不过不是同班同学。”

“那么，她们生前可能是互相认识的，对吗？”

“这个不太清楚，但是分别查了她们大学的所在位置，都是不同省的大学，应该自打高中以后，就没什么交集了。现在工作的单位也不是同一个城区，可能没什么联系。”

叶殊蹙起眉，嘀咕一句：“这就奇怪了。凶手选中她们，应该是预谋已久，不然不可能这么巧合，源头都追溯到同一所高中里去。是高中发生过什么事情吗？凶手的信息，你们已经掌握了吗？他和三名死者是同一所高中或者大学的吗？”

小宁迟疑一会儿，电话里传来敲击键盘的清脆声，她说：“我查了一下，发现凶手和三名死者没什么联系。凶手大学是在意大利博洛尼亚大学读的，专业是生物技术，和纪先生是同校校友，真巧。”

叶殊扭头，询问纪零：“你有印象吗？”

“没有。”

她叹了一口气，也知道这个男人对无关紧要的事情都没什么耐性与记忆力。

叶殊开始自我怀疑，是她判断错误了吗？死者就读于同一所高中或许只是巧合？因为她没有任何可以说明三名死者互相认识的证据。

片刻，纪零思索着，说：“或许你没想错。”

“什么意思？”

“三名死者只是分散的根须，它们汲取水分，传递到主根脉里。”

叶殊恍然大悟：“你是指，新娘就是这条主脉。三名死者互相没有联系，但是她们和新娘都有交集，对吗？只要了解清楚这个交集的部分，就能确定新娘，先将她保护起来，对吗？”

“没错，不过请别忽略至关重要的一点——在凶手的死亡预告上，曾经说过他和新娘是旧相识，或许他和新娘也有某种联系。也就是说，可以从那所高中的出国留学生，或者交换生下手，有去过意大利的女性，都是重点观察对象。”

叶殊理清楚了，心急火燎对电话那头道：“去查一下，和死者同届生里，有哪些女孩去意大利的博洛尼亚大学留学了，统计个名单给我。对了，还要查查看她们近期的情况，有回国发展的，甚至是在黄山区附近的，都有可能是凶手下一个作案的对象，也就是他的新娘！”

“好，给我两个小时。”小宁挂断电话去工作了，余下心事重重的叶殊。她愁眉不展，正推测着凶手的下一步计划——就算三名死者在高中时期和新娘认识，凶手又为什么要杀她们？三名死者都是未婚，单身，正好可以担任伴娘。难道说……凶手把她们当作是新娘的证婚人，也就是伴娘，所以邀请她们参加他的婚礼？

可那明明不是婚礼，是葬礼。

纪零轻描淡写地说：“你是在想凶手的事情？”

“我好像明白了一点东西，凶手杀死者的原因。他在举行婚礼，但那场婚礼，是以死亡谢幕的。”

“所以，新娘很危险，因为她才是凶手真正的目标。”

叶殊毛骨悚然，她下意识抚了抚手臂，企图将那些因寒意而突起的鸡皮疙瘩撸下去。

距离小宁的报告还有一个多小时的时间，叶殊打算先带纪零去吃点东西填饱肚子。

她将菜单递给纪零，说：“这家面馆我常来吃，推荐你点番茄大排的拉面。”

纪零用纤长的指尖压下菜单，问：“你吃什么？”

“我吃酸菜大排面。”

“那我也要。”

叶殊犹豫了一会儿，出声提醒：“酸菜是腌制过的，可能会有些味道。纪先生受得了吗？不如点番茄大排好了？”

她可是知道这个男人连腐乳都不能接受。

纪零有一丝动摇，他蹙眉，挣扎着说：“这里吃面允许戴口罩吗？我只戴在鼻子的部位。”

“店里的人应该不会管这么多，但我不会和你同坐一桌……”叶殊可不想享受“接受全店的人行注目礼”的VIP至尊待遇。

“那我就不戴了。”

“你的意思是，即使不戴口罩，也要吃酸菜大排？”

“我想和你吃一样的食物，”纪零将唇瓣抿出一道浅灰色的线，说，“但我没有说，我是因为爱屋及乌。你说过的，我不能喜欢你。”

“对，纪先生领悟得很快。”

“这是夸奖吗？”

“呃，算是吧。”

纪零垂下眼睫，似羞怯般低语：“谢谢。”

“不客气。”

叶殊对现状尚且还算是满意，虽然纪零时而还会暴露奇异的念头，但相比之前，已经收敛了许多。至少不会再像家养宠物狗一样，一见到她就兴高采烈地扑上来。

只是他的克制，稍显刻意，偶尔也会让叶殊产生莫名的情绪。不只是心疼这个男人独处时孤孑的背影，更多的，还有对从前关系的破碎感到遗憾。

叶殊从热气缭绕的面碗里抬起头，对纪零坦承：“有一件事，我想向纪先生道歉。”

“什么事？”

“几天前，你说过一句话——有的人生来就低人一等。因为我小时候是在孤儿院长大的，所以比较内向自卑。这话让我很介意，也在那一瞬间产生了私人的情绪，迁怒于你。对于这件事，我想要和你道歉。对不起，是我太冲动了。”

纪零歪了歪头，他长长的发丝掠过眼睫，轻飘飘的，正好搭在脸侧。他就这么一瞬不瞬凝视叶殊，直到她坐立不安，这才启唇：“是我说了让你讨厌的话，所以你才讨厌我了吗？”

“当时是这样的情况，但是之后那一番要以合作关系相处的话，也是我的心里话。”

“我知道了，”纪零轻柔地说，“我没有讨厌你，所以不用道歉。也是我说错了话，才让你生气了……那么现在，我可以问你一个问题吗？”

叶殊不忍心拒绝他的期待，只能点点头，说："你问吧。"

"你现在讨厌我，还是不讨厌？"

叶殊没料到他还是想知道这句话的答案。

她愣了愣，回答："我不讨厌你。"

"我知道了，"纪零放下筷子，一双眼重现灼灼火光，他咬着字眼，一字一句道，"莎士比亚曾经说过一句话——'如果想要治愈感冒，那就要快点吃药'。为了重新嗅到你的味道，我会积极配合治疗的。还有最重要的一点是，只要你不讨厌我，我就绝不会放弃你。"

"莎士比亚没说过这句话。"

"哦，那我可能记错了。"

"这不是记错的问题吧？这明明就是瞎编乱造的问题。"叶殊觉得头疼欲裂，她是在无意间又给自己招惹上什么大麻烦了吗？

就在这时，小宁突然打来了电话："叶老大，找到新娘了。"

"这么快就查出来了？"

小宁犹豫了一会儿，吞吞吐吐地说："倒也不是查的，而是有人报案说被跟踪了，被跟踪的女孩是前年回的黄山区，之前就在意大利的博洛尼亚大学留学，和三名死者在同一个高中，甚至和她们都是很亲密的朋友。因为大学出国，这才少了联系。最巧的是，她的婚期就在最近，是待嫁的新娘。"

"那不是挺好的？已经找到新娘了。"

"可奇怪的是，我们给她看了凶手的照片，她说从来没见过这个人。"

"什么？！"叶殊目瞪口呆。

按理说，不该是这样啊。根据凶手的预告描述，他们应该是认识的。

难道有人在说谎？

叶殊百思不得其解，直到面汤凉了，这才回过神来。

纪零给她倒了一杯免费续杯的大麦茶，递到她手心里，说："喝热水，不然会感冒。我不想你经历和我一样的痛苦。"

叶殊迟疑地点了点头，她报以温柔一笑，浅啜了一口热茶。

已经临近深冬了，天气愈发严寒。街上无时无刻不缭绕着一层白纱状的雾气，伸手一触摸，那些水汽遇热就会迅速融化，湿了满手。

叶殊不自觉拢紧了风衣，原地跺了跺脚。

她问：“纪先生平时睡的被子会不会太薄，需要再加一层吗？”

“一个人睡，怎么都觉得冷。”

叶殊听出他话中的意思，脸上一热，避开他热切的视线，含糊地转移了话题：“刚才小宁说的话，你也听到了吧？你说过，凶手和新娘是旧相识，可现在的情况和推论并不符合。是有人在说谎吗？我想不明白这里面的关系。”

纪零淡然看她，一声不吭。

等了良久，他突然凑近，将温热的手掌覆盖在叶殊纤长的眼睫上，逼近她的耳郭，暧昧细语：“先别动。”

“纪先生？”叶殊拽住他的腕骨，等他的后文。只要这个男人心怀不轨，她就会让他尝尝什么是过肩摔的滋味。

“再等一下，等你的眼睛先适应黑暗，学会用嗅觉去接触这个世界。”

叶殊不得要领，只能盲目地听从他的话，感受那滚烫的体温，以及从纪零胸腔附近传来的淡淡的山茶花味。

他的手就覆在她的眼皮上，叶殊能清晰感受到男人掌心里深邃的脉络，以及指尖粗粝的薄茧。他并不像她所想的养尊处优，手上也有一些细小的疤痕，可能是制造香水的过程中留下的痕迹。

就算是天才，也需要付出相应的努力，才能攀登到事业的高峰。这一条硬性的社会处事规则，无论何时都不会变。

叶殊的视线逐渐暗了下来，她能听到嘈杂的风声，从四面八方横穿入耳，卷来几许交谈声；也能嗅到在忙碌日常里不曾察觉的细小气味，水沟的腐潮味，面馆各式各样的调料味，甚至是所谓的人的气味。

她的身后被柔软的暖意包裹，只要倒退一丁点距离，她就能撞上纪零宽阔的胸膛，感受到他隆隆如岩浆涌动的心跳。

一切都那么近，那么静……

她好像是第一次接近纪零的世界，就在前方，触手可及。

纪零的嗓音也低了下来，如同下雪时的“沙沙”声，温柔又动听。他说：“不要用眼睛去看世界，视觉和听觉是会骗人的，但是嗅觉不会。”

“嗅觉不会吗？”

“嗅觉很单一、直白。譬如一个人抽烟，你就能闻到他的烟味，如果他伪装抽烟，实际上只是把烟放在唇边。那么在交谈时，你也能嗅出他口腔里残留的烟味浓淡，从而判断出他究竟有没有把烟吸入肺腔里，”纪零低声说，“嗅觉是骗不了人的，但是听觉和视觉会骗人。一个人用嘴巴说谎，你听进去了谎言；又或者是A追杀B，B自卫过度，反而杀死了A。你途经于此，看到了，就会认为是B蓄意行凶。”

“的确是这样，”叶殊抿唇，纠结地问，“那我该怎么办？或者说，我该怎么分辨视觉与听觉制造的谎言？”

纪零松开了她：“不要相信任何人，除了我。”

“除了你？”

“我会帮助你，保护你，也绝对不会欺骗你。”纪零说得郑重其事，他抬眼，眼底透着真挚的光。

“谢谢你，纪先生。”

“不用谢，”纪零突然举起手，翘起小指，“作为帮助你的交换，你要承诺，绝对不会再抛弃我。”

叶殊愣在原地，看着男人骨节细长的小指，不知该如何是好。

她何德何能，只用一个不抛弃的承诺，就让一个男人帮助她保护她，甚至绝对不会欺骗她。

“可以答应我吗？”纪零轻轻侧了侧头，天真地问她。

“可是我……”

“如果你答应了，我会很高兴。”

叶殊咬牙，算了，怎么算都是她赚了。更何况，她并不想看到这个男人失望的模样。

“我答应你，作为你帮助我破案的条件，我绝对不会抛弃你，绝对不会。”她孩子气地勾上了纪零的小指，拇指对触，与他摁下宣誓的指印。

就此，契约成立。

叶殊赶回局里，被称作“新娘”的女人还在审讯室里和小宁交谈。

借着室内昏暗的灯光，叶殊看清了那个女人的脸——她长得很漂亮，用小宁的话说就是一张能展现年纪的脸，满满都是胶原蛋白。一泓秋水般温润的美目微垂，勾勒出她弧度完美的眼尾，掺杂了星点阴影，魅惑又动人。

不得不说，这位新娘长得还真是好看。凶手目标是她，也没什么好令人惊讶的。

虽然叶殊还不能确定，她是不是凶手口中所说的新娘，毕竟她和凶手素未谋面，又怎么可能牵连到一起。

女人旁边还有一位西装革履的男人，他亲昵地揽住女人的肩膀，情绪激动地和小宁说话：“就是这个人，最近一直寄送奇怪的信件，骚扰我的未婚妻。”

他伸出食指，不住点在信封上，将桌面敲击出“笃笃”的响声。从男人说话的架势也能看出他应该是某公司的高层，语气里端着领导人的派头。

叶殊安抚男人的情绪，说：“这位先生别激动，我们会登记情况，找出骚扰者。”

“我知道他是谁！”

“您知道？”叶殊觉得这其中一定有不为人知的故事，她坐到塑料靠背椅上，做好打持久交谈战的准备，“还没来得及自我介绍。我叫叶殊，是刑侦部门重案三组的刑警。”

男人冷静了下来，说：“我是陈楠，这位是我的未婚妻袁姗。”

“能把你知道的都告诉我吗？”

陈楠目光变得冷肃，板着一张脸，生硬地说：“大概是几天前，我的未婚妻一直收到一个男人的骚扰来信。袁姗性格内向，又有些腼腆胆小。她怕我担心，所以就隐瞒了一段时间。直到昨天，我看到她出门拿信，也跟了上去，这才发现有这些东西。我很快意识到不对劲，所以决定报警。”

叶殊愣了一会儿，问：“居然不是袁小姐报警的？”

袁姗点了点头，她抬眸，细声细气说：“因为过两天就会搬到新房里，那里只是暂时租来住的房子，就没想那么多。原先以为只是有人寄错了恶作剧的信，后来接连收到三封，这才意识到不对劲……这是昨天收到的信，我还没来得及打开看。”

“袁小姐的安全意识很差啊，”叶殊在本子上快速记录下信息，接着道，“你想想看，那房子只是你暂时租来的，却有人能迅速锁定你的位置。那就说明了，这个男人一直尾随着你，甚至跟踪你也有一段时间了。这种人不可怕吗？如果你不做出抵抗的动作，还不知会发生什么事情呢。”

陈楠抚了抚袁姗瘦削的肩头，话里话外满满都是温情：“她一直这样，胆小怕事，不爱给我添麻烦，凡事都习惯躲在我的身后。也就是我能照顾好她了，不然按照她的性格，跟了别人，恐怕会出大事。”

叶殊配合地笑了笑，继续将话题引回跟踪事件上：“刚才听陈先生说，你认识跟踪者，这是怎么回事？”

“大概是两三年前的事情了。那时候，我和我未婚妻刚认识，确定了关系，她常常会来公司找我，大概是那个时候就被人盯上了。”

“被人盯上了的意思是？”

“我公司里的职员对袁姗有非分之想，之前没怎么看出来。直到有一次，我看到他对袁姗纠缠不清，这才知道这个人品行不端正，业绩方面也不突出，所以就把他辞退了。”

“也就是说，你怀疑现在的跟踪者就是两三年前的那个职员？可能是他怀恨在心，或者是对袁小姐念念不忘，这才处心积虑潜伏在你们身边，伺机报复？”

“对，”陈楠肯定地说，“我这么说是有依据的，他在昨天的恶作剧信件里留了照片，就是这个人，我没有认错。”

“方便把照片给我看一下吗？”

陈楠从一侧的纯白信封里掏出照片，递过去。

叶殊接手，一看，顿时惊得说不出话来。

她绝对不会看错，这个男人的轮廓，就是化成灰她也认识。

照片里的男人微笑着，五官再也不是模糊不堪，眉目线条清晰到有一定的违和感，总觉得他灿烂如烈阳的笑容里带着新鲜的刺，遍布危机。

跟踪袁姗的男人是凶手！那袁姗就是他选中的新娘，一点都没错！

但这又是怎么回事呢？凶手说他和袁姗是旧相识，是他说谎了吗？

为什么？

叶殊觉得头昏脑涨，这时，从门外走入其他人。正是纪零。

他朝前方的陈楠点头致意，说："陈总，好久不见。"

陈楠惊喜地回答："纪先生？好久不见，你现在在哪里高就？"

"在解决人生大事。"

"好巧，我也是婚期将至，到时候给你送张请柬，请你来参加婚礼，你看怎么样？"

叶殊朝纪零翻了一个白眼，呵斥："别瞎说。"

纪零声音弱了下去："哦。"

叶殊看他们两个在这里寒暄半天，也没说出什么实际的话，只能自力更生。

她直截了当地问："也就是说，凶手和纪零以前都在陈先生的香水公司里工作过，都是调香师，对吗？"

"纪先生是一名很优秀的辨嗅师，如果有机会，我还想和他签订长期的合作合同。"陈楠意有所指。

"不用了，我早上刚和别家签了长期合作协议。"纪零嘴角噙着浅浅的笑，朝叶殊翘了翘小指头，志得意满地说。

"那真是很遗憾。"看得出来，陈楠是真的失望。

见他们又要耍职场上假惺惺的客套，叶殊赶紧打住，说："陈先生，不瞒你说。你的前职员近期可能有别的危险举动，保险起见，还是早些让袁小姐换住处比较好。"

"危险举动？"陈楠蹙起眉头。

"他是个杀人犯，迄今为止，已经杀了三名女性了。"

陈楠大惊失色："怎么会？"

袁姗倏忽落下一滴眼泪，哽咽："我根本不认识他，他为什么要杀了她们……"

叶殊也说不出别的话，只能再三保证："请相信我们，一定会抓到凶手的。如果有其他的信息，也请第一时间和我们汇报。"

"好的，那我们先走了。"陈楠扶着情绪失控的袁姗，一步步走出了公安局。

偌大的审讯室里，只余下叶殊和纪零两人。

叶殊翻看着桌上的信件，一共四封信。

第一封信写着：我记得你偏爱玫瑰的瑰丽，它热情似火，张扬的样子和你很像。你喜欢婚礼上铺满玫瑰的样子吗？

第二封信写着：我很快就要来到你的身边了，还记得我们曾经的愉快时光吗？

第三封信写着：你要结婚了？对象怎么可以不是我……再等等，等我筹备好婚礼，我会接你回到我的身边。

第四份信封里什么信纸都没有，只有一张笑着的男人照片。

凶手正在一步步靠近袁姗，说话的语气也很亲昵，像是相识已久。

纪零忽地探出手，沿着信封，一份份嗅过去，等到那张照片时，他启唇：“袁小姐是不是说过，她没来得及拆出这封信？”

“对，”叶殊翻开笔记，指着里头记录下的对话，说，“她说她还没来得及打开信，就被陈楠发现了，这才选择了报警。”

“不对。”

“不对？”

纪零瞥了一眼叶殊，轻声说道：“这封信上有她的味道，和另外三份不一样。另外三份的信纸上都喷满了‘深渊之星’的香水，而放照片的这一封信没有。”

“你是指这封信可能不是凶手放的，而是袁姗放的？她和凶手不认识，怎么会有凶手的照片？还有一点，她忍耐了三封骚扰信，为什么又突然制造出第四封信，并且把信息告知警方了呢？”叶殊不确定是不是袁姗所为，只是这样一推理，自然而然就会怀疑到这个女人身上。

“她在说谎？”纪零自言自语。

“可以保留这个假设。”

“还有一点，信封上使用的香水是一周前上市的，也是这段时间销量最佳的女性香水，网上还未上架销售，黄山区只有特定的几家品牌专卖店才有售卖。三名死者的死亡时间间隔不长，差不多也是一周内的事情，凶手不太可能绕到外地购买香水，再回来部署杀人计划。所以，或许可以去专卖店里询问一下有关凶手的信息。”

“没错！”叶殊茅塞顿开，她夸赞一句，“不愧是纪先生，对气味果然敏感。”

“你是在夸我吗？”

“呃，是。”

“我很开心。”纪零说完，羞怯一般，抿唇微笑。

等他们从公安局里出来时，夜已经深了。

调查工作无法继续进行，只能暂且告一段落。

叶殊扒着方向盘，车开到一半时，天空突然飘起了棉絮一般的小雪。

她将车停在离家不远的路旁，静静注视车窗外安逸的莹白世界。

又下雪了，叶殊在掌心里呵了一口气。

就在这时，有什么温热的事物轻飘飘搭在了她的肩膀上。侧头望去，居然是睡着了的纪零。

不知是有意还是无意，纪零将头靠在了叶殊偏窄的肩上，惬意地蹭了蹭。像是一只寻到温热炉火的小狗，扒紧那一点可以救命的温暖，死也不会松手。

叶殊无可奈何，余光又瞥了一眼安全带的位置……该死，这个男人坐副驾驶座居然连安全带都忘记系！要是被交警看到，还不得拦下来罚款，到时候还得被同事嘲笑，身为警察还知法犯法。

她推了推男人的头，轻声催促：“快醒醒，纪先生，我们得回家了。”

纪零恍若未闻，不知是真睡着了还是假寐。这个男人花招太多了，以至于她都不太信任他。

叶殊再触了触男人的脸颊，指尖被惊人的热度击退。

她这才发现他的脖颈烧红，浓重的绯红从脖颈一直攀爬至耳后，温度高得有如一块淬红的烙铁。

这是发烧了！她早该意识到他的不对劲。

叶殊觉得愧疚，嗓音也温柔了许多。她亲自将男人摆回副驾驶座上，扣好安全带，说：“纪先生，你先别睡。等到家了，吃点药再休息。”

纪零突起的男性喉头滚动两下，灯光下，覆着一层虚幻的光，略显性感。

他睁开眼，怔怔望着叶殊，欲言又止。

“纪先生？你很难受吗？”

纪零依旧不作声，眼睛一瞬不瞬地盯着她。过了几秒，他启唇，舌尖微动，像是要说些什么。

叶殊没有听清楚。一急之下，她扯开安全带，侧着脸，凑了上去，企图听得更清晰……

男人独一无二的气息在瞬息之间包裹住了她，炙热的鼻息吐纳在她的耳郭，从脸颊缓缓向上，一路滚烫到了微垂的耳珠。

叶殊的脊背感到酥麻不适，耳郭也觉得有些痒，像是被热膜包裹。

她耐心地问："纪先生，你刚才说了什么，我没听清。你是需要什么东西吗？还是说哪里疼？要不要开车送你去医院？"

"我……"纪零挤出沙哑的单字，后续的话语很快被车窗外的风雪卷过。

"什么？"叶殊焦虑地靠近了一点，"你说什么？"

纪零的气息愈来愈近了，他忽地半撑起身子，将薄薄的唇瓣贴上叶殊柔软的脸颊，蜻蜓点水一般轻触，转瞬就退开，了去无痕。

叶殊迅速靠回驾驶座上，下意识捂住脸侧，用指尖晕染开脸颊尚存的余温。

等等，刚才纪零亲了她？

叶殊依旧记得那种肌肤相亲的触觉，微冷的唇瓣、柔软的质感，以及相撞的那一瞬间，浑身激起的前所未有的战栗。

她胆怯地回头，望向纪零——男人像是什么事都没有发生过一般，闭着蝶翼似的眼睫，沉沉入睡。

只是一个意外吧。她不该和一个病人较真。

叶殊把纪零扶上床。

她翻箱倒柜，从抽屉深处掏出一盒快到保质日期的退烧药，犹豫再三，还是配水给纪零吃下。

叶殊帮纪零掖好被角，将男人高大的身躯用温暖厚实的棉被捂得严严实实的。内心祈祷着：可别再生病了，她还需要他的鼻子查案子呢。

"纪先生？你还难受吗？"叶殊尝试性地唤了两句，可没人回应她，只有低低的呼吸声，深入浅出，悬浮在房间内。

或许睡一觉就好了。

她用手背再感应一下纪零的额头，手背的温度低，皮肤敏感，可以迅速感受出体温的升降程度。幸好，热度稳住了。

时间一分一秒流逝，叶殊守在他的床边不敢动弹分毫，生怕这个男人有什么吩咐，而她恰巧不在他的身边。

她也累了，于是佝偻着脊背，以手垫着下颚，趴在床边。

就在这时，叶殊突然嗅到一股浓烈的精油香味，似玫瑰，又似蔷薇，她对这种味道并不敏感，只有看到花的种类才能区分一二。

某种强烈的预感油然而生，促使她伸出手，拉开床头的抽屉。

抽屉被扯出一道细小的缝隙，灯光斜入，映出一点鲜红色。叶殊觉得那事物眼熟，直到柜子全打开，她才反应过来那是什么——这是一枝缺了几片花瓣的玫瑰，嫩黄的花蕊半开，上面溢满了未干的精油，刺激出馥郁而饱满的芬芳。与她前几天在浴室门口看到的那片花瓣一模一样，大约是同一枝。

也就是说，那天和纪零冷战以后，他的确是本性难移，又偷偷摸摸蹲到浴室门口等她了。

叶殊能幻想出男人蹲在门口的落寞样子：他拿着一枝玫瑰花，一片一片扯下花瓣，口中碎碎念着某些幽怨的话语，像是一只被遗弃的流浪狗。

居然会觉得他很可怜？在想什么呢！这个男人明明在之前还借病轻薄过她。

叶殊叹了一口气，关了台灯，就走出房间。

却不知，纪零在她走后，就着黑暗的夜色，徐徐睁开了眼。

第二天，雪还在下，却并没有太厚重的积雪。

叶殊把车装上雪地胎，朝着昨天上网搜到的那两家香水品牌店地址进军。

纪零的病好得差不多了，在叶殊的叮嘱之下，他还是戴上了围巾，连羽绒服都是加厚的，裹得密不透风，这才出门。

他将半张脸都缩在围巾里，只余下一双被遮掩在碎发之后的黑稠如墨的眸子。他一瞬不瞬地盯着叶殊，忽然发问："昨天有没有发生什么？"

叶殊隔了很远都能听出他话中的愉悦，她几乎是在瞬息之间就想起了昨天那段称不上美妙的回忆，警惕回答："怎么这么问？"

"我的唇上残留着你的味道，我绝不会认错的。是不是你趁我睡着，所以……"

“不是，绝对不是！”叶殊矢口否认，她绞尽脑汁想着借口，“喏，事情是这样的，你昨天发烧到神志不清，我就扶你进门。所以你的嘴唇就正好碰到我的手臂了。”

“是手臂吗？我能区分出你身上各个部位的味道，所以，请不要欺骗我。”

“纪先生，现在是讨论私事的时候吗？凶手还没找到，现在距离十一月十一日也就两三天的时间了，还这么懒散，能救出新娘吗？”叶殊拿高帽子压他。

纪零很快乖巧起来：“我知道了。”

“知道就好。”

“但我还是很在意，不解决这件事，我无法专心工作。”

“那你就下车吧，我一个人去调查就行了。你好好养病，我会帮你告个病假的，更何况，你发烧也是事实。”

纪零声音弱了，颇失落地说：“我知道了，我不问了。”

“这就乖了。”

“反正你做了什么，我心里也很清楚。”

“纪零！”

他抬眸，用拇指捏食指，做了个给嘴巴拉上拉链的动作。

到了香水店，叶殊走到后台，直接出示了警员证，很快就有店长出来接待她。

叶殊客套地打了招呼：“你好，这是我的证件。我正在调查一起凶杀案，凶手在几天前可能在你家店里买过香水，请问能调出监控视频给我们看看吗？”

类似这种奢侈品品牌店都会安装摄像头，防止偷窃事件，柜台是最常被盗窃的地方，自然而然会有监控记录。也就是说，凶手买香水付款时的画面一定会被拍摄下来。

店长和上头的人联系了一下，得到允许以后，就把叶殊带往专门调看监控视频的工作室。他们也不傻，一个个都是职场老油条了，自然知道不能让警察在店里巡查，即使是便衣警察也不行，否则会给顾客留下极为不好的印象。

纪零根据最早的那一封信件上残留的香水味浓淡推算出，写信时的时间距今有多久。

他说：“幸好信件是密封的，里面的香味消散不快，拿出来还有一点淡淡余味，否则这一点特征就会被风吹散了。大概能推算出最早写信是在五天前，也就是第一名死者死亡日期前后。”

“有可能是他每杀死一个人就写一封信吗？”

“迄今为止，一共有三封了。”

“如果第四封是袁姗伪造的话，那的确是三封。不过也能从中看出一件事——第四封信之所以迟迟未到，是因为还没有下一个死者。如果袁姗是新娘的话，那他很可能就是想杀死她。”

“可以这么说。”

“不过我觉得很奇怪。”

“奇怪？”

叶殊抿唇，犹豫不决地说：“凶手说自己很爱袁姗，又为什么要杀死她呢？”

“有时候，爱一个人和杀死一个人并不矛盾。”

“什么意思？”

“占有欲作祟，”他走近一步，鞋尖正抵在叶殊的裤管处，他离她就只有半步之遥，“我想得到一个人，又没有安全感的时候。也会想要征服她，把她完完全全锁在我的身边。你又怎么知道他的杀意不是爱意呢？”

“所以能肯定的是，他有一部分心理是想要独占袁姗，甚至是她的尸体？但从之前的画像上又能看出，凶手想要袁姗像一只胆小的野鹿一样，看见他就瑟瑟发抖，这样看也不全是爱啊！难道说，他对她的情绪是又爱又恨？”

“谁知道呢。”

够复杂的！

叶殊回过神来，这才察觉到纪零眼中散出的某种名为“渴望”的眸光，她如同受惊小鹿一般，后退半步，命令一般对纪零喝道：“纪先生，你太近了！”

“我知道。”

“知道还不后退一点！”

“知道和做到是两回事。”

“呵，是吗？”

“疼！”

“现在能做到了吗？”叶殊松开下黑手的手掌。

纪零揉揉险些被残忍拧断的腕骨，小心地点了点头。

他们在办公室里没待多久，就有工作人员进来帮忙调监控录像。显示屏里正播放着这几天的录像讯息，右上角是时间。

足足一百多个小时的录像视频，她不可能一分一秒都观察过去，只能低头看一眼手头上的凶手照片，一边按着快进键核对着柜台前的顾客。

叶殊想了较为简易的方法，她让柜台收银员将售卖的香水票据调出来，锁定了那几个购买了“深渊之心”的顾客的购买时间。

这样一来，工作就变得简单许多了。

叶殊按照票据上付款时间，调动着视频的进度。很快，她就发现一些端倪——有一个男人在购买“深渊之心”的时候一直压低帽檐，像是早就知晓摄像头所在的位置，颇为自然地躲过了摄像头，不想让其捕捉到他的面孔。

这就有意思了。

叶殊在笔记里记下有关男人的外貌特征：柜台的高度正好到男人的腰侧，皮带上下的位置。她之前目测过柜台，大约是一百二十厘米。男人与柜台前的服务员相差大约一个头，也就是大约二十厘米，服务员的身高是一米六左右，这样一看，男人的身高可以估算为一米八。

他的身材较为精瘦，肌理均衡，无赘肉。根据身高推算出他的体重大概是六十千克。

在紧握物品时，从伸出的手臂线条可以看出他常年锻炼，手臂肌肉会因用力，而惯性突起干硬的肌肉与乌青色的血管。

还有一个细节，他在付款时掏出的是现金，并且收银员没有找零。这就说明了男人目的性很强，为了不拖延时间，提前算好了“深渊之心”的价格，就为了争分夺秒离开店铺。

这一点，完全是决定性的因素，能在瞬间锁定他就是凶手的身份。

叶殊碎碎念道：“凶手是个一米八，体重为六十千克的男人，身材偏高瘦，常年锻炼，并且做事谨慎，目的性很强。”

因为视频只能拍到一部分画面，具体的事情，叶殊并不能分析太多。

她传唤来那一名招待过凶手的服务员，客气地问：“我想问你几个问题，方便吗？”

“你说。”服务员是经过培训的，拥有良好的职业操守，此时也带着得体而温柔的笑容，轻声细语回答。

“还记得这个男人吗？”叶殊调出视频给她看。

服务员微微启唇，“啊”了一声，说：“别的客人，我可能不敢保证。这一名客人，我还是有点印象的。”

“是他的什么举动，给你留下了深刻的印象？”

服务员眼珠朝左边下视，翻转了一圈，这是很明显的思索行为。

半晌，她断断续续说：“当时我们店在搞促销，有前辈告诉过我，一般单身男人进店，都是给女朋友或者妻子挑选礼物，这类人比较容易盲目，是很好的推销物品的对象。所以当时我就上前去询问他喜好的香水，但是那名客人很奇怪，他只是摆摆手，一句话都没说就推开了我，拿了‘深渊之心’。”

“一般人即使拒绝推销，也会客气回应一句不需要。”

“对，他的行为举止特别怪异，总有种说不上来的感觉。”

叶殊将所有的情况都记录在册，接着问：“还记得他的外貌，和一些细节吗？”

“戴着鸭舌帽，有刘海，遮住眼睛。穿着宽松的牛仔裤以及黑色的休闲短外套。他的手里好像还拿着一把车钥匙，牌子是大众，”服务员不好意思笑了笑，“这是我个人的爱好，因为单身了二十几年，又一心想找个条件好的男朋友，平时也会在来往的客人里物色一下人选，所以就比较注意车钥匙的牌子之类的。对了，他的裤子上染了紫罗兰色的油漆，还没干。商场左侧的入口正在装修，前几天我路过时看到他们把白墙涂成了紫罗兰色。”

“所以，这名客人应该是从商场左侧过来时，不小心沾到了油漆，这就能确定他途经的店铺和方向了。”叶殊将所有细节都写下来，随后问，“还有其他的细节吗？”

“别的没有了。”

“好的，帮了大忙了，太谢谢你了。”

“别客气。”

叶殊一想：带着车钥匙，可能是开车来的。十一月三号晚上八点的时候，他很有可能把车停在商场左侧的停车场。

也就是说，她需要寻找一个在那一天开着大众牌子的车来商场的男人。

叶殊把现在所掌握的情报尽数告知徐队长，由他们在商场进行大范围的排查与询问。如有必要，还可以申请在那段时间内附近的交通监控录像，这样就能清楚查明凶手所开的那辆车究竟去往何方。

当然，这些事已经不在她的能力范围之内了。

叶殊决定，既然袁姗有疑点，那她就去调查她。

但这种时候，不能打草惊蛇。

这个女人既然有能力让她把注意力放到凶手身上，那就说明她绝不是善茬。至少在还没得知她真面目的情况下，叶殊绝不能轻举妄动。

越无害，越有害。

徐队长也曾告诉过她：有时候，令人彷徨无措的并不是海上的迷雾，而是那本该引路的照明灯塔。正因为习以为常，所以更容易被其欺骗。

她想要活得长久，就必须反其道而行，不被“灯下黑”所蒙蔽。

纪零沉默许久，突然出声：“我也好想被你注意。”

“呃，你的意思是，你在羡慕凶手？”

“如果你也能像对他那样，把目光都放在我一个人身上就好了。或许，我也应该去犯一桩案子？”

“那样的话，我要拧断的就不只是你一只手腕了。”

“哦。”纪零很失望。

叶殊给小宁打了一通电话：“帮我调查一下袁姗的背景资料。”

小宁略显诧异：“查她？她是被害者，有必要大费周章查她吗？”

“我觉得事有蹊跷。”叶殊的第六感有时候就是这样准确。

“行，不过她没犯过案，没什么特殊的个人讯息。基本能查到的也就是她在国内的时候，在哪里工作生活之类的，出国以后的事情，我就爱莫能助了。”

“足够了，之后转交给我。”叶殊不多说一句废话，直接挂断电话。

她看了一眼手表，已经是下午三点了，距离十一月十一日还有两天的时间。

而就在这时，徐队长突然打来电话，他心急火燎地道：“小叶，迅速归队！耗子逮住了！”

这是他们之间的暗号，所有嫌疑人的代称都是耗子，而他们就是在黑灯瞎火的环境里抓老鼠的猫。

“好。”叶殊拽住纪零的手腕，迅速往车库的方向跑。很显然，男人的运动神经很弱，被强硬带着走就会重心不稳，步伐踉踉跄跄。

他焦灼的视线落在自己被紧攥的手腕处，倏忽，颇有深意地眯起了狭长的眼睛，意味不明地开口：“你主动碰我了。”

叶殊如触到烫手山芋，几乎是顷刻之间松开他。

她侧过头，以手握拳，抵在唇边，干咳：“我只是太着急了。”

“人在着急的情况下，往往会下意识带着自己最重要的东西逃跑。譬如遇到火灾时，人会去救自己的孩子；地震时，也不忘带金钱逃离。由此可见，你最重要的人，是我，对吗？”

“呃……”叶殊又词穷了，她天生不擅长口舌辩解，只能生硬地回答，“我只是出于责任感，不能把纪先生一个人留在店里。我说过，我会陪在你的身边。凡事带上你，这也是合约里面需要遵守的一条，对吧？”

“哦？是吗？”

纪零意味深长的浅笑令她浑身不自在，她直视男人肆无忌惮的目光，再次强调：“就是这样，我说了，不要说太多和案情无关的私事。”

“这不是私事。”

“这就是。”

他忽地紧逼上一步，单臂抵在车背上。几乎是一瞬之间，他将身材纤细的叶殊，锁在他线条硬朗的臂弯，与弥漫炽热体温的胸腔之间。

纪零半弓起脊背，缓缓低头，冰冷的鼻尖恰巧抵在叶殊的额角，轻蹭：“你在逃避我。”

“纪先生……”叶殊也是怕了他了，不知该如何招架这个不按照常理出牌的男人。

纪零炙热的鼻息如茫茫雾霭，萦绕在她的耳郭与头顶处。一时间，叶殊心猿意马。

“为什么不敢回答我的问题？为什么每次都避重就轻？我不喜欢你这个样子。”他说得很真挚，却没有底气，尾音压到至低点，似被人踩中了尾巴的狗。

“我……”叶殊结巴了两句，刚打算以暴制暴，就又收到了徐队长的短信。

她抽出手机，点开页面，上面清清楚楚写着：梧桐路的34号，速来，找到耗子的窝点了。

叶殊没有谈论儿女情长的时间，她无视了纪零细腻敏感的情绪，直接拽人上车：“等我们回家再谈这些，行吗？凶手所在的位置找到了，我们得赶过去。”

纪零一声不吭，配合地在副驾驶座上坐好。

良久，他闷闷不乐地说：“我早就说过了，我很羡慕凶手。”

因为是初冬了，天黑得很快。

没一会儿，路上灯光璀璨。万家灯火铺就的夜晚，照亮行人回家的路。

叶殊没开警车来查案，所以在交通堵塞时，忙着回家的上班族皆数不知让道。

情急之下，她从车内拿出鸣笛灯，“咯噔”一下安装在车顶，再将自己的证件卡在车玻璃前，方便其他车主认清身份。

警车鸣笛灯开始作用了，发出绵长而急促的“哔唔”声。其余车辆也反应过来这是警察在执法，纷纷让开一条道，任由叶殊的车扬长而去，余下几缕尾气。

叶殊两手扒着方向盘，时不时侧头看一眼纪零。

他轻柔地闭着眼睛，眼睫天生密长上翘，打下一片灰褐色的暗光，将鼻梁衬托得更加笔挺。

纪零仿佛天生就适合处于黑暗，整个人畏缩在浅浅的阴影深处，与夜色完美融为一体，无声无息。

叶殊心潮澎湃，她天生有正义感，以至于得知了凶手住处就会产生难言的兴奋感。她原以为纪零也是她这一路的人，可眼下见他毫无反应的样子，不免意兴阑珊。

“纪先生？”她唤醒他，总不能在追捕的路上睡着了，这叫什么样子？

“嗯？”纪零依旧是困倦，从鼻腔里哼出一个单字，作为回答。

“你不兴奋吗？”

“兴奋？”

“我们查了这么久的案子，总算有一点眉目了。如果运气足够好，还可能抓到凶手……”

纪零迷茫地睁开眼，打断她的话：“是吗？我不这样认为。”

“为什么？”

“太容易了，”纪零抿唇，说，“他不会这么轻易就范。”

叶殊止住了声音，其实她内心也在惴惴不安，总有某种不好的预感从心口挣脱出来，充斥在她的脑海。

的确，凶手看起来不是那么粗心大意的人。

所以他怎么可能被她抓到？

这是圈套吗？

叶殊几乎是在瞬息之间想到了那个男人的脸——他带着某种意味不明的笑意，轻轻地咧着嘴角，脸颊上还有一丝淡淡的梨涡痕迹。

等叶殊赶到时，徐队长已经让警方将这栋独立的小楼团团围住。

他们通过凶手抵达商场的时间辨别出车牌号，又用交通路段的录像追踪凶手的去向，最终锁定了这栋偏僻的小楼。

凶手就在这里，至少十一月三号的时候，他就在这里。

叶殊感到呼吸不畅，或许是离危险太近了，她甚至有种浑身冒热汗的紧张感。

她终于不是游走在毫无头绪的迷雾里，而是逐渐被山林尽头的灯光吸引，能追溯光源走出这一片陌生的森林。

“小叶，你和纪先生换上防弹衣，跟在我们后面，”徐队长指挥其他人行事，“其他人将各个入口堵住，务必不要放出任何人。还有，随时保持联系，我会再给你们下达命令的。”

时间刻不容缓，叶殊将标配的警枪上了膛，抵在手间，扳机下方还搁着个足以照明的手电筒。这种手段不只是用来探路，必要时刻，还能在开枪的一瞬间晃花敌方的眼睛，使得对方丧失行动能力，争取到几分几秒的先机。

叶殊走了两步，忽地察觉腰间被人牵制住。她迅速回身，想要做出最精准无误的搏击反应——原来是纪零，他正用纤长的手指捏住她的衣角。

在叶殊冷厉的目光扫视之下，纪零又识相地少攥了一点点，只拉住一道边。

叶殊觉得头疼欲裂，低语："纪先生，你在做什么？"

这里到处都是训练有素的警员，保全一个纪零还是绰绰有余的。

"我害怕。"他说得煞有介事，但镇定的声音足以表明他此时此刻的心态和情绪——分明是很愉悦！

"松手，不然会很危险。我的枪是上膛的，扣动扳机就能开枪。可不是说笑的事情。我在发射子弹的时候不能有一丝一毫的疏忽，如果因为你的一点小动作而误导了我，那样罪过就大了。"

"哦。"纪零依依不舍松开了手，他低语，"可是，这里没有危险。"

"没有危险？"

"我没有闻到他的味道，也没有闻到'深渊之心'。"

叶殊不置可否，她自顾自朝前方望去——这里像是许久未住人了，在手电筒的强烈光线扫射之下，细小的灰尘悬浮在白光之内，如星火一般与灰烬纠缠，翩翩起舞。

她警惕地推开一道门，猛地抬手，将黑沉沉的枪口对准房内，厉声喝道："警察！"

但没有人回应她，四周黑得伸手不见五指，有种死寂的气氛。

而房间内的地面上，只端端正正摆放了一张纸，上面写着：欢迎参加我的游戏，还有，别插手我和她的事情，这是唯一一条游戏禁忌。

她？叶殊反应过来，凶手说的应该是袁姗了。

可恶，这里真的没有凶手。

他是故意留下了线索，想要警察借此找到他。

这一切都只是他的结婚计划里面的一小步，是个陷阱。

叶殊蹑手蹑脚将枪械收回，她半曲起手臂，做出预备搏击的动作。

在还未完全确认环境安全的情况下，绝不能掉以轻心，任何一丝疏忽都可能致命。这是叶殊在卧底行动中学到的一句能够伴随一生的警语。

四周灰茫茫一片，窗户被糊上了深色的塑料纸，漏不进一丝光。由于长期没交水电费，早就不供电了，开关也是失灵的。

叶殊用手电筒的强效光四处扫一遍，突然，她看见墙上写了一行密密麻麻的红色小字。

纪零在一侧提示：“别担心，我闻到了强烈的甲醛味——那是油漆写的，并不是血。”

叶殊被这样压抑的密室搞得疑神疑鬼，迟迟不敢走近去观察那一行字究竟写了什么。

她倒退几步，先是捡起地上的纸，翻转它，观察背后所隐藏的讯息。

果不其然，凶手还在纸张的左下角加了一行小字：我有故事要说给你听，钥匙就在墙上。

墙上？叶殊呢喃自语：“墙上有线索……”

小宁先行一步凑近了墙，阅读那一行小字。

说时迟那时快，只听得“咯噔”一声脆响，小宁不知踩到了什么机关，导致整个屋子都亮起了装饰小灯，一串串犹如亘古星辰一样，璀璨闪烁。

叶殊一行人立马蹲下身子，将枪持在手上，静候这突如其来的危险预告。

等了足足五秒，也没有发生什么。

纪零轻手轻脚走到小宁身旁，用脚踢了踢墙根处。原来那里有可以供电的小型装置，只要踩下开关就会启动，从而点亮这些装饰灯。

纪零风轻云淡地道：“他写字的尺寸也有讲究，必须走近到一定的距离，才能辨识清楚墙上的字。而那时，人的注意力都在墙上，就容易忽略脚下的危险。万幸的是，他没在这里埋一个地雷。”

叶殊吐槽一句：“这是二楼，地面厚度不够，想埋也埋不起来。”

“说的也对。”纪零被呛了也毫无反应，甚至是有些许愉悦。

叶殊问：“小宁，墙上写的是什么？”

小宁皱眉，细细阅读，说：“这是我掩埋在心底许久的秘密，我恨她的人，但我爱她的尸体。我想要把我所有的甜蜜经历都记录在册，也想把这些回忆公之于众。这是她所恨的，只要我暴露了这些，她一定会赶在你们之前，回到我的身边。请拿出藏在柜子后面的笔记吧，这是我给你们的游戏提示。”

叶殊还在逐字逐句琢磨，而纪零却若有所思地开口说话：“他和她之间应该是发生过什么事情的。特别是这句，他恨她的人，却爱她的尸体。”

小宁说：“难道是喜欢新娘身上的味道，所以想杀死她，独占尸体？”

纪零摇摇头：“不对，他杀人的目的是含有报复性质的，并不是纯粹的迷恋体味而制造香水。可能新娘做了什么让凶手极为厌恶的事情，导致他想杀死她。但从另外一方面，凶手也深深爱着新娘。所以，他企图在两种矛盾的情绪中寻找到平衡点，也就是让新娘以死谢罪。”

叶殊至今才明白，为什么婚礼是以葬礼的形式进行。

她恍然大悟地道：“难怪婚礼就是葬礼，原来是这么回事。”

在他们分析情况的期间，徐队长早已探入柜子后面，掏出一本积灰的日记本。应该是前段时间新买的笔记本，外壳是一个绯红色的爱心，翻开第一页，跃入眼帘的是一行小字：

这本日记，致我最深爱的人。

我知道你们已经翻开了它，正在一步步逼近我的过往。

我会把全部事情都告诉你们，我将摧毁她的一切，也将赠予她新生，只因我是这样爱慕她。

先给你们第一个提示，黄山孤儿院。

等你们查到我想要的，我会再联系你们的。

第五集

只剩下三十个小时了。

叶殊一边派人秘密监视袁姗的一举一动，防止凶手伤害她；一边又着手调查凶手留下的讯息，企图知道他和袁姗之间的过往。

她是不能直接去问袁姗的，这个女人绝对不会说出那些秘密的往事，甚至是矢口否认，到时候她就可能伺机行事，反过来对付叶殊，或者消灭罪证。

叶殊本能觉得袁姗绝非善茬，但她对一个装傻说不认识凶手的女人也毫无办法，更不能审讯她。

所以，还是得被凶手牵着鼻子走，在这最后的几十小时内，挖出他的秘密。

叶殊翻看那本日记，嘴里碎碎念：黄山孤儿院，是吗?

“你的情绪发生了变化，闻起来的感觉也很怪。”纪零淡漠地瞥了她一眼。

“纪先生，也就只有你能通过嗅觉观察到别人情绪方面的变化。”

“那就说一个通俗易懂的例子好了，人在兴奋的时候往往会出汗，根据汗液浓淡就能从中判断出这个人的情绪变化。当然，我不只是靠这一点依据来判断，我能嗅到别人嗅不到的气味。”

“好了，我知道了，”叶殊敷衍地回答，“我知道纪先生人中龙凤、天赋异禀。”

“是在夸我吗?”

“是是是。”

“我很开心，”他顿了顿，又忧心忡忡补充，“那么，能告诉我究竟发生了什么事情? 你的表情让我了解到，你对这家孤儿院没有一丁点的好感。”

叶殊将纤细的手指搭在方向盘上，轻轻地敲击两下，发出“笃笃”的声响。她斟酌了一会儿，组织好语言，“这间孤儿院就是我小时候待过的那一间，一旦回去了，我就会想起一些不太好的事情。这其中，就包括我父母把我抛弃了的这段回忆。”

“听起来不太美妙。”

“纪先生的父母是什么样的人?”

纪零低语：“我父亲是物理学家，我母亲是大学校长。他们工作比较忙，平时也不太注意我的事情。”

“那纪先生会觉得寂寞吗?”

“寂寞?”纪零流露出疑惑的神色，似乎从未思考过这样对常人而言司空见惯的事情，“我需要做的事情很多，似乎没有寂寞的时间。”

“我和你不一样，我没有那么强大的内心。以前的我，胆小又懦弱，在孤儿院里，肯定不像跟着自己亲生父母那样，被照顾得很周全。所以常常会因为一些比较少见的点心发生口角和争执。现在听起来是小打小闹，在那时候，对我而言却是天大的事情。”

“孤儿院里面是什么样子?”

“四面墙，一栋房，好像永远也出不去，也不会有人来带你出去，”叶殊靠在柔软的靠垫上，深吸一口气，补充，“那时候最期待的就是有人来领养孩子，妄想自己能被选中，能被带出去。不过还好，最后徐队长来接我了，是他把我带出来的。”

“所以，他算是你的再生父母？”

“可以这么说，”叶殊的脸上洋溢起真挚的笑容，“我真的把他当我爸了，每个月拿到工资，就会给他提两斤白酒带回去，过年也能聚在一起吃个年夜饭，这样就挺好的。”

“你还需要其他亲属关系来填补寂寞吗？”

“什么？”

纪零错开眼，低声细语地道：“譬如丈夫什么的。”

叶殊愣了三秒，一张脸通红，如烤熟了的红薯，蒸腾着热气。

她虚张声势地提高音调，吼：“纪先生，请闭嘴！”

“哦。”纪零抿唇，又做了一个给嘴巴拉上拉链的动作，世界清静了。

大概是晚上七点时分，叶殊开车过去，一路穿过浓密的雾霭与晚霜，总算抵达了黄山孤儿院。

她凝视着这座位处偏郊的古旧公寓，心生一种朦胧的畏惧与排斥。叶殊不喜欢这里，无论来多少次都是一样，都是笼罩着她整个童年的噩梦。

没过一会儿，就有孤儿院的院长前来迎接：“你们好，请问来这里是有什么事情吗？”

叶殊拿出刑警证件，严肃地说：“调查一些案件，请您配合。”

院长换了人，叶殊也不太熟悉这位中年女人。她侧头望去，果然有满怀希冀的孩子扒在门边探听，久久不肯离去。估计是以为有新的夫妇前来领养孩子，自以为高明地偷听墙角，获取第一手讯息。

院长回头，瞪了孩子一眼，驱赶他：“上楼去休息，有客人来了。”

小男孩畏畏缩缩地点头，一溜烟跑上楼去。

叶殊先是问院长，有没有关于凶手的信息。等到她摇摇头，又问：“那么，你知道一个叫袁姗的女人吗？”

“袁姗？”院长停顿了两秒，不太确定地说，“好像有听过这个名字，是因为一起事故。”

“事故？”

“具体的，我也不记得那么多，得去问问老院长。”

“那麻烦你现在打电话联系一下她，我们的时间紧迫，不能耽误。”

院长郑重其事点点头，开始给老院长打电话，又将手机转交到叶殊手里。

“嘟”了两秒，有人接了。

叶殊强迫心神镇定下来，轻声说：“陈阿姨吗？我是叶殊，十几年前在黄山孤儿院住过。现在我当刑警了，有点和案件相关的事情想问问你。”

老院长隔了半天，才反应过来，笑了一声，说：“叶殊啊？我还记得你，跟着徐警官走的，那时候才到我肚子高，一转眼都这么大了。好了，你问就是了，能帮得上的地方，我都会帮忙。”

“你知道一个叫袁姗的女人吗？”

“小姗？我记得你们关系很好啊，怎么突然这样问……”

“嗯？”

叶殊几乎是在一瞬间想起了那个名叫“小姗”的女孩，在她初来黄山孤儿院的时候，遭到其他孩子排挤，也就只有不合群且沉默寡言的小姗肯与她交好。再后来，她被徐队长带走了，就渐渐淡忘了这个曾给过她温暖的女孩。

可老院长为什么说袁姗就是小姗？

叶殊闭上双眼，黑森林似的睫毛微微一颤，脑海中瞬间翻涌起和孤儿院有关的一切。

她记得小姗的左耳后有一颗滚圆的黑痣，平日里惯用长发遮掩。而袁姗耳后的肌肤素净，且不说没有黑痣，就连动过手术的疤痕都没有留下。

“不可能……”叶殊呢喃自语，她绝对不可能认错小姗的。

袁姗和小姗一点都不像，她们明明不是同一个人！

这是怎么回事？

叶殊颤抖着声音，询问：“陈阿姨，你能给我讲讲小姗的事情吗？”

“小姗啊，她是在你走之后被人领养的，不过那孩子怪可怜的，被领养了还没过一年，养父母就因房屋失火被烧死了。本来她要回孤儿院的，也是运气好，又被另一家人很快接手了，听说是死去的养父母的亲戚。”

“能仔细和我说说，领养那天的情况吗？”

“那行，我把记得的从头到尾给你说说。大概是距离她被领养的一周前，有个男人给我打电话，说想要领养小姗，希望我能给他发小姗的个人资料。我觉得这是好事，很快就给对方寄了文件。之后，那位先生就来了孤儿院，办理了各项手续，带走了小姗。也就是在那个时候，小姗入了他们家的户籍，改名换姓，成了袁姗。”

叶殊已如石化一般僵在原地，她舔了舔干渴的下唇，抑制住声音的颤抖，问：“最后一个问题，在袁姗养父母去世的这一段时间内，陈阿姨见过袁姗吗？”

“没有，我本打算去探望她的，结果就得知她被亲戚带走的事情，所以就没能见到面，”说了许多，老院长总算反应过来不对劲的地方，她迟疑地问，“怎么了？是出了什么事情吗？”

“哦，没什么事情。就是我现在调查的这桩案子涉及了袁姗，所以问问情况，核对一下信息。”

也就是说，这个时候，袁姗究竟是不是小姗，也没有任何人知情。

老院长说：“那好，那我就先挂了，这里有点事情。”

“好的，麻烦陈阿姨了，有空我去看你。”

“好啊，欢迎，欢迎。”

叶殊挂断电话，她接过院长从档案室里搜出的小姗的个人资料。

她觉得浑身发冷，某种莫名的寒意自脊背而上。出了好一会儿神，这才浑浑噩噩走出孤儿院。

如果叶殊没找错人的话，那么袁姗究竟是谁？真正的小姗又去哪儿了？

叶殊将车从黄山孤儿院开出，一路往灯火汇成一线的山峦尽头开去。

今夜月色很美，白月将沥青地面铺洒上厚厚一层珠光粉末，似一条能够隔绝黑暗的路，通往远处亮着暖色灯光的城镇。

现在是晚上八点，距离“香水发布会”还有二十八个小时。

叶殊原本应该回家，却临时改道去了袁姗的家里。

纪零被往右边单行道急转的车震得往前仰，迷惑地问：“你想去哪里？”

“去找袁姗，问个清楚。”叶殊忍不了了，她无法不介怀小姗的事情。

甚至在她的心底，还掩埋着一个无法言说的恐怖猜测，如果袁姗不是小姗的话，那么小姗的存在就是一块阻碍袁姗前行的巨大绊脚石。

那么，这个女人会怎么做呢？是加害她、铲除她吗？

小姗……凶多吉少，或许叶殊已经来得太迟了。

叶殊觉得很内疚，如果她再早一些回孤儿院去询问昔日好友的情况，或许就能避免这些令人匪夷所思的事情发生。也就能早些验证小姗究竟在哪儿，袁姗又到底是不是那个纯真烂漫的小姗。

“好，那我陪你。”纪零的声音很温和，无论叶殊做什么事情，他都是支持的态度，绝不会阻挠她的决定。

他很尊重她、爱慕她，且发自内心。

“谢谢你，纪先生。你没有问我原因，也从来不追问我的过去。明明不了解我这个人，还全心全意信赖我，支持我。”

“我不喜欢客套的话，那样听起来，我们像是陌生人，”纪零微微侧头，将焦灼的目光落到她的脸上，探究一般扫视一轮，继续道，“我和你是彼此最亲密的人，你要明白这一点。”

叶殊不敢苟同，只能沉默。

“总有一天，你会心甘情愿到我的身边来。”

“纪先生先好好休息吧，今晚说不定还要通宵查案。”

“你这是喊我闭嘴的意思吗？”纪零轻声询问。

“没错。”

叶殊也怕他肆无忌惮地说太多，这样暧昧的追求架势，她可招架不住。

“那我想说最后一句话。”

“你说，”叶殊目不斜视，依旧全神贯注开车，“但你得保证，那是最后一句话。”

“我有一个和案件相关的秘密想告诉你，但你不让我多说话，所以我要憋死我自己。”纪零慢条斯理地说完，很守约地收了声音。

叶殊被他闹得全没脾气了，鼓起腮帮，吹了吹刘海。

在她确认自己不马上得知秘密，肯定会被纪零憋死的情况下，终于服软，请这尊佛出山：“好了，你说吧。你有说无数句话的权利，请尽情说，千万别停。”

纪零很满意，他愉悦地勾起一点嘴角，说：“你还记得凶手一直在强调他十一月十一日的香水发布会吗？”

“对。”

“新娘看起来也很精明，我们明明知道她有古怪的地方，却也无可奈何，想必她早就思考好了应对方案。那么，问题就来了，这样的人，又怎么能被暴露行踪与计划的凶手逮住呢？又怎么如约举行婚礼呢？”

叶殊脑中原本混乱的思绪，一下子被一只无形的手重重捻清了。她如醍醐灌顶，瞬间清醒了：“你的意思是，凶手的手上有袁姗的把柄？让她不得不卸去伪装，宁愿毁掉现在所拥有的一切，也要隐瞒的秘密？”

“没错，”纪零赞许地点头，“凶手正在拿我们当枪使，让我们一步步查清这个秘密。又在即将揭晓谜底的时候打住，不给我们进一步的提示，从而威胁袁姗——如果不来当他的新娘，那么他就将一切公之于众。”

“所以，可以从这里看出两点。我们都是棋子，并且无法得知真相。如果想赶在凶手之前救下袁姗，那就必须比他更快一步得知故事的谜底，从而威胁袁姗，让她到我们这边来。”

“很对，你很聪明。”

“这是很普通的逻辑推理过程，我是警察，我必须会，”叶殊抿了抿唇，呢喃自语，“可袁姗究竟有什么秘密呢？”

“天知道。”

“那就去问天好了。”叶殊莞尔。

经过几番辗转，他们终于抵达了袁姗的家里。

她和陈楠同居在新房，明明还没结婚，却已经在操持家中的一切，安心当起了全职太太。

叶殊出示了证件，和袁姗打招呼：“我们晚上前来拜访，是不是打扰到你们了？”

袁姗摇摇头，风轻云淡地笑说：“不会，请问叶警官有什么事情吗？”

“案件有了进一步的结果，所以想过来和你们说一下，顺便问袁小姐你几个问题。”

“不过……”袁姗下意识回头，目光飘忽不定，意有所指地落在了玄关内的换鞋区。

叶殊顺着她的目光所及之处，看清了有其他尺码不同的鞋子，推测屋内可能有客人。于是，她审时度势，体谅地说：“如果不介意的话，袁小姐能和我们去楼下的咖啡厅小坐一会儿吗？”

“当然可以，”袁姗欣然接受，“不好意思，叶警官，都没能请你到家里来喝杯茶。来的几个人是陈楠重要的合作伙伴，让他们看见警察，可能会误会一些事情。”

“我明白的，”叶殊开玩笑地说，“绝大多数的人都不太欢迎警察的到来，我们这个职业还真是一杯热茶都讨不了呢。”

“我很欢迎你来，”纪零碎碎念，顺便在心口比画了一下，说，“欢迎长住于此。”

叶殊瞪了他一眼，“有你什么事。”

楼下的咖啡厅还亮着暖色的光，透明的玻璃上结满白霜。这样凛冽的冬日天气，将来往的行人赶进屋取暖。

叶殊不喜欢绕弯子，将小姗的个人资料摆在桌上，开门见山地问：“听说袁小姐小时候是在黄山孤儿院长大的？”

袁姗那张白皙漂亮的脸蛋上依旧挂着得体的笑容，小姗的事情没能撼动她分毫。她拿起个人资料，随意地翻阅了两页，说：“是的，那是很久很久以前的事情了。”

叶殊没料到她会这么快承认这些，不动声色眯起眼睛，继续说：“但小时候的你，和现在的你，似乎不太像。甚至让我觉得，资料里那个名叫小姗的女孩，并不是袁小姐。”

袁姗轻轻笑起来，说：“因为有些事情忘记告诉叶警官了，所以才引起了这些误会。”

“什么事情？”

“我整过容，在前养父母去世那天，我不慎摔伤了脸，就去做了整形手术，这有什么问题吗？”

“有证据可以证明你整过容吗？”

袁姗从包里掏出口红，在泛着香味的纸上画下了一串色泽香艳的号码：“叶警官如果不信的话，可以联系他。这是我的整形医生，之后几年也进行过调整性质的微整，他手上有我的资料。”

叶殊也料到这个女人肯定会计划好一切，只是看见她将一切部署得这样周密，心中升起了一种畏惧感，倒不是怕她，只是觉得这个女人很恐怖。

她像是一只吐出丝丝毒液的毒虫，隐藏在暗夜的每一个角落里，静候时机，抓住一点机会就会迅速朝猎物扑杀上去，无所不用其极。

叶殊只能使用最后一张底牌了，她的声音陡然变冷，问：“那你还记得我吗？”

袁姗原本完美无瑕的假面似有了一线裂缝，她惊愕地挑起眉，很快又恢复平静。

“你是？”她这样问道。

“我和小姗是亲密无间的朋友，我也在黄山孤儿院待过。”叶殊特意将儿时的小姗与现在的袁姗区分开，好借以敲打她。

“是吗？”袁姗苦恼地回答，“不好意思，叶警官，我那时候受伤好像有伤到头部的位置，而且因为父母的死，我的情绪一直不太稳定，也接连出现了一些心理上的疾病。更何况，那么久的事情，我也不一定记得清了。”

“是这样啊。”叶殊知道这一趟肯定是无功而返，也只能放弃了。

袁姗大方地笑了笑，说：“不过那时候我能和叶警官成为朋友，现在也一定可以，有机会还能约出去喝喝下午茶。”

“那有机会，我就约袁小姐‘喝茶’。”叶殊也四两拨千斤地回答。

“如果没什么事情的话，我就先走了。还有，请叶警官不要在陈楠面前提起这些事情。”

“为什么？”

“因为这些事情会让我想起那些不太愉快的过往，好似自己生来就低人一等。”

她的声音虽然柔和，却字字诛心，一下子蜇入叶殊的心脏，令她无所适从，甚至想要仓皇而逃。

叶殊稳下心绪，镇定地说：“我知道了。”

袁姗又逃窜到那一层无法击溃的假面里，她脸上带着无懈可击的完美笑容，有礼地点头起身，打算离开。

说时迟，那时快。叶殊忽地狠狠拽住她手腕，阻止了袁姗前行的道路。

“叶警官，你这是做什么？”袁姗皱起眉头，问她。

叶殊无惧这个女人敌对的目光，盯着她耳后的洁白肌肤，一字一句从唇腔中挤出，咬牙切齿地道：“你的黑痣呢？”

“什么？”袁姗不懂。

“不会连这个都忘了吧？”

“叶小姐，我不知道你在说什么！再不放开，我就喊人了！”

“小姗耳后有黑痣，你不会连这个都忘了吧？”

袁姗抚了抚耳后的肌肤，肆无忌惮地低低轻笑，说：“叶警官是问这个啊？我觉得丑，所以做手术的时候一并摘除了。这些也要让警察过问吗？这是我的人生，你们无权插手吧。”

“我知道了。”叶殊颓然松开手。

袁姗抚了抚手腕，从容地道：“看来叶警官很关心小时候的我，我们还真的是亲密无间的好朋友。那么，下次见，拜拜。”

话音刚落，女人从容不迫地蹬着高跟鞋，走了。

徒留下叶殊一人坐在桌前苦思冥想。她记得小姗曾经指着这个在外人眼里看起来丑陋无比的黑痣，说：“这是妈妈送给我唯一的礼物，我会把它藏在头发后面，没有人可以夺走它。”

这样视身体发肤为珍宝的女孩，怎么可能剔除身上极具辨识度的黑痣呢？即使是失忆了，性情也不会大变。叶殊自己就是一个很好的例子，她失去了部分的记忆，也还是和从前一模一样。

总而言之，她不相信袁姗就是小姗。

她们……完全就是截然相反的两个人！

小姗，究竟是谁夺走了你的人生？究竟是怎样阴险恶毒的女人在占用你的一切？

“我不会输的。”叶殊睁开眼，正对上纪零那双黑沉沉的眸子，她如宣誓一般，认真地重复，“我绝不能输。”

“我会帮你的。”

纪零低头，缓缓凑近正仰躺在靠背上的叶殊，却在肌肤即将相亲时，被叶殊用手指抵住了薄唇：“别想趁机吻我。”

纪零轻轻擦拭了唇上残留的指节余温，低语：“算了，至少碰到了你身体的部位。我还是很容易满足的。”

叶殊斜了这个随时随地见缝插针的男人一眼，说：“赶紧起来，带你去工作。”

“打算怎么查？”

“先从她前养父母的死因查起，我总觉得这里面不全是巧合，”叶殊转了转眼珠，思索，“看来今晚上负责档案室的郑叔不用睡了。”

叶殊将车开回局里，经过徐队长同意以后，就开始翻阅档案室的文件。很快就找到了十八年前火灾悬案的资料，案件已经过了公诉时效，即使找到了人为的证据，也回天乏术。

她对照着档案里有关案件的描述，做出总结：在十八年前某个节假日，之前收养袁姗的那户人家发生了煤气管道泄漏的事件，由于陌生来电，最终手机静电点燃空气中浓密的易燃气体，引发爆炸与大火。门窗都是上锁的，而烧焦的身体也从血液里检验出了安眠药的成分，所以警方怀疑是自杀。

可为什么这么凑巧？偏偏在煤气中毒的时间段里，就有友人打来电话？

而那时的袁姗又在哪里？

档案上记载说，袁姗那时候被父母喊出去买东西，一回家就发现了惨案，随之报了警。

她没有不在场的证明，但没有人会怀疑一个年仅七岁的孩子。

这么小的孩子，怎么可能有这样邪恶的内心？

那就不是单纯的女孩了，那是小恶魔。

叶殊又翻动了几页，结果得知袁姗的前养父母都有甲亢，这是一种甲状腺肿大的疾病，需要每天定时服用药物才能稳定病情。

那么，可能是有人偷换了他们的药吗？

可惜，所有的证据与合理的猜测，都在那一场爆炸里灰飞烟灭了。

叶殊疲惫地闭上眼，她再度想到袁姗那张美到毫无人气的脸蛋——这个女人在看到爆破的房屋时，会是什么表情？是痛哭流涕，还是心生窃喜，甚至是拊掌大笑呢？

时间最是无情，从不顾忌任何人，一分一秒流逝。

叶殊的身体也因一整天奔波累到了极点，但她还不能休息，不能浪费宝贵的时间，将它挥霍在睡眠上。

纪零若有所思地问：“是不是觉得很矛盾？”

叶殊能懂他的话外音，欲言又止。

“袁姗这个女人让你觉得棘手，她有多重身份——一重是替代了你的童年好友，一重是需要被悉心保护的被害者。你是不是无从下手？也无法抉择？究竟是该保护她呢，还是让她接受应有的惩罚？”

“我不知道，但我觉得抉择应该留给法律，而不是我这种选择困难症患者，”叶殊深吸一口气，“我相信法律不会偏袒任何人，也可以说，我不想面对这些复杂难言的情绪，想要把它们统统推给法律。”

“好主意。不过你应该休息一下，允许你靠在我的肩膀小睡两个小时，我今天喷了薰衣草味道的香水，特意调制了持久度久一点的，气味的浓淡也有讲究，”纪零侧过脸去，似是羞涩，但不太明显，“总而言之，有安神效果，很适合睡觉。当然，你也有更好的选择，想要靠在我的怀里入睡，我也不会拒绝你。”

叶殊深吸一口气，也是没辙了。她扶着额头，用粗粝的拇指揉揉隐隐发胀的太阳穴，厉声回答：“我对纪先生身上的香水味完全不感兴趣。”

纪零沉默了一会儿，仿佛受到了严重的打击。他迟疑地问：“也就是说，你对我不带香水味的身体比较感兴趣？”

“……”很好，是她输了。

纪零抬起手腕，看了一眼简约风格的腕表，道：“距离午餐时间已经过了快九个小时，我们是不是该去吃一顿晚饭？或许这时候说是夜宵比较恰当。”

“好吧，吃完再工作。你想吃些什么？”叶殊一边把手机递给他，让他查餐饮店的位置，一边解锁车门。

“要听实话吗？”

“这还有假话？说实话！”

“是你要听的。”

叶殊无奈地说：“没错，是我要听的。”

她总有种不好的预感，按照这个男人的脾气秉性，肯定又要出什么幺蛾子。

“我最想……吃你。”纪零低迷婉转的嗓音就萦绕在她的耳郭周围，温热的气息与裸露在外的肌肤相触，让她整颗心脏为之激荡，摇摇欲坠。

吃她？叶殊的呼吸一窒，连带着心跳都慢了半拍。

一时间，她也想不到更好的应对方式，甚至是连惯用的揍纪零一拳的方法都没能从脑子里跳跃出来。

好吧，如果她真的想到了，她会用的。

“你在说什么？”叶殊只能装傻缓解充斥在他们之间的微妙气氛。

“还想再听一次？”纪零认真地问。

“不想，”叶殊长叹一口气，“好了，吃饭这种事情还是由我来决定吧，你去副驾驶的位置坐好。”

她发号施令，很快便开车，朝快餐店快速驶去。

公安局附近就有一家快餐店，平时拿了什么奖章，他们都会来小馆子庆祝一番。

叶殊点了两份什锦炒饭，又递了碗大麦茶给纪零喝：“你感冒好了没有？”

“谎称没好，会有什么福利？”

“没有！”

“哦，那就是好了。”纪零冷淡地应了一声。

叶殊舀了一勺颗粒分明的炒饭塞到口中，这才唤醒了腹中早已按捺多时的饥饿感。她三下五除二把一整碗油光水亮的什锦炒饭吃完，心满意足地喟叹一声：“饱了，满足了。纪先生还要吃点什么吗？”

纪零摇摇头，慢条斯理扒着碗里还剩下三分之二的饭，碎碎念叨：“这里的炒饭味道很好？”

“不错，怎么这样问？”

“我只是吃醋。”

叶殊也是不明白了：“你还能吃炒饭的醋？”

这个男人居然能和一碗炒饭杠上了？

“我吃醋有多重原因，先说最表层的——你夸这里的炒饭好吃，也就是说随便一家店都能吊住你的胃，我的厨艺是无关紧要的。”

“……”她还能在别人店里说人饭菜不好吃啊？那厨子不得提铲子追出来削她？

“我嫉妒炒饭，深层的原因是它能和你肌肤相亲。”

“肌肤相亲？你等会儿，这是什么意思？”叶殊扶额，这个男人还真是越说越离谱了。

“它可以触碰到你柔软的嘴唇以及口腔，甚至是唾液……最终还能进入到你的体内，顺着柔软的管道，一路到最中心的位置（胃）。我都不能碰到的地方，凭什么它可以？”

叶殊的脑子几乎要被这番跳脱的话给搞到当机，她消化了半天，才理出中心思想，疑惑地问：“也就是说，你想被我吃掉？”

纪零猛地抬头，原本黑沉如雨前乌云的眼睛在瞬间点亮，他难掩话中的兴奋，徐徐问：“你想吃我？”

“这都哪跟哪啊……”叶殊打算用暴力手段结束这乱麻一般的对话，“不许聊食物，也不许说什么吃不吃！纪先生快点吃好，我要去工作了。”

“哦。”纪零又恢复了一脸冷漠的表情。

叶殊不打算回档案室，与其浪费时间在那里，不如办点其他正事。反正她已经从中得知袁姗的真面目，现在要做的就是小心防范。

走了两步，她突然想起陈院长所说的带走小姗的男人。一般来说，如果是袁父，陈院长应该会说是她的养父母过来领人，而不是特指一个男人。

叶殊觉得事有蹊跷，从档案里拍下袁父的照片，发给陈院长，并且附上一句话：“陈阿姨，你帮我看看，当初带走袁姗的是不是这个男人？”

很快，就有回信：“这是袁先生呀？不是他带走的，是另外一个男人，自称是袁先生的朋友。我后来也打电话和袁先生确认过，他的确接到了小姗。”

也就是说，这其中有一个男人作为中介。他也完全有可能将小姗和袁姗调包，再将小姗给解决了，这样就神不知鬼不觉互换了两个人的人生。

但是袁父又怎么不知道袁姗是冒牌货呢？

答案只有一个，这一切都是男人设计好的领养计划。而袁父从未见过真正的小姗，与他保持联系的一直都是那个被男人操控的袁姗。

那么，这个男人是谁呢？

袁姗之前的养父母真的是自杀吗？还是说，这是一场预谋已久的谋杀？

可在人海茫茫中寻找一个男人谈何容易，更何况是没有留下任何五官特征以及资料的男人，简直比登天还难。

就在叶殊打算放弃的时候，陈院长又发来了一条讯息：我倒是想起来了，小姗离开了的时候，我有拍一张大家的合照，一个是为了纪念，另一个也是留个心眼，想把男人的样子拍下来。你看看这照片，不过都十八年前的事情了，谁知道现在变成什么样了。

谢谢陈阿姨，您真是救星啊！叶殊的心重燃希望，她仔细看那张照片——发现男人刻意低着头，在拍照的一瞬间轻微摆动了脸颊，导致照片里有点失真，五官也模糊不清。

叶殊正打算放下照片，却在左下角发现了一个有趣的东西——那是一辆停在门前的纯黑轿车，照片一角正好有车牌号。

这是那个男人的车，可以从车牌号找寻到车主！

有救了！

叶殊将这张照片扫描进电脑里，用软件拉高清晰度，再将车牌号码截图发给专门处理物证的技术人员。

等了大概五分钟，技术人员从车牌查出车主以及所在地，男人的名字是周然，住在岐山区苍山花园四栋302室。

叶殊正打算起身前往岐山区，却又接到师弟秦让的电话：“叶姐，别查了。”

“怎么突然这么说？”叶殊忽地蹙眉。

“这个周然两年前就失踪了，失踪一年后，被警方确认为死亡，尸体至今没找到。”

“怎么会？怎么可能！”叶殊被这接踵而至的变故给搞得心惊胆战，她总觉得自己正走向地狱的中心，没有人知道在那一片黑暗的尽头究竟埋伏着什么。

秦让委婉地劝道：“叶姐，我觉得这里头肯定有大问题。不然不可能查一个死一个，要不你先把她的事情放一边，先安排人手，明天生擒了凶手再做打算。”

叶殊摇摇头：“如果查不到秘密，我们是抓不到凶手的。”

“为什么？布下天罗地网，还怕抓不到他？”

“袁姗会跟他走的，因为他有她的把柄，除非这个把柄在我们手上！”

“我明白了，你要是有什么需要的地方，只管喊我。”

“行，谢谢你啊，秦让。”

“说什么谢谢，我们是亲生的姐弟，这可是你说的。”

“行，事成以后，姐姐请你吃饭。”叶殊轻笑一声，挂断电话，正对上纪零幽怨的眼神。

叶殊直觉大事不好，颤巍巍地问：“怎么了？”

“是那个暗恋你的师弟？”

“都说了，我师弟对我没意思！”

“还要再听一次我的分析吗？”纪零拽住叶殊的手腕，冷冰冰地说，“无事献殷勤，非奸即盗。动辄喊姐，就是想跟你沾亲带故。”

“好了，我允许你也能沾亲带故。”她又不怕多一个天赋异禀的弟弟。

“哦，那么，纪太太晚上好。”

叶殊眯起眼睛，顺着纪零的手反方向一折：“还敢叫吗？”

按照平时，纪零早就嚷嚷疼了。可今天，这个男人就只有闷哼一声，忍着疼也不服软，还真是奇了怪了。

第七集

纪零倔强逞能的结果就是，叶殊也控制不好力度，差点把他的手给掰脱臼了。

叶殊一边悉心地帮纪零抹云南白药，一边恨铁不成钢地加重了力度，恶狠狠道：“纪先生，你是不是傻？疼不会说出来？”

纪零眨了一下眼，慢条斯理地回答：“因为不想否认。”

“不想否认什么？”

“不想否认你是我心目中最合适的纪太太的人选，”他逐字逐句咬得很清晰，缓和了一下语气，继续说，“我不想对你说谎，更不想欺骗你。”

叶殊愣了一会儿，结结巴巴：“你，你傻啊。这种事情也没什么否认不否认的，自己的手比较重要吧？疼也不会说一句，我多年操练，下的本来就是狠手。你这样抬杠，我又较真了，哪能不伤到你。”

“你在担心我？”这是疑问的口吻。

“我没有。”

“你在担心我。”这是肯定的语气。

“我没有！再说一句，我就不帮你抹了。”

“哦。”纪零做了个将嘴拉上拉链的动作，表示话语收放自如。

这时，公安局办公室的门突然被打开。擅自闯入的是个人高马大的男人，还算阳光帅气。一头利落的深色短发，腰腹肌肉紧绷着，撑着一身笔挺的警察制服。

叶殊回头望去——原来是秦让提着消夜来探班。

“师弟？你怎么来了？”

“非礼勿视，”秦让握着门把手，小心翼翼退回去，“那我就不打扰你们了，先忙完，慢慢来，千万别急啊。”

“你小子耍什么嘴皮子？快进来。”叶殊最烦秦让油嘴滑舌的样子。

“诶！好，这是叶姐让我进来的，可不是我想进来的，”他嘀咕一句，问，“纪先生手上的伤是怎么回事？”

纪零的目光变得不善，他微微收缩深邃的瞳孔，上下打量了秦让一番。片刻，宣誓所有权一般，暧昧地回答：“我身上所有的青紫色伤痕都是她干的。”

秦让震惊了：“没想到叶姐是这样的人，做什么事要用到手啊！我不想听，我也不想懂！”

“徐队长让你来，就是让你在公安局里表演耍猴的？”叶殊看了一眼钟，翻了个白眼，“这都演了十分钟，还没演完？”

“叶姐英明。徐队长叫我来有两件事，一是为了犒劳你们深夜查案，让我带个夜宵；另一件事是收到了这个。”他从口袋里掏出一封信，递给叶殊。

这是一封纯白色的信，信封是洁净的白色，信纸也是。

叶殊反复看了五分钟，也没能从中看出一朵花来。

“上面有很浓郁的牛奶味，味道很陈旧，干了很久了。”纪零轻声提示。

叶殊几乎是在瞬间反应过来，她知道这种制作隐形字的方法，只要用手指蘸上牛奶写在纸上，等风干以后就再浸泡在水里使其显形，好像用火熏烤，牛奶中的蛋白质也会变性变色。

她按照脑中所记的方法试验，很快的，纸上浮现出一小段话——

又见面了，我最爱的纪先生。

在调查我的新娘的过程中，是不是发现了一些小惊喜？我知道很多企业家如果要和一名女子结婚，婚前都会派出侦探调查女人的家世背景，从而判断这个女人能否成为合格的贤妻良母。

所以，你们就是我雇佣的侦探。帮我调查一切，我想知道的过往。

那么，再给你们一点我的新娘的“档案资料”吧。

去询问周然的妻子，她会知道很多潜在的秘密。

总不会还要让我告诉你们，周然是谁吧？

叶殊攥紧纸，水从她的掌心徐徐挤压出。

果然，这个男人什么都知道，也知道他们能调查到什么阶段。她还是不够快，还是被他牵着鼻子走。

看来，还是得去找周太太一趟。

叶殊忙了一整天，再这样深夜开车就是疲劳驾驶了。

于是，秦让提出由他代驾。

上车时，纪零以迅雷不及掩耳之势握住了副驾驶的门把手，表示这个位置由他占了。等到叶殊坐进后座，那厮又松开了手，小心翼翼钻入灰蒙蒙的后车厢内。

叶殊头疼欲裂，啧了一声，质问：“纪先生有副驾驶座不坐，非要和我挤后面？”

纪零没脸没皮地解释：“首先，我是不会把副驾驶座让给你的，不然你距离这个男人就只有二十五厘米左右的距离，太过于亲密了；其次，你坐后座，我当然也会跟过来，不是有句老话叫妇唱夫随？”

“那是夫唱妇随。”

“反正是一个意思，”他顿了顿，继续说，“最后，你不是很累吗？如果没有我的肩膀，你能睡得着？”

秦让在前头发出一声爽朗的笑，忍俊不禁地道：“叶姐，你挺厉害啊。这才几天，就把纪先生拿下了。”

纪零凛冽的眼风扫过插话的男人，出言提示：“这是我和叶殊之间的事情，外人请闭嘴，特别是你这种心怀不轨的男人。”

“冤枉，这可真是冤枉，”秦让倒觉得纪零这种耿直的性格好玩，当下开了句玩笑，“我要是对叶姐有意思，早表白了，还会等到现在？不然按照我的效率，我们孩子都满月了。”

纪零的声音陡然调高：“没想到秦先生连孩子都想好了，我和叶殊的爱的结晶，允许你染指？”

叶殊实在是忍无可忍了，抬腿轻踢了纪零一脚，说：“都给我消停一点，你们几岁了？三岁大呢？带你们出来春游的？”

“哦。”纪零垂眸，看起来颇委屈。

秦让也闭了嘴，对着后视镜竖起了大拇指，意思是：行，都听你的。

叶殊思考着去周然太太家里要问些什么，无非就是关心有无出现异常：譬如在丈夫失踪之前，他有没有频繁和哪个人见过面，或者有提过一些什么事情。

虽然这些事情，在报案的时候，周太太一定有跟地方公安汇报过。可凶手让她去找，那她就乖乖听话，先跟着他的提示走好了。

夜越来越深，车开出市中心前往郊区的时候，一路开了大灯，否则连四周环境都看不清。

不知过了多久，叶殊从隐隐约约的薰衣草香味中醒来。一睁眼，就对上了纪零那被笼罩在黑稠夜色之下的脸，即使被光影遮掩了一半，他的眉目依旧有一种惊心动魄的美艳，不娇不俗。

是她的错觉吗？还是刚睡醒，尚不清醒。叶殊居然觉得纪零有些好看，甚至是到了顺眼的地步。

“怎么了？”纪零轻声问她。

“没事。”叶殊迅速坐起来，推开纪零，下了车，“我们到了。”

秦让在门禁上按下周太太所在的房间号，掏出证件，说：“你好，我们是黄山公安局的刑侦员，这是我们的证件，想问您一些问题。”

“好了，已经开锁了，请进来吧。”

叶殊规规矩矩在沙发上坐定，客气地说：“因为事出突然，所以这么晚还来打扰您。”

“没事，警官客气了。请问，你们来是有什么事情吗？还是说，有我先生的消息？”她的语调波澜不惊，似乎已经习惯了，无论丈夫是生是死，对她来说都不会有任何改变。

“没有，我们没有任何消息。”

“哦，想想也是。”

“不过，我们现在在查的一桩案子和你先生有关，”叶殊掏出一张袁姗的照片，规规矩矩摆在她的面前，问，“你认识照片上的这个女人吗？”

周太太看了一会儿，忽地蹙起眉头：“为什么突然问她？”

叶殊和秦让面面相觑，听这话，这里头有鬼。

“这很重要，她可能和你先生的生死息息相关，请把所有的事情都告诉我，不要隐瞒任何一个细节。”

周太太犹犹豫豫地说：“其实我并不确定是她，只是看轮廓很像……”

“也就是说，你见过一个和她轮廓很像的女人，并且让你印象很深刻？”纪零抚了唇瓣，在紧要关头突然出声打断。

“应该是吧。”

“究竟是怎么回事？”叶殊迫不及待地追问。

“大概是在他失踪之前发生的事情。那时候他时而会出门，很晚回家。和我说工作上很忙，我也没怎么在意。直到有一天，我听到他背着我和一个女人打电话，具体说了什么，我并没有听清，不过出于女人的直觉，我怀疑他出轨了。于是，我趁他出门的时候，偷偷跟了上去。远远看见，他和一个长得很漂亮的女人进出一家餐厅，看轮廓，应该就是照片上的这个女人，没错！”周太太似下定了决心，这样说道。

“你有把这些告诉过警方吗？”秦让问。

“我说过了，但是他们并没有在家里找到关于那个女人的痕迹，也无从判断我说的人究竟是谁。”

叶殊突然有一个大胆的想法，她试探着问：“那如果再让周太太见一次这个女人，您还能认出她吗？”

“能！化成灰我都能认出她，就是……就是照片上的这个女人！”周太太咬牙切齿地说道。

“好，我们需要您帮我们指证一下嫌疑人，这对找到你的先生有很大的帮助。”

“我只是恨她，却并不想找回我先生了。这个男人死了也好，活着也好，反正都不干净了，就算回来，也只是签一份离婚协议书而已。”

“其他的，我们再看。那明天早上，您记得联系我一下，我安排后续事宜。”叶殊解释清楚了之后的事情，就急匆匆走了。

周太太能够认出袁姗的话，那就说明她和死去的周然必定有某种联系。

如果周然的死也和她有关……

不对啊，她为什么要杀死这个给予她新生机会的男人呢？是周然一手把她带到袁父的身边，让她代替小姗而活的啊！

究竟是在什么情况下，袁姗才有可能杀死周然呢？如果叶殊是袁姗，她又会怎么做呢？

如果叶殊是袁姗的话，她会觉得周然是个定时炸弹——因为他随时随地都可能戳穿她是冒牌货的身份，那么为了一劳永逸，她就会亲手铲除这个炸弹，让他再也威胁不了她。

可为什么是现在呢？在这十八年之间，袁姗有无数次可以杀死周然的机会，又为什么会选择在这个时候呢？

那么，就只有一种可能了——袁姗本来是不想伤害周然的，是这个男人撞上了枪口，逼她不得不杀他。他们之间肯定有一些猫腻，所以袁姗才在近期被迫采取了极端的手段。

叶殊还没走几步，突然接到了周太太的电话：“喂？”

周太太的情绪不太稳定，她神情恍惚，语无伦次地说：“我儿子出事了，我，我近期有点事情要办。我刚才想起来了，照片上的人不是那个女人。不是她，真的不是她。”

“你在说什么？周太太？”

“不是她，不是她……”女人的絮语很快就消逝了，很明显，电话被她掐断了。

所以，是袁姗采取了什么胁迫她的行动了吗？

这个女人，还真是为达目的不择手段！

叶殊咒骂了一声该死，再给周太太打电话，发现已经是忙音了。

袁姗究竟对她的儿子做了什么？能让她在这么快的时间内反水。

叶殊觉得事有蹊跷，寻思一会儿之后，反应过来——凶手在给他们提示的时候，肯定也给了袁姗一份。他和袁姗还在秘密联系着，就为了步步紧逼她，迫使她回到他的身边。所以袁姗才会采取这些行动，亡羊补牢一般以一己之力填补着这些漏洞。

如果再这样下去，袁姗肯定会孤注一掷，先跟凶手会面的。毕竟她也不想秘密被揭露，那样的话，她的人生就毁了。

怎么办？叶殊也没办法，只能死马当活马医，给袁姗打了个电话。她清了清嗓音，不自在地说：“袁小姐，晚上好。”

“叶警官？有事吗？”

“你周围没人吧？借一步说话。”叶殊太了解这个女人了，平日会戴着伪善的假面，只有在不为人知的暗处，才有可能恢复常态。

“你说吧。”

“我知道你的事情，所有事情。”

“我的事情？”

“你的人生被调换了，你涉及几起命案，以及你被凶手威胁，正步入深渊。”

听了这些，袁姗不但没有半点焦虑，反而是一副怡然自得的样子。半晌以后，还听到那边用手指擦亮打火机的声音，应该是她点了一支烟。

袁姗长吁一口气，她的声音变得和缓，娓娓动听：“叶警官是最近破不了案子，改写玄幻小说了吗？这些超现实的剧情，你觉得适用于我身上？我听不懂你说的什么调换人生，还有命案。我也没有被任何人威胁，明天就是我结婚的日子了，我希望你别打扰我。哦，最好能把那个变态跟踪狂早日缉拿归案。”

“你可以暂时相信我，至少我不会伤害你。可你如果冒着宁愿被杀害也不想暴露秘密的目的去和凶手交易，后果不堪设想。至少我能保证你的安危，也算是……”叶殊觉得鼻头有点酸，深深吸了一口气，说，“也算是报答你，至少你让小姗的人生继续发展到了现在。”

那边沉默了很长很长的一段时间，久到叶殊几乎以为电话早已被掐断。

隔了很久，听到一声“吱”的声音，是烟蒂在铁制品中被碾灭所发出的摩擦声。

或许是因为她抽过烟，袁姗的嗓音变得略显低迷与沙哑，她细声道：“这就是你所幻想的小说结局吗？如果我是那个被揭露了秘密的女主角，我大概觉得死都比活着幸福。好了，叶警官，我不和你说了。再不睡，明天早上我的眼睛就会水肿了。我可是要做惊艳全场的女人，哈，开个玩笑。那么，明天见。”

电话挂断了，叶殊犹如被抽干了四肢百骸的骨髓与血液，毫无力气地瘫坐在硬皮车座里。

袁姗的意思很清楚明白——她不相信警察，宁愿去和凶手赴约，也不会和警察合作。因为她惧怕秘密被揭开。

除非叶殊也能得知所有真相，那么结果马上会有转变。在同样被揭露秘密的情况下，投奔凶手，她会死；而选择警察，她能生。

必须再加一把劲，自己必须再查明白一些东西。这是叶殊第一次感觉到为了一条生命，能操这么多心，能筋疲力尽到这种程度。

距离天亮还有六个小时，黎明破晓，阳光将驱散今夜所有的阴霾。

叶殊不抱希望地问：“你们觉得，还能再查些什么？”

“过去的轨迹自然重要，但从现在的基味也能推算出初味。”纪零说了一句意味深长的话。

“什么意思？”叶殊不太懂。

秦让大大咧咧补充：“纪先生的意思是，三岁就能看到老。先去查袁姗近期的情况，就能推出她以前是什么样子了，没准还有点其他线索。”

叶殊没想到纪零的话还能让秦让来翻译，顿时无奈了：“你们俩真是绝配。”

“我讨厌他。”纪零当即说。

“说得好像我喜欢你一样。”秦让抱怨一句。

“他不是送夜宵的吗？夜宵送完了，不该回去吗？我们这样扣住外卖员，徐队长没意见吗？”纪零不怕死地补充。

“说谁是外卖员？纪先生，你别以为我不打女人！”秦让冷笑一声，讽刺他是娘娘腔、小白脸。

“呵，我真是佩服一个人的语言能贫乏到这种程度，争辩时居然还能用起这样浅显直白的脏话。”

“哦，看样子，纪先生从小‘家教’颇好，没说过脏话？”

纪零倏忽皱起眉，沉声问：“你说什么？”

叶殊单手捂脸，深吸一口气，吼：“够了！接下来，我一个人去袁姗现任养父母家查！你们都给我回局里去！”

“不要。”他们异口同声地说。

由于凌晨去找袁姗父母太过于直接，他们就干脆躺在车里睡到了早上六点再启程。

叶殊还是处于亢奋状态，这种期待真相剥茧而出的焦虑感觉，不知已经分别多少年了。

她强迫自己的身体进入休眠状态，可一闭眼，总有一些零星的画面接踵而来，挤在她的脑海之内。

叶殊想到了周然，还有死于爆炸中的袁姗前任父母，这其中真的没有什么巧合之处吗？

她翻开一并带上车的资料，圆润的指甲抵在袁姗前养父母的职业下面——调香师。

他们也是调香师？

叶殊问纪零：“你对这两个人的名字有印象吗？他们也是调香师。”

纪零瞥了一眼袁姗父母的名字，微微一蹙眉，说：“似乎是制造少女香水‘爱之芯’的调香师，在二十年前，他们的香水已经远销欧洲了。”

叶殊若有所思地点点头，再一看周然的职业——未免太过于巧合了，他之前所工作的公司正是陈楠的公司，只不过五年前就辞职了。

那么，可能是周然所在的香水公司挖人不成，反设计杀害拥有秘密配方的袁氏夫妇吗?

还有，袁姗又为什么会和陈楠牵扯上关系？这是辞职以后的周然怀恨在心，所以下的指示吗?

可是按照现在的情况来看，袁姗已经乖乖按照周然所说的做了，她又为什么要杀害周然呢?

那么，唯一的可能性就是：计划有变，袁姗不再按照原先周然设想的剧情进行。

这样一想就合情合理了，袁姗是周然从小养的一条“狗”，他以为狗可以忠心一辈子，指哪打哪，却忘了狗急也会跳墙。

而周然可能做了某些让袁姗感受到威胁的事情，抑或是让她觉得原本安稳的人生即将被摧毁。譬如周然以她之前是杀人共犯做要挟，又要她犯下几桩命案，譬如杀死陈楠。所以，这个女人失去了安全感，故而狠下了心，打算斩草除根。

这是目前叶殊能想到的，最为合理的推测。

这个女人为了像一个正常人一样存活在这个世上，究竟做了多少伤天害理的事情。

如果她从一开始就是错的，又怎配获得希望之光?

叶殊不再想了，她抱胸靠在车的角落里，沉沉入睡。

黎明破晓时，先是出现比星辰还要小，还要灼目的光点。随之那白点缓缓挤破乌沉沉的黑夜，从深色的帷幕挣破开来，绽放出比火焰还要热烈几十倍的光。

很快的，天就亮了。

此时距离十一月十一日只剩下短短十几个小时了，也就是说，今天内，凶手必有行动，而明天就是他的婚礼。

叶殊缓缓睁开眼，任凭灼目的光线自睫毛的缝隙一丝丝溢入眼瞳，点亮双眼，流光溢彩。

她打了个哈欠，从纪零的手中抽过湿纸巾擦了擦脸，问：“几点了？”

“六点了。”

“行，去找他们吧。”叶殊指的是袁姗现任父母。

与此同时，车窗传来急促的笃笃声，原来是秦让跑出去买早餐了。

于是，他们三人一人一份豆浆油条，面朝小区前的漓河，春暖花开……不，是吃得津津有味，就连一贯挑剔的纪零在饥肠辘辘的时候也挤不出什么倒胃口的嫌恶话。

半个小时后，他们终于带着吃饭磨磨唧唧并且需要细嚼慢咽的纪零，敲响了袁姗父母家的门。

“你们是？”一名中年女人彬彬有礼询问。她穿着量身定制的晚礼服，披着厚实的狐毛皮草，不出意外应该是袁母。

“我们是黄山公安局的刑侦员，这是我们的证件。看样子，您是要去袁小姐的婚宴了？”

“婚礼是在明天，今晚要先摆见客的酒宴，不过隆重程度应该和明天差不多。我们还早着呢，下午才启程去黄山区，现在是在试礼服。”

“那方便我们询问一些事情吗？这和袁小姐的安危有关，所以希望你们也知情。”

袁母大惊失色，她下意识将手指抬起，遮挡在唇上，询问：“小姗出什么事情了？”

“您先别急，方便我们进去再细谈吗？”叶殊昨天累了足足一天，现在站一会儿，两腿都打战。

“都怪我这个急脾气，差点怠慢了几位。快请进，老袁，泡茶。”

“好的，有客人来了？”袁父远远地应了一声。

叶殊坐定了，解释来龙去脉：“是这样的，一个星期前，黄山区发生了一起连环杀人案。经过我们的推敲判断，凶手杀人是有一定的目的与规律的，而袁小姐可能就是下一个受害人。目前掌握的资料不足，我们还得进一步调查凶手与被害者之间的关系。所以，就想来问一些有关袁小姐的情况。”

“那么，小姗没事吧？你们有派人去保护她吗？”袁母对袁姗应该是真心疼爱，字里行间都在担忧她的处境。

“您放心，袁小姐已经被队里的同事保护着了。”

“那就好，”袁母拍了拍心口，长吁一口气，“差点忘了，你们还想问什么？”

“我想了解一些有关袁小姐小时候的事情。”

袁母微微一笑，将手搭在袁父的膝盖上，满足地说：“我有生育问题，所以一直没有怀上孩子。十几年前，老袁的弟弟一家在意外中去世，我们就收养了小姗。因为私下里一直想要一个孩子，就直接将她转了户籍，认作女儿。原本还担心这么大的孩子和我们不够亲近，哪知道我们是天生的有缘，那孩子乖巧懂事，和我又亲密，出门去，别人都说我们就像姐妹俩一样。”

看来袁姗是真的在生活里努力扮演好各个角色，叶殊都替她累。

“那么，能和我说一些袁小姐高中时期的事情吗？”

“她高中原本是在岐山区读的，后来我们去黄山区做生意，才将她转到了那边的学校，虽然是高二转进去的，但是她的性格好，很快就融入了班级。”

“原来是这样，那方便我们看一下袁小姐以前的房间吗？”

袁母微笑点头：“好的，就在那边，你们可以看看。她的房间一直都维持高中毕业出国前的原样。原本以为她回来会继续住下去，却没想到，一转眼就要嫁人了。”

叶殊没说话，她走进那个房间，小心翼翼翻阅书架上的杂书。

这里物件的摆设都很整洁，书籍分类也加了许多字母标签，排列得近乎完美，可以看出袁姗本人有强迫症。

叶殊从中抽出一本同学录，看到上面有许多高中同学的祝福。

还没来得及翻页，就听得纪零在后头冷硬地说：“记住，以后像这种四面是墙，中间有床的地方，你就别进来，这是我和叶殊的专属地。”

“凭什么？”秦让这人也够较真，他朝房间踏了一步，又倒退出去，反复三次，挑衅道，“我不但进来，我还能来去自如。”

叶殊扫过一记眼风，喝道：“之前我说你们才三岁，我是带你们来春游的，这句话是我说错了。现在是深秋初冬了，哪能春游啊，明明该是重案幼儿园03班的秋游活动！”

第八集

叶殊拿起同学录，犹如对待珍品一般小心翼翼，动作轻微到连书页上最浅显易见的灰尘都未曾抖落。

她心生某种怀旧感，就像是现代人看到泛黄的唱片机所产生的朦胧情怀，流露出了微乎其微的柔和笑意。

纪零疑惑地问：“你很喜欢同学录？”

“只是想到了以前上学的日子，那是我为数不多的愉快时光。”

“那么现在呢？和我在一起的这些日子，是你生命里较为愉快的一段时光吗？”纪零执拗地想听到答案，却被秦让无情的笑声所打破。

“哪能啊，和你在一起这段时间，对叶姐来说那就是噩梦，她在讨论组里无数次打你小报告呢！什么怪徐队长不厚道啊，什么说你顽固不化啊。特别是和你在一起，不但网购竞拍抢不到，连抢红包的手气都走了低运势。”

叶殊现在都懒得和他们较真，反正这两个人就是八字不合，天生犯冲。她敷衍地回答：“没这回事，我根本就没加他们的讨论组。”

纪零听了这番解释，愉悦地勾起嘴角，说：“我听叶殊的。”

他的态度摆得很明显，此情此景，要真用一句话来说就是：叶殊护短，纪零“狗”仗人势。

叶殊翻开同学录，特意查了之前死的三名袁姗好友的祝福页，那三人分别是林龄、宋琦，还有叶薇凉。

林龄的页面很简单，在祝福的部分，她这样写道：你出国也要好好的，要不是你一直支持着我，可能我不会活到现在。谢谢你，也谢谢那天的你，要幸福快乐，知道吗？

叶殊窃窃私语：“那天的你？”

再下一页是宋琦的祝福：这个同学录不会让别人看到吧？好了，废话不多说，直接切入正题，我家小姗一定要幸福，在国外一个人多多注意安全。P.S：还希望我们一起联手对付的那个人永无翻身的可能，哈哈，我是不是太坏了，记得call我哦，别到国外就忘了我了！开心每一天！

又是一句暗示性很强的话。

叶殊继续翻到叶薇凉的页面，像是怕被人认出来，字专门写得小巧袖珍：小姗，你别忘记我们之间的秘密，就算是出国前办的同学会，也不可以一时放纵就说出去哦，这是我们之间的秘密，我们约定好了的。那么祝你天天开心，要幸福！

叶薇凉这里也有一个秘密的说法。

怎么回事？这三个人仿佛都害怕袁姗会说出什么，有意无意在同学录里提醒她之后的行为不要太过于放肆。说是彼此的真心朋友，倒不如说她们有把柄在袁姗手中，不得不服从她、讨好她、应承她。

她们各自所说的秘密，究竟是什么呢？

凶手杀了她们，仅仅只是因为她们是闺密吗？还是在刻意暗示着袁姗什么？

叶殊出于职业本能，很快嗅到了其中不为人知的诡谲气息。

她给秦让下达命令："按照这三个地址，分别去检查死者高中时期的物件，看看有没有日记之类的东西，有的话，马上拿给我，速度要快。"

"有日记，也早就丢了吧，更何况，谁会爱写那玩意儿啊。"

"你以为啊！高中是叛逆期，几年前智能机都还没普及，就只能写写书面稿件。我当年还有抄歌词的习惯呢！那时候，小孩刚刚开始有个人空间以及隐私的意识，所以会写一些日记之类的东西，特别像这种敏感的女孩子。"

"叶姐以前也写过日记吗？"

叶殊斜他一眼："写过，写着秦让再不帮我跑腿，之后就得揍他一顿。"

秦让摸摸鼻子，跑得飞快："那我现在就去，争取能尽快拿到手。"

纪零默默站起身，在秦让离开的时候，关上了房门，屋内一下子静了下来，袁父母也只在外头等待，并不敢进房间打扰叶殊的思绪。

"只剩下我们两个人了。"纪零满足地说。

叶殊沉浸在案件中，并没有听清纪零这句近似耳语的话。她心想：一名转校生真的能那么快就融入班级吗？特别是高中时期，大家已经同窗了整整一年，突然在高二转来一名长得很漂亮，成绩又优秀的女孩子，大家真的能和平相处，生活融洽吗？班级的男同学或许可以，女同学的话，叶殊可不敢保证了。

毕竟她也知道那时候女孩子争强好胜的表现心有多强，想要按照袁母所说的迅速融入一个班级里，绝非易事。

按照袁姗追求完美的性格，她会怎么做？为了踏足最高点，她会使用一些见不得光的手段磨平那些班级里的锐刺吗？就像同学录上那三名同学所说的秘密那样。

叶殊下意识又扫了一眼上面的大头贴，三名死者高中时期都算是中上的长相，特别是那个宋琦和林龄，可以说是清纯动人了。这种女孩，如果没有把柄在袁姗手上，可没那么容易被“驯服”。

大概了解到核心的问题了，叶殊这才回忆起刚才残留在耳畔的余音，像是纪零的声音，她愧疚地问：“纪先生，你刚才在说什么？我没听清。”

纪零轻轻抿唇，将唇缝挤出一道灰白色的细微痕迹，说：“现在就剩下我们两个人了。”

“对，这又怎么了？”

“所以，是久违的二人世界吗？”

叶殊无奈了：“这个词可不是这样用的。”

“有人告诉过我，如果一个女人把我带到一间有床的屋子，并且锁上了门，那么她就是对我有好感，并且想做一些平常不敢做的事情。”

叶殊反驳：“门不是我锁的，门是你锁的。”

“结局都一样，”纪零与她并排坐着，突然凑近了，认真地问，“所以，你是想和我做一些平常不敢做的事情吗？”

叶殊的呼吸声，如录像带卡壳一样突然停顿，吱吱运作了好久，这才回到正轨，恢复运作。

这个男人总一本正经说出这样暧昧的话，原本该骂他骚扰，但一撞入那一双清澈的眼眸里，只觉得他所言句句发自肺腑，只是不懂隐藏自己的心绪，并不该苛责他。

怎么回事？

又要被这个男人惯用的招数所蛊惑了吗？

“我喜欢你现在的味道。”纪零鼻翼微微颤动，只一瞬，他原本冷肃专注的眼神就变得格外温柔，像是喝了酿造百年的老酒，被甘甜婉转的酒香所陶醉，心甘情愿溺死在酒池肉林里。

这个男人的眼睛里流露出沉醉的神色，步步紧逼向她，温热的唇瓣几乎要点在叶殊小巧的鼻尖上，暖化那一点冬日寒冷。

不知出于什么原因，叶殊仿佛中了心蛊一样，无法动弹。

她深吸一口气，像是小鹿一般被驱赶向山林，落入阴寒深渊。她无处可避，索性屈服，紧紧闭上眼睛，等待着酷刑将至……她的一颗心，早已杂乱如麻。

叶殊等了许久，都不见男人有下一步举动。她偷偷摸摸睁开一只眼睛，只见得纪零已经枕在她的腿上睡着了。

这算怎么回事？这个男人觉得她的气味好闻，所以拿来当睡觉的安神香吗？

叶殊也不知该觉得好气还是好笑，她将男人放到一边，嘴里悄悄说道："一贯养尊处优的男人，陪我忙了这么久，也的确该好好睡一下了。早安，纪先生。"

她继续翻动着同学录，决定给里面的同学打电话咨询一下三名死者在高中和袁姗的关系如何，如果不好，又是从什么时候开始转变的。

叶殊最先联系的是那一名自称林龄同桌的女孩，电话打过去，没有传来客服金属感十足的声音，说明还没停机，还有人使用。不一会儿，就有女人接起，叶殊轻声说："你好，请问是林龄的高中同学吗？"

"你好，请问你是？"

"我是黄山公安局的刑警，林龄在前不久惨遭杀害，所以我们来调查她高中的人际关系网。"

"怎么会这样？"女人的语气显得不可思议，她又低语了一句，"这究竟是怎么回事？"

"具体情况还在调查，我能问你几个问题吗？"

"可以，警官请随意问。如果我知道，肯定都会告诉你的。"

"你和林龄的关系怎么样？"

"我和她是无话不说的好朋友，初中就在一起了。不过高中发生了一件事，之后她就没和我来往了……"

"什么事情？那件事，是在袁姗来你们班级以后发生的吗？"

女人显得很诧异，尾音上扬："你也知道袁姗？"

"案件的发生也和她有点关系，如果可以，方便也和我说说袁姗的事情吗？"

"可以。在那件事以后，林龄就不和我亲近了，反而去接近袁姗。不过是新来的转校生，也不知道为什么这么多人都去巴结她……"女人埋怨的语气，像是对袁姗有极大的意见。

"不是说袁姗高中时期很受人欢迎吗？怎么听你的意思，好像不是这么一回事？"

“应该说她是一个很有心计的人，也很有手段吧。反正全班都说她好，可我觉得不是这么一回事，我以前跟踪过她和林龄，本来是想搞清楚她家住哪里，是不是别人说的住豪宅那种很有钱的大小姐样子，结果却被我看见了一件事……”

“什么事情？”

“她平日里伪装善良可人的模样，实际上，她是个很可怕的人。那天，袁姗拐进小巷子里，路上遇到因为饥饿凑上来讨食的流浪狗，她居然一句话不说，一脚将只几个月大的小狗踢开了。那时候附近都没人，或许是因为在背地里，才显得这么大胆吧。哦，对了，当时她还蹲下身子，对狗说了一句至今让我觉得有些莫名其妙的话，她说，‘我以前饿了，都没人分我东西吃，你以为，我会把吃的留给你吗？’她家境不是很好吗？还有饿肚子的时候？反正我不太懂，就觉得这个女人很虚伪可怕。”

“原来是这样，”叶殊大致了解了这跟袁姗的过去有关，她将这些话记录在手机里，继续问道，“那么，能和我说说高中发生的那件事的具体情况吗？也就是你所说的，让你和林龄关系决裂的事情。”

就像学生时代背后吐槽自己讨厌的同学一样，电话那头的女人有如打开了话匣子。叶殊也是女人，女人对女人总有某种难以言喻的亲和感，特别是同仇敌忾谈论一个敌人时，总能迅速成为好友。

那边接电话的人刻意将语气放柔放缓，之前的警惕心已经在几句讨论里消弭不见了。

也是可笑，之前还是各自拥有空间和距离的陌生人，却因共同讨论一个八卦，顿时拥有了好友之间才存在的亲密感。

女人低吟一声，可能是在思考，指尖不自觉在桌面上敲击，传来有节奏的笃笃声。许久，她才小小的“啊”了一声，想起了什么：“我记起来了，那天回家路上林龄突然说自己有事，让我先走。我很好奇，走到一半发现不对劲，就绕了回去。”

“有看到什么吗？”在她缄默的间隔，叶殊好奇地问。

“我看到袁姗扶着林龄走了，林龄的肩上好像披着袁姗的外套，她的腿部也有些还未来得及变成青紫的红痕。”

叶殊知道她这是保守的说法，于是大胆地暗示她，往最极端偏激的方向去思考问题。

“按照你的推测，你觉得林龄可能经历了什么？”她问。

女人抿了抿唇，“唔”了一声，斟酌道：“这不好说……”

“那么久远的事情，我们不可能查得到了，只能听你主观的分析，推断出一些潜在的原因。”

“我觉得，她可能是被人强暴了……”

“强暴？”

“对，她当时走路的姿势，还有隐隐可见的血迹，最重要的是外套披在她身上，借以掩盖住手臂上的伤痕。”

叶殊从中分析：“也就是说，林龄当时先赶走你，一个人在等人，却发生了强暴事件，并且被半路出现的袁姗所救？”

“整起事件就是这样。”

“林龄是个什么样的人，最开始她和你在一起的时候，有说过对袁姗的看法吗？”

“其实林龄这个人很傲的，在袁姗没出现之前就是班花。袁姗一出现，班里男生就有传两人并列班花的说法，虽然林龄表面没做什么，但是心里肯定不舒服，我太了解她了，只要她不认同袁姗，其他人也不会轻易接近她的。”

“也就是说，林龄实际上是你们班的领头羊，如果要真正融入班级，就要听从她的安排？”

“可以这么说，我讨厌袁姗，却不得不讨好她，也是这个道理。因为领头羊换了，变成了袁姗。而她却不知为什么，特别针对我，导致我被整个班级孤立了。”

叶殊有一个大胆的猜测：“可能是你之前跟踪她，被她发现了吗？”

女人大惊失色，几乎要尖叫：“不会吧？等等，你这么一说，还真的有可能……”

“按照我的分析来看，林龄可能被人骗了。她绝对不会去等一个可能伤害自己的人，所以她是被冒充自己喜欢的人骗出来，然后被对方实施强暴，而这时，袁姗挺身而出的话，就可能获取林龄的好感，甚至是和她约定共同守护一个秘密，让林龄完全依赖她。这种行为的直接好处就是，她能迅速融入这个班级。”

那么，可能吗？

林龄被强暴的事件说不定也是袁姗暗中设计的，否则她怎么可能出现得这么及时？正好能赶上救了林龄？

“你不说，我还没注意到。袁姗回家的路线和我们明明截然相反，但她为什么能第一时间出现在那里？这真的是巧合吗？”

“允许你细致思考下去，稍等一下，给我五分钟，我做个笔记。”叶殊说。

她将所有对话都摘抄到小本子上，又将自己代入到那个场景里，去体会被害人当时的心理——

如果能看到大腿的话，那天应该是初春或者初夏，放学是傍晚时分，走读的同学都在夜幕降临之前匆匆回家了。

林龄为了掩人耳目，肯定会进小巷子里，等待她朝思暮想的暗恋对象。

她等了许久，都没有人过来，直到……一只手突然捂住她的唇，冰冷僵硬的指节仿佛要嵌入她的脸颊皮肤里，生生挤出两三道泛白的痕迹。

林龄当时的感觉必定是痛苦还有绝望，她悔不当初，想要大声呼救，却没有任何人救援。

她渴望被自己赶走的好友能察觉到端倪，回来救她。时间一久，原本的期盼情绪逐渐变成怨恨，实际上好友并没有什么错，但她没有发泄点，只能将一切情绪发泄在好友的身上，怪她无视她的安危，让她陷入水深火热之中。

该怎么办呢？与其说感受到身体上的疼痛，不如说她现在是满心的怒火与羞辱。

林龄没有力气反抗了，她犹如一片凋零的枯叶，被风打着旋儿，疲乏无力地倒在湖面上，随波逐流。

再次醒来的时候，应该也不知道是过了多久。

她看着昏暗到深蓝的天际，这个世界并没有因为她的痛苦改变分毫。

而这时，有人逆着光走来，是袁姗——她脸颊红润，穿着也很整洁，与林龄此时此刻的狼狈形成鲜明的对比。

林龄羞愧难当，起了自杀的心思之时，袁姗突然对她说道：“我会为你保守秘密，谁都不能伤害你。”

肯定是类似这类表明衷心的话，否则又怎么能猎获林龄那颗脆弱无比又骄傲的心呢？

林龄看到从天而降拯救她的袁姗，会是什么样的心理？

必定是感激的吧，她会将所有的无助，都通过眼泪跟袁姗发泄，并且让她帮助她收拾一切不堪的过去，获得新生。

这个时候，她的好友已经不重要了。袁姗纵有千般不好，都是她的救命恩人。

久而久之，林龄会发现这个女人手握她的把柄，她不能让她将事情说出去，不会深思事件背后的可怕目的。

林龄要好好活下去，体面地活下去，那就必定要听从袁姗的差遣。

她是她的“狗”。

这个阴险狡诈的手段，也是袁姗跟周然耳濡目染学的。他杀死了最纯净的她，给了她最肮脏的人生之路。

叶殊疲乏地睁开眼，下意识又看了一眼床上酣睡的男人——他仿佛在叶殊的庇护之下，无忧无虑，睡得格外安心。没有经历风雨的男人，眉心舒缓平坦，就连睡颜都显得格外安详。

“咚咚咚”秦让敲了几下门，走了进来。他讨好地将几本笔记本递到叶殊怀里，说：“刚才去了死者的家里，只找到了宋琦还有叶薇凉的日记本，林龄的没找到，她妈说她不太爱写这些。你看这两本日记本都是上锁的，款式也一样，是不是当年就流行这个啊？”

“谁知道呢。”叶殊敷衍一句。

秦让又将视线转到了床上，像是发现新大陆一样，惊呼出声：“这小子居然装睡！”

叶殊抬起日记本敲了一下秦让的头，怒斥：“声音小点，纪先生在睡觉。”

秦让龇牙咧嘴，不满地抱怨：“都说叶姐疼兄弟，我怎么没看出来。究竟我是你师弟，还是他是你师弟？难道说……”

“别瞎说！”

“肯定就是，叶姐，你是不是喜欢上他了？”

“我……你小子废话怎么这么多？欠调教？皮痒了是吧？操练场上走一趟？”

“叶姐不疼我，倒喜欢起才来两天的外人了，”他掏出手机，迅速滑屏，“不行，我得把事情发到讨论组里，让兄弟们知情。”

“你等会儿，你还真有讨论组啊？”

“当然，”秦让得意扬扬地说，“还不只他们呢，我不仅有叶姐后援会，我们还有小宁后援会！”

“没看出来，你们这么猥琐……”

“这不叫猥琐，这叫爱！队里就你们两个女的，肥水绝对不能流外人田！”

叶殊又砸过去一个本子：“你小子整天想什么呢，给我工作去，同学录里的电话统统打过去，专门问三名死者和袁姗的情况，快点！中午还有其他事情要做，晚上十二点以前必须拿下袁姗，这是最后期限了。”

秦让也不扯皮了，很快严肃起来，行了个军礼，厉声喊：“是！”

结果这一声中气十足的吼声，直接把睡梦里的纪零吓得惊醒。他迅速坐起来，迷茫地睁开眼，一动不动。

叶殊怀疑他被吓坏了，毕竟科学怪人都有怪癖，万一把他吓得神志不清那就不好了。

她朝秦让使了个眼色，赶他去客厅打电话，自己则用手触了触纪零的额头，温声问：“纪先生，你醒了？”

片刻，纪零才小心翼翼出声：“叶殊？”

“对，是我。”

“我想你了。”

“啊？”叶殊被吓到了，这是什么路数？

这时，男人突然伸出手握住了她的手腕，他用的力气很大，细长的指节一寸寸勒在她的肉里。过了好久，纪零才从最初的用力过猛，到后来的放松，缓和许久才让安全感重新填满他的内心，不会再惶惶不安了。

“刚才打雷了？”纪零含糊不清地问。

叶殊嘴角微微抽搐，干咳一声，说：“是啊，打了。”

睁眼说瞎话，她好像不太擅长。

“哦。”

“纪先生害怕打雷？”

纪零垂下眼帘，乖乖点了一下头：“嗯。”

居然这么快就承认了。

“别怕，有我在，雷打不到你。”话音刚落，叶殊就要无语问苍天了，她这说的是什么话。

“我知道，”所幸纪零一点都不嫌弃，他嘴角抿出一点笑意，惨白的脸上终于恢复了一点血色，“你说过，会一直待在我的身边。”

“对，一点都没错。”叶殊安抚好了这个男人，这才反应过来，和那个女人的电话一直接通着，她迟疑了一会儿，关闭了静音键，说：“不好意思，让你等了这么久。”

“没事，警察工作忙，我都知道。”

“还有一些问题想问你，方便吗？”

“当然，说实在的，能揭开袁姗的真面目，这让我感到高兴。我以前被孤立，有段时间陷入了重度抑郁之中，还在想是不是自己哪里不好，是不是自己的问题，很长一段时间都在自我怀疑。现在一联想这些事情，才反应过来，这都是拜袁姗所赐。我必须为摘下她的伪善面具奉献我的力量，我要报复她。”

“有负面情绪是可以理解的，但是提供的证词可别失真。”

女人发出一声急促的笑：“放心好了，警官。”

叶殊翻开秦让带过来的日记本，最上面的一本是叶薇凉的，里头写了密密麻麻的小字，似刻意节约纸张，一张记录了两天。

她问：“叶薇凉的家境怎么样？”

“不太好，据说有一个游手好闲的哥哥，不工作，专靠她妈妈养着。不过她的性格也很怪异，虽然是副班长，却不太热衷于跟同学们处好关系。”

叶殊敷衍地应了一声，随即翻开日记，起初都是一些她哥哥找她麻烦的记录，翻到后面，有一篇内容吸引了她的视线，上面是这样写的：

今天，他到学校门口堵我了。据说是喜欢上了KTV的陪酒小姐，把钱都拿去给她花了。

他看到我，就说我有钱。

书包里面是班费，绝对不能被抢走的。这么一大笔钱，我如果丢了，肯定赔不出来。

但我抢不过他，又一次被打了。钱丢了，该怎么办？

这种人怎么不去死呢？真想……他消失在这个世界上。

叶殊翻了一页，又看了后续：

今天班主任问钱的事情，我谎称还没交齐，需要一点时间。

实在忍不住，下课就在学校外的巷子里哭。那个转校生好像看出我的狼狈，一步步朝我走过来。

当时我是想落荒而逃的，但那一刻，总觉得她的身上有某种魔力，把我震慑住了。

她说，她不相信我钱没交齐这个借口，但会帮我想办法补齐。

她会帮我隐瞒所有真相，也不会追问我原因，但需要我帮助她。

袁姗这样好，我又能帮她什么呢？

我根本不配和这种人站在一起吧？

很感谢她毫无芥蒂地信任我，那一瞬间，我感到很幸福。

叶薇凉这里也好说明了。

懦弱的人不知反抗，一味地习惯于逃避。袁姗不是在帮她，而是给她找了更为舒适的避难所。

这类人最好利用了，因为她到处都是破绽，到处都是可以任意利用的小尾巴。

袁姗肯定会用尽手段让她在泥潭里越陷越深，这个女人，就是有这样的魔力，能够摧毁一个人。

叶殊合上日记本，继续问那个女人："那么宋琦呢？她是个什么样的人？"

"宋琦啊，她不喜欢袁姗的原因我知道。当时她暗恋我们班一个男同学，结果袁姗一转来，那个男同学就和袁姗表白了，所以一直怀恨在心。但我好奇的是，后来宋琦又成了袁姗的小跟班，不知道这个女人究竟使了什么手段，整个班级都像是被她蛊惑了似的，整治得服服帖帖的，"女人顿了两秒，难以置信地说，"我查了一下，她们三个……都死了？"

"对，是一起连环凶杀案，而且都和袁姗有关。"

"这是要杀死整个班级吗？"

"我觉得不是，应该是针对袁姗而来的。"

“我先去锁好门，这太吓人了，不，简直就是恐怖电影的剧情。”她惊恐不已。

叶殊心想：在那个年纪，恋爱就是顶天的事情了。究竟又发生了什么，让宋琦这种自尊心很强的女人都能放下芥蒂，和袁姗和平共处呢?

“我还想起一件事。”

“什么事情?”叶殊问。

“宋琦当时有去参加剧组的演员面试，但是隔壁班的校长女儿也去了，最后不知道什么原因，反正就是宋琦被刷下来了，录取了校长的女儿。她有在学校里嚷嚷过这里头有黑幕，结果因为在教室喧闹，被教导主任通报批评。”

“后来呢?”

“后来校长女儿出事了，不知道是什么事情，反正在家休养了一年。难道这里面也和宋琦有关系?不能啊，她哪有这么大胆子，连那个千金小姐都敢下手。”

叶殊算是见怪不怪了，再怎么离谱的事情，她都见过了。

反正袁姗这个女人脑子比别人活泛，心细胆子又大，无论做出什么伤天害理的事情那都是正常的，叶殊早就见怪不怪了。

她绝对没叶殊想的那么简单。

叶殊把几本日记放下了，她疲惫地和女人说：“我大致了解了情况，好了，你近期注意安全，记得把我们的通话记录删除。她不知道我查到你这里，所以你应该没有什么危险。就这样吧，我先挂了，谢谢你的配合。”

“好，那再见。”电话很快就被挂断了。

叶殊终于明白过来了：袁姗就像哆啦A梦的万能口袋，别人想要什么，她就会以力所能及的方式满足他们。

三名死者，每一个人应该都有一个被袁姗掌控的秘密，所以袁姗可以在新学校混得风生水起，因为她能操控人心，但又是怀柔政策，从不逼迫他们。

而凶手杀死这三个人，恐怕不只是伴娘的说法，也是在试图警告袁姗：他知道她所有不为人知的过去，他能斩断她所有左膀右臂，将这只企图高飞的金丝雀，绞死在精致的金丝鸟笼里。

几乎所有的谜都解开了——袁姗是周然一手培养起的孩子，她替代了小姗，而真正的小姗，可能已经被周然铲除了。随后，袁姗替周然的公司办事，杀害了争抢生意的袁氏父母，最终获得了自己的人生。

而被公司辞退的周然不甘于跌入低谷，他再次找上了这个不同寻常的女人，渴求她去接近陈楠，目的为何，暂时还不知晓。最后结局就是袁姗为了不受周然威胁，狠下心斩草除根。

总之，在这段时间，袁姗利用了凶手，后来又不知发生了什么事情，导致她与凶手决裂，让这个男人发狂到这种程度，筹备了足足三年，才来复仇。

至于袁姗对陈楠究竟有几分真心，那就不得而知了。从现在的状况来看，她可谓是节节高升，只要嫁给了陈楠，她就能步入上流社会，在另一个常人所不能及的领域焕发光彩。

为什么你这么恨着她呢?

你们之间，究竟还有什么故事呢?

叶殊觉得，这就是凶手最后一个紧攥在手心的秘密。他就是以此来要挟袁姗，回到他的身边。

该怎么查? 事情陷入了僵局，她也不知道该怎么办。

一闭上眼，叶殊仿佛就能看到黑色的雾霭里，有一个裸着脊背的女人站在暮色下，她的脸尽数被笼罩在黑暗之中，以美艳的身姿蛊惑着周围行色匆匆的人，所有途经此处的旅人无不停下步伐，被她所诱导，逐步接近她。

她是魔鬼，是个滞留凡尘的恶魔!

今天是阴雨天气。

午后也没有日光，隐约有一线白芒从层叠的云里破出，被湿漉漉的雾霭撞个粉碎，四散在空气里。整个世界都显得灰蒙蒙的，没有半点艳丽的颜色。

这样的色泽与叶殊此时此刻的心情一致。

她叼着一片路边摘的绿叶，牙齿有节奏地在根部碾磨，直到从脉络里渗出涩口的汁液，这才回神，呸呸吐出去:“到哪了? ”

“距离婚礼会场还有半个小时的车程。”秦让调转了后视镜，使得自己的视线能与叶殊相撞，“很快就到了，叶姐别担心。”

“嗯。”叶殊闷闷不乐地应了一声。

纪零轻微掀起睫毛，窥了一眼叶殊，问：“你不开心？”

“很明显吗？”

“很明显，特别是你的气味有很明显的变化。你在想什么？”

她沉吟片刻，还是将顾虑的事情告诉纪零：“我能查到这里，已经是超出凶手的预料了，他不会再给我们提示了。不过事情还没完，他手里肯定还捏着袁姗的把柄，那是最后一个秘密，可他绝对不会告诉我们。也可以说，我们的利用价值已经被榨干了，袁姗已经被我们逼到毫无退路，她要是不想秘密被揭露，就会按照凶手说的去做，就会靠近凶手。”

“所以，凶手的婚礼也能按时举行了？”

“对，袁姗绝对会被绑架。”

秦让问：“那我们如果把这些查到的东西都告诉陈先生，会发生什么事情？”

“应该会是一个催化剂，让袁姗更快投入凶手的怀抱吧。”

“那叶姐要什么都不说，眼睁睁看着他们结婚吗？”

“我不知道，现在先别问我。我们手头上没什么她害人的实质性罪证，只有一些道听途说的故事，怕是不能拿她怎么样。反正我们的任务是保护新娘，避免她受到伤害，姑且先按照这个来做吧。”

“也行。”秦让吊儿郎当地吹了个口哨。

纪零却心事重重地问：“那么，她会杀人灭口吗？你知道了她的秘密，她会想要铲除你吗？”

叶殊不经意冷笑一声：“我想会吧，但我也没那么容易就被拿下，放心好了。”

“或许，你可以选择和我一起离开这个地方。”

“离开这里？”

“我在欧洲很多国家置办了房产，你可以和我一起离开，她绝对找不到你。”

“谢谢纪先生的好意了，但我不能总做逃兵呀，”叶殊像是想到了什么，突然眯起眼睛，意有所指地说，“我就是从地狱里爬出来的人，之前的缉毒任务已经得罪了不少的人，就算袁姗不杀我，也会有别人杀我。和你说一个故事，之前禁毒局很多前辈因为工作牺牲，局里的同事只敢朝人死的方向敬一杯酒，连墓园都不能去祭拜，就怕被那些伺机报复的毒贩盯上。要真说起来，这些人比袁姗可怕一百倍、一千倍，我连他们都不怕，都没逃匿到国外享受任务完成以后的‘退休福利’，现在又怎么可能临阵脱逃呢？”

纪零哑了声音，他微微合上眼睛，从缝隙中注视叶殊，看得她局促不安以后，他才慢条斯理开口：“我好像越来越喜欢你了。”

叶殊不知道该怎么接话，支支吾吾了两声，含糊过去。

只秦让在前头嗤笑一声，挑衅地嚎叫一声：“这算什么？叶姐，我爱你！”

叶殊被雷得外焦里嫩，她没想到秦让连这个都要攀比，他又不是不知道纪零有什么说什么的率真性格！

“你配说爱？”纪零的语气不善。

“怎么，就你能说喜欢啊？你说喜欢，我说爱，中文博大精深，咱俩也井水不犯河水！”

“你的意思是，你想要和我共享叶殊？”

“叶姐又不是你一人的。她是我姐，沾亲带故的那种，你又是哪门子的亲戚？连朋友都算不上吧？”

“你就只有一个称谓优势，而我能和她住在同一间屋子里，”纪零找回了场子，气定神闲地补充，决定以镇定的态度击溃敌军，“只隔着一层天花板，我可以听到她日常的动静，走到左侧是拿衣服，右侧应该是脱衣服换睡衣，如果听到她翻柜子的声音，应该就是要准备去洗澡了。这个时候，我就会换个战场，和她隔着一层薄薄的浴室门，一起共度沐浴时光。最重要的一点，按照这种情况发展下去，几年以后，她的腹中应该就会怀有我们两个爱的结晶，一个姓纪的baby。”

“你闭嘴！”

叶殊深吸一口气，示意自己一定要冷静，下手要有分寸。特别是纪零这种局里邀请来的贵客，可不能让他缺胳膊少腿的。

秦让似被震惊到了，他沉默很久，说：“不就比亲密度？我也有！我还喝过叶姐喝剩下的啤酒呢，嘴对她喝过的瓶口，亲密接触！”

“我说我以前开的啤酒怎么都少了半罐，你小子够缺德啊！”

“喀喀，都是过去的事。”秦让讪笑。

纪零不满了，他灼灼如炬的目光定格在叶殊身上，冷冷道："我也想和你亲密接触……我很嫉妒。"

"别过分！你刚认识我的时候，不是连我喝过的水都要抢着喝吗？"

"哦，这件事从你嘴里说出来，好像更具有杀伤力。"纪零扳回一局，满意地点点头。

秦让竖起拇指，大写的一个服气——你厉害，小爷不比了。

叶殊陷入郁结的状态里，不知该作何反应。

快要下午四点了，天气寒冷的时候，就连天空都暗得比往常要快。

街道被灰蓝色的夜幕笼罩，压低了四周环境的颜色饱和度，披上一层灰扑扑的质感。而长路的尽头有灯火，朦朦胧胧像是萤火虫的尾灯，暖而亮，指引着前行的方向。

秦让的车还没停下，就看到前方有人朝他们招手。定睛望去，居然是徐队长。

怎么回事?

一种不好的预感油然而生，挤压着叶殊的心脏，闷到连气都透不过来。

秦让将头探出车窗，问："徐队长？怎么了？"

"新娘不见了，有目击者声称她上了一辆黑色的轿车，往中山路的方向去了。快跟上来，务必逮住凶手！"徐队长发号施令。

警车一辆辆追了上去，过往车辆纷纷让道。

叶殊的手心都是汗，她也不知道自己为何会这么紧张——或许是因为这样的气氛格外熟悉，到处都是喧闹的警报声，以及嘈杂的人潮，像是落入了混乱不堪的大炖锅里，世间百态皆数被抛入煮一煮，烧出一道别出心裁的菜肴，并不一定是世间仅有的美味。

她好像想到了什么……有什么从记忆深处缓缓爬出，压迫着她的神经。

几乎是在瞬息之间，记忆里的人和事交替出现，画面和声音充斥在她的眼里、耳里，甚至让她有置身其中的错觉。

门。

门后的人。

声音，一直在絮絮叨叨谈话。

还有谁？那一串数字——4502。

她究竟有什么秘密？她是谁？快要爆炸了……

“叶殊？你怎么了？”

叶殊终于清醒过来，太阳穴的胀痛感就此消失。她长长吐出一口气，说：“没什么，只是想到了一些事情。可能是今天的场景和之前卧底任务收网的场景太像了，所以产生了即视感。”

“我很担心。”

“别担心，”叶殊对上男人真挚的眸光，声线放软了一点，“我很好，所以别担心。”

“嗯。”纪零收回在她身上的炽热视线，坐回了原位。

叶殊下意识往纪零的方向看去，这是她第一次主动想将目光放到这个男人的身上——他总能随时随地感受她情绪上的变化，给予她帮助与呵护。不得不说，还真像是忠贞不渝的忠犬，一旦“爱”上了主人，就绝不会离弃。

“纪零。”叶殊唤了他一声，以秦让绝对无法听到的音量。

“嗯？”纪零不解地望向她，眼神里，更多的却是愉悦。

“只是突然想喊一喊你。”

“我很开心。”

“嗯。”

叶殊也不知道自己在做什么，她像是背着父母偷偷给男友发短信的未成年少女，又像是满怀期待窥视心上人所在之处的暗恋者，总想将自己呼之欲出的情绪藏匿在一个绝对安全的地方。

或许是因为惧怕吧，惧怕她一向对纪零冷漠，在察觉男人的温柔时，已经太迟了，怕他会跟她渐行渐远，直到消失在叶殊的视线之内。所以她才亡羊补牢一般放低了姿态，轻轻喊一喊他，渴求得到回答。

幸甚，幸甚。纪零还在。

她想重新珍视的男人，还在她的身边。

叶殊想说些什么，微微一启唇，却被一阵急促的电话铃声打断，她迟疑地接起，开了扩音，只听得里面传来细微的翻动声，却无人回话。

叶殊刚想开口询问，就听得里头传来了袁姗惯有的娇柔嗓音——不是对着扬声器说的，距离很远，能听得出来，这是凶手刻意拨出的电话，并且袁姗不知情。

凶手这是想把袁姗最后一条路也斩断了？即使离开了凶手，她现在说的话都能作为呈堂证供用来定罪？

叶殊按下静音键，借以保证袁姗那边绝对听不到他们这边的响动。然后又暗示纪零拿出录音笔，记录下电话中所说的一切。

隔了一会儿，袁姗问："有烟吗？"

凶手可能没说话，片刻，擦亮了打火机，给女人点上了一支烟。

很显然，从袁姗不慌不忙的语气就能听出，凶手并没有对她施加暴力，好戏还未开演，这只是前菜。

"你想做什么？你知道我们已经完了。"袁姗冷淡地说。

半晌，有一个尖细的男声传来，他讽刺地笑了一声，接话："你是不是以为最后一次，是我下的手，你是干净的？"

"你在说什么？我完全听不懂。"

"我没那么傻，我留下了你犯罪的痕迹。你毁了我，也杀了我。可现在，你要和我一起下地狱了，我最爱的人。"

电话那头静了下来。

侧耳聆听，也能听到一些被放大的喧闹声，隔着扬声器一层薄薄的金属板，呼之欲出。

叶殊按捺住满心的疑惑与焦虑，继续注意那头剑拔弩张的状况。

大概是五分钟以后，袁姗碾灭了香烟，快烧完的烟头与烟灰缸相撞，发出急促的"咯吱"声。

"最爱？要不是念在你是我先生的前员工，我才不屑搭理你。之前就警告过你，不要活在自己单相思的幻想里。你是个彻彻底底的跟踪狂，所有和我在一起的甜美回忆都是你自己幻想出来的。已经过了三年了，你为什么还要来纠缠我？你就这么见不得我幸福吗？你为什么要出现，为什么还是缠着我不放？"她讽刺一笑，语态里多了几重难以言喻的意味。

“你都忘了吗？现在还要睁着眼睛说瞎话？”凶手的声线轻轻颤动，沙哑的嗓音里竟在一瞬间糅入了一丝哭腔，他悲痛地重复，“你口口声声说爱我，都是骗人的？”

袁姗这个女人心思深沉，即使被逼到死角，也牢牢捂住脸上那层假面，负隅顽抗。她不敢以真面目示人，一贯隐藏得极好，在绝境之中，也能开出摄人心魄的妖花。

叶殊抿紧下唇，嘴角耷拉着，很显然情况不太妙。如果袁姗不承认这些，最终法律上也只会判定凶手有罪，因爱生恨，甚至是患有臆想症。而袁姗，作为彻头彻尾的受害者，只会被保护起来。除非，凶手手上真有袁姗的罪证，而不是仅仅有作为威慑的捏造品。

“我是真的不懂你在说什么，不如你离开吧。我不会告诉警方你的去向，也不会说出你绑架我的事情，”袁姗不动声色地说，“这是你最后一次机会了，好好珍惜。”

“我绝对不会放过你的！”

“你应该不知道进监狱是什么滋味吧？”

“你想说什么？”

袁姗意味深长地轻笑，能从语气里感受出来，她脸上带着满是故作怀念与憧憬的表情，以温和的口吻诉说着令人畏惧的事实：“那么，告诉你一件事吧，我从未和别人说过我的事情，你是第一个。我是个孤儿，你应该调查过。在我还没有进孤儿院的时候，我是被人贩子拐走的。他们是个贩卖人口的集团，当时生意做得很大，当然，现在已经被捣毁了窝点。在那个时候，我和一群差不多大的孩子挤在一间屋子里，里头都是暗的，就只有一线光从铁窗漏进来。我想，那就是所谓的监狱吧。一个人永远要待在暗无天日的房间里，连外面四季怡人的景色都看不见。”

“所以，监狱才会让那些人一心向善，想要得到原谅，然后从墙里出来。”

“不，”袁姗厉声截断他的话，讽刺地说，“我想，犯了罪，出来的人还是坏的，并不会被牢狱之苦洗刷掉罪孽。正因为他们在墙里心心念念外面的世界好几十年，所以会产生强烈的妒恨心理，他们会恨每一个正常的人，也会因此继续犯罪，更谨慎地犯罪。”

说来也是好笑，凶手像是被她这种恶毒的价值观给震慑了，许久都未曾出声。

或许凶手对袁姗还是爱大过于恨，所以能轻易被这个女人所蛊惑，再次被她摆布。他还没做好杀死她的准备，爱情就是这么玄妙。

“要抽一口烟吗？”袁姗从自己的包里翻出一支烟，“因为要当陈太太了，避免被他发现，所以只带了一支烟。刚从你那拿了一支，礼尚往来，也是该从我这里拿点东西回去。”

凶手默不作声，似乎在提防她。

“你胆子怎么这么小了？以前纠缠我的时候，不是很大胆吗？”袁姗一语双关，像是承认她和凶手有过关系，又像是只点明凶手单方面纠缠她的关系。

“你还在迷惑我，你还在用以前的手段！”凶手此刻叫嚣起来，他在袁姗面前情绪变得十分不稳定，像是魔住了，时而声嘶力竭地吼叫，“我真的有你犯罪的证据！都在这里，都在这里面！我拍下了你当时发给我的短信，录下了你和陈楠他妈的通话。她是你约出来的，也是你让我杀了她的。你是主谋，我早察觉出端倪了……早就知道了。”

“照你这样说的话，既然有证据，为什么不报警呢？”

“我想你回到我的身边，我想和你……像以前一样。”

“以前？我们以前是什么样子？”

“我们曾经亲密无间。是你抱紧我，说要和我一起杀了陈楠，一定会报复当年收购我家公司，逼死我父母的人。你说过，绝对不会丢下我。所以我才默许你接近陈楠，我以为你是为了我们俩的将来考虑，是为了我的复仇计划。你说你喜欢成功的男人，所以我研究香水，想要爬到更高层，要不是他的出现……我肯定不会被公司辞退，你也不会抛弃我……我只剩下你了。”凶手语无伦次，缓和了许久，才继续说，“你说陈楠母亲不认同你，所以你靠近不了陈楠。你要我帮你，说这也是我的复仇计划的其中一步，所以我杀了她……我杀了人了！我没想杀她，她和我无冤无仇，我为什么要杀她……是你把我逼成这样的，都是你！”

从凶手凌乱的描述中，叶殊大概了解了事情的真相，这是一起报复杀人案：陈楠家收购了凶手父母的公司，大概是使用了什么手段，导致凶手父母不堪重负自杀了。

于是，凶手打算复仇。他遇到了这个巧舌如簧的女人，表面上说是为凶手复仇，实际上是借他的手，一步步爬到陈楠的身边。而凶手情场失意，职场又被纪零压制，所以迁怒于陈楠。

陈楠母亲发现端倪，开始调查袁姗，或许是说了用钱让她离开陈楠的说辞，引起了袁姗的反感。

她捏造了一个天衣无缝的谎言，诱哄凶手去铲除绊住她的荆棘藤。凶手照做了，袁姗已经榨干了凶手的利用价值，这就捏造了职场性骚扰的事情，借助陈楠的手，赶走这个男人。

不得不说，袁姗步步为营至此，却在阴沟里翻了船。如果她再狠心一点，杀了凶手的话，那这一切，岂不是都只能埋藏于黑暗之中了？

袁姗冷笑："所以，你幻想了这样一个复仇故事，又把所有的失败都归咎于我身上？你这个没用的男人，只会逃避的懦夫！"

凶手犹如炮仗，一点即燃。他突然起身，用健硕有力的臂膀勒住女人的脖子，企图让她窒息。

电话那头只能听到细碎的呻吟，以及男人低沉的喘息声。时有时无，如同一把纤细的竹枝被人用手劲掰折，发出断断续续的絮语。

不知过了多久，凶手还是松开了女人，袁姗恶声恶气地说："你还不懂吗？我没有杀了你，是为什么？"

"为什么？"凶手呢喃自语。

"是啊，明明能狠下心杀人，却没杀了你，这是为什么？"

"是因为爱我吗？"

"你说呢？"

"你爱我，你还爱着我？"凶手吃到了糖，雀跃地问。

片刻，袁姗点燃了香烟，自己抽了一口，说："这是我之前要给你抽的烟，我对你没有恶意，烟也没做过手脚。你看，我抽了也没事，可你把我的好心当成驴肝肺。"

"是我的错，原来我错怪你了……我一直以为你……"

"计划还没完成，不是吗？"袁姗恢复了镇定，将烟递给他，"抽一支烟冷静一下，我不便说太多。”

“你等一下，我做一点事情。”凶手可能是“迷途知返”，想到自己要将袁姗的事情统统暴露给警方是有多蠢。

他最爱的人原来并没有抛弃他，他是真的获得幸福了……

叶殊心道不好，如果他这时切断电话，那后面的罪证都没了。

凶手正欲挂断电话，又被袁姗步步紧逼：“先抽一口，别的事情又有什么要紧的呢？只要我们两个还在一起，我们还是幸福的，这就好了。”

凶手害怕自己再回绝袁姗的好，会让她心生芥蒂，只能接过香烟，以示清白一般，狠狠吸入一口——

“咣当。”传来重物落地的声音。

凶手难以置信地问：“你为什么要……”

他像是受了伤，连匍匐爬动的力气都没有，手机被狠狠摔到了角落里，险些挂断。

袁姗从容不迫地笑说：“我还怕你要我多抽几口试验，幸好你抽了。这第一口啊，我的确什么手脚都没做，在递给你的时候，我捏碎了烟蒂里的脆皮胶囊，让毒液渗透进去，这里头还有麻醉剂。你这样一吸，当然会出事。”

“为什么……”

“你是想问我为什么不杀你？我当然想杀你，但那时候出了一些事情，等到我处理好了，再去找你，已经找不到了。你让我怎么办？当然只能耐心等待，幸好，这一切都来得及。你独自来找我了，还带来了证据，我当然要好好‘感激’你。”

她翻遍凶手身上的每一个角落，找出那些照片，用打火机点燃。

袁姗看着卷曲泛黄的相片，看着那些秘密一点点燃烧殆尽……

“现在好了，你所谓的把柄……没了，”她在等着凶手咽气，像是不够一般，再补充一句，“虽然这烟上面有我的唾液成分挺麻烦的，但到时候，我只要说你因爱生恨，想和我同归于尽，拿烟逼我就范，所以不经意触碰到我的唾液就好了。而你，在强迫我殉情的期间，毒性发作，死于话多。”

可能是凶手真的死了，袁姗放下心，她走到角落，按亮手机的屏幕——或许是想要报警，又或许是企图求助。这一切都在她看到里头未曾挂断的通话页面时，尽数碎裂成灰。

“喂？”袁姗颤抖着声音，朝扬声器询问。

叶殊本不想打草惊蛇，但此时是箭在弦上不得不发，她压低了声音，冷冷道：“袁姗，你所说的一切都被录音了，你逃不了了。”

“该死。”女人迅速挂断电话，那一层精心包裹多年的假面，终于被叶殊撕成碎屑。

第九集

叶殊的录音来源正当，并且有通话记录证明时长，足以作为凶手被谋杀的证据。更何况法医也不是吃素的，他们通过现场环境以及死者的尸检就能做出最准确无误的判断，并不会被袁姗误导。

至少袁姗之前所说的借口已经没用了，她不是自卫过度，而是有预谋杀人。只要逮捕了她，警方就有资格介入案件，追根究底，调查其余谋杀案的疑点。

也就是说，袁姗此番在劫难逃。

等到叶殊他们赶到现场的时候，袁姗早就畏罪潜逃了。

她不傻，知道把柄落在别人手上，再怎么争辩，也是由别人紧攥着她生存的机会，还不如就此逃跑。说不准躲到天涯海角，还真有她一席藏身之处。

他们得不择手段找到她。

叶殊累了整整一天，余下的事情她就交付给秦让等人负责，自己和纪零回家去休息。

再怎么有正义感，也不能一天到晚都是工作，别说缉凶了，人的身体都熬不住，会累瘫下。

等上了车，叶殊刚在驾驶座上坐定，手却突然被人抓住了。她循着那白皙的手腕看去——原来是目光深切的纪零。

叶殊并没有如往常那样扫开他，回避他的亲近，而是温柔地低声询问：“你怎么了？”

不知是什么情愫作祟，她不肯叫“纪先生”，倒是显得关系密切许多。

纪零等了这么久，无非就是想博取叶殊的一丝好感，一点关心，如今如愿以偿，他很满意。男人薄薄的唇瓣微微抿起，透出一点灰白色，似觉得愉悦，终究溢出了星点笑意："是要回家了吗？"

他的声音放柔许多，如同簌簌夜雪，厚如毡毯，裹住浓密的夜色。

"对，我们回家。"叶殊一想到"家"这个字眼，心脏似被蜘蛛网的细丝绊了一下，黏涩又柔软。

"我们？"纪零愣了一下，唇齿间反复咀嚼这两个字的背后深意。

叶殊不排斥他，甚至是认同他的存在，还说着"我们"，把他归属到她的界限里，成为她世界里的一部分，这怎么能让他不兴奋？

"你是指，我们吗？"纪零又雀跃地问了一声，眼神殷切，想从叶殊的口吻里探寻到肯定的词汇。

叶殊也闹不明白她小小的举动为什么会让纪零高兴成这样，只是本能地，为了满足他，再强调了一句："对，我们回家。"

"家是一扇门，四面都是墙的家吗？"

"对。"叶殊有耐心地回答。

"那这个家里，只有我们，没有秦让，不对，是没有任何其他来去自如的人，对吗？"

"对。"

"'我们'的意思是，我和你在一起，对吗？"

"应该……对。"叶殊越听越不对劲，但是从字面上又挑不出任何的刺，只能讷讷点头。

"所以，'我们'是一起的，也可以一起躺在'我们'的床上？"

叶殊回过味来了，抽出被暖热了的手，拒绝这个得寸进尺的男人，咬牙切齿地道："'我们'各自躺在各自的床上，绝对不可能睡在一起！"

"哦。"纪零抽回了手，下意识摩挲了一会儿指节，像有留恋似的，把手放在鼻尖深深吸了一口气，"我喜欢你的味道，你喜欢我吗？"

他原话的意思应该是：我喜欢你的味道，你喜欢我……的味道吗？

但是这厮心机颇深，有意无意将这句话的宾语摘除，将语意混淆显得暧昧。

叶殊无法对他的话无动于衷，长叹一口气，说："我不讨厌你，也不讨厌你的味道，行了吗？”

得到了回应，纪零越战越勇，几乎不肯罢休，他勾起嘴角，露出一丝笑，问：“不讨厌的意思是喜欢？”

“你再问一句，我就说讨厌了！”饶是叶殊这样的好脾气，此刻也被男人弄得不耐烦了。她现在只想睡觉，什么喜欢不喜欢的，都抵不上她睡觉重要。

“哦，那我们回家吧，”纪零很满意，“我已经知道你的答案了。”

车终于启动，驶向归途。

叶殊憋了许久，还是忍不住，问：“你知道了什么答案？”

“是你说要听的。”

“没错，是我说的。”她又有种搬起石头砸自己的脚的感觉了。

“你喜欢我，喜欢到不可自拔的地步。”

“胡说！”

“我是知道的。”他说得笃定。饶是叶殊也有点心虚起来，因为这个男人异于常人，他总能靠嗅觉分辨出一些寻常人注意不到的端倪与细节。难道她真的在隐隐之间有异样，自己浑然未觉，倒是被他给看出来了？

这……可能吗？

“纪先生，你……”叶殊不知该说些什么。

纪零敛下黑密的睫毛，低低说：“别担心，我是胡说的。”

“你究竟……要戏弄我到什么时候？”叶殊不知被戳中了哪一处软肋，一时间恼羞成怒起来。

“我只是喜欢这样说。”

“为什么？”

“为什么？”纪零歪了歪头，自嘲似的发出一声呵笑，“这样就好像告诉自己，你也喜欢我一样。”

只是这样吗？

这次轮到叶殊沉默了。

她竟对这个男人产生了一丝心疼的情愫，这些感情来得莫名其妙，又气势汹汹，稍有不慎，就会被卷入那中心的罪恶旋涡里，无法脱身。

是纪零真心待她，还是他伪装得太好了？让叶殊在短短几天内对他改观，几乎要沉沦其中。

害得叶殊差点要忘了，她并不相信这个男人——他的感情来得莫名其妙，也不知道爱之火会熊熊燃烧到几时。一旦她听之任之，解开心防，放任自己沉溺其中……等男人找到了新鲜猎物以后，那她就会被抛弃，受到伤害，甚至是被纪零猝不及防“刺”上一刀。

与其畏惧以后会受伤，还不如从一开始就不要涉及危险之处。

她是个懦夫，只能想出这样拙劣的自保方式。

是她愧对纪零了，无论是真心还是假意，她都承担不起。

夜深了，路面上都凝结了一层薄如蝉翼的碎霜。

车开在上面略打滑，叶殊必须小心，再小心。

约莫过了半个小时，总算是到家了。

她把沉沉入睡的纪零摇醒，自己则先一步上楼。疲惫一整天的心在此时此刻终于松懈了下来，浑身肌理有如被太阳照耀的碎雪，稀稀松松融化成水，浸没在床垫上。

不知过了多久，叶殊突然察觉脖颈上凉了一线。再睁眼，只见一个女人的手抵在她的身上，她手里是一柄锋利的军刀，刀刃特意磨过，上面水锈味浓郁。

居然是袁姗！她怎么会在这里！

叶殊还想出声，只见女人将一个注射器刺入她皮肤里，可能是镇静剂一类的药物，等液体汩汩注入她的体内，不足五分钟，就见药效。

叶殊觉得口舌发苦发麻，浑身瘫软到使不上劲来，再加上过度疲劳，此时的她，就像是被斩断了四肢，没有丝毫的抵抗能力。

怎么办？这个女人来者不善，肯定是有所图。

袁姗倒是笑了一声，低语：“我本来没想这么早结果你，可能要等到我结婚后，一切尘埃落定。不过，你是知情者，死还是要死的，念在你和那个被抛尸郊野的丫头可能有点交情，我没想让你痛苦。你啊，错就错在不知天高地厚，非要管我的闲事。话已经说完了，我向来不是拖拖拉拉的人，现在就趁早结果了你。”

叶殊没想到自己会掉以轻心，落入这个女人的手中。她看着那刀面纤薄的匕首，认命一般闭上了眼。

逃也逃不了，那就速战速决。只希望袁姗还有良知，别对无辜的纪零下手。

袁姗做事果然迅猛狠辣，很快地，她举起闪动着银光的匕首，愤愤刺了下来……

说时迟那时快，门突然“吱呀”一声被推开——袁姗棋差一着，又把军刀拽了回来，抵在叶殊的脖子处，挟持她。

来者是纪零。

纪零毫无危险意识地打开了灯，屋子里一下亮了起来。他微微合上眼睛，黑发挡住一侧的脸颊，瞳色变得晦暗不清。

等了许久，他终于开口：“我闻到陌生的味道，一路寻上来，还真的找到了陌生人。你说过，‘我们’的家里只有‘我们’，绝对不会有外人的。”

叶殊无法出声，只能斜了斜眼——这个人可不是她想要带进屋子里的。

袁姗冷笑，说：“你想她死的话，就报警吧。”

“我不会报警，我没有这么傻，”纪零不动声色地说，“你是恨她吗？因为她毁了你的人生，让你在这个世界上毫无立足之地，是吗？”

“是又怎样，不是又怎样？我恨她，我会杀了她，在你报警之前，我也会杀了你。”袁姗挑衅地说。

“你先别着急，听我说，”纪零抬眸，认真地望向她，“我会给你新的身份，让你像以前那样生活，也绝对不会告诉任何人有关你的去处。但条件是，你不许伤害她。她是我的，连人带命都是我的。”

不得不说，纪零这一番话正好打中了袁姗的七寸，让她重新审时度势，慎重考虑接下来的计划。

袁姗开口了，这代表有商谈的余地：“你要我怎么相信你？我又怎么知道，你不会先哄骗我，事后告发我？何况，一个新的身份那么好拿到吗？每个人活着都拥有自己的身份，要想得到别人的身份，那只有让那个人去死。”

“那么，就让那个人去死好了，”纪零说得风轻云淡，像是在说一个极其普通的笑话，“我会亲自杀死一个人，让你用她的身份活下去。所以，现在可以信我了吗？我和你同样有罪，我不会为了举报你，把自己也推入深渊。”

“为什么？”袁姗不能理解，为什么他肯做到这个地步。

“因为我爱她。”

“爱到不择手段的地步？”

“没错。”纪零郑重其事地道。

短短几句话，倒是在叶殊心底掀起千层波澜、惊涛骇浪。

这个男人并不是虚情假意，他爱她爱到情愿堕入地狱。就为了让她活下来，他不惜杀人吗？

明明是万般沉重的事，却被他说得这样轻巧。这个男人究竟是可爱，还是可怕？

“所以呢？答应吗？”纪零又问袁姗。

袁姗想了一会儿，手下未曾松开，最终回答：“好，但你得做到给我看。得在我面前，把这一切都完成。”

杀了叶殊是报仇了，可是这代表着她也无路可退。她的求生欲比一般人都要强，她太想活下去了，所以，只要有一线生机，她就不会轻言放弃。

两相权衡之下，袁姗还是较为聪明地选择了纪零说的这条路。

待在叶殊家里总是危险许多，就算要杀人，也得去个警察都找不到的地方慢慢实施。

袁姗依旧保持着伤人的姿势，她将昏昏欲睡的叶殊带上车，随后问：“你会开车吗？”

纪零点点头，说：“有国内的驾照，很久没开，但可以试试看。”

“行，你开车，小心一点，不然刀剑无眼，可别怪我刺伤了她。反正也不是痛在我身，我能下得了手。”

纪零一声不吭地坐上驾驶座，最起初还未掌握好火候，甚至熄过一次火，之后就顺畅了，很快往离开黄山区的公路上开去。

袁姗眯起眼，小心翼翼威胁：“别使什么花招，你知道我不是好人。这是你唯一的一次机会，要是让我知道你在做手脚，我肯定会杀了她，然后杀了你。”

“我知道，”纪零郑重其事地说，“我不敢拿她开玩笑。”

出了黄山区公路，四周往来的车辆就少了。毕竟没有什么要紧事，没人会熬夜奔波，疲劳驾驶。

纪零也放缓了车速，他思忖片刻，突然开口：“我想和你提一个要求。”

“再多话，我就杀了她。”

“这对你好。”

袁姗抿唇，不知这时候该和纪零做同一根绳索上的蚂蚱，还是依旧拔刀相对，谁也不信任谁。想了许久，她总算放缓了一点情绪，问：“你想说什么？”

“我想你放了她。”

“放了她？你在说笑？”

“我不喜欢学电视剧里，说一些英雄主义的台词。我让你放了她，肯定有我自己的考量。首先，让她看着我杀人，这对你不好。你和我约定的附属条件就是不能伤害她，如果她知道我们怎么操作，肯定会告发你，那么你逃到天涯海角，我都保不住你，也不能担保你能高枕无忧地使用这个身份。其次，多带一个人赶路，这完完全全就是累赘。你可以把她关在某间屋子里，给我一个期限——如果在这个时间内，我没有杀人，没有给你置换好新的身份，你就不要联系警方救援她；但如果我在这段时间内杀了人，帮你换好了身份，你就得马上联系警方，告诉他们位置，让他们来救人。最后，我不想让她看到我手染鲜血的样子，这会让她惧怕我。”纪零说得很诚恳，但事实的确如此。

他们都处于被动的状况，唯一能交换的就是保全袁姗身份这一条件，务必要好好利用。

袁姗仔细咀嚼纪零所说的话，下意识点了点头。

确实有道理，她新换的身份不能让叶殊知情，甚至是新身份的坐标都不能让她查到，所以，必须背着她做。但如果不用刀子挟持这个女人，谁知道会出什么幺蛾子。还不如把她绑住手脚以及捂住嘴关押在无人救援的废屋里，这样一来，即使这个女人长了三头六臂，到时也插翅难飞。

她的生死都掌握在她的手上，只能像毫无生气的傀儡一样任人摆布。

如果纪零听话，那么袁姗就会告诉救援的人有关叶殊的去向；如果纪零使什么心眼，她就会先杀了这个男人，再让叶殊饿死在废屋里。

这是一个好点子，至少从目前的情况来看是这样。

“地点我定，你往这个方向开。”袁姗给纪零指了路，车向南方迅速开去。

指了近半个小时的路，总算将车停在郊野的一处小别墅里。

袁姗拖拽着叶殊进门，将她狠狠抛掷在角落里，绑好手脚，又用胶带封住她的唇齿，保证密不透风。

这里是她在半年前就置办好的一处房产，瞒着所有人，就为了不时之需。

只可惜，这个“不时之需”来得太早了一点。

纪零回头，淡淡扫了袁姗一眼，说：“我可以和她说几句话吗？”

“你这是得寸进尺！”

“再也见不到了，所以，想说最后一句话。你可以在旁边听着，一有风吹草动马上制服我就是了，我绝对不是你的对手。”

袁姗也不想这么快和他撕破脸，毕竟还要一起办其他的事情，她也很想笼络这个男人，于是不耐烦地说：“就一句，别婆婆妈妈。”

“好。”

等袁姗转过身去，纪零蹲下身，低头与叶殊对视。

他的目光既柔和，又温存，利用所剩不多的时间紧紧注视着她。

或许是夜色太过迷离，又或许是镇静剂的效果太强，一时间也让叶殊有种恍然失神的错觉，心跳也不住加速，如鼓擂动，怦怦敲击在她的腔壁上。那种缠人的思绪，镜花水月一般稍纵即逝，不经意间，又从左侧胸口一路攻城略地，在四肢百骸中溃散。

这是怎么了？

叶殊费力睁开眼，借着无法对焦的双眼，将纪零的模样深深烙印在脑海内——他的眉目一如既往寡淡疏朗，不笑时，会给人一种孱弱的错觉，引不起任何人的注意。可他的存在又这般立体鲜明，特别是那一双深不可测的茶色浅瞳，已悄然潜入她的心底。

不知该算是何种感情，让她如何看待他？此时此刻珍视他，又是否来得及？

或许来不及了，为了救她，这个男人要同袁姗一起坠入地狱。

叶殊是警察，面对罪大恶极的人，她只能和其划清界限，就此跟纪零分道扬镳。

她要逼他承认犯下的罪，追问袁姗的去向。

纪零如果真的杀了人了，他到死都不会说出真相的。因为说出来了，袁姗就会失去新的身份，被迫从头开始，又要回到之前的死循环：出于怨恨，这个女人再度报复叶殊，纪零为了救叶殊，势必又会奋不顾身地挡刀。

所以，纪零绝不会松口。他在保全袁姗的同时，也是在保全叶殊。

他为她连杀人都敢做，更何况死?

这个男人，傻得要命。兜兜转转，还是把自己给搭进去了。

叶殊眼眶发烫，她鲜少有这样如烈酒般浓辣的情绪。觉得自己对不起纪零，满心的愧疚，又有些难以言说的绝望。这些情绪在她心口堵得满满胀胀，想说话，镇静剂的药效还在，力不从心，一句话都挤不出嗓子眼儿来。

或者，就让她死好了。

纪零可以奋力逃跑，逃远了，再呼救，总比现下这种两难的状况要好。

想得多了，叶殊的太阳穴隐隐作痛，针扎似的。

她闭上酸涩的眼睛，眼泪狠狠润滑了一下干涩的眼珠，复而睁开。

此时，纪零却陡然凑近了，他轻轻扯开叶殊唇上的胶带，接到袁姗回头警告的眼神，又顿住了手上动作。

他的鼻尖就触在叶殊温热的脸颊上，稍稍一点，风一般掠过地吻住了她，以唇封唇。

叶殊并不抵触，算她成全他了。在他用那种极端的方式救她之前，想怎样，她都会答应。

纪零不满这样浅尝辄止的触碰，他生涩地撬开她的牙关，一情动时，浓密喘息，又抵死纠缠。

唇上湿润的触感犹在，之前亲密的接触像是烙铁一样，滚烫地印在叶殊的心上，让她永世不能忘。

不知过了多久，这个男人才茫然睁开眼，贴好叶殊唇上胶带以后，低低说了一句：“我走了，叶殊。”

她点不了头，只能呆愣地望着那个身材修长的男人。不知为何，眼角有泪，夺眶而出。

“砰”的一声，大门被紧紧关上，再没人进来了。

这夜越来越深了，不多时，扑簌簌下起了雪，压住了离人的脚步声，越来越静。

叶殊心如死灰，她蜷曲成一团，紧贴着冷硬地板，想：那个男人肯定会杀人的，按照他的性格，势必会为救她而变得面目全非。

是她害了他，这情，一辈子都还不清。

大约过了两个小时，屋外突然有了动静——是此起彼伏的脚步声，地面也在微微颤动。

是谁？尾随着她和纪零的车，一路追踪至此？

叶殊的神经绷紧，后腰也如被强扯开的弓，笔挺地扯紧脊背骨，再狼狈，也不欲低头。

“咣当”一声巨响，漆黑的夜里，有人破门而入。

叶殊迎着那一道道白惨惨的手电筒光圈，认清了来人——居然是秦让他们！

她大喜过望，等他们把她唇上的胶带撕开，立马焦急地问：“你们怎么在这里？”

徐队长忧心忡忡解释：“早在几天前，纪先生就和我们要了装有信号发射器的胸针，以防突然被凶手袭击。警方可以根据信号发射器确定目标，借以追踪。几个小时前，我们接到了纪先生的报警电话，所以调队出警，一路追到这里了。你呢？你又是怎么回事？纪先生去哪了？”

胸针？叶殊下意识看了一下胸口，还真的有一件小装饰品别在上面。

是什么时候的事情？是一天前，在秦让车上睡着的时候，纪零装上去的吗？

叶殊抿唇，说：“袁姗挟持我，借以要挟纪先生犯罪。你们快去追，不然就来不及了。对了，她的车牌尾数是34，两个小时以前在黄山公路上开过，应该有监控拍下来。一定要赶在今晚之前找到人，控制他们！”

镇静剂的药效已过，她总算是回了点儿神来，不再是之前任人宰割的疲软模样。

“好，各队出动！”徐队长中气十足地低喝一声。

各路人马纷纷出动，希望在天明之前有所进展。

这夜别样漫长。

叶殊知道纪零绝不会杀人了，他早就瞒天过海，把生的机会留给了叶殊。

他毫无后顾之忧，也不怕受到袁姗的威胁与恐吓。

所以，保险起见，纪零不会留下袁姗，让她有机会伤害叶殊。

要么他生，袁姗死；要么，他和袁姗一起去死。

这个男人，做事总是这样完美无缺，也绝不会留下任何隐患。从某种意义上来看，他们两个属于同一类人，一个向往光，一个向往暗，背道而驰，至死方休。

叶殊心急如焚，只求纪零能熬到最后一秒，在警方赶到之前，绝不要与袁姗同归于尽。

她还需要他，还想让他继续陪伴在身边。

所以，请不要死，余生还漫长，她陪他慢慢走。

信号发射器留在叶殊这里，所以他们无法立刻查到纪零的行踪。

幸好叶殊眼尖，提前注意到了车牌号码，在交通部门的帮助下，他们使用电子眼，调动各路监控，终于锁定了袁姗所乘的那辆车的去向。

叶殊灌了一杯咖啡，强忍住轻微的过敏反应，深吸好几口气才把胸口那股燥热给压制下去。她天生对咖啡过敏，如果在疲劳时喝咖啡，就会上气不接下气，极难喘气。但这些情况在此时此刻都无关紧要，她需要咖啡打起精神，紧绷神经。

叶殊将警枪塞好弹匣，别在腰后，冰冷的金属触到她腰侧敏感细腻的肌肤，所触之地，如荒原冰川，一片寒凉。

她做好了缉凶赴死的准备，深吸一口气，再度睁开眼，心想：如果袁姗敢碰纪零一根指头，我就算是死，也要让她付出代价。

也是在这一刻，叶殊才明白自己有多强的责任心和占有欲。用滑稽一点的说法就是：打狗也要看主人，袁姗别想在她的地盘上撒野。

叶殊欠这个男人的债，要亲手偿还。

由于徐队长向岐山区公安局申请了协助，他们早就出警，在必经之路的路口找到了袁姗的车。车里没人，车窗上写着：让叶殊一个人进来，别的人不许踏进屋子半步，否则我就杀了他，你们知道我的手段。

警车停在一间深山别墅前，大门洞开着，黑漆漆如隧道，深不可测。

此时的夜已深了，街道上空空如也。

不过一会儿，又下起了小雪。蓬松的雪，如浅白色的萤火虫，飘浮在枝丫间，朦胧一片。

叶殊触了触那雪花，一瞬之间，那冷物就被她的体温化成一汪水泽。

她将枪支从腰后挤出，被寒风冻得通红的指节轻轻扣在扳机上，沉甸甸的枪就此握在手中。她试了试触感，又松开，没到开枪的时候不能触碰扳机，因为枪械的安全设备并不是百分之百完善，也有走火的可能。

徐队长抿唇，国字脸上有一丝焦虑，他沉声道："小叶，你别急，我们先看看情况。"

叶殊微笑，宽慰他："徐队长，你也是知道的。在这种情况下，我们处于被动，虽然不能一味按照劫匪所说的条件去做，但最好的解决方式就是满足对方的要求，再趁机解救人质。袁姗和其他劫匪不同，她不想要钱财，只想要我的命，我是唯一的赌注。况且，她的阴谋被揭穿，本来就不想活了，谁知道会下什么狠手。"

"那也不能赔上一条命，拿人命换人命，这不合规矩。"

"有什么规矩不规矩的，做警察的，责任就是保家卫国，"叶殊刻意做出一个灿烂的笑容，"说句和工作无关的话，我的命是纪先生换来的，我必须去救他，不然这辈子，我的良心都会不安。所以这一趟，于公于私，我都要走一遭。"

"行，那一切小心。"徐队长忧心忡忡地拍了拍耳郭，示意叶殊戴了蓝牙耳机，有什么情况一定要第一时间和他们联系。

叶殊郑重其事地点了点头，她将警枪上膛，抱着十二分的小心，蹑手蹑脚踏入别墅内。

袁姗应该就在上面，她肯定是发现了什么，所以在警方追踪到行踪之前，先行把纪零劫持到了这里。

既然换命的计划失败了，那么就只能进行复仇这一步了。

她生性多疑，从来没有真正相信过什么人。所以能在短短的两个小时之内，迅速发现端倪，从而对纪零下手。

袁姗不会让纪零死的，她得拿他换叶殊的命。

毕竟叶殊才是毁掉她一生的人，她不会放过她。

屋内很静，或许是没开灯，只有借月光引路的缘故，气氛都凝滞了。

叶殊闻到一股灰尘的腐旧气息，从四面八方紧逼而来，这是常年没晒太阳的缘故，也有人说是尘螨的味道。

幸亏她早有准备，此时不慌不忙从裤子后口袋里掏出一个手电筒。灼目的亮光总算是照亮了一方天地，不远处刻满刮痕的柜子上，摆放着数不尽的蝴蝶——其实仔细一看就能清晰发现，那些色彩斑斓的小生物都是标本，鳞片艳丽，勾勒出蝶翼上姣好的眼睛轮廓，那是为了恐吓天敌的。而现在，这些“眼睛”虎视眈眈盯着叶殊，令她浑身不适。

叶殊下意识触摸了一下那薄如蝉翼的蝴蝶标本，几乎是在瞬息之间，那翅膀碎成了粉末。或许是因为放置太久，早已风干了。

蝴蝶代表着什么？化蝶重生吗？

袁姗是指她自己是蝴蝶，起初历经磨难，从层层束缚的茧里蜕变，最终变成妖冶的幻蝶吗？

叶殊小心翼翼踏上台阶，每走一步，她都会停下来四处打量，搜寻关键物品，从中得到某些讯息。

这里太静了，总觉得在暗色的帷幕底下，有不为人知的生物在窃窃私语，悄声打量她。

畏惧，还是惶恐？

叶殊分辨不清，她气喘吁吁，不知为何，心脏又开始快速跃动，一点都不顾及她的感受，骤然发难。

或许是她的喘息声太重，以至于徐队长焦虑地问：“小叶，没事吧？”

叶殊颤动唇瓣，发出“啧啧”两声暗号，代表肯定的回答。

她再度打起精神，往走廊尽头的那扇门走去。门开了一道缝隙，射出一道斜光，如同午后黄昏那种淡色，带着朦朦胧胧的暖意，铺了一地。

叶殊最怕这种门，这样的场景似曾相识，与她梦中遥不可及的记忆相联系，凝结成一线。

门后有什么？

门后有秘密。这一点毋庸置疑。

叶殊所受到的伤害都与一扇门有关，不知是不是心理作用，她竟慌里慌张，害怕去触碰那一扇门——明明没有豺狼虎豹会突然跃出来，咬她一口。最多也就是蝴蝶，袁姗这一只会喷射毒液、又渴求自由的幻蝶。

叶殊带了“网”与“锁”，正打算用链条囚禁它，让它永不见天日。

“吱呀”一声，门还是被她推开了。

纪零半瘫在屋内，有气无力地垂着头，倚靠在垂挂帘布的浴缸旁边。手脚一并被牢牢的绳索捆绑，勒出斑驳的血迹，估计是粗粝的绳索刮破了男人柔软的皮肉。

叶殊不敢轻举妄动，她举起枪环顾四周，深色的枪口扫了一圈，又定了下来。

“袁姗？”她试探性地喊了一声，没人回答。

叶殊怕其中有诈，不敢贸然去救纪零，只能压低声音，唤了一句：“纪先生，能听到我说话吗？”

原本虚弱的纪零在此刻突然睁开眼，他颇为眷恋地看了一眼叶殊，勉力扯出一抹笑容，痛苦地回答：“你来了？”

话音刚落，高大的男人就闭上了眼睛，额角不住溢出温热的汗液。

他怎么了？是袁姗做了什么手脚吗？

“你别怕，我怎么会伤害他？不过是怕他逃跑，打了一点镇静剂，”袁姗扯开一侧的门帘，手里的刀立马就显了形，轻飘飘抵在纪零的脖颈上，“镇静剂可真是好东西，要不是我有朋友患有心理疾病，我还真得不到这种处方药。你可别动，就算开枪射中我的手腕，也没什么用。脖子上的皮最薄了，谁知道他会怎么死？你说是吧？”

“你想做什么？你恨的人是我，我交给你处置，要杀要剐悉听尊便，所以你别碰他。”

“你爱他吗？”袁姗突然问了一个问题。

“爱？”叶殊不知道该怎么回答，她从未想过爱不爱的问题，老老实实说，“我不知道，不过他对我来说，是很重要的人。我想袁小姐也有很重要的人，应该能体会我这种心情，或许你不用这么悲观，只要你自首……”

“话不要太多，”袁姗做了噤声的动作，纤长的食指竖起，抵在唇瓣间，“我不喜欢听这些废话。我只知道我要杀了你，不惜一切代价。你以前要是听我一句劝该有多好，我让你别插手这么多事，你偏不听。本来全部人都能获得幸福的，我的人生也就此焕然一新。”

“这样的幸福，是牺牲一部分人所获得的。对他们来说，这很不公平。”

“这个社会本来就是弱肉强食，我比他们有手段，怎么就不能爬到上面？这一切本来都井然有序地进行着，你凭什么横插一脚？”她嘲讽意味十足地嗤笑一声，说，“就为了所谓的真相？如果这个真相会让所有人都感到痛苦，那还要揭露它吗？”

令所有人感到痛苦的真相？

叶殊一瞬间想到了什么，太阳穴一阵抽疼。她单手捂住了，轻轻砸了一下手掌，继续道：“真相就是真相，无论什么时候都要大白于天下。我们做警察的，一辈子都是为了这个真相奔波。”

“所以说，你们真累。”

叶殊抿唇，问：“我想问你一个问题。”

“哦？问我？”袁姗没想到这个女人这么不怕死，到现在还镇定自若地闲聊。

“小姗去哪里了？”

袁姗不知想到什么，笑了一声，眯起眼睛，打量她：“到现在还记得她？”

“我想知道。”

“我之前是不是和你说过，想要代替一个人生活，必须要消灭那个人。由此可见，小姗一定是死了。但下手的不是我，是周然。”

“为什么要杀她？她还那么小……”

“为了活下去，只能杀人呀！”袁姗开怀地笑了，“为什么你会这么单纯，什么事情都能想得这么简单？我从小就知道不能奢求别人的温暖，谁都不行。周然把我带出来。是要让我杀人，杀死我的养父母。他们这么好，我却得杀了他们，否则‘意外身亡’的人就是我。周然没有救我脱离苦海，他只是把我从一个地狱带到了另外一个地狱。所以，我凭什么用善意对待别人？我这一生就没有接受过任何人的善意。”

叶殊难以置信地问：“那么你之前的养父母呢？他们对你没有善意吗？”

“他们啊……”袁姗肆无忌惮的笑容顷刻间收敛了不少，手指绕了两圈卷翘的发梢，说，“他们要的不过就是成绩好的乖乖女，我努力扮演这个角色，给他们脸上争光了，还有什么不满足的？他们对我有多好，我就努力满足他们抚养孩子的虚荣心，还清这份好。世间的生物不都是依靠利益交互、物质交换生存吗？我和他们本来就互不相欠，没什么接受不接受的说法。更何况，他们能给我现在这样富裕的生活吗？我不想做碌碌无为的人，像他们那样，把平凡当幸福。我不甘心只局限于那样，我的命是我自己挣的，如果不能在上流社会焕发光彩，我这样辛辛苦苦活着，究竟有什么用？”

叶殊感到通体发寒，她抚了抚手臂上起的鸡皮疙瘩，咬牙切齿地说：“所以，你就对这些善意熟视无睹？就因为你唾弃这样平凡的生活，你就可以否认一切？”

“你知道什么是低人一等的日子吗？我曾经就过着那样的日子！我再也不想回去了，宁愿死也不要！”

叶殊当然知道那种消极的日子，但她与袁姗不同：她从泥泞中爬出，朝着光走；而袁姗屈服了，沉沦在泥浆之中，逐渐被黑暗淹没。

说再多也没有用，袁姗肯说这些，就代表着她现在破罐子破摔，打算和叶殊拼个鱼死网破，这可不是什么好事。

叶殊蹲下身，捡起了地上的枯叶蝶标本，打量了一会儿，若有所思地说：“我没什么好说的了，你直接提要求吧。要我怎么样，你才肯放过纪先生？”

“当然是要你死咯。”袁姗说得风轻云淡。

“想要什么样的死法？”叶殊无所畏惧，对“死”这个字眼司空见惯。

从前负责拍刑警证证件照的师父就和她说过，拍照的时候千万别笑，这样以后出了事，还能留下底片当遗照，不然乐呵呵的，该吓坏多少人？

早在那时候，大家就做好了为正义赴死的准备。

只是此时，叶殊居然有了一丝对死亡的畏惧。或许是还留恋着凡尘俗世，她并不想就这样死去。

叶殊的视线落到了纪零身上——男人的眉头紧锁，似挤满了愁绪。他的鼻尖本就挺翘，与薄薄的唇珠连成一线，隐隐生辉。明暗相对，更能突显出眼窝的深邃。他整个人都憔悴了，不知受了什么苦，让人心头泛酸泛疼。

或许，是舍不得纪零吗？

叶殊被自己突如其来的念头吓了一跳，片刻失神以后，很快又被袁姗冷冽的声音拽回思绪，她说：“那么，就选一个比较漫长的死法……割腕放血好了。你要是想救他，就要忍到最后一秒。”

“那我怎么相信你，我死了以后，你会放过纪先生呢？”

"你有资本和我谈条件吗？"

叶殊双臂挺直，眯起眼，举起了冷硬的枪，对准袁姗额头，威胁："你这样说的话，反正都是死，不如我开枪，看看是你的刀子快还是我的枪快，纪先生能不能活，就看他自己的造化了。"

"你是不想救他了？"

"没有，我只是想告诉你。你复仇的目标是我，但我有一千种能阻止你复仇的方法，而纪先生，只是一枚棋子而已。我并不是没有赌注，没有资格和你谈条件，我就是条件。"

袁姗倒没料到她会这样说，勾了勾嘴角，说："你说的也有道理，但是我不会相信。"

叶殊抿唇，一言不发。

"你没有勇气这样做，因为他对你来说很重要。换句话说，你可能爱上他了。"

"爱？"叶殊像是听到了一个天大的笑话。

袁姗不为所动，吹了吹指甲，发出低低的一声响动："对。所以你会救他的，就算是牺牲自己，你也会保全他。我的耐心有限，快下刀吧，否则就轮到我下刀了。"

话音刚落，女人冰冷的刀刃就紧紧抵到了纪零脆弱的脖颈处，皮肤被利刃逼迫，压红，隐约有血珠点点渗出。

叶殊没时间矫情了，她从靴里摸出军刀，手起刀落，直接在自己的手臂霍地划开一道狰狞的口子，不知伤口有多深，只见血液很快漫过白皙的手腕，猩红色迅速遮蔽她的视线。

刺骨的疼痛铺天盖地涌来，很快将她掩埋。

"把手放到热水里，这样伤口的血才不会凝结，才能好好赴死，否则就白费力气了。"袁姗风轻云淡地说。

叶殊做了点手脚，至少没把伤口割到底端，比看上去的伤势要轻微许多，即使血不停地涌出看起来凶猛。

应该还能撑上一段时间，她不知在期待什么。

此时，纪零突然睁开眼，他似恢复了一些精神。尖锐如猎鹰般的目光落到了叶殊的手上，眉头越蹙越深，几乎是在瞬间，开口："叶殊，我讨厌血的味道，也讨厌你的气味在我面前逐渐流失，我却无能为力。”

叶殊该说些什么呢？劝他不要担心她，眼睁睁看着她去死？

实在想不通了，叶殊只能避而不答，冷声道：“袁小姐，你别忘记你答应过我的，要放过纪先生。”

“等到你死的时候，我肯定会放过他的。”她依旧不依不饶，死都不肯松口。

叶殊现在是在纤细的钢丝上行走的人，稍有不慎就会跌入万丈深渊。她别无选择，只能忍，只能熬，只能等。

除非，事情出现了转机。譬如纪零执意要救她的命，不惜牺牲自己也要和袁姗决一死战。但就凭他现在身娇体弱的可怜模样，这显然也很不现实。

叶殊绝望地闭上眼，耳畔能听到铤而走险的徐队长的脚步声，他们在逐渐靠近这个房间，企图救她。

希望还来得及，至少要保证纪零的平安。

洗脸池里的血水愈发浓郁，许是温度正好，血液流失很快。叶殊能感受到那种灵魂出窍的游离感，肢体不受控制，险些无法握住手间的枪支。

再撑一会儿，她还得稳住。

至少在这期间，要是袁姗反悔了，要杀纪零，她还能朝她开枪，帮上什么忙。

“我很心疼。”不知为何，纪零的声音颤动，隐隐带有浓厚鼻音。

“纪先生别心疼，”叶殊不知该说些什么，专门挑一些能吸引他注意力的话说，“你还记得，你之前拿着花在浴室门口摘花瓣的事情吗？你自以为隐藏很好，实际上被我发现了——地上有花的残枝，这是罪证。下次，如果有下次，还是小心一点，这样暴露行踪太粗心了。”

“叶殊，你疼吗？”

“还有一些事情想和纪先生说，你得学一些防身术，不然遇到这种状况就不好办了。不瞒你说，我单手就能拿下你。”

“你还没回答我的问题。”

叶殊不想回答，也不能回答，这时候火上浇油，谁知道纪零会做出什么样的应激反应。她继续诉说着，把萦绕在心头的千言万语都告诉他：“还有比较重要的一点，我在纪先生面前说谎了。我之前说，我睡着的时候，也能抓犯人。可事实证明，我真的不行。特别是被注射了镇静剂之后，我浑身使不上劲，并没有那么厉害。”

她说话开始断断续续的，可能是放血过多的原因，身体弱了好多，眼睛也丝丝发黑，眼前的画面开始一帧帧恍惚游离。

叶殊有点想睡了，或许是太累，又或许是昏迷的前兆。

她顺势倒在一侧，用额头抵着冰冷的墙壁，作为支点，撑起自己的身体。

这算是英勇就义吗？虽然早知道有这一天，可来得也着实有些太早了。

不知过了多久，叶殊终于体力透支，歪歪斜斜倒下了。

这时，纪零突然拼起一股力气，从袁姗紧绷的刀口上挣脱。凛冽的军刀划过他的脖颈，恰巧划在了他的锁骨上。

纪零的胸前鲜血淋漓，浓稠的味道一瞬间淹没了整间屋子，犹如人间地狱。

袁姗见势不妙，很快扑杀上来。

就在这千钧一发之际，纪零突然挑起叶殊手里已解开保险锁的警枪，扣动扳机，朝袁姗发射子弹——一声急促的枪鸣过后，袁姗中弹倒在了浴缸之内。她一动不动，再也爬不起来了。

警方的人陆陆续续冲入房间，收拾残局。

他们叫了救护车，医务人员鱼贯而入，处理叶殊与纪零的伤口。

万幸的是，纪零的伤口虽深，却没伤到要害，只要抢救及时，应该没有生命危险。

纪零不敢大口呼气，嗓子又疼又痒，好似一说话，都能挣破那一层薄膜。

他怀抱着叶殊，感谢天地，直到昏迷都没放手。

两人的血就此交汇在一处，紧密相贴，合二为一，渲染出无数朵妖冶的烈焰玫瑰。

叶殊只是失血过多导致的昏迷，经过一系列抢救，总算是在隔天的凌晨清醒了。

她睁开沉重的眼皮，眼前晃过一帧帧有关那日的画面——并非什么都不记得，而是明明知晓，却无能为力。

没想到，叶殊没能保护这个男人，反倒是被他救了。

“呵，”她从狭窄的喉管中轻轻哼出一声笑，急促又低迷，也不知在笑什么，“我该拿你怎么办？”

她明明打算放弃纪零，明明不想再和他有任何牵扯的。因为叶殊从小被人抛弃，连至亲的父母都能放弃她，那她还能相信谁呢？

她从来就不信任任何人，也不敢过多依赖别人。但叶殊懂知恩图报，谁对她好，她就会肝脑涂地报答——这世上没有平白无故的好。

所以呢？这又是为什么呢？

这个男人只是因为对她感兴趣，所以情愿为她放弃生命？这样的解释显然是不合理的。

那么，就只有一种可能了——他是真的爱着她，并且不惜以命换命，绝不是叶殊所想的一时兴起。

她何德何能……让他为她这样。

叶殊又长叹一口气，疲乏地再度闭上眼睛。她唇瓣上的触感犹在，男人的唇清冽又陌生，触在上面，如冰凉的雾霭拢住了脆弱的枯叶叶尖，融化了前一晚的严寒。

她不排斥他，所以是喜欢吗？

在想什么呢？

哪能真的学纪零那套“非黑即白”的理论：不讨厌他，就是喜欢他。

叶殊有自己的逻辑思维，有自己的结论：她不讨厌他，但可以尝试去喜欢他，反正感觉也不赖。

没过多久，叶殊就返回单位上班了。

她去看望纪零，带了一些水果还有粥，医生说他最近吃点流食比较好。

“纪先生醒着吗？”叶殊问护士。

护士还没开口回答，就有男人抢先她一步，开口：“叶殊，我在这里。”

叶殊循声望去，视线与纪零相撞，她的目光下移，又落到了男人的锁骨上——绷带下有一道缝合了还未拆线的狰狞伤口，这种深度的伤疤无法消除，会伴随他一辈子。

她心生愧疚，声音就软了三分：“你还疼吗？”

纪零盯着她看好久，像是确定对方就伴随在自己身旁，这才小心翼翼摇摇头，“不疼，有点痒。不能多说话，所以我白天一句话都没有说。攒起来，和你说。”

叶殊哑然失笑，轻笑过后，又是心疼。

他总这样在她面前剖开自己赤诚的心，让她无处躲闪、无力招架。这是最简单的方法，也是应对她这种人最直接有效的方法。

“痒也不要抓，伤口在愈合，长新肉，别弄破了。幸亏割得不深，否则的话，你连命都没了。”叶殊在责怪他不够谨慎，但那种情况下，能顺利脱险已经是最好的结果了。

“你带了粥？绿豆的？”

“你闻出来了？”叶殊把粥从保温盒里端出来，递到纪零的手上。

“可以喂我吗？”纪零小心翼翼提了要求。

叶殊无奈，只能用没受伤的那只手拿起勺子，扫了扫表层的粥面，舀了一点递到纪零唇边：“加了点糖，小菜也不知道买什么，腐乳你不吃，其他都是一些味重的腌制品，索性就不买了。”

“只要是你喂我吃，怎样都好。”他一本正经说着情话，颇为严肃。

“也就现在喂你，之后伤好了，纪先生要自己来，毕竟你手没受伤。”

“我知道了，”纪零落寞地垂眸，语带一点小心翼翼，小猫儿挠痒似的要挤入叶殊的心底，她不想看到男人失望的样子，又无可奈何，只能说，“我从来没有喂过别人吃东西，纪先生是第一次。”

“真的吗？”纪零的眼睛瞬间被她这番带有希望的话点亮，压低了声音，再次发问，“所以，你的第一次，是给了我？”

叶殊微微抿唇，真的不知道该如何提醒纪零——“第一次”这个暧昧感十足的词不能肆意滥用。

说者无心，听者可能有意，还会误会。

“所以呢？是给了我吗？”纪零迫切地想知道答案，像小孩讨要糖果一般，窥视大人的脸色，见可乘虚而入就一遍又一遍不厌其烦地追问。

“是的，我的第一次给你了。”

叶殊疲乏地揉揉额角，这样暧昧的话语正巧被前来探望的秦让听了个正着。

他咬牙切齿说：“没想到纪先生下手这么快，没关系，我不是那种有初夜情结的人，我可以接受。叶姐怎样，我都喜欢！”

刚哄好纪零，半路又杀出个程咬金，这下病房里可有得热闹了。

叶殊无奈地问："你来做什么？"

"徐队长让我给纪先生送点慰问品，顺道让我买一束花来，"秦让把盛开的白菊摆到纪零的桌前，说，"不知道送什么，我就懂个玫瑰花，送纪先生好像也不太合适，所以就选了白菊花，平时比较郑重的仪式上不也是摆着白菊花吗？和纪先生现在惹人怜悯的情况正相配。"

叶殊不知他是有意还是无意，瞥了一眼那刚从温室里折下的白菊花，想想哪都不对劲。

上次看见这花，是什么时候的事情了？好像是老李的葬礼上……

叶殊的注意力很快被拉回，继续喂纪零喝粥。

只见他在白板上小心翼翼写下：我的声音要攒起来说给叶殊听，所以你有看到我字迹的荣幸。

秦让嗤笑一声，说："谁稀罕看你的字，东西送到了，那我就先走了。叶姐如果手没痊愈就再请几天假，别这么拼。这家伙不是家里有钱吗？不会雇个保姆，偏偏要让你喂饭。"

"正好没事，就帮一下纪先生，你快走吧，小心徐队长削你。"叶殊恶声恶气说了一句。

大概是徐队长威慑力够大，秦让摸了摸鼻子，很快离开了病房。

纪零直勾勾盯着秦让的背影，疑惑地开口："我和他的关系有这么好吗？"

"什么意思？"叶殊不太明白。

"白菊花的花语是——高尚以及有超脱的高贵情操，甚至可以表示哀思以及纯洁的友情……"纪零抿唇，不置可否地道，"所以，他是在夸赞我？并且觉得我和他的友情能天长地久，历久弥新？那么，我之前对他是不是太过于刻薄了？实际上他是真心实意喜欢我，并且想和我做朋友？"

"……"叶殊一句话也说不出来，或许秦让的意思是：愿您早日赴死。

纪零思考了片刻，还是打算委婉拒绝秦让："不行，在你的归属权的问题上，我不会退让半步，即使是和这样一个喜欢我的人决斗，我也不会松懈半步。"

"很好，做得对。"叶殊这下是真的哑口无言了，她乖巧喂食，任由纪零在那浮想联翩。

等纪零吃饱喝足，叶殊也就提着东西准备回去上班。

刚起身，她的手腕就被男人温热的五指扣住，不得动弹分毫。

叶殊循着纪零浅色泛白的腕骨，对上他的视线，问：“怎么了？”

“我明天就可以出院，之后回来拆线就好了。”

“我知道了，那我明天过来接你。”

“接我回‘我们的家’，对吗？”纪零问她。

经由纪零这样提醒，叶殊也就反应过来了。袁姗的案子已经结束了，所以协助侦查的合同也就到此为止，按理来说，纪零可以回意大利去继续他的生活，而她和这个男人也就再没任何牵扯。

“那纪先生要回意大利了吗？”叶殊的心底难免一阵失落，她低声询问。

“你会和我一起去吗？”纪零抿唇。

“我不会，我工作的地方就在黄山区。而且我不会意大利语，去意大利也不知道能做些什么。换句话说，如果我出国，去一个陌生的地方，就好像是鸟儿被折断了翅膀，只能待在牢笼里。这样的生活并不适合我，何况纪先生在那边发展得很好，不应该滞留在这里。你有更好的未来，或许也会遇到更好的人……”叶殊刚想进入一段感情里，又很快被深渊的冰冷浪潮所惊醒。

即使她接受纪先生，就工作而言，他们本来就是两个世界的人。一不小心出现了一个交点，可以碰撞到一起，但经过了这一段，他们的人生轨迹还是会变成平行线，错身而过，各自越走越远。

“嗯。”纪零没有很快回复她，他低下头，寂寞的样子像是个被抛弃的孩子。

本来叶殊满心希冀，以为这个男人会立刻说——“我会留在黄山区，因为这里有你”，诸如此类的情话。

但现实毕竟不是童话，他为了她放弃了太多，没道理连自己如鱼得水的香水宫殿也要尽数打破，脱离那里，来到她的身边。

人的一生就只有短短数年，若不能在青春年少时发光发热，老来该有多少遗憾?

她无法狠下心折断他的翅膀，叫他放下一切跟她走。所以，叶殊选择放弃，也学会了放下。

就这样吧，珍重所有来过生命里的人，离别的时候也不必伤怀。

她要离开，这样的选择并没有错。

只是萍水相逢，也能就此相忘于江湖。

第十集

夜风尚冷，年尾也近了。

叶殊从公安局出来，一个人开车回家。

潮湿的风从湖面上卷过，钻入叶殊的衣领，那种温润的感觉也随之覆盖在她细腻的皮肤之上，冻得她打了一个激灵，忍不住瑟缩了瘦削的肩头。

这一年经历过太多的风雨，那些与死亡近若咫尺的时刻，她从死亡镰刀下捡回一条命的瞬间，每每回想起，都历历在目，难以忘怀。

和这个男人生活在一起，是需要历经险阻的。

她从这头披荆斩棘而来，闯入他的城，他的世界，耗费了太多的心血。叶殊已经遍体鳞伤，她没有把握带着纪零一起离开这座荒岛，也没有勇气和他一同死在这里。

所以，叶殊只能抬头，朝上望一眼，对上男人那一双黑如深潭深不可测的瞳眸，再狼狈逃离。

一如他们初见那样，两两相望，两两相识。又或许是在那一刻，这个男人已经悄然盘踞在她的心头上，如菟丝花一样依附，卷曲而上，彼此血脉相连，再也不分离。

还记得纪零当时的模样吗？

叶殊记得，也忘不了。

记得那时候漫天都是霜雪，门一侧的废旧路灯还亮着，有濒临死亡的飞虫在其中乱撞，被烫，被伤，却屈服于温暖，在温热的牢笼里走走停停，一如她一样。

纪零就被锁在这样一座孤城内，他站在门内、窗内，隔着薄薄的一层玻璃，低头回望她——以前尚且不懂，现在回想起，纪零的眼睛总有一种别样的风情，真挚迷人，带着全副心意。

只静静看着你，都觉得他将全世界托付给你，不忍心辜负分毫，也不忍苛责一分。

这样好的男人……

叶殊叹了一口气，瞥了一眼在不远处的家。本来是“他们”的家，现在也仅剩下她一人。

不算是爱上了纪零，但这个男人让她有某种归属感。只要他在那，那里就是她的根。

这是叶殊从小到大最羡慕，也最遥不可及的情绪。她羡慕所有拥有美满家庭的人，羡慕所有家里点亮了灯，能给予归属感的地方。好像燕雀在外头飞累了，天冷就要回巢一样；又好像是江洲渔火，对月斟了一杯小酒，喝足了就要调头回码头一样，他们都有根，不会颠沛流离，飘摇不定。是纪零让她感受到了生，也让她开始贪生怕死。

其实明明没什么妨碍的，他回意大利，她还留在黄山区，依旧做她的刑警，为缉拿罪犯献身。

不知出于哪种情绪，她魂不守舍地来到了纪零的房间。男人的房间出乎意料的干净整洁，桌上未放一物。

她正想离开，却不慎撞倒了一侧的床头台灯，灯座底下压着一张一寸大的照片，掀开一看，居然是她的证件照。

叶殊心头泛酸，她能想象男人小心翼翼窥视照片的样子，又怕引起她不适或者厌恶，只敢悄悄藏匿在心底。

这个……傻子。

一夜好梦，叶殊一大早就被徐队长派去接纪零。他是刑侦顾问，又是因公事受伤，此时派叶殊慰问他，再合适不过了。

叶殊整理了一下衣襟，再怎么打扮，也只是将制服整得更平整妥帖一点。

这算是女为悦己者容吗？想什么呢？她怎么看都没什么女人味。

叶殊推开病房门，跟已做好回家准备的纪零打了招呼：“纪先生，东西都收拾好了吗？”

“没带什么，之前沾血的衣服都扔了。”纪零脖子上架着一圈软垫，这是防止他低头皮肉折叠时，挣开刚结痂的伤疤所准备的安全措施。

有些滑稽，像一个狗圈，特别是与纪零那天赋异禀的鼻子相配，活脱脱一条警犬。

叶殊想笑，又摇摇头，说：“走吧，先去和徐队长打个招呼。晚上队里的人想请你喝酒。酒不能喝，荤菜还是可以沾一下的。任务完成后就办宴庆祝，这是我们队里的习惯。”

“庆祝什么？”

“庆祝劫后重生。”叶殊话音刚落，对于这个习惯，心头有一丝伤感。毕竟都是干危险的工作，稍有不慎就会丧命，能聚餐的机会不知道还有多少，这才形成了这样不成文的小规矩。

等她安置好纪零的物件，再开回公安局的时候夜幕已经降临，所以直接转向晚上要去的小酒馆，和队里不用值班的兄弟喝酒。

酒馆是叶殊的前辈开的，她的前辈在缉毒任务里断了一条腿，无法再继续工作，所以和妻子在这边开了一间小酒馆，专门做家乡菜，口味偏北方，火锅里各色的干花椒，呛味冲天。

纪零扒着门，怎么都不肯进去。

是了，他对气味太敏感了，要不是给叶殊面子，恐怕连这一间小店都不肯进来。

徐队长和其他人解释过纪零的怪毛病，所以大家并不诧异，甚至是不以为意，反倒觉得纪零肯来这一趟就是给他们面子，表达亲近的意思了。

徐队长掀开帘子，从热气腾腾的包厢房内探出脖子，朝叶殊挤眉弄眼：“小叶啊，纪先生那里我就不去招呼了。你给他点几个能吃的小菜，账千万要算在我这里。等吩咐好了，记得进来一起喝一杯。”

叶殊想了想，撇下纪零一个人也不太合适，更何况她开车呢，大晚上也不想找代驾，随即摇摇头：“你们吃，我就算了。待会儿还要开车呢，正好有些感冒，酒水就不凑热闹了。”

语毕，叶殊又迈开大步，朝帘内走。她端起一杯大麦茶，和桌上的兄弟们，豪气冲天地说了一句：“我就以茶代酒，敬各位师兄弟一杯。”

说喝就喝，叶殊喝茶都能喝出饮酒的豪迈，一杯茶干得彻彻底底。

大伙儿也笑了，纷纷啜了一小口白酒，有人说：“叶姐和纪先生是不是谈恋爱了？当时的情景，我们可都看到了。”

叶殊干咳一声，回答：“少乱说话！纪先生是人品好，仗义，所以会救我。别的有的没的就不要扯了，不然操练场上走一圈？”

明明没喝酒，却也感觉热气上头，火辣辣的烧灼感从胃部攀升到脸上，两颊泛红，燥热难堪。

被反驳的小哥儿摸摸鼻尖，讪笑一声坐下了。

这时，秦让也起身帮腔：“就是，可别乱说。我追叶姐这么多年都没追到手，哪能让一个才认识几星期的小子带跑了。”

兄弟们又哄堂大笑，显然谁都不信满嘴跑火车的秦让。

叶殊和他们开了几个玩笑，留下队花小宁镇场，自己则悄悄开溜，凑到纪零那一桌去。

纪零一个人吃饭怪可怜的，对面的位置是空的。可能是老板娘看他孤单，特意放了一只大狗玩偶陪他吃饭。

叶殊赶紧回来，她把玩偶放置在一侧，小心翼翼问：“纪先生，你都点了些什么？”

纪零答非所问，冷冰冰地回答：“别把我的朋友拿走，我刚刚在问它叫什么名字，它沉默很久都没回答我，或许是不想和我做朋友，又或许……它就是个哑巴。”

“……”

叶殊从他这番话中听出成千上万种意思，归根究底都是在责备她撇下他多时，不肯待在他的身边。

唉，这个男人，让她说些什么好呢？

“它不和你做朋友，我和你做朋友。”叶殊哄小孩似的，补上一句。

“做朋友也要分个先来后到，它先出现在我面前了，我就要搭理它。等它拒绝我了，我才能找新的朋友。”等这玩偶说话？那要等到猴年马月吗？

明明知道纪零在趁机装可怜，但叶殊也抑制不住心疼，他迟疑一会儿，又继续补充：“是你不要我了，所以别人才有机可乘。”

“我没有不要你。”叶殊这话说出来，连她自己都不信。但是能骗一时是一时吧，之后什么状况，他们俩心知肚明，只是现在糊上一层薄如蝉翼的窗户纸，透着天光发亮，不戳破罢了。

“以后也不会吗？”

“纪先生，你明明知道的……”叶殊知道这厮耍赖，想说什么，无非就是要带她离开的话。但她不能，情况也不允许。

“我只是太贪心了。”

“那你会为了我，留下来吗？留在黄山区？”叶殊也顾不得其他了，直截了当地问纪零，渴望得到他豁出去了的答案。

“叶殊。”纪零突然以低迷的声音唤她，一声还不够，两声，三声，直到她哑声了才停下。

“我要你的答案，”叶殊深吸一口气，望着他，“我觉得我好像对纪先生也有好感，但现在因为工作问题，我们两个可能没有未来可言。所以，受情况所迫，我必须放弃这一段感情，明白吗？”

这话里有纪零朝思暮想的一部分答案，虽然想装傻，但他不能说不懂，只得用力点了点头，每一下都像是要凿在桌上。

他没抬起头，害怕与叶殊对视，眨了一下密长的睫毛，细声说道：“那里有我研究的所有成品，有我的工作以及家庭，我的一切。如果离开了那里，我……一无是处。”

叶殊没办法安慰他什么话，因为她也一样，像是鱼和人恋爱，一个下不了水，一个上不了岸，期盼那来之不易的朝朝暮暮，却注定不能永恒。

他们谁都少不了谁，却又谁都能少得了谁。

“我能明白，我也是一样，所以有些话早点说开比较好，没必要纠缠，明白吗？”叶殊怕他不懂，果然见纪零蹙眉，似懂非懂的迷茫样。她耐心再说，“你觉得喜欢，就能待在一起。但我不一样，我得过正常生活，我想要一个能陪伴我一辈子的人，和我待在一块儿，下班了做做饭，一起睡觉。很平淡，但是很实在，能感觉到自己还活着。”

“我给不了你这样的生活，所以我们必须分开，对吗？”纪零问得很轻，仿佛只要加重一点儿语气，就会伤害他们之间那层脆弱的关系。那样炙热的爱恋，能被几个细小的字眼击溃，瞬息之间土崩瓦解。

“对。”叶殊很坚定，她不喜欢婆婆妈妈，纠缠不休，“所以，我又要食言了。我必须和纪先生分开，你走你的阳关道，我过我的独木桥，或许这辈子，都再也没机会见面。”

“我知道了。”纪零说话时，语气里带了点凄凉的意味，沮丧又低落，和前几次都不同。他这次是实实在在听进去了，也确确实实被叶殊伤到了身和心。

叶殊难道不是吗？

她的胸口好像被凿开了一个大洞，人被埋没在冰天雪地里，寒风呼啦啦地倒灌进洞口，将那些血脉冻结，无法填补伤痕。又疼，又冷。被人攥着，生拉硬扯着，牵连着心脏的疼。

“那么，我们青山不改，绿水长流，希望之后还有机会见面。”叶殊说完了，朝纪零微微一笑。

她强忍住所有哀切和伤痛，深吸一口气，装没事人儿一样吃吃喝喝，谈笑风生。

也不知吃了多久，叶殊险些吃撑了。她和徐队长说提前走人，带着纪零上了车。

车窗紧闭，车内有些闷。皮垫子弥漫着古怪的味道，类似被阳光晒干的橘子皮味，仔细分辨，又不大像。气氛沉甸甸的，凝固住了一般，谁都没有开口打破平静。

隔了几分钟，纪零先行开口：“我的秘书联系我了，说下周有香水发布会，订了明天晚上的飞机飞回去。”

叶殊的心“咯噔”一声，也不知自己是怎么出声的，哑不成调：“那拆线呢？这样上飞机没问题吗？”

“国外也有私人医生可以给我拆线，别担心。”纪零抿唇，欲言又止。就这样反复多时，他还是开口，问，“那我出国以后，我们还能再联系吗？视频，或者是互相寄东西。牛郎织女都能一年见一次，我们为什么不可以？”

怎么还和这个男人说不明白呢？

叶殊头疼，揉揉额道：“那么，问你一个问题，你的前女友会和你再联系吗？”

“我没有前女友。”

“那行，那由我告诉你。我如果有前男友，我绝对不会和前男友再有联系！这对彼此都是伤害，既然不能在一起，那就该断得干干净净的。”

“那你会和秦让在一起吗？”

“我不知道。”

“你会和他生一个姓秦的baby吗？”

“我为什么非得和秦让在一起？”叶殊也是没辙了，她原以为说明白了，这个男人会很干脆利落放弃，没想到此时退了一步，再退一步，怎么都不肯放手，还喋喋不休。

“那你会和谁在一起？”纪零的声音都快要变得不像是他自己的了，委屈也说不上，愤恨也说不上，飘飘忽忽地，低哑又柔软，几乎无孔不入，钻入她的耳里心里。

“和谁在一起都好，总之不会和纪先生在一起！”叶殊几乎是将这句刺骨疼痛的话脱口而出，刚说完，又后悔自己的冲动，不敢与男人的眼神对视——他会怎么想？是委屈还是难过？以眼泪，还是以沉默回报她？

险些要被逼疯了。叶殊从未遇到过比这还棘手的事情。

她将车停到路边，灯光正好照不到这里，形成了一圈灰暗，只能借助月光看清一点模糊的轮廓。

纪零解开了安全带，不知是做什么。或许是想下车，自暴自弃自己走，又或者是想去后座，不和叶殊并排而坐。

哪样都好，只求他别再说话了。

狠话已经放出去了，既然收不回来，就要把话实践到底，让这个男人死心也好，恨她也好，只要别再和她纠缠，别再和她有瓜葛……不然她不一定能守住自己的心，又会辗转沉沦入男人的孤城之内。

叶殊泄气一般闭上眼，不知过了多久，她突然察觉一股冷冽的气息靠近，这是独属纪零的气味。她的唇上一片柔软，冰凉的唇瓣相触，探寻着合适的位置，紧密贴合上……是纪零在吻她，生涩又笨拙。

叶殊该推开他吗？

或许是离别将至，她就这么默许了男人的动作。

顿了顿，她在心里又轻笑一声，他又对她的话置若罔闻，明明叶殊说过，她能在清醒的状态下打败六个男人，偏偏这个男人不识趣，一次次碰壁，一次次爬起，不肯服输，越战越勇。

就当给他一点甜头吧，奖励这个男人肯坚持至今。

纪零吮过叶殊薄薄的下唇，轻咬舔舐，动作轻柔到能化作一汪水，汩汩流淌到她的心底，似蜜一般甜。

叶殊快要窒息了，倒不是喘不出气，而是一呼气，她就会和纪零的呼吸绞杀在一起，难分彼此，太过于亲密，所以稍显不适。

她从未和别人这样亲近过，纪零是第一个。

纪零还在吻她，怎么爱也爱不够的珍重与占有，带着强势，一路攻城略地，攻到她的心底，搅乱那一池春水。

不知过了多久，直到纪零将她的唇瓣松开，从嘴角辗转至肩头肌肤时，叶殊突然清醒了。

她推开男人，用拇指擦拭过微微发烫的嘴唇，呵斥："别过分了！"

"嗯。"男人心情很好，此时乖巧点点头，又坐回了自己的座位，扣好安全带。

叶殊继续开车，只是这一路心不在焉的，不知走错了多少条路，才顺利开到了家。

她得去洗澡冷静一下，刚才真是莫名其妙就亲上了，还让她失态，被那个男人迷得神魂颠倒。

叶殊将脸埋入浴缸的水池中，可一闭眼，就是那个男人俊朗的面容——他生来就有一双冷若霜雪的眼，清冽，不掺杂质，比雪山之巅的天池圣水还干净千倍万倍。纪零浑身上下都散发着某种难以言喻的疏淡气质，站在那儿，即使不亲近，你都会觉得他百般好、千般妙。

是着了魔吧？

不然她怎么会一闭眼，脑海里就全是这个男人的影子。

叶殊看了角落一眼，隔着毛玻璃，也能看到那个男人蹲在角落里的高大身影。他戳了戳毛玻璃，一如既往发出刺耳的刮摩声，慢条斯理地道："叶殊，我有一个不情之请。"

"……"既然知道是不情之请，那你还敢提？

"我想和你一起睡，这是最后一个晚上。"

叶殊面红耳赤："和我一起睡？"

纪零顿了顿，说："我刚才查了一下资料，据说分手的时候，男方是有资格提出一些条件的。但我不是这样的人，我只要一起睡就好了。不过，如果你坚持，我也可以……"

"我不坚持！"

"那就一起睡吧，说好了，我去铺床。"他一溜烟跑了，没给叶殊任何解释的机会。

叶殊换上睡衣，神清气爽地走出房门。

她长吁一口气，等着寒冷的风蜇入她光滑细致的肌肤，从那微乎其微的毛孔渗入到皮下，冻结浑身温热流转的血脉。

几乎是在瞬间，她犹如被当头棒喝，想起了之前纪零偏执的话语——“那就一起睡吧”。

一起睡？她和纪零？同床共枕一起睡吗？这真是……让她说些什么好呢？

叶殊气血不畅，有沉甸甸的东西郁结在心口，呼不出，咽不下，无法从体内排除，又无法将其克服。

那是一种什么情绪？是紧张吗？

叶殊一闭上眼，就会想到纪零的脸——他总是能用那样无辜的眼神注视着她，饱含深情，又天真无邪，叫人分辨不出那些纯情背后的真伪，却又并不令人反感，只觉得神秘莫测，试图更亲近他三分。

她究竟有什么毛病？她究竟中了什么邪术？

为什么会一直记得这个男人的眉目？又为什么，叶殊心心念念都是这个男人？

她的思绪万千，无穷无尽翻涌，似浪潮一般，上下曳动浮沫，层层叠叠推搡着，一浪涌向另一浪。那些情绪时时刻刻都在更新。

即使躯体感官变化迅速，不变的都是这个男人那黑沉沉的眼，猎鹰一般摄住了她的心神。

叶殊之前并不觉得这个男人有哪里厉害——他不过是有一只比寻常人灵敏的鼻子，这项特质在辨嗅师这个职业里要多少有多少，他不算是最出挑的；他也不过是长得比寻常人还要艳丽些，明明是男人身子骨，却独独带有一丝别致的韵味，说风流气质说不上，说阴柔面相亦说不上，可偏偏就是那种难以言喻的面貌印象，会深入她骨髓内三分，深深烙印在上头，刻骨铭心；他也不过是比等闲人赤诚了一些，喜欢你的时候，会把整颗心都掏出来，摆在你的面前，无怨无悔。

再多的“不过是”也只是说明了纪零的好，他就是这样厉害，以平凡制平凡，完全将叶殊虏获了。

手段高明啊，纪零。

叶殊笑了笑，走出浴室门，只见得旁边的椅子上有一条黑色的睡裙，新买的，吊牌已拆，还放在一侧。浅浅一嗅，还能闻到上面的香味，抖落开来，满屋子都飘摇着那股别致的草木气息，与黑色布料纠缠在一块儿，难舍难分。

是纪零为她准备的吗？

叶殊有些紧张，他这样准备，必定就代表了他想看。

所以，要换上给他看吗？这种贴身之物，甚至是这样魅惑众生的颜色。

算了，叶殊向来不是那种纠结过多的人。她狠下心拿起睡裙，在浴室内迅速换上，随即赤足走向她的房间。

屋内开着暖气，所以并不觉得冷。

叶殊抚平肩上一个个小鸡皮疙瘩，紧张兮兮地唤了一声："纪先生？"

没人回应，她大胆走入。

屋内只有月光和香薰，许是墙壁白里带蓝，遍布一股陈旧的韵味。纪零正襟危坐在床上，背对着她，能看到男人脊背挺直时，衬衫下笔直流畅的线条，凹进脊骨的那道轮廓细长，能辨别出浅浅的肌理以及冷硬的肩胛。

明明没看到脸，只从背部看那一抹斜影，白衫与黑裤交融，形成一点渐变色，也觉得男人坚毅动人。

叶殊干咳一声，喊："纪先生？你在做什么？"

纪零不答，等了好久，才迟疑回头，露出被墨黑碎发遮盖住的脸颊，他的瞳孔借着月色，宝石一般熠熠生辉。再片刻，他又侧得更过分了，将视线贪婪地落在叶殊的身上——由于长发未束起，叶殊一甩之前利落马尾的形象，任由发丝覆盖至肩膀，黑发下若隐若现的暗影勾勒出姣好的脖颈，与某处因抱臂而突显出的轮廓。黑黑白白，明明暗暗，一切都如镜花水月般美好而梦幻。

真要一起睡吗？叶殊再次问自己。

说句实话，夜色的确太过撩人了，她即使未曾经历过这样的事，在此刻也忍不住期盼些什么。何况，就她的性格而言，她深知机会来之不易，也不想就此错过。

何况，真要发生什么，那也是两情相悦吧？至少她不后悔，也不介意。现在不能说完全喜欢上纪零，但是假以时日，她知道她会爱上他，如果叶殊放纵自己的心意，任由那些隐隐作祟的思绪悄然生长的话。

所以，她应该会答应的。在离别之前，留下一段美好的回忆，让她往后能去追忆。

纪零看痴迷了，眸光逐渐变得柔软，弯唇一笑：“我以为你不会换上。”

“不换上，怕纪先生会闹得我睡不好觉。”叶殊死到临头了，还死鸭子嘴硬。

“对，叶殊，我不会罢休的。”

叶殊知道他说的是穿睡裙这件事，而不是感情方面。

“你真要跟我睡？”她问，以一种煞风景的语气。

“嗯，我准备好了。”

“准，准备什么？”或许纪零只是客套一句，但叶殊总会情难自禁往深处想：他说的准备是指什么？是指其他方面吗？

“在你洗澡的时候，我已经上网搜过很多资料了，特意去了解了一下那方面的事情。”

“哪方面？”究竟是哪方面？能不能说个明白？

“就是和你躺在同一张床上的方面。”

“我还是不太明白。”叶殊被撩得心痒难耐，第一次觉得男人太纯情也不是什么好事，说话总藏一半露一半，叽叽歪歪，就是不肯给个痛快。

纪零垂眸，光透过他的长睫毛，在眼底打下些许青灰色的暗影。他抿了抿唇，用极低的声音，道：“就是睡觉该注意的事情。”

“所以呢？究竟该注意什么？”

“睡前绝不能吃东西，不然可能因为胃部消化食物，睡眠不好，而导致流口水或者是乱蹬被子等丑态。还有，一起睡的话，说梦话是大忌，万一影响到对方就不好了。最好也别喝水，半夜上厕所，把被子里的温热抖到外头去，降低温度也会令对方讨厌。”纪零一本正经地说完，听得叶殊扶着额头，扼腕长叹——这个呆子。

“就这些？”叶殊算是没话说了。

“就这些。”

“行了，那睡吧，”叶殊把被子铺好，自己躺到里头去，捂得严严实实，“一起就睡这一次，好好珍惜吧，晚安。”

“嗯，晚安。”纪零的声音很雀跃，他和衣躺下，像是一座雕塑，一动不动地闭着眼。

叶殊觉得哪儿都别扭，憋了五秒，复又坐起：“纪先生，你就穿着衣服睡？”

纪零的声音有一丝惊喜，他欢欣鼓舞地问：“我还能脱了衣服睡？”

叶殊一顿，算了，当她没说。

“我的意思是指，你可以换睡衣睡，我不介意你和我同床共枕，但是，别穿着正装和我躺在一起，这让我想起那些国外全尸入葬仪式，特别怪！”

“但我只有短袖的睡衣。”

“短袖又有什么关系？”

“这代表着，如果晚上我睡姿不好，就会触碰到你光滑的皮肤。”

“……”你不用这么含蓄的，真的。

叶殊咬牙切齿地道：“别管那么多，反正你给我去换上睡衣，不然我真的睡不着。你不是明天还要坐飞机吗？还不睡，之后不会累吗？我知道飞机上特别难入睡，更别提事事追求完美的你了。”

“嗯。”纪零勉强接受了这个提议。

他下楼，换了睡衣，复而畏畏缩缩爬上床，捻起被子一角，小心翼翼钻了进去。生怕引起叶殊反感似的，他只将被子盖住自己的腹部，其余四肢都暴露在外，距离叶殊越远越好。

叶殊也是没脾气了，她恶狠狠把被子拉过去，把男人尽数裹到里头，这才愤愤躺下，闭眼休息。

香薰蜡烛已经被吹灭了，空气里悬浮一层浅浅的草木香，令人昏昏欲睡。

约莫过了五分钟，她突然感受到衣服被人扯紧，犹犹豫豫地拉了一下，再拉一下。

见叶殊没反应，又蹑手蹑脚，唤她：“叶殊，你睡了吗？”

叶殊也来了脾气，闷声闷气回答：“睡着了。”

“我睡不着。”

叶殊转过身，对上男人灼灼的眸光，气不打一处来：“是你说要和我一起睡的，现在又睡不着了？”

“我难受……”

“哪里难受？”

“哪里都难受。”他的面色有些发烫发红，不知是不是发烧了，不像是假装。

“你生病了？”

纪零抿唇不语，迟疑地摇了摇头。

“是胃疼？”

他又摇摇头。

“到底怎么样，你总要说个缘由出来，不能让我在这里猜谜一样想！”

“我……想你想得睡不着。”

“这……”这算什么理由？

这个男人，让她怎么招架得住？

叶殊头疼地揉额，枕着枕头，和男人两两相望：“我就在你旁边，你为什么要想我？”

“不知道，”他掀开被角，指着胸口的位置，用纤长的指尖画了一个心，风轻云淡地道，“这里丢了一个东西，很疼，一看到你更疼了。我一直想填满这里，但是不知道该怎么办，疼得睡不着。”

这是情话吗？偏偏他说得这样真挚温柔，叫她拿他怎么办呢？

叶殊也是豁出去了，她倾身，凑了上去，单手从他手臂之间钻过，抚上男人肌理分明的背，轻声哄道：“那我陪你睡，好吗？我在你身边，你什么都不用想。这样能睡着吗？”

“嗯。”纪零慢条斯理地应了一声，似嫌不够，又低头，蹭了上去，吻过叶殊冰冷的唇瓣。

他温柔备至地轻吮舔舐，和之前的相比，此时的吻已经是暴风雨过后的平静，湖面上还泛着波光粼粼，却已经是风卷残云以后的潋滟风光，毫无危险。

叶殊并不反感，甚至是有点依顺。心理落差颇大，让她一下子从大方利落，办事颇有手腕的熟女刑警，变成了全身心依附恋人的青涩小女孩。

纪零纠缠了一会儿，这才恋恋不舍地松开。

叶殊眼眶潮红，似有泪光，她粗粗喘息，问：“现在肯睡了吗？”

她拿他全然没有办法。

“晚安，叶殊。”

“晚安，纪先生。”

“是零，我的名字是零。”

叶殊颇为羞怯地重复一次：“那晚安，零。”

一夜好梦，睡到天光。

再醒来时，男人已将叶殊整个拢入怀中。他的身形本就高大修长。这样侧卧的姿势，给叶殊一种被人珍爱庇护在羽翼之下的错觉。

她向来是独立的，没有这般懦弱到依附别人的时候。

叶殊急忙从纪零温暖的怀抱里挣脱，起身去浴室换衣服。

后者拧了拧眉心，半闭着眼，以沙哑的嗓音对叶殊道："早安，叶殊。"

"早，纪先生。"她口含泡沫，含糊其辞地道。

"我的第一次给了你。"

"噗——"叶殊喷出一口水，震惊地问，"你说什么？"

"我说，我第一次跟别人睡觉的体验给了你。"

"吓我一跳。"是时候教一教纪零，有关"第一次"这个暧昧不清的词的正确用法了。说得好听点，是青涩浪漫，说得不好听，那就是耍流氓啊！

"中午的时候一起吃个饭吗？我在家里等你。"

"如果局里没事，我就告个假，一起吃了饭，再送你去机场。"

"好，我做好饭菜，在家里等你。"纪零微微一笑，像是很愉悦，只是稍稍耷拉的嘴角暴露了他的心境——难受大过于喜悦。

或许是离别将至吧，他们之间的气氛并不像往常那般松快。

叶殊不能多耽误时间，换好警服就出门工作去了。

到了公安局里，大家还被她吓了一跳，纷纷追问："叶姐今天还来上班啊？不送男朋友上飞机？"

"你早上没刷牙？嘴这么臭！小心你叶姐我亲自帮你漱漱口。"叶殊晃了晃手腕，扯出一个势在必得的笑容。

师兄弟们不敢贫嘴了，各自办公去，唯有秦让紧跟在叶殊两侧，调出档案说："叶姐，徐队长分给我们一个案子，让咱俩合作。正所谓，男女搭配，干活不累。我和你搭档，肯定比你和纪零强。"

"你也少说两句，资料念给我听一下，什么案子，地点在哪里？出警了吗？"叶殊问。

“有地方公安出警了，事情有点大，他们就报到刑科大队来了，上头特意调动重案三组的人去调查，估计有点新鲜。在岐山区那边，你等我消息，还是一起去现场看看？”

“一起吧。”她不想多耽搁时间，想要忘记纪零，就得让自己忙起来，这是失恋治愈法中至关重要的一条……等会儿，她怎么也学会像纪零那样瞎扯了？

等到车开半路，叶殊突然想到了中午还有纪零在家等她吃饭。

岐山区路途遥远，一上高速，车就不能调头，再赶回去，估计他人都去了机场，肯定碰不着面了。

叶殊有一丝遗憾，又有一点愧疚。她能想象到男人精心制作的最后的午餐是什么样，肯定很丰盛，每一样菜都别出心裁，制作过程烦琐，这样特别的准备与布置就是为了能和她好好道别。

这下可好，机会都没了，一旦走了，之后叶殊肯定不会再和他联系，长期纠缠下去，对谁都不利。

不斩草除根，死而复生，又怎么能春风吹又生。

她懂，情爱必须置之死地而后生，碾成灰烬以后，才会从绝望中再度开花，完完全全接纳其他的人。爱就是这样残忍别致，明知前方有难，还依旧奋不顾身，在其中沉沦。

叶殊给纪零发了一条“工作忙，不回家吃饭”的短信，就将手机关机，塞入口袋里。

算了，就当她是刻意要和男人杜绝来往吧。

等到了岐山区，叶殊举目眺望。

这才看到远处险峻的山峦被白雪覆盖，刺骨的冷从山的那一头流通到山底，光看着这层层叠叠的积雪，都能叫人从骨子里畏惧起来，冷到透彻心扉。

叶殊哈了两口雾蒙蒙的白气，裹紧了警服外的军大衣色羽绒服，轻声说：“地点在哪儿？”

“要走上去，据说在最顶端的寺庙内。昨晚下了足足八小时的鹅毛大雪，不是我吹，那些雪都积到膝盖以上，一脚踩下去，整个人都能埋进去。”

叶殊懒得听秦让胡扯，眯眼扫了一圈路尽头的庙宇。最初只能看到一片白，紧接着有旧式的房屋轮廓从中出现，能凭借肉眼确定那不是海市蜃楼，而是寺庙。

“谋杀案？在庙里？”叶殊难以置信地问。

“有点复杂，上去就知道了。”秦让卖了个关子，几步蹿上去，领着叶殊抵达案发现场。

出门迎接他们的是个老住持，眉目算得上是慈祥，他双掌合十，手里头夹着一串佛珠。

叶殊点头示意，问：“师父，我听说有人报案了，想来问问是什么情况。”

“警方已经有人来过了，说会请调查组过来，应该就是你们吧？两位里面请，可以先喝点茶水，如果没吃饭，还能先吃一些斋饭，庙里的饭菜还算有名，能合你们的胃口。”

叶殊摆摆手，推拒：“不了，我们就是上来看一下情况，还得回队里报告。”

“这样，那麻烦两位跟我去后院一趟。这种事情，三言两语说不清楚。”老住持习惯了禅语，话里话外都透着机锋。

“好的。”

叶殊借着这段时间四处打量庙里，或许是位置太高，人烟也稀少，香火鼎里香客所插的香烛并不多，仅有两三炷还在明明灭灭，不肯熄火。

等他们抵达了后院，远远瞥见一样被红白封条所束缚的物件，全都目瞪口呆。

这算是怎么回事？

只见厚厚的积雪堆里放置着一块人身高的长方体冰块，冰块里冻着一个女人，隔着粗粝的冰块也能看出她唇红齿白的俏丽模样，胸前抱着一枚猩红如血的宝石，熠熠生辉。

被冰封的女人？

这是白雪公主，还是睡美人？

叶殊转头问老住持：“这是怎么回事？”

“这是一位施主前些天带上山的，说是故人遗物，让我好好保管。要不是昨晚小徒弟好奇打开了，我还不知道是女施主的遗体。”

她疑惑地问：“这块冰一直摆在院子里吗？没有融化过？也没有发现过什么端倪？”

“最近下雪，冰块不消不融实属正常。何况庙里有规矩，施主寄存的物品绝不能肆意触碰或者是打开。小徒弟昨晚也是坏了规矩，已经在受罚了。”

“现场不要碰，之后会有专业人士过来。”叶殊提醒了一句，就和秦让下山了。

总要让法医剖尸看看结果，不管是自杀还是他杀，死后冻成冰必定是人为。

这件事不简单啊，其中一定有诈！

“叶姐，你有没有闻到奇怪的味道。”

“奇怪的味道？”叶殊还真的没在意过。

“从冰块散出来的，不知道是什么怪味。让徐队长找相关人员上来看看吧，没准有什么收获。上一个案子不就是这样吗？用香味做记号什么的，万一这个也是呢？”

叶殊觉得他说得在理，私心也是希望借此给纪零找事做，或许能委婉劝他留下来。

她给徐队长打了电话，徐队长当机立断地道：“无论如何得把小纪给我拦下来，他是这里头的行家，得在场把把关。这案子，棘手哪！”

“保证完成任务。”叶殊难掩语气中的兴奋之意，她没想到船到桥头还真自然直了。

她得留下那个男人，既然有机会，就再拖延一些时日。

叶殊想不择手段留下他，不知为什么，内心就是有这种渴求。何况，这不是她的私心，这是工作所需。

什么时候她也变得这样卑鄙自私了？分明知道不该这样做的，该和他道别，放他回自己的那一方广阔天地。

她不是一贯洒脱吗？这样纠缠不休又是为了什么？

乱套了，一切都乱套了，她快要变得不像自己了。

机场里人山人海，离别也有，重聚也有，换一帧画面就是一段人生。

纪零仿佛归隐深山的高雅居士，冷漠地观望着世间百态，这些悲欢离合都无法将超脱世外的纪零拽回凡尘俗世。

他很少有饱满的情感，如一块坚毅的磐石。这世上，唯有一人，能融化他的心。

那个人，会来吗？

纪零伫立在落地窗户前，全神贯注地看窗外璀璨灯光——从这里可以看到进往机场地下车库的车辆，他在寻找熟悉的身影，期盼那个心心念念的人可以再次出现在他的面前。

她不会来了吗？应该不会了。她总说得这么决断，看他时，一双眼黑沉沉的，坚韧到可以割伤肌体，刺穿他的心脏。

这里……疼吗？

纪零迟疑地将纤长白皙的手指抵在胸口，小心翼翼窥探那处微弱的心跳——心还在，但总觉得里头空空落落，有什么从中遗失在了漫漫岁月里，再也寻不到了。

中午是真的忙，还是借口？连见他一面都不想吗？

纪零从怀中抽出那张被叶殊发现的证件照，双指夹起它，抵在鼻尖细嗅——他能从中分辨出最细微的差别，底味未散，还有叶殊的味道，值得怀念。

他将照片放入一本深藏在行李箱内的相簿里，稍稍翻动几页，里头都是叶殊的照片——里面标了很清晰的时间轨迹，每一个月、每一岁的变化，从她小时候开始，一直到她长大。

或许叶殊并不知情，可实际上，早在十几年前，纪零就认识她了——从那时起，他就闻到了她的味道，并且熟记于心，这才拜托到徐队长这里，让他把人领出来，悉心关照到现在。

纪零初次嗅到叶殊的气味，源于十几年前与老徐通信的信件。不知从哪沾染的女孩气息，带点甜腻与清新。他拜托老徐寻找那个气味的来源，费尽心思终于找到了，是过去老徐家附近那所孤儿院的一位孤女。他想要养他，等到多年后，让她成为独属于他的宝贝。

那时候的叶殊是什么样子的？纪零记不太清了，只知道她的眼睛很漂亮。只消一眼，就能卷入那瞳孔的深邃旋涡中。

即使不闻味道，也能感觉出来她是一个有故事的人。那种眼神中蕴含的沧桑感绝不会是她小小年纪就能拥有的，叶殊必然经历了比死还要可怕的遭遇，又艰难行走至今。

这样的人，不只她的气味芬芳，连她的人都闪耀发光。也正因如此，纪零才会被她吸引，不可自拔。

时隔多久了？应该有十几年没见面了，即使一直有收到叶殊的消息，却从未和她接触过。

纪零原以为，岁月可以冲淡这一切。叶殊的气味，无法牵绊他一生，制约他一世。但他好像想错了，冥冥之中似有了瘾，让他无法摆脱，甚至将真心交付给叶殊。

所以现在……好疼啊。他想甘之如饴，可力不从心。被人抛弃的滋味就是这样吗？

是该放手的时刻了？如果当时不那么小心翼翼，直接把她带在身边，一起到国外生活。这一切，是否会变得不同？

但纪零也无法舍弃自己所拥有的一切，一旦折断羽翼待在他自己不擅长的地方，那他则一无是处，难保不会被叶殊厌弃……他也自卑敏感，和她一样，谁也没比谁更好。

所以呢？究竟要怎样？

纪零依旧面无表情，一路缄默不语，谁也不知道他究竟在思考什么。

他拖着行李箱前往检票处，行走时，长腿迈步较大，深色的风衣猎猎作响。

距离登机的时间越来越近了。

叶殊时不时看一眼手表，车速也飙到了最快时速。在此之前，她也尝试过打纪零电话，可是这厮因为要上飞机，早早就把手机关机了，根本联系不到人。

她又没有别的法子，只能孤注一掷，试试看能不能赶在登机之前拦下这个男人。

徐队长给了她一个完美的“出兵”理由，再也不是师出无名。

她可以把所有情愫都藏在公事需求的背后，暗暗为她所期盼的一切欢喜。

也只有在这一刻，叶殊才意识到纪零对她的重要性——或许是在那一吻之后，在那个男人决定舍弃生命，把活的机会留给她的时候。又或许是在他挣脱袁姗挟持，奋不顾身朝她狂奔的时候。

这样纯粹而简单的男人啊……他没有如外人议论的那般怪僻孤戾，也没有所谓的不近人情。只有了解纪零的人才知道，在他冷肃的外表下，有一颗如火般炽热、如水般温和柔软的心脏。

叶殊轻轻笑起来，显然是因为想到了这个男人不经意流露出了一丝愉悦。

希望还来得及，她必须赶到他的面前！

就这样，车一路驶入车库。

叶殊根据纪零留下的登机牌照片，一路狂奔到安检处。

距离登机还有十分钟，这个男人肯定过了安检，希望在里面还能找到他，希望这一切都来得及！

她心急火燎地掏出证件，给安检人员解释：“你好，我需要找个人，这是我的证件。他是乘坐这一班直达意大利的飞机，晚上八点半起飞的。你们能帮我联系一下他吗？就说刑警叶殊找他有事，务必先别上飞机。”

安检人员估计是觉得叶殊古怪，但看她的证件，核对了证件号码，身份并没有造假。于是联系了上头，汇报过情况以后，就帮忙找人了。

飞机是从不会晚点的，除非遇到某些不可抗的事情，譬如极其恶劣的天气。

叶殊盯着手表，上面显示距离登机时间只有五分钟，可工作人员并没有任何回信。

她心急如焚，深吸一口气，缓了缓，还是无法冷静下来。

之前遇到过多少大风大浪，她从未这样过，一直都是沉稳冷静应对。怎么遇到这个男人后，所有弱点都暴露出来，就这般不堪一击呢?

还有一分钟……叶殊已经预料到最坏的结果了，一般登机的人会提前上飞机等待起飞，所以很难把人拦下来。

还有三十秒……是真的来不及了吗?

明明有飞机的信息，怎么会这么久都找不到人？还是说，纪零不肯再见她了，执意要回意大利?

对，也是有这种可能的。

这个男人就算再喜欢她，也不可能放弃自己的一切，甘心待在她身边，占据心底一隅。

她什么都没有付出，也就无法渴求别人的馈赠。

是她自私，是她一心一意为自己打算。怪不了纪零，也怪不了任何人。

还有五秒……叶殊苦笑一声，舌根真的有一点涩然苦味蔓延，顺着喉头一直烧到心里，缓缓牵着疼，将那股味道悄无声息地渗入她的心脏内。

时间到了，飞机起飞了。

叶殊快步跑到玻璃窗前，隔着茫茫的夜色，也能看到闪着红绿灯光的飞机正在起跑试飞，机翼上标明了大大的牌子，写着“汉莎”，正是纪零所乘坐的那一班飞机。

人没找到，他真的走了。叶殊在难过之余，又渐渐松了一口气。或许是因为已经完全陷入绝望，内心再也不用像之前一样七上八下，提心吊胆。

至少一切都有了结果，再怎么难受，都已经是尘埃落定了。

纪零不会回来了，他真的断了这段关系。

叶殊抿唇，刚想给徐队长打电话，说明接人任务失败。

这时，突然有熟稔的声音从后头传来："叶殊。"

她猛然回头，愣怔地倒退两步，还没反应过来。

只见得这个男人提着行李箱，一脸茫然地望着她。他还是一如既往的好看，注视叶殊时，眸光柔和得能滴出水来。

是纪零，他回来了。

叶殊的心就此死灰复燃，她的心跳又逐渐急促了起来，一下，又一下，彰显着勃发的厚重力道，刺激得她无法正常喘息，险些窒息了。

"纪……纪先生？"叶殊的口舌从未这样笨拙过，"你没上飞机？"

"我委托别人参加香水发布会，在登机前，又考虑了一下，或许借此机会，把我的香水品牌打入国内市场，也不错。"纪零慢条斯理地解释。

看到了她，所以一切都不急了，他们有一辈子的时间可以好好说话，再慢都无所谓。

"这样不会耽误你吗？"叶殊欣喜之余，又有些愧疚。

"这里有你，所以我不想回去。"纪零眨了一下眼睛，侧头，微微一笑。

"嗯……最近有一个案子需要你，所以我特地来找你协助我们破案。"

"案子吗？"纪零凑近两步，由于他的身高优势，此时微微俯身，居高临下地看着她，"那么你呢？你需要我吗？"

"我……"叶殊总在关键时刻胆怯，她不知该说些什么，原本分离时有千言万语想要倾诉，再见面又瞬息之间成了哑巴，这是近情心怯吧？

"叶殊，我想知道答案。那么你呢？你是不是也很需要我？"

纪零的声音就在她的头顶盘旋，飘飘忽忽，一点一点落入她的耳里。好像徘徊不去的飞鸟一样，寻找着最佳的着落点。

叶殊咬牙，狠了心，回答："我也很需要你，纪零。"

她没喊"纪先生"，客套又生疏。

叶殊深深吸了一口气，鼓足勇气，凑近一步。她揪着纪零的风衣，缓缓将侧脸抵在他的胸口，感受他蓬勃的心跳：“你回来了，我很开心，我还以为再也见不到你了。”

沉默了一瞬，纪零松开手上的行李。

他一句话都没说，只突然张开双臂，紧紧抱住了叶殊。这一抱，充斥着男人完完全全的占有欲，与爆发力。他要将她压入躯体，压入心脏，与自己融为一体。

这一夜，还很长。

这一生也很长，余生，他陪她慢慢走。

案件二

冰封的恋人

BINGFENG
DE
LIANREN

▶ 第一集

纪零等了足足一晚上的飞机，由于心情不好，连晚饭都没吃。车才开到一半，他的肚子就发出细微的咕噜声，正好提醒了叶殊，他还饿着的事实。

叶殊怕他尴尬，若无其事地问："想吃些什么？"

"想吃面，或者吃你。"纪零并没有在意这种细节，他觉得胃部空了，因空腹消化而发出噪音实属正常。

"说正经的！"叶殊也想不通纪零每每说出这种调戏的话，究竟是开玩笑还是肺腑之言。

"这些很正经，是我想了很久才得出的结论。"听他不情不愿地解释，话里或多或少带了点儿委屈。

"那就吃面。"叶殊拿他没辙，四两拨千斤地避开了暧昧的选择，所幸纪零不会吵吵嚷嚷，继续坚持"吃她"这个选项。

有导航指路，他们很快就找到了一间加油站附近的日料面馆。可能是平日里停驻的车辆较多，几乎是二十四小时营业，有轮班的服务员日夜交替着过来上班，但面馆的价格很贵。

叶殊掀开帘子，里头的暖气一齐朝她身上涌来，温温柔柔包裹住了她。

她呵了一口白气，笑说："我要一碗海鲜乌冬面，你呢？"

"和你一样。"

"那就两碗，再来一碟芋头天妇罗，还有红姜天妇罗。"天妇罗是指油炸的食物，她平日酷爱吃这些异国料理，所以懂的也多一点。

"好的。"柜台有人客气回应。

叶殊掰开一次性筷子，用纸巾搓掉了上头的木屑，递给纪零，道："纪先生……"

她话才开了个头，就被纪零那略带不满的目光给击退，干咳了一声，换个称呼："呃，纪零，你想了解一下案子吗？"

纪零抿了抿唇，泛出黯淡的白灰色，问："很急吗？"

"挺急的，只有先让你看过了，才能把死者交给法医。"

"为什么？"纪零倒不觉得在吃饭时讨论尸体有什么不适应的，他本就是这么不容易被影响的人。

"那个女人被封在冰里，冰块外面裹着一层香味，如果强行化冰验尸，怕会冲淡那层香味。"

"哦，那你的意思是，今晚要连夜去看尸体吗？"

叶殊不知道他会不会同意，委婉地说："我是有这个打算。"

"那我听你的，"纪零没什么意见，隔了一会儿，补充，"不过，我还是不太开心。"

"为什么？"

"我举个例子，这就好像是小别胜新婚的丈夫出差回来……结果被告知要回公司加班。"

叶殊脸一热，这厮的比喻真是越来越低俗了。叶殊头疼地问："你最近是看了些什么？哪来这么多乱七八糟的例子！"

"是你的师弟们告诉我的，前几天，他们拉我进了一个微信群。让我告诉他们一些有关我的感情问题，然后他们就会给我出谋划策。"

"你能别听那些人胡扯吗？"叶殊用脚指头想，都能猜出这其中定有猫腻，没想到是那群小子在背后充当军师。

她五指曲成拳，掰了掰指节，发出嘣脆的声音，心里冷笑：教坏我男人，你们一个个都活腻了？！

"不过，为什么要把尸体冻成冰块？"纪零提出了最浅显普通，却又至关重要的问题。

"这个，我也不太清楚了。如果从犯罪心理上讲，可能是凶手的某种标记，类似商标一样的东西。之前不是就有出过薄荷糖连环杀人案吗？凶手会把薄荷糖塞到死者的嘴里，作为标记什么的。就连袁姗的案子也一样，前面死的三个伴娘，都是披着白纱，身上满是香味。或许冰块也是这类记号的一种？凶手是个无差别杀人的变态？”

“你是指，他是连环杀人犯，批量‘生产’尸体吗？”纪零问。

“我是这样猜测的，但并没有说一定是对的。”

纪零用略带薄茧的拇指抚了抚下唇，慢条斯理地分析：“那如果不是批量生产呢？”

“什么意思？”叶殊不解地问。

“如果不是连环杀人犯，死者也就这一个。凶手冰冻她的目的是什么？”

这可难倒了叶殊，她蹙眉，眉间皱成了沟壑分明的“山川”，半晌，才开口：“或许是为了保存尸体？”

“保存尸体吗？”纪零像是想到了什么，别有深意地轻笑了一声，问，“你有照片吗？”

“尸体的？有，你等会儿，我让秦让发过来。”叶殊无视了男人听到她寻求秦让帮助时，不动声色皱起的眉峰。

隔了几秒，她调出照片给纪零看：“就是这个。”

纪零眨了眨眼，被眼皮润湿的虹膜又呈现出浅浅的光泽，他认真地注视了一会儿照片——上面的女人紧闭双眼，双手叠在胸前，捧着一枚色泽光鲜艳丽的红宝石。皮肤没有呈现出被水泡过以后的松弛感，应该是借用了某些特殊的仪器，使得水能迅速凝结成冰。即使从照片来看，也能看出这个女人长得很美，深黑如海藻的发丝散进冰层里，衬得她微微发白的唇瓣更显娇柔美态。

真要让他来说的话，她就像一朵缓缓凋零的野百合，圣洁又美丽。

“你是什么感觉？”叶殊问。

“那个冰封她的人很爱她。”

“爱？”叶殊感到难以置信，几乎是在瞬间，一阵冷飕飕的寒意涌上她的肌肤，“你是指，凶手爱她？”

“没错，”纪零眯起眼睛，审视了一会儿，继续发表言论，“男人最懂男人，我知道他的心思。”

“他的心思？”

“你不觉得这个女人很美吗？”

叶殊越听越怪了，她抚了抚手臂上的鸡皮疙瘩，把一切惧怕之意都怪罪于天气太过于寒冷，她嘀咕一声，回答：“美是美，但是……”

但是她怎么都不会对一具尸体感兴趣，她又不恋尸。那么，凶手难道有恋尸癖？

又是个和纪零相似的变态啊……

“你在想什么？”纪零感受到她眼中显露出嫌弃意味的目光，问道。

“没什么，就是很好奇，你为什么会说凶手喜欢她。”

纪零抿唇，难以启齿：“因为我曾经也有这种想法。”

叶殊大吃一惊：“这种想法？是什么意思？”

“我想过保留你尸体最好的方式，一种是冰封，一种是制作成蜡像。因为我爱你，所以连死，你都不能从我的身边逃离。”纪零说得很认真，好似他所言句句属实。

好吧，或许是真的。

叶殊还是觉得怪异，她抽了抽嘴角，问他：“你有没有哥哥或者弟弟？”

凶手看起来像是他的亲戚……

“没有，我是独生子。所以，以后我们可以生两个孩子。”纪零又语出惊人。

叶殊险些栽倒在地，她脸上发烫，咳嗽一声：“这种事情，不急，之后再商量。”

“也就是答应的意思？”

“我可没这样说，”叶殊顾左右而言他，“面来了，先吃吧。”

果然，服务员已经从那头端来了两碗热气腾腾的海鲜乌冬面。上面浮着两片汤勺大小的粉色虾片，四周撒了酥脆的芝麻以及海带，加了一点香醋搅拌，酸味有提鲜的效用，很快就将海鲜肉质里的甜味激发出来，刺激人的鼻腔。

纪零愉悦地嗅了嗅面香，嘴角牵起一点弧线，道：“我很喜欢你点的面。”

“喜欢就好。”叶殊咬了一口乌冬面，果然和她预料的一样，面条筋道爽口。她是吃面的行家，虽是南方人，却爱吃北方面食，她一下班就投奔各类面馆，几乎没在家里烧过饭。

就这样，两人有滋有味地吃完了面。叶殊又领人上路了，他们没回家，当务之急是处理那具尸体，所以直接又上了山，去了庙里。

这是徐队长分给秦让还有叶殊两个人的案子，啊不，现在多了个纪零，三人组可算是热闹了。

等他们到的时候，已经有检验科的法医，以及拍现场照的工作人员等在那儿了。

天寒地冻的季节，又是在深山，海拔高的地方，气温相对会低一点。冰块放置在雪堆上，也不怕它消融了。

叶殊帮纪零戴上手套，说："冰块上有异香，你去闻一下，看看都有什么成分。"

纪零乖巧地点头说好，而叶殊总想笑。这样的场面，就像是她放出自己的警犬，喊它："宝贝儿，记住这个味道，帮我找人。"

没过几秒，独属叶殊的"警犬"纪零就开始行动了。

他小心翼翼地凑近了冰块，脚踩到厚实的雪地上，发出沙沙的挤压声，留下一个个深浅不一的鞋印，被光映出了灰蒙蒙的轮廓。

"能帮我记录一下吗？"纪零突然这样道。

叶殊了解他，在众人还未来得及反应的时候，迅速掏出纸和笔，做好准备："纪先生……嗯，纪零，你说吧，我记下来。"

"有玫瑰的香味，还有一丁点蔷薇的味道，好像是从冰里渗透出来的，"他顿了顿，突然开口，"是从她怀里抱着的宝石里透出来的味道，那应该不是宝石，而是一个状似宝石的香水容器，里面是各类花的精油。都是很普通的香味，没什么特殊的。"

他这样说了，大家心里也都有了底。又是生在荆棘藤里的蔷薇，又是长满刺的玫瑰，都是最炽热的爱欲之花。看来纪零所言没错，凶手爱她，爱得无法自拔。

那么，究竟是怎么回事？

爱她还要杀她吗？又为什么冰封这具尸体呢？

死者的死因还无法了解，甚至连家人都没联系上。

法医人员连夜将冰块运送到相关部门，开始解冻，以及验尸，估计得要一两天才能出报告。

这期间，就由叶殊他们四下打听其他有关凶手或者死者的相关讯息以及线索。

夜已经深了，下山是不太可能了。何况明天还有一些问题要询问住持，他们打算住在庙里。

秦让溜得倒快，早早就在山脚寻了一间舒适的小旅店，而他们只能在青灯古佛的庙里，听着寡淡的木鱼声，睡到天明。

这座庙是岐山区有名的大庙，早就开发了旅游业，有供给旅客居住的客舍。由于纪零实在难缠，叶殊只订了一间房，要了两床被褥。

她将厚重的被子铺在床上，问纪零：“你睡地上还是我睡地上？”

“你睡床上。”纪零不假思索地道。

叶殊觉得他很上道，满意地点点头，刚想再说些什么，又听得这厮厚着脸皮补充：“我也睡在床上。”

她心头一惊，显然没想到这男人难缠到了如此境地，咬牙切齿地说：“你这爱跟人睡的毛病什么时候能改改？”

“我只爱跟你睡，”他怕叶殊不信，又补充了一句，“以前也从来没有过这个毛病。”

“……”唉，这让她拿他怎么办？

“我习惯和你睡了，不然我会失眠。”纪零真不要脸，假话也能说得跟真的似的。

“那没跟我睡之前呢？你在我家的时候，不都是一个人睡得好好的？”

“我那时候也睡不好，每天晚上听着你的动静，幻想着和你一起睡觉。”

你还要脸吗？叶殊很想这么问他。

算了，她也不想和他计较这么多，左右也都住一间房了，再让他得寸进尺点儿，也没什么。

只是有一点，她必须警告他：“这是佛门净地，你和我睡，可以。但不能动手动脚，这是亵渎神明，明白吗？”

“神明不喜欢看人类繁衍后代？”

“你闭嘴，当然不喜欢！”

“哦，那我克制一点。”纪零还颇委屈。

“克制不住，你就睡地上吧！”叶殊下了最后通牒。

纪零直到睡前都没什么动静，让他铺好被子，他就乖乖巧巧铺被子；让他脱掉外套上床，他就迅速脱掉外套鞋袜，钻进被窝里等叶殊。

这样看起来都不像是平时的纪零了，叶殊只觉得其中有鬼。

她熄了灯，小心翼翼挤到被子里，还没躺稳当，就被纪零抠住衣角，一点点拽到怀里去。

叶殊也是没辙了，不知道这尊佛又想干什么，有气无力地问："还不睡觉？"

等了好久，才听到男人慢悠悠地问："如果不动手动脚，动口行吗？"

没等她回应，纪零就凑了上来，从叶殊光滑的脖颈，缓缓移上来，移到她的嘴角。

这人说动口就动口……她根本就没有反应的时间。

由于是在被子里，四周又黑得伸手不见五指。有了黑夜做遮羞布，倒是减缓了些许窘迫之意，连气氛都变得柔和暧昧。

叶殊的脑子又乱了，她思绪翩跹，原本想说点什么阻拦的话，却句句被纪零强势的吻给堵了回去，次数多了，再想说什么，话还没到唇边，就都忘了。

算了，算了。

隔天醒来，叶殊一睁开眼就见男人单手支着下巴，饶有兴致地注视着她的睡颜。

她眨了眨眼，还未来得及反应，就听男人道："你睡觉的时候，也很可爱。"

可爱个鬼！这个男人还讲不讲理了，不是搂着她睡觉，就是看她睡觉时的丑态！

叶殊从床上翻起来，迅速穿上衣服，推开门。等到第一缕冷风吹入屋内，将纪零冻得一个激灵时，叶殊将门推得更开，回眸，邪邪一笑："纪先生还不起来吗？我去吃早饭，你要是不起来，就坐床上吹风吧。我看今天开始融雪了，正是最冷的时候。"

纪零不傻，知道她这是赌气，肆意报复呢。

他哑然失笑，笑意里带了一丁点的宠溺意味，眸光也柔情似水："叶殊果然很可爱。"

叶殊被他搞得鸡皮疙瘩抖落一地，结结巴巴反驳一句，就走了。

只余下纪零揪住被子，再度躺到床上。他嗅着被子里那若有若无的气息，嘴角缓缓绽出笑容。

幸福来得太突然，他也有今天，能和最心爱的人同床共枕，相拥而眠。

今天，明天都不洗澡！为了一直维持这个味道，绝对不要洗澡！

纪零暗暗下了决心，握紧了手掌。

秦让习惯都市生活，一到山里就开始水土不服。他早起赶上山，边走边抱怨案子居然发生在这种偏远山区，连累他也要受苦受难。

叶殊和晨诵的僧侣师父打过招呼，根据指点，一路往食堂走去。院内随处可见被积雪压实的菜圃，老人常说，蔬菜被厚重的雪盖过以后，滋味才会甘甜可口。庙里僧人的修行生活并没有叶殊想象的那么单调艰苦，他们也与时俱进，会搭建暖棚种四季的菜，偶尔也有年轻的僧人在诵经后看一些新闻。

叶殊觉得暖心，微微一笑，还没走几步就闻到了斋饭的香味。她对食物的气味比较敏感，猜到那是野菜被菜油炸出的清淡香气。早上吃一些富含植物纤维的蔬菜最好，能促进肠胃蠕动，也可以说是为了通便排毒。看来庙里的师父很有心，知道一日三餐按照现代人的饮食需求安排。

她走进去，能看到三三两两留宿的旅客，和打饭的师父沟通了一下，很快就领到了自己的那一份早餐——一份木制碗装的米饭，还有三碟小菜，炒野菜、冬笋炒木耳、香葱炒黑蘑菇。

叶殊来了兴致，三下五除二将这些菜与饭混在一起，随后加入一点酱油以及辣酱，红绿相间，搅拌均匀，制成色泽微黄的拌饭。好久没这样吃了，正好趁此机会试试看。

她刚挖了一勺拌饭，还没来得及塞到嘴里，就被劫走——纪零蹲下身，凑近了，张嘴，一下子把她的汤勺含到嘴里，抿走了饭。

纪零伸出拇指，擦了一下鼓起的腮帮一侧的油渍，心满意足地道："味道还不错。"

叶殊气得七窍生烟，起身也给他拿了一份早餐，制作了同款拌饭递给他，"吃自己的，别老是在我这里蹭饭。"

"哦。"纪零答应得很爽利，勾起嘴角，小心翼翼吃着自己碗里的饭，"之后要做什么？"

叶殊含糊不清地道："去和住持打听一下情况，我们总得把送冰块上山的凶手找到。”

“事发两三天了，估计也找不出他的行踪。”

“也是，而且尸体也顺利抛到庙里了，谁还会回来捡啊，肯定溜之大吉了。”

“这倒不一定。”

叶殊听出他话中的意思，好奇地询问：“你是什么意思？”

“冰块可能只是寄存，并不是抛尸。否则凶手没必要大费周章把她冰冻起来，还保存得这么好。”

“那也可能是怕尸体的血液流出，很容易被人发现。一旦冻结成冰了，就不会有那么麻烦，”叶殊话音刚落，突然反应过来，“等一下……”

纪零轻笑一声，抬眸，道：“现在知道了吗？如果尸体有血的话，那么在结冻成冰时，血液会渗透进水里，浓重的颜色被稀释，也会呈现出淡淡的粉色。而尸体没有，那就说明，死者身上并没有伤痕，可能是溺死也可能是被勒死，总之没有破皮外伤。那么，问题就来了——尸体本来就没有血液外流的可能性，又何必多此一举把她冻结成冰块呢？所以，凶手是自发性想要把尸体变成冰块的，这是他特殊的‘喜好’，并不是为了抛尸。他会回来取尸体的，也就是说，他还会主动靠近我们，和我们发生‘冲突’或者是‘碰撞’。”

叶殊想说的也是这个，那么结论就出来了：凶手的确热爱冰里的美人，他会回来取尸，也会回来对付他们。而他暂时把冰块存在庙里，也有自己的目的。

他的目的，究竟是什么呢？

等到钟楼里面的钟声响过三遍，叶殊终于起身，去大殿寻找住持。

或许是为了接待客人，住持特意换了一身赤红的袈裟，边沿缝着金丝，不会太过耀眼，引人瞩目，又不至于太朴素，低调到尘埃里。

住持领叶殊等人到偏殿谈话，角落里燃了香，飘起浅淡的草木的香气。

他给他们煮茶，倒没什么特别讲究的地方，过了几次水，等叶片泡开，烫了茶具，斟满逐一递过去：“山里没什么市面上所说的好茶，这些都是旁边的茶园摘下的嫩尖儿，我找徒弟们晒干了收起来，味道比较鲜，可以尝尝看。”

叶殊抿了一小口，起初触到舌尖，茶味是微涩的，流至舌根，覆盖在舌苔上，又浮现出令人不易察觉的回甘。她对茶不是很懂，只能喝出个顺口或是不顺口，微微一笑，说："我对茶没什么了解，只觉得师父这茶叶很好，不涩口。"

住持微微一笑："都是喝的东西，哪有那么多讲究。"

纪零也抿了一口，很快蹙起眉，低低说了一声："苦。"

叶殊原以为这厮人不可貌相，没准是个品茶行家，没想到他比她还不济，别说品茗茶水了，就连最寻常的尝味都尝不出来。

住持哈哈大笑："小施主倒是率真。"

叶殊赔笑，没敢说，他这明明是缺心眼。

隔了片刻，她不卖关子，直截了当地问："在山上叨扰师父这么久，实际上就是问几个和死者有关的问题，问完了，我们也该下山了，总有警察在庙里，对香火客流也有影响。师父能和我们说说看，那天送冰块上山的人都说了些什么，做了些什么吗？"

住持手间拨动的佛珠顿了顿，两珠撞击，如雨落荷叶，"咚"的一声，发出清脆的响声。他缓缓睁开眼，对上叶殊的视线，轻叹一声，道："我和他算是老交情了。"

"老交情？不止见过一次？"

"是的。"

"能具体和我们说说吗？"

屋内的香还在燃着，从炉里烧出了灰白的一线，袅袅升上天花板。老住持的眉目安详，不知在想些什么，回答的速度很慢，沉默许久，才慢条斯理地道："大概是四个月前，他上过一次山。那时候我在院里种菜，看他一个人在大殿里徘徊，就去问了一下来意。他很有想法，对佛学也有点研究，我们两个可以说是莫逆之交，相谈甚欢。哦，他每次过来，都用口罩遮住了脸，只记得他是单眼皮，大约和这位小施主差不多的身材和高度，别的外貌特征，我真的记不清了。再然后，就是三天前，他拖着这块冰上山，是用绳子拖上来的，他的手上全是伤痕，很明显是被粗糙的尼龙绳给勒出来的。我想，这个东西对他来说，肯定至关重要，所以在他拜托我保管的时候，我就答应了。"

叶殊分析了一下，倒没什么逻辑上的错误。何况住持也没什么瞒着他们的理由，要真想帮凶手，也不会报警了。

她点了点头，又提问："那他有没有和你说过什么特别的话？住址这些呢？有没有暴露过？"

"没有，我们没聊过这些。哦，我记起来了，他说过他爱着一位姑娘，可无法言明心意。"

"就这些？"

"就这些。"住持说完了该说的话，就陷入了沉默。他习惯于只说有用的话，其余废话，半句都不会说。

问不到别的，叶殊匆匆告辞了。

车往山下开，刚开到一半，就接到了检验科打来的电话，是小宁的声音："是叶姐吗？"

"对。有什么发现吗？"叶殊问。

"我们核对了一下失踪人员，发现死者是岐山区沈氏集团的千金，失踪时间是三天前的下午三点。那时候死者应该是在家里，她父母都出门了，一个工作，一个上美容院，连用人都临时有事不在家，没有人知道她一个人在家里的时候，究竟发生了什么。等大家察觉的时候，已经太迟了。死者失踪了，不，应该说是死了。法医还在进一步检查，但初步判断她是被人掐死的，脖颈上有手指宽的瘀青，眼球和鼻腔也有充血的痕迹，可以确定是在生前被施暴。"

"好的，我知道了。"叶殊挂断电话，大概得出了一些线索：死者是富家千金，在家中没人的时候，被别人用手活活掐死了。行凶地点极有可能就是在家里，如果是在外面，必定是她的熟人，否则怎么联系她？

究竟是有什么深仇大恨？凶手又是怎么知道死者那时候身边没人，即使遇害也孤立无援？

凶手是她身边的人？能随时随地掌控她的一举一动？

这其中有太多的疑点了，弄得叶殊一筹莫展。

寺庙里查不到东西，就只能下山了。

等到了山脚，叶殊又回头，望了一眼巍峨的山峰，雾霭茫茫的深处，雄伟的庙宇，最前头红瓦绿墙的建筑是寺庙最具代表性的大雄宝殿。

她记得住持师父说过，凶手不是第一次上山了。

凶手是早有预谋吗？所以事先就上山看好地点，和住持套近乎？然后杀死了那位千金大小姐，再运尸到山上？

他运尸的目的呢？冬天总会过去，冬雪也会消融，不过就是几个月的时间，他就算抛尸也不可能抛到庙里。

如果是为了暂存一段时间，再把尸体搬回去，又何必千辛万苦送上山呢？

叶殊突然有一个大胆的念头，她想：或许凶手的目的不是为了抛尸，他是为了在短暂的冬天里完成其他目的。而这个目的与尸体会不会被发现无关，凶手也不在意会不会被警方抓获。

他，究竟想做什么呢？

当然，这一切都是叶殊毫无边际的猜测，甚至可以说是匪夷所思，没有半点理论依据。也称之为女人的第六感吧。

“你在想案件？”纪零突然出声询问。

叶殊点了点头：“总觉得哪里不对劲，但说不上来。”

“线索是需要衔接的，我们还没找到那一条可以将其串起来的线。”

“走吧，那我带你找线去。”叶殊轻笑一声，关上车门，朝死者的家出发。

死者的家是在二环内的琼斯花园，这里房价很高，寸土寸金，每一栋房都几乎是有钱人家身份的象征。

叶殊根据门牌号，按响了一栋复式别墅的门铃。没过多久，就有一名围着围裙的中年女人畏畏缩缩地探出头，问：“您是？”

“我是公安局的刑侦员叶殊，这是我的证件。”

女人恍然大悟地说：“您是为了小姐的事而来吧？太太已经在里面等您了，快请进。”

叶殊回头，用眼神示意纪零跟上来，客套一笑，走进屋里。

客厅的墙中央有用水泥堆砌的壁炉，里头烧着炭火，灼灼的火光席卷了干燥的木柴，熊熊烈火统统封锁在那透明的玻璃屏障内。房内的布置偏欧式，围聚着两张真皮沙发，皮革上跳跃着亮晶晶的火光，像是鲤鱼尾上的光鳞。

许是没在这样奢华的环境内待过，叶殊有些怯场，她轻轻咳嗽一声，和沙发正座上的贵妇道："你好，我来是想询问一些沈颜的事情。"

沈颜是沈氏集团总裁沈长虹的爱女，从小便是锦衣玉食娇生惯养大的。自从她失踪以后，整个岐山区都快被他们家的人翻个底朝天。

虽然沈长虹的手没那么长，管不到公安局办案，但还是明里暗里动用关系给徐队长暗示其中利弊，催促他尽快缉拿凶手，压力不可谓不大。

叶殊只觉得这些人难伺候，破案哪里有他们想象的那么容易，调查以及审讯，一桩桩、一件件都需要时间，再怎样威逼利诱，急不来的事情，就是急不来。不过身为人民警察，她只能尽量安抚死者家属的情绪，承诺在最短的时间内将罪人绳之以法。

沈太太上下打量了叶殊一眼，许是歧视她是个看似柔弱的女人，半眯起眼睛，刻薄地道："您是负责我女儿案子的警官吗？"

虽用了尊称，但语气也不善。

叶殊点头，回答："是的，我叫叶殊，是重案三组的刑警，这次来是想询问一些有关沈颜的事情。"

"叶警官是新人吗？"

"不是，我入职已有三年，不算是新人。"

"哦，我想要找一些经验丰富的人负责颜颜的案子。既然徐队长选了叶警官，我希望您能打起十二分的精神，好好对待。务必在最短的时间内，找到杀我女儿的犯人！我女儿可怜，死得不明不白！"她恶狠狠地敲打了一番叶殊，又用一种极其古怪的口吻，语重心长地道，"我知道叶警官很年轻，没有孩子，不懂丧女之痛，所以不能对我现在所经历的一切感同身受。但我希望你在查案的时候，能时时刻刻想到我女儿的死，她还那么年轻，还没有结婚。不只我，还有爱她的未婚夫，他怎么能承受这些……"

这些事情自然不用沈太太提醒，本来就是叶殊的本分工作。沈太太像是怕她玩忽职守一般，特意强调一遍，倒让叶殊有些反感。

叶殊深吸一口气，强忍住满腹的抵触情绪，说道："您放心，我肯定会好好查案子，还您女儿一个公道。我们之后还有其他调查工作，如果方便的话，我想尽快了解一下有关死者的人际关系网。”

沈太太点了点头，很快恢复了平静，眸光波澜不惊。许是性格强势，她很快敛去了目光中那一点痛失爱女后才暴露出的软弱，塑造起全新的面具示人。

叶殊直截了当地问：“沈颜生前和什么人比较亲近？”

“颜颜话少内向，说最亲近的人，应该是许穆。哦，就是颜颜的未婚夫，他们是青梅竹马，本来明年都该结婚了……”沈太太叹了一口气，欲言又止。

许穆？叶殊有点印象，好像是许氏集团的接班人，和沈家都是商场中的中流砥柱，早年就是通家之好，现在两家孩子也定了亲，搞了契约婚姻的戏码。

叶殊也只在小说里看过这种故事，现实里对这种方面的事情一知半解，只能囫囵听个大概，做不出任何评价。

“方便给我一个许先生的联系方式吗？之后想询问一些有关沈颜的事情。”

“好的。”沈太太对于调查死者的事情很配合，基本有求必应。不过从话里行间也能了解到，她对沈颜根本就不了解，就连沈颜大学时期的闺密好友都知之甚少。不知是工作太忙，还是其他什么缘故，似乎她们俩的母女关系并不亲厚。

叶殊将了解到的讯息逐一记录在册，打算之后开始调查时，再各个攻破。

第二集

上车后，纪零如坐针毡。不知道他究竟在紧张些什么，大腿微微颤动着，肌肉绷直，由于坐姿僵硬，身体往前倾，西装裤勒出几道深深凹陷的痕迹。

纪零抚了抚新的褶皱，平复一下焦虑的思绪，但很快又陷入了新的不安中。

叶殊觉得奇怪，侧头望去，问他：“纪先生？你在害怕？”

“没有。”纪零脱口而出，沉默了一瞬后，他又解释，“你要去见其他男人，而且是正好沉溺于丧妻之痛，急需女性关怀的男人。我不敢想他会对你产生什么异样的情绪，毕竟不是只有我一个人能看到你的好。何况，根据数据显示，现在女性婚内出轨的概率比男性还高，我们没有领证，没有证，我就没有保障。最重要的一点是，我还没有和你发生关系，这让我更加感到不安了。”

他絮絮叨叨一大堆，险些把叶殊绕晕了。从男人语无伦次的解释中，她大概了解到了：这厮就是胆小，怕自己魅力不够而被她甩了。

叶殊叹一口气，目光落到男人的身上……该怎么解释呢？其实她才是最该担忧的那一个人。纪零的五官好看，面相也是清秀的那款，别说他的高学历了，就光是这颜值，喜欢他的女人数不胜数。

“我不会随便出轨的。”叶殊只能这样安慰他。

“不会随便？那么不随便，就会出轨吗？”

叶殊头疼欲裂，这厮三天不打就上房揭瓦？破事儿怎么这么多？

她恶狠狠道：“再多嘴一句，今晚就自己睡！”

“不多嘴就能和你一起睡？”纪零意识到这种事情绝对不能话多，急忙接了下半句，“那我不说了，今晚一起睡。”

“……”叶殊一时语塞。

他们特地去许穆公司找他，却被告知，许穆因为丧妻之痛，请了两天假，现在正在家里休息。

于是几番辗转，叶殊等人终于抵达了许家。

按了门铃，用人的反应很快，像是提前就有所准备，很快就开了门。她将头探出来，笑脸相迎：“是叶警官吧？快请进，我家先生已经从沈夫人那里得知了情况，在里头等着你们呢。”

进了门，叶殊打量了一下被暖黄灯光映出光泽的玻璃圆桌，上面放着一杯冒着热气的温水以及一袋安眠药，药盒上写着药名、每日用量还有主治医师的名字。应该是事先吃了药，然后上楼睡觉了。

她问用人：“许先生最近在吃安眠药？”

用人瞥了一眼，解释：“自从沈小姐失踪以后，许先生整夜睡不着，就去医院开了药助眠。”

“原来是这样。”叶殊笑了笑，忽地轻抖了一下，她望向左侧的空调，上面吹热风的盖子是闭拢的，并没有供暖，“这种天气不开暖气吗？”

话音刚落，叶殊又觉得自己太过多嘴了。去别人家问有关死者的情况就好了，偏偏连空调怎么没运作都要插嘴问一句。

“最近供暖装置和空调一并坏了，还没人来修。许先生平时工作很忙，不常回家，所以就没顾上检查这些设备。”

“许先生平时不回家吗？”

用人迟疑了一会儿，说：“一个月可能回来一两天，最近因为沈小姐失踪的事，可能是他心情郁闷，所以整日待家里，不爱出门。唉，这可怎么办……偏偏这时候出了事。”

用人还想要再说，楼上却有脚步声传来，急忙闭了嘴。不谈论主人家的事情，这是家政工作人员心照不宣的规则。

许是沈颜的死让许穆很伤神，他的气色不好，眼下都是水肿微鼓的青灰色眼袋。他勉力笑了笑，坐到沙发上，对叶殊客气道：“你好，叶警官。有什么想了解的，都可以问我。”

叶殊也不爱搞商业场上你来我往的寒暄客套，直接切入正题，问他：“请问一月二十六日下午三点，许先生在哪里？”

这是沈颜失踪的时间。

“我在雅虎娱乐会所和几个朋友见面，那里的人都可以帮我作证。”

“好的。”叶殊把会所名字记下，之后还要逐一去核实，这是她的调查工作之一。

“还有其他想问的吗？”

叶殊迟疑了一会儿，善意地笑了笑：“如果可以，许先生就和我说说沈小姐的事情？她在失踪之前有没有什么异样，有没有其他比较亲近的朋友之类的。毕竟很多事情，女孩子更喜欢和闺密倾诉，而不是未婚夫。”

许穆摇了摇头，说：“颜颜性格内向，没什么朋友。这段时间我一心在忙工作，忽略了她，如果我能早点去看看她，或许也不会……”

他无比自责，声线也逐渐颤抖，像是要哭，可男性尊严摆在那里，不允许他向悲伤低头。

叶殊也知道这种情况不适合再谈下去了，何况许穆一无所知，再问也是这样。

她将圆珠笔插回笔记本的封面上，起身，和许穆道别：“那下次有其他情况，我再来询问许先生。如果你想起了其他的事情，再小的事情都行，也请一定要联系我。”

“好，叶警官慢走。”他依旧低着头，隔了两秒，隐约能见到一滴水落在白瓷砖铺就的地面上，砸出一轮水泽。

出了门，叶殊回忆起许穆放在圆桌上的安眠药——客厅没有暖气，这么冷的天，要吃药不应该是在屋里比较方便？特地下楼吃了药再上楼，会不会多此一举？而且才七点，这么早吃药睡觉？虽然也有一夜未睡，正想休息却被叶殊撞上的可能。

当然，也许许穆本身性格偏执，有强迫症，就是喜欢在楼下吃药，也没有人能说三道四。

何况，他的伤心也不像是假装的。

出门时，天已经完全暗了。街巷的尽头灯火阑珊，行人稀少。

早过了工作的时间，但叶殊还是想去核实一下许穆的不在场证明。所以，她和纪零去了雅虎娱乐会所。

雅虎娱乐会所位于新桥大楼的第二层，底下是著名的岐山宾馆，别说那地段的房价，就是租房一个月都要二十来万，还得靠关系人脉才能在那里做生意。

叶殊等人不会去这种地方花销，反正吃东西唱歌之类的，去哪里都一样。

她带着证件进门，很快就有人把她领到了茶水间。毕竟人家也是要做生意的，便衣警察来来去去总归不好，要给他们留点情面。

等负责的经理过来了，叶殊讲述了一下来意，随即问道：“一月二十六日下午三点左右，许先生在你这里吗？”

“在的，那天下午许先生一直和他的朋友待在店里，还有监控拍下了他进店的画面，我联系一下保安，调来给你们看。”

叶殊点头，她不相信任何人，必须眼见为实。

等监控视频里真的出现了许穆进店和其他人寒暄的画面，叶殊这才信了经理的话。

许穆确实进店以后就没出来过，那天下午，他的确是待在雅虎娱乐会所的。也就是说，他的不在场证明是真实而有效的。

叶殊问：“那店里还有其他出口吗？”

“出口？”

“除了正门、紧急出口之类的。”

“有一个后门，不过那里一直有其他人在处理后勤工作，如果许先生出去过，肯定会有人知道的。我刚才都问了，没有客人从那里出去过。”

“你说的话都是真的吗？”叶殊也觉得自己这一问显得可笑，真正要说谎的人，怎么会被她的话所震慑，而改变主意。

“警官这说的是什么话？虽然许先生是大客户，但我们店是要长期发展下去的，做伪证，惹一身骚，我们没这个必要。”

他说的也对，而且拿一整个店的信誉做代价，为许穆打掩护，未免太不切实际了。

总之就目前的状况来看，有人证，许穆没什么问题。虽然钻牛角尖去调查的话，他的不在场证明可能存在漏洞，但这仍然算是一份能站得住脚的证据。

如果叶殊真要怀疑和沈颜有亲密关系的许穆，就必须有确凿的证据去推翻这一切，甚至是找到杀人动机，否则的话，她没有理由坚持自己独特的第六感，死揪着许穆不放。

“好的，那打扰了。”叶殊礼貌地微笑，随即离开了会所。

叶殊是负责调查死者社会关系这一块的，对于凶手的特征刻画以及现场证据的收录工作，则交由秦让着手处理。

所以现在的谜是哪些？

凶手为何饱含爱意地冰封死者？

他不怕自己被逮捕，把尸体堂而皇之摆在寺庙内的目的究竟是什么？

那些和沈颜相关的人都有不在场的证明，偏偏在同一时间，全世界的人都摒弃了她……调查的讯息与死因之间没有半点联系，也没有任何突破口。

叶殊被困在黑漆漆、伸手不见五指的幽深隧道之内，黑洞尽头，是迷雾一般的秘密。前方没有灯光，绝对的黑暗击溃人的耐心……即使还差几步就走到光明处，可眼下的绝望已经使人丧失了行动能力，就此放弃了。

就在这时，秦让突然开车出现。他心急火燎地捧着笔记本赶来，对叶殊喊：“叶姐，你来看个东西。”

叶殊戴上一次性塑胶手套，小心翼翼捧着笔记本电脑——死者的物件，小心行事，也是为了不破坏任何不被人留意的证据。

她点开了页面，上面的聊天软件登录框一下子跃入眼帘，一共两个账号，一个可以自动登录，有保存密码；另一个只余下账号，密码栏是空的。

叶殊尝试添加了那个无名账号，显示不允许任何人加好友。

这么谨慎吗？

有两种可能：一种是这样的情况只是一个巧合，另一种是空着密码栏的号是死者小号，为了防止被人肆意登录，所以采取了最为保险的不保存登录密码。

叶殊抿唇，问："有办法获取这个号的密码吗？"

"我找找看我信息技术行业的朋友，或许能搞到密码，总会有蛛丝马迹的，"秦让联系了一下相关人士，一边接着电话一边对叶殊摇摇头，"密码没办法得知，不过通过查询软件，可以知道她号里都有什么人。"

"这也行，把账号记下来，我一个个加。"

"就一个账号。"

"什么？"叶殊觉得这事情不简单。

"我朋友说，她这号上就加了一个人，唯一一个。"

"是她的未婚夫许穆吗？"

秦让又咨询了一会儿，遗憾摇头："不是，这个人的账号，在死者其他的聊天软件里从来没有出现过。她像是特意申请了一个号，就为了藏好这个人。"

所以，还有一个幕后的人吗？他会是凶手吗？

叶殊总有种莫名的感觉——沈颜像是将谁小心翼翼藏到了柜子里，带着万分的欣喜与珍爱，把那个人捂得严严实实的。

是出于憎恨吗？受人长期威胁？还是因为喜爱？

是个女人吗？至亲好友？可这么神秘显得特别奇怪……

那么是个男人吗？爱人？可她的爱人不是许穆吗？青梅竹马，感情应该很深厚？

或者她爱的是别人？就是这个软弱到要被沈颜保护在暗处的懦夫？不知为何，叶殊对这个人嗤之以鼻。

不管是不是凶手，这个人和沈颜的死肯定脱不了干系。

叶殊加了号，静静等待对方的回复。

她想和他谈一谈，不论对方是谁，她都满怀好奇。

时间就这样一分一秒流逝了，不等任何人。

每隔三十秒，叶殊就会上线看一下有没有好友添加提示。她隐隐觉得那个男人必会有所回应，因为他还有至关重要的事情没有做，这一点能从寺庙抛尸的行为中看出——他很谨慎，并不粗枝大叶，但他有目的，怀有异样的野心，正暗暗筹谋，伺机而动。

像一头藏在浓黑夜幕里的豹子，舔着因长期未捕猎而发钝的爪与牙，蠢蠢欲动。

叶殊总有种不太好的预感——她原本是想把注意力放在沈颜最亲近的人身上，从未婚夫许穆那里找出突破点，好坏都罢。但现在，事情似乎没有她所想的那么简单，因为还有另外一个人存在，而种种怪异线索都指向了他……这个人，究竟是谁呢？

“叮咚。”有提示音传来。

叶殊几乎是在瞬间就点进了聊天窗，她的心跳隆隆作响，面对那个陌生账号时，脸颊不断充血升温——好似她一探手，就能触碰到那个被沈颜紧锁住的箱子了。那个漏出一线缝隙，溢出光的箱子。她能窥视里面的秘密，得知些什么……要快，否则来不及了。

叶殊敲下一行字，点击发送：“你好，你认识沈颜对吗？别拉黑我，也别回避我，可以吗？”

她不敢暴露自己警察的身份，尽管对方也能猜到。不知出于什么原因，叶殊对这种仅仅用网络联系的虚拟关系很没有安全感——这种感觉似缠绵的蛛网，在雨水的浸透下，泛着白光，可实际上这一层关系格外脆弱，随便落下一颗石子就能尽数捶破。

叶殊也怕那个人会被她这一颗“石子”击碎，随后逃之夭夭。所以她百般思索之下，选择了迂回的手段。尽量压低语气，小心翼翼接近他。

五分钟过后，对方有了回应，是一个空格。

这代表他没有逃跑，他还在。

叶殊松了一口气，问：“你是谁？”

“我不会告诉你的，但我需要你的帮助。”

“帮助？”在她还没确认他究竟是不是凶手的前提下，还能帮助这样一个陌生人吗?

“我会再联系你的，不用查IP，我有设置掩码，而且随时会变更地方。与其做无用功，还不如好好办案。”

他的话模棱两可，像是在叮嘱叶殊好好破案，又似在一本正经地嘲讽她的无能。

就在她要追问时，那个资料上显示为男性的人的头像已经变成灰色了。

他下线了，得守着他。

沈颜的死因已经被查明了，是被人用手掐死的，脖颈上有她自己的抓痕，以及被旁人奋力勒住时，挤破血管，在皮层内部留下的零星瘀血，现已变成了青黑色，与失去血色且硬化的尸体颜色格格不入。

据说，沈颜的指甲缝隙里也有残存的皮肉组织，提取过一些拿来检验DNA，却是沈颜自己的。

那么，也就是说凶手当时极有可能戴着手套，所以没有被抓伤，留下印记。

他是有备而来的。

凶手在掐死沈颜时，她奋力挣扎，想要撬开那一双铁钳一般的坚固手掌，却毫无办法，只能把自己的脖子抓得血肉模糊。

至关重要的一点是，法医通过检验得出，沈颜应该是死后约莫一两天才被冰封的，这一点从尸斑构造可以看出。虽然现在做出的推论都不算精确，只能说个大概。

这样一来，矛盾点就出现了——凶手如果知道戴上手套来行凶，又怎么会让尸体在家摆放了一两天才冰封起来呢？应该是在此之前就部署好了一切，准备好了大型制冰机，杀人以后迅速冰冻尸体。何况他爱慕沈颜，就该第一时间将她冰冻起来，维持尸身的新鲜度。

一面看起来，凶手格外谨慎；另一面看起来，他又慌里慌张，全然没有准备。真是矛盾得要命!

叶殊寄希望于监控录像，却发现沈颜失踪那天，她家附近路段的摄像头都没有拍到任何怪异的人与事。再一想也是，如果第一时间把尸体搬上车，再驱车离开，路上稍微注意一点监控，就不至于暴露行踪。何况把尸体放入后备厢，也没人会发现端倪。

但从另外一方面，也能得出结论：凶手必定熟知沈颜家的情况，甚至与她有私交，事先约出门，刻意避开摄像头也未可知。

是有什么叶殊不知道的秘密吗？

谁都不能放过，在没揭开真相之前！

叶殊想得头疼，太阳穴像是有针在扎，鼓鼓胀胀的，乱麻一团的思绪似乎要从脑子里挤出来。

这时，纪零凑到她的身旁，携来一缕淡淡的草木味，香味沁入她的心脾，使得叶殊逐渐冷静下来。

“已经是下班时间，该去吃点东西了。我明天还要拆线，叶殊，你会陪我吗？”纪零压低声线，原本就喑哑不成调的声音，现下被压制得更弱，似凉风拂面而过，留下细若无物的模糊印象。

叶殊闹不清楚他怎么突然提起这一茬，但视线下移，落到男人白皙的脖颈上——那一处还戴着软垫颈圈，里面被纱布包裹的痕迹若隐若现，能轻易想象出里头狰狞的伤口。

是她害他变成这样的，明天不过是陪拆线，理应如此。

“明天我会陪你去的。”叶殊郑重许下了承诺。

纪零微微一笑，露出一丝愉悦的神情。片刻，他开口，继续道：“那我能再过分一点，提一些其他的要求吗？”

许是泛滥成灾的愧疚感作祟，叶殊明明该揍他一顿，却没有拒绝，用眼神示意他继续往下说。

“不只陪我拆线，还能陪我其他事情吗？”

“譬如？”

“陪我吃饭，陪我睡觉，陪我做一切事情。”

叶殊挑眉：“这些好像我都做过。”

“还不够，”纪零忽地逼近了半步，微微俯身，炙热的鼻息就牵缠在她的耳郭之上，缭绕几圈，徐徐烫到了脸颊，烧红一片。他半眯起眼睛，意犹未尽一般，舌尖卷着愉悦的余音，补充，“我还想要更多更多，所有和你有关的事情，我都想要。”

“在外面不要说多余的话！”

叶殊愣了一会儿，垂眸，视线下移，避开他的目光，也借以掩饰自己那一瞬间的手足无措。

“那我们回家……慢慢说。”纪零并未被叶殊这一刻的疏远所震慑，而是卷土重来，依旧暧昧不清地咬字，舌尖抵在上颚上，利落爽快地说出一个个单字，撞击着人的耳膜。

算了，她服输。

看一眼手表，的确时间不早了。叶殊提出告辞，和秦让分道扬镳，明天再继续调查工作。虽然时间紧迫，但人是铁饭是钢，她一顿不吃，把自己给饿倒下了，还怎么缉凶?

叶殊从来都不是那种拎不清的人，她知道怎么把价值利用到最大化。

隔天，叶殊还是陪纪零去拆线了。

不能打麻醉，因为伤处比较敏感。

这个男人怕疼，在叶殊面前又不想暴露自己的短板，抿唇强忍着。等线全部拆完，又上了药，纪零的鬓角已经汗涔涔，湿了一片，肤色惨白。

叶殊本来没什么同情心，却又实在受不了纪零这种强忍伤痛的隐忍模样，无所适从地说：“还疼？”

纪零愣了一会儿，摇摇头。虽是否认，却给人一种欲语还休的错觉。

不喜欢把伤处暴露给别人，自舔伤口。瞧着，更可怜了……

“回家吧，今天让你在家休息，别跟任务了。”叶殊没有照顾人的经验，说过最甜的话也就是催人多休息，多喝热水。想当初，她受伤的时候，也就是和队里告假几天，包扎了伤处，喝了热水，足足睡上一整天，隔天就起身继续进行调查工作，半点都不得闲。

可纪零不领她的情，摇摇头当下拒绝：“我不会留给你任何能跟秦先生双宿双飞的机会。”

“我没想和他双宿双飞，也不会和他在一起。”

“男人最懂男人，你都不知道，你平时的一举一动有多诱惑。”纪零说得颇为认真，要不是叶殊有自知之明，她差点就信了。

“诱惑？”算了，她想什么呢？还真把纪零的话当真啊？

“会让我产生冲动，这还不算诱惑吗？”

这次轮到叶殊哑口无言了，她愣了半天，支支吾吾，憋不出一句完整的话。

该死，这人有毒啊！

仅仅是几句话，就把她堵死在角落里，像乌龟被石头压住了龟背，动作迟缓，翻都翻不了身。

“总而言之，你别想什么有的没的，好好在家休息！”她停顿了一会儿，迎上男人不满的目光，咬牙切齿命令，“身体就是本钱，养好了再说。”

“你是在关心我吗？怕我有什么差池，你就老无所依了？”

“是是是。”叶殊知道，不给他一点糖吃，这个男人是不会罢休的！

“那好，我都听你的。”纪零微微一笑，原本就精致的五官，被那一笑点缀，可谓是盛世美颜。

不行，不能总是被美色所惑。

叶殊把他送回家以后，一个人出门调查了。

再回到家，已经是晚上八点的事情。屋内寂静无声，半个人影都看不到。

走上楼，只见纪零的房门虚掩。

叶殊对门缝这种事物，带有一种难言的畏惧感。那道缝隙之内，有光有影，本就隐藏着秘密，所以才会虚掩着门，令她捉摸不透。

纪零在里面？他在做什么？

叶殊推开了一线门，漏出一道斜光——男人身着黑色西服，爽利的短发抹了发胶，不干硬，不湿润，抿在鬓边，一丝不乱。他侧坐在最里头的桌上，上面铺就了一层白色桌布。一盏铜灯燃起了幽幽红火，一线烟雾袅袅上升，将他又长又翘的睫毛晕染，明明灭灭，光影幢幢。

纪零白皙纤长的五指被包裹进软薄的一次性乳胶手套内，屈指时，透着紧绷的橡胶外壳，还能看到线条分明的指节。

最吸引叶殊视线的是那柄染了鲜红血迹的高频电刀，即为手术刀。纪零正用它切割着皮肉组织，以十二分的虔诚与小心翼翼。他的瞳孔随火随血变换颜色，似午夜里嗜血的吸血鬼教授。

怪人。一时间，叶殊竟有些胆怯，不敢朝前一步。

他突然这样是做什么？

叶殊不免想到这个男人起初说要将她收藏进柜子的荒诞想法，那时候觉得是一时玩笑，这会儿看起来又颇有些认真的意味。

特别是纪零对凶手冰冻尸体那一番别具一格的见解，他说他了解凶手，那么代表着他们是同一类人吗？

会把深爱之物精心拆卸，再装到自己可以永久储存的地方，细心安放。就好像小孩有了喜欢吃的甜点，总会忍不住迫不及待把它装到肚子里，只有那里才是最安全的地方。

瞎想什么呢？

叶殊也觉得自己莫名其妙了，可能是最近受案件的影响，对异于常人的纪零又有了一丝难言的诡谲遐想。

不信任他，绝非好事。

她搞出一点动静，撞开门，问："你在做什么呢？"

"咣当"一声，手术刀掉落在地，还有一些细微的电流声。

受到惊吓的纪零将开关按下，做贼心虚地站起来，挡住身后那一块血腥的场景。

如果不是叶殊确信纪零是个人类，她都要认为这是月夜化狼的野兽正暗地里觅食，将那些弱小的动物活剥生吃。

纪零知道自己做错事了，垂下眼睫，抿出一线薄唇，一声不吭。他的脸侧还有一丝血痕，干涸了，泛着黑铁色。

"你在做什么？"叶殊眯起眼睛，问他，"我们之间没有秘密，你如果隐瞒我，就说明你想破坏我们之间的恋爱关系……"

"恋爱？"纪零眼睛一亮，迅速抬起头，兴奋溢于言表，"我们是恋爱关系？"

"重点不是这个！"叶殊头疼地揉额，低头叹一口气，瞥见左下角有一个塑料纸盒，上面还贴着一张染血的保鲜膜。

几乎是在一瞬间，她反应过来，惊愕地问："你把我买来炖补汤的兔子给剖了？"

"我只是想帮你……"

“兔子在包装进保鲜盒之前，已经被解剖过了，只要洗一洗，切块就能煮了，不需要二次解剖。”

“我不是指这个……”纪零欲言又止。

“纪先生，你究竟在做什么？”

“你在为案子烦心，所以我想演绎一下——如果我有一具‘尸体’，我深爱它，会怎么保存它。”

叶殊深吸一口气，问：“那你得出什么结论了吗？”

“我后来想了想，我应该是在尸身腐烂之前把它的皮剥下来，再将躯体制成蜡像，这样就可以永久保留这具尸体。而冰冻尸体则是下下策，因为会有意外事件发生，譬如制冰机被关闭，冰块融化，人体内的细胞会被破坏……之后的事情可想而知。而制造冰块的复杂程度并不亚于蜡像，为什么他要退而求其次，煞费苦心冰冻尸体？那么，结论只有一个，他并不想和‘蜡像美人’一起永生，而是想像天明化作泡影的人鱼一样，享受短暂的欢愉。这也是他为什么要冰冻尸体，又还要抛尸，等待警方发现的原因。他给自己拟定了一个‘享受尸体’的期限，在这期间，他要干一番大事，而事成之后，他不畏惧逮捕，也不畏惧死亡，甚至可以和冰美人一起消失在这个世界上。”

“你这样说，确实很有道理，那么我们得快点在他拟定的期限内找到他了。”叶殊顿了顿，又反应过来，“等等，你是指，你还在兔子肉上抹了蜡？天哪，那我们今晚吃什么？”

“就一点点……”纪零越说越小声，之前沉溺其中，无法自拔，现在才意识到自己的举止太过于怪异。

“算了。”叶殊勒令这个男人，“去洗洗，出去找秦让吃火锅，晚上还有事做。”

纪零颇为后悔：“你的意思是，如果我不处理这只兔子，还有可能和你单独进餐？”

叶殊给予他致命一击，恶声恶气道：“没错，纪先生，可你错失良机了。”

这一次，纪零吃够了教训，没敢再整什么幺蛾子。

他换了一身浅灰色的羽绒服，从微开的拉链口可以看出里头如白鸽展翅般洁白的衬衫领口。一改之前邪魅的黑衣人扮相，恢复了邻家乖乖男的青葱打扮。

这就识相了。

叶殊唇角一勾，抿出三分笑意——纪零这人说简单也简单，和白纸一样，需要你填笔添画，方可展现出璀璨锋芒；说复杂也复杂，正因为心思浅淡，导致别人无从下手，猜错了道，也就输了。武侠小说里可不就怕这种人，看似愚钝，却是后起之秀，无招却胜有招。也正因为纪零是这样不按照常理出牌的人，才能侥幸将她拿下，闯入她的心中……

如果纪零一开始就手段高超，叶殊也许不吃他那套，只会见招拆招，不予理会。可偏偏他是这样的人，偏偏又和她的软肋完美契合，正好捏住了七寸。

这都是命，果然每个人都有自己的缘法。她这就算是栽在他的手上了。

“你在想什么？”纪零侧头，窗外发白的光照入他的瞳孔，将原本就灿若桃花的脸映亮。叶殊的脸红了一片。

他在看她，那一眼能看到心里去。

叶殊感受到了，本能地避开，望向左侧车窗外的风景，回答：“没什么。”

几秒后，纪零又支支吾吾，问道：“我之前做的事情，给你留下坏印象了？”

“你是说哪件事？”

“我动了你的兔子肉，把房间也搞得一团糟。我听说过，女孩子是喜欢整洁的，也不喜欢别人破坏她们精心装扮过的房间格局。”

他这话越说越委屈，越说越弱，余音拖长。

“我不是一般女孩子，所以你不用担心。只要你清理干净了，这事就算揭过。”

“你会和从前一样喜欢我？”

“……”他这话，恕她无能，实在是不知道该怎么接。

“会吗？”纪零刚燃起的自信心又熄灭了，哑了声音，似没气儿的打火机，尽管奋力摩擦着开关，也烧不起丝毫火星儿。

“会。”叶殊“宠”他也真是够过分了，什么都说好，没半点原则。

纪零抿出一个浅笑，淡淡的暖意直撩到叶殊心底，隔雾探花似的，不敢惊扰，怕风一吹就碎。

今天和秦让的会面还是没什么结果，他们按捺住心神，寄希望于那个神秘男人的出现，对他们发送急需帮忙的“调兵遣将”的派令。

好消息是，业内的人去查了，查出IP掩码的来源是岐山区的一个网吧内。这代表着神秘男人就在身边，很近，也观察着警方的一举一动。说明他真的和沈颜脱不了干系，很可能就是凶手。

权且按照纪零所说的“最后期限”行动吧，不出三五天，必有结果。

因为凶手的时间也不多了，是他给自己上了生命之钟的发条，哒哒运转着。

一天下来，叶殊筋疲力尽。

她躺倒在床上，开着门，漏出一线光，外头昏昏暗暗，远远听到喷头里的水流砸地的噼里啪啦声，恍若隔世。

这是纪零在洗澡，她还懒得动弹。

想要睡，转瞬之间，又想起了从前的事情，已经隔了好远好远了。

虽然已经置身在工作里，但上头对她的调查还没结束。问不出什么结果，却非常在意她的心因性失忆。

忘了什么吗？只是一些无伤大雅的事情，是她把那段回忆夸张化了？

如果真的是什么至关重要的事情，又为何没人来阻挠她，或是提醒她呢？

虚掩的门，4502。

叶殊无法忘怀，因为这是她的过失。

“吱——”许是太累，她出现了耳鸣，声音刺穿了大脑皮层，在那狭隘的空层里来回播放。

叶殊头疼，窒息一般心如擂鼓。她深吸一口气，爬起来翻抽屉，里面有心理医生开的药物，为了治疗她由生理病态引起的心理疾病。

“咣当”一声，小小的药瓶落地，滚出了一段弧线，药丸全数散出。

叶殊气喘吁吁，口不能言。一闭眼，脑子里都是记忆碎片，抓不住关键，任何画面都直戳她的心脏，愧疚与苦楚尽数翻出。

有声音传来，断断续续——

“别杀，警惕着。杀了这条狗，还会有下一条，不如拿捏个熟悉的。”

“你熟悉她？”这个她是谁?

“能接触到，多的不说。她嘴严，但我明白她性子，多少能猜出一点。再换人，换个性子烈的，锯口葫芦一样，就不成了。”

“按照你的说法，要收网了，我们先逃？”

“你当他们傻啊？鹰一样，得死个把人呢！全逃了，不嗅到猫腻才怪！你要逃，也得留个壁虎尾巴，给他们尝尝甜头。”

“成，都听你的。”

“咯噔”一声，声音很近，好像是叶殊不注意踩到了什么。

里面的人警铃大作，厉声喊：“有人！”

画面一闪，叶殊拔腿就跑，两侧都是呼啸的山风，灌入空荡荡的车厢。

与此同时，她仓皇发出了行动时所用的红色警令。

没等到她和警方说出窃听内容的真相，她的车就被后头的枪林弹雨射中，爆了胎，坠下山崖。

千钧一发之际，她倒是知晓跳窗逃生了，可这一切也就在此骤然而止。

原以为自己会死，却没死。

这一次，是她涅槃重生，回来颠覆这看似尘埃落定的平静世界的。

叶殊还不敢确定，她迅速整理了一下脑海中新出现的画面，得出结论：交谈的两个人，一个是她潜伏的贩毒集团的内部人，一个是潜伏在她身边通风报信的人，所以能接触到她，换取这些信息。

可究竟是谁呢？她当卧底的事情从未说出口过，更不敢牵扯上任何熟知的人。

所以，是她在卧底期间接触过的人?

如果她这段回忆真实有效，必然会引起轩然大波。

那么，这些人为何不杀人灭口？不怕她捅出去吗?

唯一的可能就是，这些人还潜伏在她的身边，就为了盯住她的一举一动，如果想起了什么，行为怪异，就杀人灭口；如果没有想起，那最好，他们也不想打草惊蛇，减少了留下蛛丝马迹的可能性。

最后一个疑问，就是那串号码了——4502。

该怎么办?

叶殊此刻不信任何人，也不敢立马将这段琐碎的记忆和盘托出，报告警方。

她要沉下心再潜伏一段时间，说不准会让这些夜里的饿狼，从那片深黑的森林帷幕里逃出。

再等一等吧，总有耐不住性子的那一天，只是时机未到。

隔了一会儿，纪零洗完澡出来了，很自然地在她床上摸出一角，蹑手蹑脚躺了进去。

他是猫，熟悉了主人就爱蜷曲在她身边入睡，半点都不能离人；又是狗，熟知了主人的味道，不用她说，都是循味而来，紧跟身后。

叶殊装不了睡，侧身，和纪零面对面，问：“洗好了？”

“嗯，你去洗？”

“等一下就去。”她只是想找个人倾诉，却不会说出自己的秘密，守口如瓶是她的职业操守，对谁都不能坏了规矩，即便对方是纪零。

“你在想什么？”

“你怎么总这样问？”叶殊觉得自己被看穿了，总是暴露内心所思所想，“你是怎么看出来的？”

“眼睛。”

“眼睛？”

“还有你身上的气味。”

“你说看眼睛，我不信，说气味，我却是相信的。”

纪零蹭了蹭枕头，高度适宜，神经松懈了，说话音量也轻了许多：“你的眼睛比月亮好看。”

“是情话吗？”

“不是。”

“那是什么？”

“是事实。”纪零的气息近了，炙热的风吹到她的脸上来，痒痒的。

呸，这还不是情话，当她傻啊?

叶殊失笑。

“我很少说这种话……”纪零欲言又止。

“嗯?”她闭上眼睛，惬意地反问。这个男人有一种魔力，和他在一起，就像闻了安神的香，水润的精油被蜡烛烧出白灰色的烟，一点点将沁人心脾的香味透进四肢百骸里，充斥全身，随心又肆意。

“只有和你在一起的时候，才想说。”

“嗯。”叶殊困顿了，眯起眼睛，心不在焉地应了一声。

“叶殊……”纪零一点点凑近，冰冷的鼻尖抵在她的额上，“我爱你。”

“嗯。嗯?”叶殊还想再问，纪零那边却迟迟没声音了，再睁眼望去，这个男人已经睡着了，他的脸被窗外又大又圆的月亮照得发白，像披了一层薄纱，隐隐生辉，笼罩在这一层月光所制的帘帐之内。

他在她身边睡得无比安心，仿佛有她在，就万事无忧。

叶殊守株待兔了几天，原本快要寂灭的希望又再次燃了起来，神秘男人来信了——“你听说过绝望吗”?

绝望?会让人畏惧死亡的那种意愿吗?

他是在暗示什么吗?要再杀人?让人经历绝望?还是其他的意思?

叶殊不知道该怎么回答。

神秘男人的这一句话问得莫名其妙，又暗藏杀机，让她不得不谨慎。生怕说错了什么，就会激发出他的兽性，招惹事端。

她的食指在键盘上戳了两下，逐一删除，纠结了好久，才回话：“为什么这样问?”

等了很久，神秘男才慢条斯理回信，苍白色背景的聊天窗口又浮现出几行触目惊心的小字：“我要杀死一个人，可我不想让TA心怀希望死去。怎么说呢?我有好多故事想告诉你。就这么说吧，一个杀人犯，他死不认罪，最终证据确凿被判刑，你觉得他是罪有应得吗?”

“当然!”叶殊没有半点犹豫不决。

“可他没有意识到自己杀人是做错了，毫无悔改之心，更无后悔之意，充满对这个世界的恨，也不眷恋世间种种，这样的人心甘情愿赴死，那么死刑对他来说，究竟是惩罚还是救赎？”

叶殊舔了舔下唇，他说的话立意太深刻，无法回答。

顿了顿，神秘男人又用轻快的语调问：“如果是你，你会怎么做？”

“我什么都不会做，既然法律这样制裁他，那我们就遵循法律的判决方式。”

“那你猜，我会怎么做？”他故弄玄虚地问，倒是把叶殊给难倒了。

“我猜不到。”

“我会循循善诱，解读世间的美好。告诉他生存下来的所有美好生活，以及开解他内心所有的阴郁。”

“走进……杀人犯的内心世界？”

“没错。”叶殊仿佛都听到神秘男人嘲讽意味十足的低笑，此起彼伏，环绕在她的四周。

“我不太明白。”叶殊实话实说。

“你先别急，我还没说完。刚才聊到了杀人犯的内心，对吗？只有在他开始惧怕死亡、渴求生存的机会时，再实施死刑，这才是罪罚相抵，两不相欠，即为绝望。”

“你的意思是……”叶殊隐约懂了他要做什么。如遭雷击，浑身上下浮起一身汗，鸡皮疙瘩犹如沼泽腐泡，皆数泛起。

这厮必有大事要做，他要杀人，以自己的手段制裁对方，又是一个反社会型人格的男人。不相信警察，也不会暴露行踪。

怎么办？他要对付谁？口口声声说的“TA”究竟是谁，是男是女。

“现在懂了吗？如果警察不了解罪犯的法则，那么他们永远都没有资格当真正的审判者。只有我可以，我用温驯谦卑的态度接近TA，温文尔雅的气质虏获TA，蛊惑了TA的心以后，再亲手将TA推入地狱。这是我的处刑宣言，我即将……行刑。”

叶殊之前被震撼的情绪并没有平复，而是引发了一阵盖过一阵的触电感，如坐针毡。

她强忍住不适，颤声，继续问：“那么，你告诉我这些是为了什么？你不怕打草惊蛇吗？不怕我想方设法逮捕你吗？”

“你这么聪明，你应该懂的。”

“你想利用我？”

“不，这是帮助。”发完这句短句，聊天窗口又反复出现了“正在输入中”的字眼，两分钟后，浮现出几行字，“你这么聪明，应该什么都懂的。我把计划告诉你，你必有行动。那个人如果怕我，自会提防，让警方代替我去给TA敲警钟岂不是更好？你们的作用，就是引起TA的恐慌，知道自己有性命之忧。”

“他之前害过你吗？如果有证据，其实你可以告诉我们，我们会帮你走法律程序的。”

“看来你还不懂什么是绝望。”

“绝望？”

“如果由你们去逮捕，那么TA所受到的刑罚就和犯下的罪孽不对等了。你们无法处理好这件事，那种彻骨伤痛，只有我了解，所以，也只有我有资格审判TA。”

话音刚落，男人的头像就变灰了。

叶殊问：“有办法知道他的位置吗？”

秦让沉吟一声：“有些难办，想知道IP具体位置，得向上级申请协助，让他们联系接入商，获取用户的保密资料。”

“再难也得去办，速度。”

“行。”

秦让赶紧请示上层，联系技术人员，调查男人，希望在茫茫人海中找寻他的踪迹。

夜还是一如既往的凉，每当叶殊从充斥人气的楼里走入空荡荡的街道内，都有种无所适从的空虚感，四面八方的风穿过她额前发丝，卷走她四肢百骸仅剩的温度，无法抵御这样的严寒。

好冷，这样的天气，还会下雪吗？

如果要下雪，天气势必会回暖一段时间。

叶殊眯眼，望向天空。今夜的星都隐匿在厚重的云层内，蔚蓝色的帷幕，很高也很远。

纪零走得缓慢，像是个影子，隔了两秒才慢慢吞吞跟上来。

当他黑沉的影子覆盖上叶殊的身体，她这才惊觉，回头，看纪零：“饿了吗？要不先去吃饭？”

纪零摇摇头，他刚想说什么，只听得急促的警笛声由远至近传来，是从局里开出来的车。

叶殊眸光凛然，三步并两步追上去。没跑多远，像落下了重要的东西，回头一看，纪零果然还一动不动待在原地。他像是一尊雕塑，夜是最好最易上色的颜料，将他侧颜的虚实描绘清晰，冷然气质，表现得淋漓尽致。

与黑夜能完美糅合的男人，让人不忍心打扰。

“你要跟上来吗？”叶殊这样咬牙喊。

“你要去的话，我也会跟来，”纪零果真动了，走了两步，继续说，“你在哪儿，我就在哪儿。”

叶殊还没行动，秦让就气喘吁吁追上来，扶着膝盖，说：“幸好叶姐还在，我追了半天。死了一个女人，是一天前死的，和我们的案子有联系。”

“你怎么知道有联系？”

“她的尸体旁边有一张字条，上面写着——‘第一个人，由我来行刑’。”

啧。果然是神秘男人的口吻。

纸上说的是第一个人，那么，按照这个意思，还会有第二个人？

神秘男人和被冰冻的沈颜有关系，那么这位死者呢？和沈颜有没有什么关系？

杀一个人并不简单，要让人不察觉，更是难上加难。尸体隔了一天才被发现，究竟是被谁发现的？说明发现者和死者交往甚密，以至于隔天就来探望死者。

神秘男人和死者生前肯定是有联系的，不然又怎么会让尸体死在家中足足一整天而无人问津。

这里就理出了很多头绪：

第一，女人死前接触的人。

第二，发现者是谁？和女人是什么关系？他会不会是凶手，一天后来查探，然后贼喊捉贼报警？

第三，女人和沈颜有什么关系？她会是神秘男人说的那个要报复的人吗？这一点现在就可以马上排除掉，因为神秘男人说过，他需要警方帮助，先恐吓那个他要行刑的人。所以，女人可能和这个“TA”有必然联系，是个引子，还是个小喽啰。

由此可见，神秘男人必然是用“女人的尸体”来问路了，案件很快就明了起来。

“叶姐，你在想什么？”秦让问。

“没事，车上还有一个位置吗？带我过去。”

“要两个。”纪零补充。

绝不能让秦让和叶殊孤男寡女共处一车，万一暗生情愫，她的清白谁来负责？所以纪零的人，他要自己好好看着。

当然，叶殊并不知晓这个男人腹中九曲十八弯的歪心思。只觉得纪零经过这阵子耳濡目染的查案熏陶，终于有点入世的正义感了。

这很好，他终于在往“正常人”这一面靠近了。虽然目的是，为了讨她喜欢。

第四集

死者住的地方是远郊的一处复式小楼，旁边的房屋并不多。

夜深了，山峦间亮着影影绰绰的灯火，被乳白色的雾霭所覆盖，深深浅浅，如同萤火虫臀部饱满的暖光。

他们开了好一段时间才抵达目的地，一路警笛声不断，这是为了让来往的车辆惊觉，起警示作用，好方便让行。

下了车，法医和化验员也陆陆续续赶到了。

叶殊戴上手套以及鞋套入内，房屋周围一米的距离已经被红白相间的警示带隔开，避免凑热闹的闲杂人等靠近。

“是血的味道。”纪零嘀咕了一声，敏感地蹙起眉头。

明明隔得很远，他也能闻到那些糜烂的血腥味。这种味道与清新的草木味有所不同，正因为差别巨大，直击感官，才能在瞬间被纪零这个香水猎人所捕捉到。

纪零是生来就有这方面天赋的人，所以才能靠鼻子担任一个香水品牌的负责人。在香水行业，没有一点与生俱来的灵敏嗅觉，与多年从事化学研究行业的经验，就不配提创造。

“你闻到了？”叶殊轻声问了一句，“还有其他味道吗？譬如有什么陌生人的气息？”

“按照你这么说的话，这个地方的味道都很陌生。”纪零微微侧头，低迷的路灯光照下，他薄薄的唇瓣染过一线白，唇沟处的阴影很深，笼在黑暗里，有种莫名的神秘感。

“什么意思？”

“我去的每一个地方都是新的区域，按理说，都是陌生的，没什么熟悉的说法。可这些世俗的味道又是单一而乏味的，不会随着时间而变，千篇一律，和人为创造出的香味有巨大差别。”

“别卖关子，你就直接说你闻到什么好了。”

“哦。”纪零乖乖应了一声，叶殊指哪，他就去哪，乖巧得不像话。

他顿了顿，又补充：“现在想想，一般的香水味道也没那么特殊，都是可以通过嗅觉辨别出各种原料，千篇一律。”

“闭嘴，少给我纸上谈兵，好好做点实事！”叶殊被他搞得头都大了，特别是在这种紧急时刻，男人还一副风轻云淡的神态，半点都没意识到事情的严重性。

“我都听你的，你说怎么做，我就怎么做。”纪零附着叶殊的耳朵，炙热的鼻息抵着叶殊的耳郭，暧昧不清地补充。

整个人都要炸了。

叶殊也是没脾气了，她脸颊发烫，干咳一声避开了纪零的小动作，上前去给处理场证的化验员搭把手。

再走近两步，就能透过大敞开的门看到尸体了——果真是个女人，她躺在床上，领口透风，大敞开。衣裳凌乱，有死前遭受性暴力的迹象，脖子上有转青黑的瘀青痕迹，以及抓痕，能看出来是被人活活掐死的。没什么谋杀的规划痕迹，行事很潦草。

法医做出了初步结论：从尸斑和尸僵程度，以及伤口凝血的颜色来看，死亡时间大约在二十四小时之前，也就是一天前遇害。

至于死者指甲内有没有留下拥有凶手DNA的皮屑，或者是身上有没有凶手唾液、汗液，甚至是前列腺液之类，就要把尸体带回化验科再做尸检分析了。

一般奸杀案都能在一周内出结果也是这个原因，破绽太多，而天网恢恢疏而不漏，总会逮到一些把柄。

但是，那个神秘男人真的会这样做吗？

叶殊总觉得有矛盾点存在——在她的印象里，那个男人是谨慎而小心的，他怎么可能会做出奸杀之类的低级犯罪，满足自己的欲望。在保证能留下自己罪证的同时，又联系警方来调查呢？

就算他不怕被抓，可他的目的还没达到吧？

在没达到目的之前，这个男人又有什么必要自投罗网呢？

叶殊几乎是认定了法医肯定会有所收获，因为女人的尸体没有任何清洗处理过的痕迹。

“你是觉得这个男人没有你想象的那么厉害吗？”纪零问了一句颇为有趣的话。

她皱眉，对纪零道：“他这一次可谓是破绽颇多，和他平时严谨的样子大相径庭。你看，当女人被掐住无法呼吸时，她肯定会用手掐住凶手的手臂进行挣扎，那么就会在指甲里留下对方的皮屑；又或许，在交欢的过程中，神秘男人亲吻女人身体，会留下一定的体液。”

“或许，是你小瞧他了。”

“你的意思是？”

纪零似笑非笑，眼角微微上挑，淡淡说道：“有一句话说得好，故事没到最后，不要轻易下结论。”

“你觉得他还有后招？”

“感觉。”

“这个感觉的依据是？”

“我没在女人的尸体上，嗅到任何陌生人体液的味道。”

“这怎么可能？”叶殊不信他的话，在奸杀案里不留下个人分泌物，这简直是天方夜谭，不，甚至可以说，这根本就不能算是一桩奸杀案子了。

“别着急，之后会知道的。”纪零卖了个关子。

等尸体被送走了，叶殊继续接下来的调查工作。

她先是环顾整个家，观察有没有被清扫过的痕迹，结论是没有。

随后，她的目光落在了玄关处，那是唯一一双放在地面的高跟鞋，深红色的漆面，摆放较为凌乱，鞋跟朝门。其余鞋子都整整齐齐摆在鞋柜里，也就是说，死者当时的状态是神经松懈，并不是遭遇暴力行为被拖拽到屋内。

叶殊对着旁边负责记录的人员说道：“你们看这里，如果女人是在陌生人开门时就遭到了攻击，那鞋子必定会被踢得四散，而且门口会有许多杂乱的挣扎痕迹。但是玄关处很干净，就连鞋子都摆在门正中、不方便通行的位置，这就说明，凶手不是陌生人，也不是擅闯进屋。那么，就有这两种可能性了，一种是女人在家里，有熟人按门铃，被邀请进门。但这样一来，鞋子的位置既碍眼又不礼貌，我们平常会让鞋子的位置稍微偏角落一点，至少不会放在最中间；另一种是在女人同意的情况下，把陌生男人带进屋，心急时，随意脱鞋，所以鞋子的位置才会恰好摆在正中。”

“不过还有矛盾点，对吗？”纪零这一次的提问，带有低迷的笑意，玩味十足。

“对，这招引狼入室，让我摸不着头脑。明明是奸杀案，应该是强奸与反抗吧？可如果是女人自己带进屋的，她好像并没有要反抗的意思，甚至是服从这个指令。而她服从了，还被残忍杀害了，这一点让人摸不着头脑。”

“或许，女人的本意是交欢，可男人起了杀心呢？”

“如果目的就是杀害她，又为什么要性交呢？这不是多此一举吗？”

纪零默不作声，很显然，他也在思索这个问题。

“想不出来。”叶殊放弃了。

“想不出来也没关系，不用深思其中目的。只要知道，这一步对神秘男人来说很重要，重要到不惜暴露自己，也要进行这一步。”

“对。”叶殊茅塞顿开。

隔了一会儿，有法医人员将尸检报告发来。奇怪的是，死者全身上下，包括指甲内以及被褪到一半的内裤附近都没有任何体液等，或者是皮脂毛屑。最有趣的是，女人的手腕处没有任何瘀青痕迹，也没有其余挫伤殴打的痕迹，这就代表着他们之间并不是强迫性质的行为，而是女人自愿献身。

这究竟是怎么回事？没有被抓下皮脂，可以解释说神秘男人戴了手套。可连唾液都没有，他是不屑去亲吻这个女人，又想要伪装成交欢的样子吗？

真奇怪，却也不奇怪。

这个神秘男人果然如她所想的那样步步为营，她对犯罪嫌疑人的心理刻画并没有出任何纰漏。

松了好大一口气。

“接下来怎么办？”秦让插了一脚，当电灯泡，隔开纪零与叶殊。

叶殊道：“死亡时间也大致出来了，按照这个时段，调取附近交通路段的监控看看，有没有什么陌生的车辆，能拍到死者的最好。”

这里位置偏僻，又不是小区，独立的一栋楼，要交通方面的监控，也就只有大路上了。

不知出于什么缘故，这栋小洋房没装监控，也没用人。叶殊翻了翻垃圾桶以及电冰箱就全明白了，冰箱里的食物寥寥无几，油烟机也很新，连油脂都没覆上，家里没有开火做饭的痕迹。甚至连垃圾桶里的塑料袋都是替换过的，里头根本就没半点生活垃圾。

死者之前很少住在这里，只能雇人定期打扫而已。所以没用人没监控，实属正常。

那么，神秘男是否事先观察过女人，从而得知这一点呢？

矛盾的地方越来越多了，无数个细小的问题犹如一根根细丝，纠结为一体，越缩越密集，结成一个实在的小球，无法分离其万分之一。

该怎么解开这个看似坚不可摧的死结呢？

叶殊，醒醒，还不能认输。得稳住心神，以小心翼翼的姿态，将这个巨大的谜团一寸寸抽丝剥茧，解开来。

上级以最快速度申请到了交通路段的监控调查协助，几乎没有一刻时间耽误，叶殊等人马不停蹄赶到了那里。

从女人的小楼出来是一段小路，长约几米的偏僻山道，虽是必经之路，可遗憾的是并没有安装监控。再往前两步，荒草丛生，就是大道的十字路口了，一侧通往黄山区，拐道口的电线杆上有装路段监控，另一侧通往岐山区，则没有监控，得再往前一段距离的十字路口才有监控。

按照法医所说的死亡时间，他们观察了这段时间前后的监控，为了确认有没有相同的车辆在这期间往返。

可遗憾的是，并没有异常，也没有发现载着女人的陌生车辆。

“没搜到。”秦让抓耳挠腮。

叶殊眯起眼睛，道：“事出反常必有妖，没抓到，就代表着他熟知这里的路线，特意避开了监控。那么，就能得出，凶手在行凶之前确确实实观察过这里，也暗暗记下来每一段路线监控的位置。既然他能看到监控，也就是说，监控也会拍到他。”

秦让反应过来，一拍后脑勺：“叶姐，你行啊。所以得调出这些天的路段监控，看看有没有人反复在这一带晃荡，观察摄像头？”

“没错。”

有了这一提示，秦让他们不再把目光放在捕捉逃犯去向上，而是退而求其次，开始在监控录像里面观察这几天出现频率较高的男人。

由于量大，上面分了几个专案组的师兄弟一起检查，总算在两小时后有了结果。

秦让“吧嗒”一声按下空格键，暂停住画面，转过椅子，颇为得意地道：“叶姐，快来看，找到了！”

叶殊凑上前去，由于心情迫切，鼻尖都要抵上电脑屏幕了。果不其然，灯光下，色泽斑白的录像画面里，一个戴口罩的男人从一辆深黑色的车上走下来，他的左手似乎拿着笔记本，频频记录着什么。

录像继续播放，男人标记了一句话，又以迅雷不及掩耳之势上车，一路扬长而去。

叶殊在几个录像里反复看到这个男人，本想再看其他录像，找寻车辆往返行驶的方向，确认他的藏身之处的位置，却怎么都找寻不到了。

这男人很狡猾，每次来的路线都不一样，就为了避开警方的搜寻。

大体上，叶殊确定了嫌犯，她厉声喊：“记下车牌号码，分组去调查！还有，凡是能避开监控的路段，你们都观察一下相关的监控录像，百密一疏，万一就有这么凑巧一次，被抓到了破绽。”

“是！”队里的人齐声应道。

这一次不知道会不会有一些收获，毕竟这个男人连观察摄像头都做得这样谨慎，知道戴口罩，防止被抓拍，甚至是往返路段都搞得扑朔迷离，生怕被挖到老巢。

这些技术性的调查就由秦让来负责，而叶殊则去搜集有关死者的人际关系网，从中找到突破点。

兜兜转转，他们又回到了死者的家里。

已经是晚上十一点了，叶殊不能合眼，错过了调查的黄金时期，事后再如何弥补都补不回来。

夜很静，仅有个别不畏寒的飞虫绕着路灯。

客厅里亮着灯，散发着橘黄色的暖光，各式各样的家具因为主人刚死，而丧失了所有生气。房子感觉更空了，物品也有温度，有种归属感，一旦没有了使用者，就只是一堆废旧的破铜烂铁，这就是人与物的作用，它们之间必有联系。

“联系吗？”叶殊想到了什么，呢喃自语。

在她刚入重案三组的时候，徐队长就曾指点过她：“什么是物证？物证又不会说话，怎么从中判断它和死者的联系呢？实际上，所有的物品因为归属于人而饱含故事，我们得从各个细节去探听这个故事。打个比方，一张全家福，我们就得知了这个家庭有多少人员；一个半旧不新的羽毛球拍，我们就能得知球拍主人爱打羽毛球，就能去他常在的体育场，打听他和其他玩伴的人际关系，或者日常交谈的对话，从中找到线索。物品太重要的，只要一个人活着，那他全身上下都是破绽，都是故事。法医能让尸体说话，我们刑警，也能让证物说话。”

叶殊闭上眼，脑内画面一帧帧回放。她不是毫无头绪，而是不知道这么多东西，该从哪里查起。总有些有用的东西，以及没用的东西，她不能寻错方向，浪费宝贵的时间。

之前得知了女人家里的垃圾桶很新，她不常回家，那么她不回家的时候，都在哪里呢?

这就是一个显而易见的突破点，可以好好挖掘。

叶殊起身，翻动了一下客厅桌上的证物，有一对钻石耳钉吸引了她的视线。看了一眼对耳钉的介绍：这是从死者床头柜上搜集到的物证，一枚掉落在地毯里，另一枚留在桌上，应该是挣扎时不小心扫下的。

一个人在什么时候会取下耳钉呢？特别是死者连淡妆都未卸，穿着正装就行暧昧之事，应该是事态紧迫，又打得火热，害怕被耳钉妨碍，才随意摘下，放在床头柜上吧?

叶殊拉上纪零，走到门边，演绎了一下那个画面。她咬着耳朵，窃声细语：“总体的案件走势，你应该都明白了吧？我们现在还原一下案件发生的情形好吗？我当女人，你当凶手。”

“可我不想用手掐住你的脖颈，我不允许自己这么做。”纪零说得郑重其事，好看的眉宇蹙起，形成了沟壑颇深的川字。

叶殊拿他没法子，咬牙切齿：“那我找秦让去？”

“算了，让别的男人‘杀死’你，还不如让我亲自动手，至少我会好好珍藏你的尸体。”

“喂，别入戏太深！”叶殊算是怕了他。

纪零愉悦地浅笑一声，将手揽到叶殊窄瘦的腰上，轻轻摩挲了一会儿，举止轻浮。

“你这是？”叶殊虽知道是演戏，但总觉得不适。

“你不是说，尽量还原那个场景吗？我在配合你。”

行吧，她也得有点献身的精神。

纪零靠近了一点，逆光垂首，灰蒙蒙的一片，鼻尖透着一点亮色，蒙蔽了叶殊的眼睛，教她分辨不清他深邃而姣好的五官。

他就这样恰到好处地望着她，似坚固的网，又似黑沉深渊，捕捉着漫不经心的游鱼，慢条斯理吞入茶色的瞳中。

叶殊看痴了，很快又回过神来。瘦小精干的纤腰已经被纪零搂得密不可分，和他的躯体贴在一起。

纪零入戏很深，薄薄的唇侧浅浅扫过叶殊薄薄的耳郭，染在那一点点泛起猩红的耳垂上。四肢百骸的触感在一瞬之间炸裂，比触电还令人心惊。

他搂着她，走了两步，急不可耐地褪去鞋子。

叶殊也是，鞋跟朝着门，横七竖八摆放在门前的正中位置。

正打得火热，谁有闲情去管这些杂七杂八的事情?

情浓的时候，纪零就势将叶殊按到了沙发上，高大的男性身影，倾身俯下，压制住她。

没有真的触碰叶殊的肌肤，只是隔空用气息啄吻，也足以撩拨，甚至比真吻更诱人，更让人难以招架。

叶殊想躲开，鱼戏莲叶一般，逃到一边去。一侧头，肯定觉得耳钉碍事，扎到细嫩的脸颊，所以伸手抚动耳郭，顺势摘下，放到床头。

没错了，就是这个过程。

因为本就是她情愿做的事情，所以并没有被困住手腕威胁，腕骨上面的肌肤还是细腻如初。

再然后呢？

叶殊左等右等，纪零都没有下一步攻势，心急如焚。正当她睁开雾气迷蒙的双眼望向男人，却隐约见到对方嘴角勾起，泛起一丝意味不明的笑……说时迟那时快，就在这千钧一发之际，纪零轻轻扼住叶殊的脖颈，她的手也因求生意识强烈而反抓住男人的手腕，一场谋杀就此落下了帷幕。

“怎么样？有想到什么吗？”纪零问她。

叶殊点点头：“男人一开始就是带有杀心的，而女人被他蛊惑了。”

“那你接下来打算怎么办？”

她抿唇，目光落到耳钉上，那钻石底座刻着几个字母，颇为眼熟。她一捶掌心，道：“从这枚耳钉下手，我们去查物证的故事。”

“物证的故事？”

“这枚耳钉是LR的，一线奢侈品，在黄山区有专柜，可以去那里查查看。”

“就我们两个人去吗？”纪零侧头，不知在思索什么。

“你觉得两个人不够？”

“不是这个意思，如果我们两个人去的话，可以逛一逛婚戒区？你喜欢吗？只要你看上的，就算倾家荡产，我都会买给你。”

叶殊深吸一口气，她算是服了。无论什么情况下，这个男人的脑子里都是要和她结婚的怪念头，赶都赶不走。

“首先，我们现在是在查案，其次，我并不想这么早结婚。”

纪零失落抿唇：“但是，叶殊……”

“嗯？”

“我没有安全感，我怕你会丢下我。”

“不会的，”叶殊盯着他的深色双瞳，坚毅地承诺，“真的，无论什么情况下，我都不会离你而去。”

“口说无凭……”他见叶殊目光不善，退而求其次，“那好，婚戒可以先不要，去领个结婚证，证明一下你所说属实。”

“纪！零！”

第五集

LR的专柜是在黄山区最繁华的步行街，据说里面的饰品统统不标明价格，店员虽不会看人下菜碟儿，但仅仅一个训练有素的热络微笑，就能让那些囊中羞涩的观光客止步不前。万一被奢侈品导购员缠住，又不好客套推拒，那就下不来台了。

按照叶殊的习惯，如果她不买这类东西，连店门都不会踏入。毕竟她可没那闲钱花在这些花里胡哨的饰品上。

叶殊入内，出示证件，很快有大堂经理领他们去茶水间细谈。

她简略地介绍一下自己，将死者生前的照片摆到玻璃茶几上，询问：“你见过这位女士吗？”

经理拿起照片，小心翼翼扫了两眼，以轻描淡写的语气道：“有点印象，好像购买过店里的饰品。”

她说得冷淡，想撇清客户和店铺的买卖关系。也可以理解，毕竟谁都不想扯上这样的人命官司。

叶殊又出示了耳钉，问：“这是你们店里的新款吧？我在门口看到款式推荐的海报了。上个星期刚刚上市的郁金香耳钉，价格也不菲，这么快就不记得了？”

经理在人情世故方面是老油条，当下神色未变，轻笑道：“店里每天都有这么多客人，一时间也记不清了。叶警官稍等，我得问问销售这件商品的人员，我喊她来给你们详细回答。”

她还没走出门，纪零就神色淡漠地插了句话：“店里的服务宗旨是‘记得每一位购买过LR的新老客户，陪伴您一生，最长情的饰品品牌’。据我所知，只要购买过你们店里的商品，就会被登记到优惠客户名单中，逢年过节还会寄送贺卡，对吗？这样的店，却说不记得客户，是忘性大，还是说标语具有欺骗性质？”

“先生，您这话就不对了，”她脸上堆积起假笑，僵硬地绕开这个话题，“我这就去给你们叫人，请稍等。”

“嗯。”纪零冷淡地点点头。

等人走了，叶殊好奇地问：“你怎么知道？”

“我的秘书买过这家店的东西，逢年过节，就会寄千篇一律的贺卡过来，”他顿了顿，补充，“那卡片上的香水味很难闻，让我至今难以忘怀。”

“……”好吧，原来如此。

“你不问我，是男秘书，还是女秘书？”

“我对这种事情不在意。”叶殊回答。

“你不爱我了。”

“那好吧，我问，是男秘书，还是女秘书？”

“男的，因为我不喜欢各类化妆品的味道。”

叶殊瞥他一眼，嘴角一抽：“哦。”

不一会儿，就有负责新款耳钉的导购员进门。

她得体地微笑，显得游刃有余，很显然，是被经理“特别叮嘱”过。其实这也没什么关系，他们和死者没有什么见不得人的往来，顶多措辞含糊一点，急于甩脱叶殊这个烫手山芋，倒也不会做伪证。

叶殊单刀直入：“这位小姐前些日子在你这里买过耳钉，对吗？”

“是的，我有印象。”

“能和我说说那天的情况吗？譬如有没有其他人陪同之类的？”

导购员食指轻点下巴，回顾了一下当时的画面，道：“我记得她当时在门外站了一会儿，可能是在看新品耳钉的海报。然后直接来到我的柜台前，说要郁金香耳钉。”

“有什么特别之处吗？”

“她没有问价格。”

“没问价格？”叶殊还没懂其中关系，只听得导购员解释，“因为我们店里的物品价格都偏高，又没标价，一般客户打听商品，都会事先询问价格，可这位小姐没有。”

“也就是说，她笃定自己买得起？那她付钱爽快吗？”

“矛盾就出在这里。”

“矛盾？”

导购员微微一笑：“她没有直接付钱，而是让我包起来，再出门打了个电话。几乎没多久，我们就收到了官网的购买信息，备注是直接店里提取。”

“也就是说，她打电话是为了联系其他人帮忙付款？”

“应该是的。”

“她是第一次购买你们家的奢侈品吗？”

导购员摇摇头：“我是三个月前才来这里就职的，在我工作期间，她几乎每隔一个月就会来一次LR，付款方式都是电话联系别人。”

都是电话联系？是帮忙付款的人特意要求的吗？这么神秘？

叶殊又叫来经理，询问女人的情况，最后得知，死去的女人是LR的常客，每隔一个月就会来购买奢侈品，从不在乎价格。

“她这么有钱吗？”叶殊呢喃自语。

死去的女人没有工作，却能付得起购买奢侈品的钱，以及日常花销。叶殊几乎是在瞬间想到了，女人背后还有一个人。也就是所谓的金主，她可能是被什么富商包养的秘密情人。

可能是神秘男人吗？

不可能，如果是他，他势必知道女人所住的位置，又怎么会在最近才调查女人的住址，借机靠近她呢？

可是女人买奢侈品的次数可不止一次，算下来，被包养的时间都有一两年，这么长的时间，肯定熟知她的一切。

所以，女人的背后还有别人，是第三个人。

他就是神秘男人要找的人吗？

能包养漂亮女人的人，肯定是个男人。

叶殊自嘲一笑，好歹知道性别了。

这时，纪零突然出声：“我好像知道了一点东西。”

“什么东西？”

“性交却不留个人体液痕迹的目的。”

“嗯？”叶殊疑惑地望着他，等待后续。

纪零唇齿微启，咬字十分清晰："他不爱这个女人，却想激怒她背后的男人。任谁看到自己的情人自愿和别人上床，都会难以忍受。这是挑战到男性尊严了，让他又恨又怕。"

"没错！不过神秘男人这样'守身如玉'，又是为什么？他完全可以假戏真做，男人不都是下半身思考的生物吗？"

"我不是。"

"我只是打个比方，大部分人自制力都很差。"

纪零又眯起眼睛，这次，他缓了许久，才得出结论："我想，他还是爱着冰冻美人吧。那具尸体应该是他所为，他要为死去的沈颜'守身如玉'。"

"如果他爱沈颜，又为什么要杀了她呢？好矛盾，我不太懂。"叶殊认输了。

"我也不懂，或许还差一把能解开谜底的钥匙。"

她沉吟一声："好吧，那我们去找这把钥匙好了。"

在LR这里收获颇丰，已经解开第一个物证所包含的故事了。可仅仅这些信息，尚且不够。

他们要收集更多更多资讯，把所有事情穿成一条线。

叶殊把给女人付钱的那个账户登记下来，交给秦让他们调查，希望能查到付款人的身份讯息。她顺道询问了一下车牌工作调查得如何，却得到一个令人沮丧的消息："叶姐，车牌有误，男人挂的是假车牌，没这个号码。我们按照他来往的路段都进行查探了，还没得到其他有用的信息。"

"我知道了。"叶殊挂断了电话，很快又鼓起劲来，如果这么轻易就被找到，那也不是她所认识的神秘男人了。

越难，越要有挑战精神，不是吗？

至于这个女人，叶殊也打算进行下一步。她现在就像是一条嗅到血腥味而蠢蠢欲动的饿狼，咬住了猎物，就会死咬不放，随之步步紧逼。

叶殊在心里默念：我已经按照你所说的在查了，你究竟想做什么？是不是该再给一点提示？

只要她再挖下去一点，神秘男人肯定会按捺不住爬出来的。

她能肯定这一点。

叶殊调查的速度惊人，让重案三组的师兄弟刮目相看，还有人闻讯前来调侃：“叶师姐不愧是队里的中流砥柱，这速度实在是快啊。是不是因为有纪先生在啊？所谓男女搭配，干活不累。”

叶殊翻了个白眼，回他：“你的事情都办好了？让你查的东西都查完了？赶紧干活去，哪来这么多话。”

“欸，是。”师弟灰溜溜逃了。

叶殊通过申请，拿到了死者的身份证件信息，打算去调查她的开房记录。既然很少在家里睡，不是在外有小家，就是能随时随地变更地址的酒店了。

她背后的金主既然这么谨慎，肯定不会用自己身份证件开房，只得麻烦女人自己开房。

叶殊和上级申请了一下，由他们出面介入调查死者生前的开房记录，却发现，死者并没有在外多次开房的行径，查询了一下那几次开房的情况，都是因旅游拼单，和女性驴友同住。

既然要和背后金主见面，那势必会有个隐秘的地方。

如果不是住在酒店的话，在外头肯定会有一个小家。

那这个小家是在哪里呢？他们又该如何下手去查呢？

一路顺畅地调查到这里，案件终究陷入了第一个死结。叶殊得顺利爬出来，不然就无法解开冰冻美人的死因。

这一天，从早忙到晚上。

叶殊好不容易能喘一口气，车都不开了，驾驶员的位置直接让给纪零。

她闭着眼睛，眼皮似千斤重，怎么都扯不开。隔着暗沉的夜幕，只听得“吧嗒”一声，有密封许久的盖子打开了，如同沉寂了千年才被释放，袅袅娜娜绕过来一线香，轻飘飘地堆积在她的鼻尖，刺激嗅觉。

“这是什么？”叶殊哑着嗓子，有气无力地询问。

“我觉得你工作累，精神压力大，总有睡不好的时候。就调制了一点安神助眠的香水给你，这时候正好派上用场了。”

叶殊很感动，心存感激之余，又反应过来，委婉地提醒他：“那要是你也被这香薰熏得睡过去了呢？”

纪零没想到还有这种可能，此时一声不吭，在憋后招。

“你现在困吗？”

“有点。”

“疲劳驾驶，容易出事故，你知道吗？”

“知道……”

“那还不快给我盖上盖子！”

“哦。”纪零老老实实照做，一路专心致志开车。

这一次，他半点幺蛾子都没出。

即使没有香水助眠，叶殊也囫囵睡了一觉。要问纪零为什么不困，实际上在查案过程中，叶殊绞尽脑汁想案子的时候，他已经在茶水间睡了个饱，半点都没有犹豫。

这个心大的男人，就不怕她把他丢在这儿吗？

反过来想想，他还真不怕。

叶殊把自己噎住了，摇摇头，甩开那些不着边际的想法，进小吃店里点餐。

“你想吃什么？”她随意翻动了一下菜单，问这个素来挑剔的男人。

“我跟着你吃，你吃什么，我就吃什么。”

叶殊存心逗他：“那就腐乳？”

男人一本正经抿唇：“腐乳除外。”

“特制辣椒酱？”她才不会轻易放过他呢！

“这个也除外。”

“哦，那你就没什么能吃的了。我爱吃的都是重口味的，素来喜欢辛辣食物。”叶殊和他撇清关系，想看看男人的反应——肯定是可怜兮兮的样子，好像还有点于心不忍。

纪零迟疑了一会儿，语出惊人：“实际上，我也可以尝试一下。”

“你要尝试？”叶殊吓掉了下巴，险些磕在桌上。

“当然，前提是你用嘴喂我的话。”

叶殊想象了一下那个画面：她小心翼翼咬了一口煎饺，再含情脉脉望着纪零，嘴对嘴喂给他？打住！想都不要想！

“那你别吃了，我是不会答应的。”

“哦。”纪零倒没什么失望的样子，本就是他意料之中。

叶殊合上菜单，对服务员道：“三笼煎饺，两杯柠檬茶。”

“好的，您稍等。”远处，有人答道。

她还是帮他点了餐，不然这男人不依不饶的样子，也够难缠的。

叶殊依旧有点昏昏欲睡，等了一会儿，却听得纪零靠近她，轻轻道：“他们说，喜欢吃辣的女孩子，人也是辣的。那你是这样吗？”

辣？他的意思应该是指性格火暴吧？

叶殊迟疑一会儿，答：“可能有点。”

纪零疑惑地蹙眉，细语：“可我尝起来，根本就不辣。”

尝起来？

“你什么时候尝过？”叶殊的脑子转不过来，下意识问了一句。

纪零抿唇，勾唇，恬淡的笑意自嘴角晕染开来，沾进眼角眉梢，带了一丝俏春的桃花色。

他自顾自笑得意味不明，倒是把叶殊惊到了，反问：“怎么了？”

纪零指了指她的唇，白皙修长的指尖轻点在她冰冷的唇瓣上，留下一线余热。好半晌，他慢条斯理回答：“我尝过这里。”

叶殊愣了足足五分钟，才反应过来他这句话中暧昧不清的含义，他是指，他对她浅尝辄止，品出了其他的味道？

这……这个臭流氓！怎么总是一本正经说这些无耻至极的话？

她还没来得及发作，蒸饺就上来了。

叶殊强装镇定，恶狠狠反击：“你该感谢蒸饺救了你一命，不然我会让你尝尝其他滋味。”

“我还可以尝尝其他滋味？”纪零的眼前一亮，期待之色跃入眼中。

“……”算了，他听不懂她话里的威胁，还是老老实实吃饭，比什么都强。

叶殊夹了一个皮薄肉多的蒸饺，蘸醋塞到嘴里，把整个腮帮子都喂得满满当当。而纪零看了一会儿，好半晌才慢吞吞夹起饺子，有样学样蘸了一点醋，喂到嘴里。

“好吃吗？”叶殊不抱希望，估计醋这种辛酸的味道，纪零根本尝不惯。

“还可以接受。”已经是较为温柔的评价了。

本就没指望他会大肆赞叹，可转念一想，叶殊又觉得有趣。

之前接受新鲜事物能力极低的男人，原来也有一天，为了她而改变，为了她而尽情张开怀抱，尽情接纳整个世界。

许是夜深了，叶殊的心也变得柔软。

她注视了一会儿认真食用煎饺的男人，看着他被灯光照得挺括的鼻梁，以及白润的鼻尖。突然，升起一股难以言喻的冲动。

她来不及克制，也不想克制。借着夜色迷乱，店外人声鼎沸。叶殊凑过去，主动吻了一下纪零的嘴角。带了一点酸味的吻，还不算让人格外排斥。

纪零呆若木鸡，愣了片刻，又弯唇，报以微笑。

叶殊心想：是该给他一点奖励了吧?

这个男人不再独居一隅，过着与常人格格不入的生活。他也食人间烟火，以温和的心绪对待所有刚来到他生命里的事物。这样的男人，又怎能说是清冷孤傲呢?

他明明有胜过世间所有人的温柔心肠，以自己独有的方式融入社会。也几乎是奋不顾身，没有半点迟疑，来到她的身边。

屋内光线正好，原木地板折射出白润的光。绒料的沙发上放着一件色泽偏黑的西装外套，软塌塌得盘踞成一团，似遭受过无情的蹂躏。

有人拿衣服泄愤了，是在气什么呢?

左侧的软垫上坐着一个男人，他以手覆脸，像在深思。一眼看去，这个男人的手指指骨分明，透着骨感而干练的流畅线条，指尖泛光，纯白色的一点，如璀璨星芒。

就这样，屋内悄然无声。不知沉寂了多久，男人终于站起身了，往左侧的房间走去。

一推开门，角落里有拆卸下的各式各样的零件，以及大型器械，不难看出，是制冰机之类的物品。

桌上还放着杂七杂八的东西——车牌、口罩、深黑色的手套，上有抓痕，隐约能见细线抽丝之类的破损处，下手可真狠。

男人侧头，目光落到了墙上。上面贴着一张照片，是一名笑颜如花的少女，如果看了近期的报纸，一定会认识她。她就是那个尸身都保存完好的“睡美人”，就连死相都这么美，一点都不落世俗。

他很骄傲，是他把沈颜变得这样完美；但他也很绝望难过，因为他思念沈颜，思念她那甜美的笑容。

上一次看到她笑，是什么时候了？

男人得好好想一想，因为无论哪次，少女的微笑都一如百合花般圣洁美丽，不允许他忘怀。

好像是她跑出门，迎着夜色而来，见他的时候？那一天晚上，他们手牵手，迎着月光，走了很久很久。星光如此璀璨，慷慨地将光辉洒在他们身上。

他们跟着月亮走，并肩躺在草坪上。

风吹过山冈，携来一阵花香。不知怎么睡着了，梦里花落又能知多少。

真好，他还记得。

男人的嘴角勾起一丝满足的笑，他将抽屉打开，左侧的角落有一封黄皮纸的信，上面印着鲜红色的邮戳，蜡制的，刻着意大利语的祝福。揭开邮戳，取出贺卡，上面用深黑色水笔写了几行字，最底下画了个稚气的爱心。

男人拿起贺卡，懒散地倚靠进一侧软皮沙发内，舒适地喟叹一声，轻轻阅读：

你近期好吗？

我已经和家人到意大利了。很遗憾，近期见不到你了。等回去的时候，我会和你说说异国的风土人情——这里的房屋都很低，高楼稀疏。放眼望去，目光好似能越过一望无际的平原，看到天与地相连的交界处。

我记得你说过，你很喜欢海对吗？

这里的海很漂亮，越到远处，色泽越深，有种神秘莫测的美感。不过我胆子小，都不敢睁眼看，这可能就是传说中的深海恐惧症吧？

好了，贺卡应该会在第一场雪之前送到你的手上。想念我的时候就看看天上，虽然有时差，但也确确实实是和我看着同一轮月亮。

想你，念你，圣诞快乐。

沈颜留

看完这一张特殊的贺卡，男人已闭上眼，心满意足地微笑。他脸上的表情，与品味珍藏数年的酒水时如出一辙，让那香醇的液体在唇齿间流转，舍不得将其咽下去。隔了一会儿，泛上酒气，又细辨一番回甘。

沉沉睡了许久，男人终于醒了。他从抽屉里摸出一柄锋利小巧的弹簧军刀，塞入袖中。

这把刀留着备用，虽然很想立即将某人凌迟，但他还有其他事情要做。

他给自己定了死期，为了表明自己的忠贞不贰。

神秘男人爱着沈颜，一如纪零所说。这份爱早已深入骨髓，溃烂进血肉，怎么都无法从躯体里剔除。

他将门上了锁，带着笔记本电脑，永永远远离开了这个充满爱与回忆的地方。

约莫过了一个小时，男人上了聊天软件，给叶殊发送讯息："你查到什么地方了？"

守在电脑面前多时的叶殊顷刻间反应过来，凑过来，敲下答复："你想让我知道的事情，我都查到了。"

她知道案件无法继续进行下去的时候，神秘男人一定会送来下一条讯息，只消耐心等待，听他差遣。

"做得不错，是时候给你一些奖励了。"

"奖励？"叶殊的目光变冷，她能从这句话中分辨出危险的意味。

"对，给你奖励——你将获得下一个提示，那个女人的藏身之所。"

叶殊抿唇，问："你究竟想做什么？"

"按照我说的去做就好了，别的不必多问。"男人笃定地道。

"我怎么知道，你会不会把我带往地狱？"

"呵，"男人发了一个模拟笑声的词，隔了一会儿，牛头不对马嘴地回答，好似在自言自语，"通往地狱？《观无量寿经》云：人以恶应堕恶道，命欲终时，地狱众火俱至，必有火车来迎。佛家所说的，坐上火车，就能随着生前作恶的亡灵，通往地狱？我是其中一员吗？也正拉着你一齐赴死吗？"

“你这句话就足够清楚了，你想拉着我一齐赴死。”

“话也不能这么说，我满足你的好奇心了，不是吗？”

“好奇心？”叶殊问。

神秘男人继续缓慢地回话：“我给了你线索，让你热血沸腾去调查一整件事情。你不是乐在其中吗？是不是觉得很有成就感？这些不就是你们警察想要得到的东西？我还不够体谅你们吗？”

“你把自己当神吗？”他总是一副运筹帷幄的自信模样，支配所有人的行为，为他办事，自以为能掌控每一个人。

“我不是神，不过我需要掌控你们。好了，女人的地址是锦江花园的341室，独立的一栋复式小楼，别忘了。”

叶殊还没问完别的话，男人又神龙见首不见尾，顷刻下线了。

虽然不甘心，却也只能继续追踪男人所给出的提示，让麾下的师弟们先赶去小楼，看看能不能调查出什么特殊的事情——如果那是女人生前和金主会面的地方，肯定会留下许多微妙的破绽。只要他们抓紧时间攻入内部，肯定会打得对方措手不及。

神秘男人让她调查金主，肯定是有原因的。权且看看他想做什么，再下定论吧！

就在叶殊等人打算赶往小楼的时候，突然接到了徐队长的电话：“你们的调查工作有什么进展吗？”

“有些眉目了，正打算赶到锦江花园去。”

“去那里做什么？还嫌不够乱？”

“乱？”

“一小时之前，那里发生了火灾，不知是煤气管道泄漏还是人为纵火，火势很猛，烧了一小时都没稳下来。消防队里派出人去灭火，还找了公安局的人帮忙控场。”

叶殊眼前发黑，眼睛一阵阵闪动着白色的光晕。她按捺住不适的心情，又问了一次，“是341室？”

“好像是，没注意这么多。我就是打过来问一句，那你们继续工作，就先挂了。”

“行。”叶殊咬牙切齿挂断了电话，一看新闻直播，主持人身后的火大有烧红半边天之势，猩红的火苗如软舌，舔舐遥远的天际。

叶殊的整颗心脏沉沉下坠，似跌入深渊，海水席卷，淹没、覆盖，越来越凉。

是神秘男人做的？

不，不是他。他没必要给了提示，又自己毁掉。他要的是叶殊做替罪羊，一步步帮他去探路。

那么，是那个金主吗？

叶殊皱眉，细想：究竟是为了掩藏什么？才要不惜手段把屋子也烧毁？

你们究竟有什么秘密？即使万劫不复，也要将其隐藏。

神秘男人没了消息，女人的老巢又被烧毁了，一切又退回原点。

下班了，叶殊蜷曲在厚重的毯子里，将自己裹成一个层层叠叠的粽子。

新闻里还在反复播放纵火事件，烧黑的烟雾，黑灰色的粉屑袅袅上升，夹杂火星，好像漫天飞舞的萤虫。电视机明明灭灭的光闪在叶殊的眼底，将她的瞳色换了换，又换了换。

她一动不动，一句话也不说，不吃饭，连水都不喝。不知是累，还是因为一次次调查受挫而被打击得萎靡不振。

纪零从房间外探入头，问："吃炒饭吗？"

"你吃吧。"

"我加点玉米罐头，你吃吗？我看到你贴在冰箱上的便当条上写过玉米炒饭，猜测你可能喜欢吃。"

"今天没什么胃口。"

纪零抿唇，走进来。

他望了一眼电视机，大致懂了情况："你因为别人的失误，惩罚自己？"

"也是我的错，如果我再快一步……"

"是那个人太粗心，被算计了，和你无关，"他垂眸，声音低下去一点，"更何况，现在每一步，都是你被他牵着鼻子走，这样获取的信息实在有限。换句话说，现在得到的信息，都是他施舍给你的。"

"你是指，我应该反其道而行——明面上被他牵制，迷惑敌军；暗地里自行深入调查，来个反杀？"

“可以考虑。”纪零赞同地点头。

叶殊很犹豫，她真的行吗？

在没有任何提示下，自己去调查一些未知的事情，去窥视这个遍布危机的秘密。

想了一会儿，她轻咬下唇，心道：也行，反正没招数了，就一通乱炖，看看能不能杀出别的血路。

寒夜，华灯初上。

薄薄一层冷雾，透着淡蓝色，如捉摸不透的海市蜃楼，汇聚在平静无波的江面上。

站在桥上，朝前眺望，可以看到被烧尽的废墟残骸，整个小区都险些遭殃，火灾事件仍在调查之中，初步猜测是人为纵火。由于煤气管道也发生了泄漏，导致爆炸，所以没有留下任何可疑的人为痕迹。

说是在紧急调查中，可谁心里都有一本小账——在这种情况下，还想挖出点什么，简直就是痴人说梦。警察也是人，不是神，不可能知晓所有事的前因后果。他们空有一腔热血，可在真正的天灾人祸面前，也只能遗憾长吁，无能为力。

幕后黑手很幸运，就目前的状况来看，或许能就此逃过一劫。

可叶殊不能允许这种事情发生。

既然他把爪子伸到了她的面前，那么不削下几块皮肉，叶殊绝不松手！

叶殊顺势抹了一把警徽，将上面的图标蹭得锃光瓦亮。她挺胸、抬头、收腹，军姿站立。

她不是一个人，所有人都在支持她。

所以，别怕。无论会遇到什么困难，都不要害怕。

“这么晚还查吗？”纪零淡淡然瞥她一眼，目光落在叶殊那微微有些傲人的部位，滞留不去。

原来站军姿的精髓——“挺胸收腹”就是这个样子吗？感觉好像还不错。何况，一旦受挫，似乎就很容易乘虚而入，悄然挤入对方心底，占据一席之地。

叶殊没回答，纪零倒也不在意，意味深长地“唔”了一声，眼神愈发赤裸，意味明显。

“你在看什么？”叶殊只觉得浑身滚烫，纪零的眼睛大胆而放肆，目光也是有力量的，当一个人全神贯注盯着对方的时刻，会被人察觉。真要说的话，此刻的纪零好似狂奔而来的狗，热情地用长舌舔舐主人脸颊，推也不是，不推也不是……反正浑身都不适！

“要听实话吗？”纪零不想骗人。

“这次不听。”叶殊的第六感告诉她，这次真不是什么好话。

“哦。”

绕到被烧黑的小楼附近，有几户人家还围聚在外头指指点点。他们就住在附近，即使没有殃及池鱼，却因这场突如其来的大火，依旧心有余悸，不敢进屋安睡。

正好方便了叶殊，她出示了证件，询问在场的人群：“你们认识住在这楼里的人吗？”

穿西装的男人搂着他太太，率先摇摇头：“不认识，现在就连住同一层楼的邻里都不互相打招呼，更别说是隔了这么远的人家了。”

他说的也对，这是都市人的通病，早年还在新闻上报道过，现在已经习以为常。

叶殊翻了页笔记本，再问：“那平时有看到过什么人进出这里吗？就算只知道性别也行，男人还是女人？”

西装男摇摇头，他一无所知。

倒是太太迟疑了一会儿，欲言又止，害怕惹事。

“您说，有什么都说。事关一桩大案子，不瞒您说，现在正是艰难的阶段，任何一句证词都十分有用。”

太太咬下唇，轻声说道：“我见过来这楼里的女人，她买了新款的郁金香耳钉。”

西装男突然蹙眉，厉声喝道：“不是说了这个月的经济紧张，不要在外花钱乱买东西吗？你又去LR了？背着我刷了卡？”

“没买！跟着你这种人，我怎么可能买得起限量款？”太太也怨气颇重，几乎是一触即发，也不顾有没有外人在，当即撕破了脸。

叶殊只得当和事佬：“两位都冷静一下，题外话我们之后再谈行吗？现在是分秒必争的阶段，耽误几分钟就可能会再有一名受害者出现，时间不多了。”

太太冷静下来，解释："我当时想去LR专柜看看，和那位女士看中了同一款耳钉，正当我犹豫的时刻，就见她打了个电话，转账提货了。那时候也没在意，回家的时候，看到她也在附近，正巧进了这栋楼。我就猜，她可能就是那个花高价买下这栋楼的房主。"

叶殊出示了一下死者照片，只见得太太捂住了嘴，连连点头，确认她的身份。

所以说，女性的敏锐能力不是寻常男人可比的，她们能从一些鸡毛蒜皮的小事里察觉其中端倪。即使是和自己毫不相关，也可能因一件衣服的颜色亮丽，而记下穿衣者的眉目特征。

有句话说得好，女人是聪慧的，也是神秘的，不可理喻的，甚至是难以捉摸的。像水般纯净柔软，像海般深不可测。

"还有其他的吗？"叶殊问了一句。

太太抿了一下唇，深红色的唇釉粘在一起，透着艳丽的水光。思考了很久，那张红唇里，吐露出几句话："在那次之后，我偶尔会下意识看一眼那栋楼，可能是想结交那位女士吧……我看到一个男人，对！现在想起来，似乎是一个男人。"

她的遣词造句颇为奇怪，连性别都确认不了。

叶殊疑惑看她："我没明白，你的意思是？"

"当时天很黑了，我先生因为应酬喝醉酒，叫了代驾，就由我去接他进屋。结果回来的时候，我看到有人影蹿到那楼里，隐约看见是穿西装的人，看身材，应该是个高大的男人。"

"有什么异常之处吗？"

"他们门前的照明灯没坏啊，这是小区一家一盏标配的。那天晚上黑灯瞎火的，也不知道点个灯。要不是男人自己有钥匙，就这么开门进去了，我还当是贼上门来了！"

"你看到钥匙了？"

"一看那动作就知道，撬门也不可能这么优雅！现在一想，总觉得有哪里不对劲……那女人是被包养的小情人吧？不然怎么会一天到晚鬼鬼祟祟的，男人进门连个灯都不开。"

"你看到过几次？"

“之前都没注意过，真算起来，就那么一次。”

“大概是晚上几点的时候？”

“十一点半，我有印象。那时候睡得正香呢，要不是我先生的麻烦事，我根本不可能起来。”

“好的，那谢谢您了。”

“警官客气了。”太太觉得自己帮上了警方大忙，很是得意。

很多信息从她的只言片语里也能拼凑出来了——女人真有金主，还是个神龙见首不见尾的“大人物”。那么，此次火灾，是人为蓄意毁灭证据，还是偶然的火灾事故呢？

如果是人为的话，纵火者应该是金主。那么，他想要毁灭的证据究竟是什么呢？

是他生活过的痕迹吗？譬如指纹之类的？还是害怕被正室发现养了情人？或是有其他不可告人的秘密呢？

值得他这样不惜一切代价毁灭证据，犹如飞蛾扑火一般，完全不计后果吗？

可是，这也有矛盾之处，金主担心的事情，应该是自己的小情人被人发现。那么最惧怕被谁发现？应该是有婚姻契约的正室吧？但现在，情人被意外杀害……他不去惧怕凶手，反倒是不惜一切代价要毁去和情人相处的证据，甚至不惜纵火，做违法的事情，和警方干上。

情人被发现顶多是道德问题，可涉嫌纵火案就不一样了。哪个严重，一看便知。金主又何必自毁前途，走上犯罪这条不归路呢？

虽然什么结论都没得出，但也能从此处看出——金主还隐瞒着其他的事情，而且和死去的女人有直接关系。金主的身份绝对不能被发现，他身后的秘密也一定是毁灭性的，一旦被揭露，他必死无疑。

第六集

想让这栋小楼起火可不容易，楼体由水泥堆砌，二楼倒是用木材搭建了阳台，抛光过的红木围栏，被光一照，亮堂堂的。

唯有潜入进去。

进去以后，爱怎么做怎么做。泼油、点火，掰断煤气管道等等，都不在话下。

如果不是金主做的，该如何进去呢？撬门的动作太大了，必被人察觉。得轻而易举进门，速度要快，所以应该是和死去的女人有关联的人，并且有这栋楼的钥匙。

在家里没人的时候纵火，也就是女人死后，警方紧急调查的这段时间……怎么看都不像是一个巧合，而是有备而来吧？

这附近有监控吗？

叶殊又寄希望于监控摄像头上，可很不幸，小楼附近是盲点，并未被拍摄进去，也没看到怪异的人。纵火者也有可能是绕开摄像头，往别处去了。

由此可见，他对此处必定很熟悉——潜伏了很久吧？

叶殊在原地站了很久，反反复复思考一个问题：如何避开这些监控呢？

那么，不如反其道而行，学着纵火犯的想法来走吧。

小楼四周湿漉漉的，火星已经完全浇灭，只是依旧散着深色的烟雾，朦朦胧胧。

叶殊依稀分辨出小楼正门的位置，左右环顾，两侧都没有监控。

朝左边走，拐口处的电线杆上摆着一只电眼；朝右边走，暂时没有发现危险。

那好，那她往右边走。

“在模拟犯罪过程的同时，不能忘记时间这一重点。”纪零冷不丁提了一句，叶殊听得一头雾水。

“时间？”

“真的有足够他逃跑的时间吗？”纪零意味不明地问了一句。

她呆立原地，没错，着火一小时内，消防队员已经赶到了现场——这个一小时包括了邻居反应危险的时间，将小楼围聚得水泄不通的时间，以及报警的时间，甚至是等待消防队员赶到的时间。

这么多林林总总的时间计算在一起，被一个小时，也就是六十分钟囊括在内。

那么，供给纵火犯逃跑的时间，只剩下短短数分钟，还得避免被人发现——这个时间，真的够吗？

纪零微微一笑，道：“也可以这样问，凶手真的逃跑了吗？”

叶殊不信邪，她咬牙，突然憋着一口气，朝能避开监控的路段狂奔而去……

四十分钟以后，她气喘吁吁绕回来：“这里的花园小区太大了，我跑了足足二十分钟，才到车库。凶手如果要逃跑，肯定会开车离开。如果将车长期停在小区外的路段，是违章停车，要被罚款的，而且也太显眼了。最重要的一点，这里小区虽大，就只有两个出口。如果是从小区里面的车库开车出来，需要刷通行卡，非小区房客不能置办通行卡。这里是高级小区，进来是要登记身份的。如果着火后，有人从门口走出去的话，我倒是可以和保安查一下最近进出的名单，看看有没有陌生人，也就是非房客出入。”

“那我陪你去看看。”

叶殊果真去小区两个入口联系了保安，询问距离火灾前后四小时的人员进出情况。

保安似乎刚被叶殊队里的同事问过问题，神经高度紧绷，唇角抿成一线，热汗都顺着鬓边滑落，拖出亮亮的一道痕迹。他语无伦次回答：“叶警官，你要的人、人员登记都在这里。”

叶殊不懂这里的人脉关系，只能继续询问：“你帮我核对一下吧，有陌生人进出吗？”

“没有，都是熟悉的房主。他们进出时还需要刷身份卡，所以账号都会记录在电脑上，有特殊亲戚登门，也会事先说一句。因为我们小区就是以安保系统严谨出名的，所以在这方面的工作都会尽心尽力。可是这次，我，我真的不知道是怎么回事……或许是我没看清楚，有陌生人进来了。”

在“事实”面前，保安对自己的认知产生了怀疑，出现了一些虚幻的记忆。再给他施加压力的话，或许会逼他说出自己从未见过的事情，强行认为“在他疏忽的一瞬间，的确有陌生人进入小区”。

这在心理学上也是有说法的，人有非常强的环境适应能力，为了舍弃不适，融入社会，往往会屈服于威压，顺从那些最初看来极为荒诞的条件，渐渐顺其自然。

叶殊暂时相信他的供词，如果他说的是真的：这个小区并不存在陌生人的话，那么，可能是房客犯罪吗?

她脑子里最后一根弦也终于挣断了，炸起一片焦黄色的粉尘，所有思绪扭曲、纠缠，串成一串串线索，在转瞬之间连成一条线。

明白了，全都明白了。她是被“陌生人犯罪”这一假象给骗了。

纵火犯没有逃跑的时间，他也的确无须逃跑，因为他就住在小区内，是房客。他熟悉这一带的环境，可以完美避开监控，再绕回失火现场，成为隔岸观火的人群中的任意一员。

但纵火者又绝对不可能是金主，那个金主避女人而不及，又怎会在自己身边埋下祸端，也住在这个小区里呢?

那么，究竟是谁被利用了呢?

纵火犯究竟是在灭火现场静观其变，还是早已龟缩进家里，暗暗嘲笑那些因他的作为而惶惶不安的人群呢?

神秘男人，纵火犯，金主——可疑的人越来越多了，这究竟是怎么一回事?

叶殊又想起了沈颜那张魅惑众生的脸。她隐藏在晶莹剔透的冰层里，浓黑的发丝根根分明，穿插在冰岩缝隙里。红的唇，白的脸，静谧又妖冶。而从她的身后分出许多细小如须的根藤，伴随着“嘎啦嘎啦”的声音，一丝丝，一缕缕插入坚硬无比的水泥地里……像是一张巨大无比的蛛网，她在诱惑着那些毒虫蛇蝎入侵，再逐一歼灭。

这些人都被她所吸引了，沈颜无疑就是这起事件的核心。案件看似独立简单，却都与她的死有着密不可分的关系。

只要打破那一层冰，就能触碰到秘密了……

叶殊回过神来，魂魄重重地收拢进躯体。

她问保安：“那你知道着火的那家房客的事情吗?”

“我们不能讨论房主们的私事，也不会去干涉，这些是规矩，所以，我平时也并没有注意那么多。”

叶殊盯住保安怯弱的眼睛，压低声音，企图安抚他，获取信任：“你不要有心理负担，这是为了配合警方工作，我问你什么，如实说就好了。”

保安还是一声不吭，大概是不知该怎么说。

叶殊给他台阶下，自己问他：“着火那家房主，是她没错吗?”

出示了女人照片，保安很快点头。

“平时有什么人到她家里来吗?”

“这个，有的。”

“有?记得长相吗?外貌特征之类的?”

“不记得，只是想到了一点奇怪的东西。”

“奇怪？”

“每次，那个男人过来。这位小姐就会提前打电话联系保安处，叫我准备好开门放人通行。没有一次是那个男人擅自登门拜访的，都是联系好的。”

叶殊抿唇，心想：这或许就是为了节约时间，尽可能避免男人和保安接触。

“那个男人一般一周来几次？”

“次数挺多的，反正每周都会来，有时候是那位小姐出去好几天不回来。”

她继续问：“那过来的时间呢？”

“都是晚上，黑灯瞎火的，又有规矩在，只要房主对来客没意见，我就不会过多注意他们的长相。不过就背影来看，应该有一米八，人还是挺高大的。”

“还有其他特别的地方吗？”

“没什么印象了，哦，要真说的话，我记得他有戴戒指，在无名指的位置，有一圈红色的印记，应该是婚戒吧？有一次，他推门的时候，戒指没摘，还戴在上面，就更能验证我的猜测了。而那位小姐未婚，所以应该不是他的太太。”

无名指上的婚戒？

叶殊问：“如果我让你再看一眼那个男人，你可以认出来吗？”

保安苦笑：“警官，你这就是为难我了。每天里里外外这么多人，别说是没看过脸的人，就是见过了，我也不一定有印象，全靠电脑登记的记录来分辨人。”

“我知道了，那谢谢你了。”

“不客气。”打发走了叶殊，保安总算松了一口气。

问完了这些，叶殊在心里也大概有了个底。

神秘男人将关键之处统统指向这名金主，而他的杀人计划，又和沈颜息息相关……那么，是否可以说明，金主和沈颜也有某种直接联系？

可能是沈颜认识的人吗？

戴戒指，已婚，或是已有婚约。

是谁呢？

等到了晚上，夜已深沉。

窗帘外万籁俱寂，偶尔几声叶落，窸窣作响。

叶殊给警方缩小了调查纵火犯的范围，直接锁定了是小区内的房客，家住着火小楼附近，或是围观者的其中一员，只有这两种可能。

而她现在正潦草地刻画金主的特征：一米八，戴有婚戒，指头上有一圈难以消除的红痕，习惯性戴婚戒，就说明除了见情人之外，他一直在扮演对爱情忠贞不贰的好好先生形象。

在沈颜身边，有这么一个人吗？

几乎是一瞬间，叶殊想到了沈颜的未婚夫，许穆。

如果金主是许穆的话，那么叶殊就找到借口，去推翻或是验证许穆那并不严谨的不在场证明了。

只要能证明他出轨了，在外有情人。那么，许穆就是最大的凶杀案嫌疑犯。

有这种可能吗？他处心积虑做这些，不惜毁去前程，就是为了隐瞒真相？

而这个真相，真的就是叶殊所想到的那一个吗？

“躲在背后的神秘男人，你就是想告诉我这些吗？”叶殊呢喃自语。

这种感觉太怪了，好像嫌疑人——神秘男人在借机和她倾诉着什么。

他有故事要讲，而叶殊则听他娓娓道来，像个老朋友一样。

不该是这样的，她不该被他牵着鼻子走。

明明神秘男人才是谋杀沈颜嫌疑最重的人，现在被他一牵引，很快又把全部注意力集中到许穆的身上，被他吸引了眼球。

这其中，总有不对劲的地方。

叶殊想不通，她抱住了头，将口鼻深深埋入暗黑色的臂弯缝隙内。唯有不被人看到脸，才能自欺欺人一般，获得心灵上绝对的宁静。

好好想想，别急，一定有突破点。任何事情都是可以溯源追踪的，只要耐心寻求关键，打开这些一个个纠葛的藤结就好了。

这桩案子扑朔迷离，原因是矛盾点太多了。

譬如凶手监视了沈颜生前的一举一动，所以才能在最恰到好处的时间掐死她。明明渴望保存下完整的尸体，却没有提前准备好大型制冰机，非得等尸体浮现尸斑，才冰冻起来。

假设神秘男人就是凶手，那他又何必以为沈颜复仇为目的，引导叶殊去调查未婚夫许穆呢？

明明是他杀死了她，却在为她报仇？

开什么玩笑？

除非，他并没有杀死她，那才情有可原！

等等。叶殊茅塞顿开，她抑制不住兴奋的情绪，颤声，自言自语般询问纪零：“有没有这种可能——杀死沈颜的人，和冰冻沈颜的人并不是同一个人？”

纪零饶有兴趣地勾起嘴角，表示赞同。他微微抬眸，细长的眼睫如蝶翼一般迎风扫去阴霾，带了点独有的风情。随后，轻轻答道：“那么，你是怎么想的？”

她抿了抿唇，做思考状：“我觉得，是我们被误导了。假设杀死沈颜的人有两个，一个可能是恨她的人，所以掐死她；另一个可能就是爱她的人，所以发现尸体后，紧急冷冻尸体，为了防止尸身腐化。”

“那么，神秘男人，就是那个爱沈颜的人，对吗？”

“对，这样一来，矛盾点就解开了！也能解释，为什么神秘男人在引导我们去调查案子，帮忙复仇。他不是凶手，也很有可能知道真正的凶手是谁！可他不告诉我们，这就说明他并不相信警察，想通过自己的手段复仇！”

纪零依旧微微笑，问：“你还记得他之前说过的话吗？”

“什么话？”

“如果不了解什么是绝望，那么就不配行刑。或许他的意思是，他经历过‘痛失恋人沈颜’的绝望，所以他要把这份绝望，施加在凶手身上。”

“那么，按照这个步骤下去，最怕被揭穿的就是那个金主，他极有可能就是凶手？！”

“没错。”

叶殊想到了有关许穆的种种怪异行径，譬如初次见面时，他特意在楼下吃安眠药，而客厅里的供暖设备损坏，如果真的想要安然入眠，肯定会在温暖舒适的卧室里服用药物。

他那样做，就好似在刻意演戏给叶殊看，从侧面表达出他对沈颜的爱很深。

可事实真的如此吗？

在沈颜被杀害的那段时间，他有人证证明他一直待在雅虎娱乐会所，虽然会所有别的出口，可在那长期工作的职员表示并没有人进出，等于强行给这个不在场证明的漏洞塞上了塞子。

事实也真的是如此吗？

如果要调查许穆，就必须推翻这厚厚的两堵墙：一面墙是证明他可能有婚外情，有杀人动机；另一面墙则是证明他不在场的证据存有漏洞，从而推翻他的自我辩护言论。

听起来简单，做起来却比登天还难。

叶殊也没十分的底气，迟缓地道："按照这些提示来看，结果最终都会指向许穆……不过，我还没有确凿的证据。"

"警察不就是寻找证据的存在吗？"

"也对，"叶殊轻笑一声，"这就是警察的'烦人'之处，面对真相，绝对不会放弃追寻！"

"如果你也可以像追查凶手一样，去窥探我的秘密就好了。"纪零微微低头，下巴险些触到叶殊的头顶，亲昵地在她的额角蹭了蹭。

举止太过于暧昧了，明明前一秒还是帮她分析案件的正人君子模样。

叶殊结结巴巴，每次遇到纪零，她就败下阵来："你，你哪有什么秘密？"

"我的秘密可多了……"纪零步步紧逼，语调依旧是上扬的。尾音圆滑，如裹了一层油水，又似覆盖一片糖衣，甜滋滋，又香喷喷，让人心生好感，忍不住顺着他的话儿继续接下去……可不行呀，他所说的句句都是圈套，再深陷其中，就难以自拔了。

叶殊，稳住！

你又不是不知道纪零的手段，可不能被这个道貌岸然的男人所蛊惑，他必有后招！

"那我倒觉得纪先生很单纯干净，不像是有秘密的样子。"叶殊挡不住这种儿女情长的私密话了，只能用客套的官话应付。招式虽生硬笨拙，但总比被纪零"生擒"要来得好。

"我的秘密就是——我爱你。你说你知道我的秘密，让你说，让你猜，又一句都说不出来。"他的语速越来越慢。

这种情愫滚烫而缠绵，比煮开了的水还沸腾，比烧热了的油还炙热，一点点浇在她的心口眉梢，烫进心里去。

他的意思是，让她说："我爱你吗？"

这种秘密，就算她知道，就算她有读心术，也难以启齿呀！

不要脸，臭不要脸！

叶殊口舌笨拙，又词穷。想动武，没找到好的借口，更像是掩饰羞怯。

恼怒、愤慨……这个男人，要欺负她到什么时候？

非得她说爱他吗？不能自己细心感受吗？

要说不爱？倒也不是，只是爱在心口难开，习惯缄默无声，顶不住他的热切奔放。她是中式含蓄的爱，他是西式渴求倾诉的爱，文化交融，必有摩擦，可中心主旨都是一致的，能够融会贯通。

"你不爱我吗？"纪零缠人的性子又起，逼她说出一个合心意的答案。

叶殊怕被看出端倪，刻意板着一张脸，说："案子都没破，现在哪有时间说这些题外话？"

"早过了下班时间了，你说过，回'我们'的家以后，就是我们两个人单独的相处时光。"

"我没这么说过。"

"我中文不差，反正听起来意思差不多。"

忽悠不了他，叶殊甚至想出了个笨办法，她突然抬手，指着窗外道："好像是秦让的车来了，我去接一下。"

话音刚落，本以为纪零会被"情敌的讯息"所吸引，可他没有。反而趁叶殊分神，老奸巨猾地吻住了她，轻舔了舔她微干的唇，意犹未尽地道："这招声东击西，我也会。"

叶殊气结。这哪里是会，分明是精通此道，且能运用自如！

这只狡诈的狐狸，尝试了一段时间的人间烟火，倒是越来越难对付了！

纪零的脾气秉性像足了狗，精力充沛，识味而来。一旦被他靠近，没被绕上几圈，沾上味道，这厮决不罢休。

唯一摆脱他的办法就是听之任之，任他为所欲为，只要解了馋，这只野心勃勃的小狼狗自然就一脸微笑地退开了。

叶殊费了好大的力气才把他哄去睡，自己则挑灯查案。时间不等人，她一秒都不想浪费。

案子正是关键时刻，必须赶在金主毁灭证据之前，找到一丝关键。

发展到了现在，已经能确定凶手必定是金主，而现下，所有疑点都指向了许穆——他最有可能是金主。

叶殊记得清清楚楚，沈颜的死亡时间大概是失踪当天的下午，而那段时间内，有一个小时家中无人，也就只有三种情况了——

第一种是凶手闯入家中，那个人应该是关系密切的人，所以并不是陌生人擅闯，而是经过允许进入屋内，死亡现场就能定在家里。

第二种是熟人联系沈颜出门，凶手必定在此之前就和她有过接触，所以有手机号码，死亡现场定在外面的偏僻处。

第三种是沈颜外出，不幸被挟持杀害……但这一项的可能性太小了，街巷是最危险的地方，对方又是素未谋面的跟踪狂，沈颜必定会挣扎，留下破绽，死亡现场在离家的任何位置。

第三种没什么可能，从各方面来讲，案子都太干净了，分明是制定了严谨的行凶计划，步步为营。

所以，就暂时先看一下一二两种，这两种可能性唯一的重合点就是：凶手必定是沈颜认识的人，要么关系颇深，如未婚夫许穆那样，要么就是有联系，好似神秘男人一样。

一个都不能放过，可也不能妄自猜测，添加主观推论，影响案件的调查。

那么，许穆的杀人动机呢？沈颜被害时，许穆所做出的不在场证明是否含有漏洞呢？

犹记得那个被金主包养的女人……如果这个金主真的是许穆，那他就有杀人动机了。

一共两堵墙，杀人动机这一面墙暂且不提，先推另一面墙好了——找出许穆不在场证据的漏洞，从而推翻他那坚不可摧的不在场言论。

叶殊刚躺下，打算明天去实地调查，脑中突然浮现出一个至关重要的问题：假设杀人、冰封两个步骤真的是两个人所为，时间上又怎么会衔接得这样完美呢？如果神秘男人提前知道许穆杀人，他那么爱沈颜，不惜冰冻她的尸体，又在沈颜死后第一时间赶到现场……又怎么会坐视不管，放任许穆杀人呢?

难道是沈颜预测到了自己会和许穆发生什么，所以在这个“事后”需要神秘男人的出现？不，不可能。主动权应该是在凶手这里，因为杀人案子滴水不漏，很明显是凶手先行布局。如果凶手是许穆的话，那么和沈颜见面，肯定是他提出来的。

沈颜第一时间并不知情要和许穆见面，所以也不会联系神秘男人。

那么，只有一个结论了：许穆计划杀人，并且推算好了杀人时间。他知晓神秘男人的存在，所以在人死之后联系他上门……做些什么都不要紧，他要的是那时候留下神秘男人的痕迹，把所有责任都推给他。

可许穆一定想不到吧！神秘男人会有冰封美人这一步，还能垂死挣扎至今。

得再快一些了。

这只虎视眈眈的饿狼，必定还有动作。

与此同时，另一边，也有人在暗暗部署着。

岐山区有一条步行街很有名，连着海滩路，步行街尽头是流传百年的祈福庙，规模不大，但是灵验，每天都有香客抢着去上第一炷香。

到了换班的时间，着火小区的那个保安也下班了，他最近是朋友间闲谈喝酒的香饽饽，一有饭局准叫他，听他聊有关凶杀案的进展。

“听说你被警察审讯了？”一般喝酒的朋友就那两三个，近日又加了一个店里新认识的店员，他陪着吃饭，能免去一半的酒水钱。

保安喝上头了，话就开始多了：“问了几句，和那个连环杀人案有关呢，我都不敢上班了。”

店员“哦”了一声：“那你岂不是很忙了？会不会要出庭当证人啊？”

他也不和其他同行朋友一样讥声反驳，保安说什么就信什么。和这种人天南地北阔谈最尽兴，不怕被拆台，还有人捧着，大大助长了他的虚荣心。

保安抿了一口酒，热气辣到肚子里，浩浩荡荡，烧进胃中。打了酒嗝，说话也无所顾忌：“那也说不定，我给他们提供了线索。”

“什么线索？”店员似乎意识到这是机密，压低了声音，与他耳语，生怕被旁人听去。

“不算什么机密，我告诉她有关那个着火房主家的事了！那个房主前些日子不是惨死了吗？我说了她有个相好的！”

许是天冷，店员的声音陡然低了下去，阴森森问：“你还记得她相好的样子？”

保安含含糊糊摇头，得意地道：“怎么可能记得，我就说看到他指头上有戒指印，应该是已婚的男人，死去的房主可能是他的小三。怎么样？我推理得对吧？”

店员默不作声。

一行人就这么喝酒，酒过三巡，喝得七荤八素。

保安早上还得值班，很快就起身告辞了。

他踉踉跄跄，踩着步行街的沙石绕过小道——再往前几步就到公路，能叫到出租车，打的回家。

还没走出几步，只听得有“哒哒哒”的声音传来，清脆又刺耳。

几乎是一瞬之间，保安感觉手臂被人扯住，那力道很猛，嵌入肉里。他咋咋呼呼喊了两声，又不像是小混混碰瓷惹事。

很快，他被制服在地上，不能抬头，隐隐约约只看见一双锃光瓦亮的黑皮鞋——看这鞋码，是个男人。

这个穿深色西装的男人站在他面前，拿雨伞尖锐的伞尖戳在他额角，迫使保安闭上眼睛，问道：“和我说说，你的案子吧，看到的指印，是这样的吗？”

话音刚落，戴着口罩的男人褪下了戒指。

隔天上午，天气又冷了一度。

寒风凛冽，卷起叶殊长款羽绒服帽檐的白毛，遮蔽住她的眉眼。黑眼圈有点重，睡眠不好。大脑风暴了足足一整晚，几乎没有停止过运作。

纪零怕冷，瑟缩起肩头。顿了顿，撒娇似的将脸蹭到叶殊脖颈上，美其名曰：“帮你暖一暖。”

叶殊冷到连人都不想打，冷冰冰答：“那还真是要谢谢你了。”

“不客气，”他勾唇，又想使小心眼，“你有别处冷的话，也可以和我提，不要太生疏客套了。”

“我别的地方都很暖！”

“那我冷，可以碰一下，均衡热度吗？”

“不可以。”叶殊很凶地拒绝了。

“哦。”

一同并肩走了几步，纪零问：“要去做什么？”

“去拜访一下死者的未婚夫，许穆。”

“想查什么？”

“什么都想查，特别是他无名指上的戒指痕迹。”

“痕迹。”纪零这句话倒不是问句，尾音上扬，话内带了几分意味不明的玩味。

叶殊循着他所说的痕迹，散开思维：“如果有这个痕迹，就代表着他是保安见过的那个金主。如果没有，那就可能不是，也可能是被他毁灭了证据。”

“你更倾向于没有痕迹？”

“对，他总不会傻到留下戒指印，不然不就和保安口供对上了？”

“那么，如果他留下了呢？”纪零依旧是微微笑，微扬的嘴角所包含的意味很深。

“留下了？”叶殊在此卡住了。

纪零点了点头：“如果他是安排纵火的幕后主谋，那么他肯定会去联系保安，得知警察询问的内容，或者不亲自出面，而是旁敲侧击。如果他做贼心虚，去除戒指印，反倒会惹人怀疑——他之前戴戒指，不就是为了演绎和沈颜情深的假象吗？可留下指印，又会符合口供，增加嫌疑，那么他会怎么做呢？”

叶殊答不上来，微微张嘴，哑了嗓子。

纪零答：“那么，留下指印的唯一可能，就是他还有后招，而且是类似壁虎断尾的狠戾招数，能让他置之死地而后生，绝对不可以掉以轻心。”

“那么，我们这次去，岂不是没什么结果了？我觉得他不会蠢到去除指印。”

“不，也有结果。正好看看他是哪一路货色，知道他的道行，应该就好下手了，不是吗？”

“也对。”

到了许穆那里，他还是在家。

一推开门，见他穿着单薄的棉睡衣站在楼梯口。眼下青灰色，绅士而矜持地笑着，白皙细长的手指搭在一侧的楼梯扶手上，挑衅似的露出指骨上的痕迹——那是一圈常年戴戒指而留下的红色印迹，影影绰绰被戒指挡着，但能分辨出，印子还在。

这只老狐狸……

叶殊原本觉得面前的墙已经出现裂缝，却在顷刻间发现，那是自己劳思过重而产生的幻觉。这堵名为破绽的墙依旧坚固无比，没有任何龟裂的迹象。

第七集

走进屋，许穆退到一侧，任叶殊参观屋内的景物。

叶殊心乱如麻，实际上从纪零那里得来结论，远远没有自己亲眼所见所带来的震撼。

她环顾四周，落地窗都被厚重的窗帘挡住，留下深深浅浅的影子，将屋内光线打得很低很低。朝上望去，二楼的卧室门紧闭，两侧是如同蜗牛壳上俏丽的螺旋暗纹一般的阶梯，一圈圈，盘旋而上。

魔王的巢穴……叶殊没由来地想到了这个词。

她再回头望去，许穆依旧彬彬有礼地笑着，另一只手掐住指上的戒指转了转，又转了转，戒指曳动着明灭的白光。

许穆是魔鬼，他在他的巢穴里支配着所有他掌控的一切。

他无惧任何事物，包括她的到来。甚至是很欢迎叶殊挑战他，对于叶殊接下来的进攻，还一副饶有兴味的样子，根本就不能撼动他分毫。

那个神秘男人，也是挑战者之一吗？

他和她一样，想要揭开事情的真相，却处处受制于人，抓不到他的把柄……所以才会一气之下，杀死许穆的情人，羞辱对方，想要借此撕裂许穆脸上那层对未婚妻情深意切的假面？也就只有这种可能了。

“叶警官找我，是有什么事情吗？”许穆的声音自身后响起，一下子把叶殊游离的思绪拉回体内，她回过神来，客套笑道：“想询问一些和沈小姐有关的事情。”

“嗯，请问吧。”许穆垂下眼睑，细长的睫毛将他浅褐色的眼瞳遮蔽住，瞧不清眸光。他可能还没过“伤怀期”，依旧是一蹶不振的样子。

“请问一月二十六号下午三点到四点之间，也就是沈颜失踪的那一个小时内。你在哪里，在做什么？”叶殊顺着朦胧的日光，望着许穆，意图看入他的心里去。

许穆在绒料沙发里找了个舒适的位置，喟叹一声，道：“这些问题，我好像回答过叶警官？”

“案件需要，所以想听许先生更详细的回答。”

“哦？那么，叶警官的意思是……我现在属于犯罪嫌疑人吗？”他话音冷了一瞬，很快又微微笑开，缓和气氛，“没别的意思，只是之前你已经和我打听过当时详细的状况，如若打消了怀疑，那时候就已经不再关注我了。而现在又问一次，就说明你们警方对我的行踪很感兴趣，那么也就是包括怀疑我的念头了？”

“在没查明真相之前，每个人都可能是凶手。”叶殊说了一句前辈留给她的话。

“都可能是凶手？有意思，”许穆轻笑，“那么除了我以外，还有哪些人可能是凶手呢？他，不对，是他们有像我一样接受警方的审讯吗？”

“别的问题，恕我因工作原因，无法回答。时间不早，那就让我们尽快切入话题，聊聊一月二十六日的事情？”叶殊看了一眼手表，试图用动作来告知对方，她没有那么多开玩笑的时间。

“可以。但在提问之前，我想问叶警官一个问题。”

“什么问题？”

“颜颜究竟是死在屋内，被人运尸冰冻；还是死在屋外，先被人挟持再杀害呢？”

叶殊抿唇，不甘地摇摇头：“这一点我们暂时还不确定，不过死在家里的可能性比较大，因为门外装有监控，很容易拍到她的行踪，如果她出了门，应该会被记录下来。”

“所以，这就增加了熟人犯罪的可能，你们认为我会有他们家的钥匙对吗？”

“从理论上讲，是的。”

“我的确有他们家的钥匙，但这也可能是有人借此诬陷我。”

“诬陷？”

许穆认真点头：“有人很清楚我和沈颜家的关系，所以想要借此来诬陷我。还有一点，你们可别忘了——如果颜颜真的离开家了，又没被摄像头记录下来，也有可能是她主动避开这些容易被监控拍入其中的路段，或者是绕开那些平日里走习惯了的大路，为的就是保证行踪足够隐蔽。她见我的话，需要这样小心翼翼吗？我可是她的未婚夫。仔细一想，不觉得这里猫腻也很多吗？她是否是被人威胁，从而被迫绕开那些摄像头呢？对方究竟抓着她什么把柄？还有，那个神秘人究竟是谁？”

他的手段高明，四两拨千斤地把问题又抛给了叶殊。

也就是说，沈颜在生前也有见神秘男人的可能？并不是她所想的那么简单？

如果神秘男人真的是凶手，那他所做的报复行为，千方百计引导她去查明许穆的犯罪嫌疑，又有什么必要？很矛盾啊。

叶殊本能地不信任他，也并不想被这“迷魂香”给摄去魂魄，直截了当地问：“关于这方面的问题，我之后会去详细调查。那么，许先生可以告诉我有关你那天下午的事情了吗？”

“受朋友之邀，我那天下午待在雅虎娱乐会所，在三点的时候进门，有被监控拍下来，你们可以去确认一下。然后就一直待在包厢里喝下午茶，四点的时候，还给前台打了电话叫了一些果盘。所以，三点到四点这期间，我一直都在会所里，也并没有和颜颜见过面。”

叶殊记录下事情，又问：“包厢里还有其他人吗？”

“有一个朋友，三点和他见了面，后来有事，他就先走了，留我一个人在那里用餐……公务繁忙，没什么时间吃饭，正好在那吃了，省得还要找餐厅，有什么问题吗？”

“没什么问题，我会逐一去核对的，”叶殊顿了顿，又问，“还有，许先生当时是开车过来的吗？”

“是的，车牌也要告诉你吗？”

“对。”

“BK×××××。”

“好，那我去核对一下。”

叶殊也没别的东西要问了，正打算起身走人，却被许穆拦下：“颜颜的死亡时间是下午三点到四点对吗？”

“经过尸检得出的结论，的确是。”

“那么，只要证明在这一个小时内，我没和颜颜接触过，是不是就能排除我的杀人嫌疑？”

“没错。”

“好的，就请叶警官认真去核对吧。没做亏心事，我倒不怕鬼敲门。”他这话说得有些负气的意味，很快又恢复正常。

“那么，再见。”

“再等一下，在此之前，我想给叶警官一份对于调查工作有帮助的礼物。”

“礼物？”叶殊回头，问他。

许穆但笑不语：“我在颜颜出事前几天察觉到的，大概再过一个小时，私家侦探就出结果了。到时候，我会把所有材料都送到你的手里，很抱歉，现在才说明这些事情。之前有所隐瞒，是因为没有确凿的证据支撑，我不会说任何对颜颜名誉有损的话。毕竟死者需要安息，不对吗？”

“很对，那我走了，许先生。”

“慢走。”

叶殊和他道别，离开了他的巢穴，再次赶往雅虎娱乐会所。

之前她没有理由怀疑许穆，现在机会来了，自然要好好调查，一点端倪都不能放过。

依旧是熟悉的一套流程，叶殊和纪零被带到了茶水间，自有人来招待他们。

“我需要一月二十六日下午三点的监控记录，关于许穆先生的。”

经理无异议，带他们去调看监控记录。

翻了一会儿，叶殊果真在画面里看到了许穆那张脸——他有意无意地瞥了眼摄像头，挑衅似的微笑，笑容并不友善。

三点零五分，他如约来了雅虎娱乐会所。

叶殊原本高涨的信心已经被击垮了一半，正如纪零所说——许穆绝对没有她所想的那么简单。

她又问：“那么，四点的时候，你们联系过许先生，也见到了他本人，对吗？”

“是的，许先生要了一份果盘。是直接来柜台要的，监控里也应该拍到了。”

叶殊抿唇不语，翻动了一下视频，果真有许穆的视频影像。

她不甘地问："你们没有服务员吗？为什么还需要客人来前台点单？"

"有的，可能是那时候，服务的人员没听清需求，所以许先生不耐烦了，这才下楼咨询……"

叶殊又看了一眼监控录像，总觉得有哪里不对劲——许穆像是特意下楼，要将自己拍入录像里，记录下完美的不在场证明。

就从录像上看，他的证词无懈可击，这一个小时的时间，他的确是待在会所里的。

就在这时，会所外突然走进一名快递员，他轻声询问前台："这里有一位名叫叶殊的警官吗？"

"我就是。"叶殊答。

"这是您的快递，麻烦签个字。"

"好的。"叶殊接过文件，很快将其拆开，里面是一张纸，加一张照片。

照片是拍立得所拍摄下来的，右下角写着一月二十号的日期，里头有一个男人鬼鬼祟祟站在沈颜家附近，一动不动盯着前方穿白色长裙的俏丽身影，可以辨别出，那就是沈颜。

信纸上写着：根据许先生所吩咐的，我们特意在沈小姐身边潜伏调查了几天。果然有人一直跟踪她，以下为拍摄到的照片。

这个男人，既然不是许穆，那么可能是神秘男人吗？

他究竟是沈颜的狂热跟踪者，还是和她有隐秘情愫的地下恋人呢？

凶手难道不是许穆吗？是神秘男人有双重人格，一人分饰两角色，一个跟踪杀害沈颜；另一个人格惊慌失措，冰封惨死的爱人，并且归咎于许穆，要为沈颜报仇吗？

究竟是谁，又究竟是怎么回事？

叶殊心乱如麻，还没来得及细想，又接到了许穆的电话："在颜颜死的前几天，我总觉得她心神不宁，详细问，却又不说。我在想，是不是她有什么难以启齿的事情，出于关心，这才暗中让私家侦探跟踪她。那些就是我得到的资料，我觉得这个男人很可疑，也有可能是他为了保险起见，胁迫颜颜绕开摄像头，跟他见面的。"

"我会仔细调查的，还请许先生放心。"

她该相信许穆吗？

这一切是神秘男人的诡计，还是许穆的？

不，不对。叶殊又想到了保安的口供，他说过金主的手指上戴有戒指，而这一点，许穆是完全符合的。

神秘男人也不会无聊到杀死一个无关的女人，把金主身份强行安在许穆身上，女人和金主，以及沈颜……他们之间必有联系。

再相信自己一次吧！她的第六感不会轻易出错。

不管是神秘男人，还是许穆，都需要调查清楚。

那么，继续坚定推倒这面墙好了——如果能证明许穆不在场证明出现漏洞，那么他就有杀人的嫌疑了。

就算许穆在三点和四点被拍摄进录像内，就能代表他这一小时都规规矩矩待在包厢里吗？

会所有一个后门，那个后门距离沈颜的家又有多远呢？这一个小时，足够许穆杀人再回会所吗？

先从这里下手，先不要相信任何人。

想要揭开真相，叶殊，你只能相信你自己。

一个小时，六十分钟，三千六百秒？一个小时可以做一些什么事情呢？

出门购物的话，一个小时足够叶殊挑选完适合晚餐的食材，甚至做出好几道菜。

如果让纪零随意发挥这一个小时的话，他都能利用上他天赋异禀的嗅觉，创造出好几种新奇的气味了，速度够快的话，连一款简易的香水都制作完毕了。

一个小时里包含的可能性太多了，这样一想，又给叶殊增添了一些信心——她肯定会找出许穆在这一个小时里所做的事情。

如果许穆在下午三点和四点分别出现在雅虎娱乐会所前台，那么就说明，他在这两个时间点肯定在店里。

他在这一个小时究竟做了什么？

没有人证，又有其他的出口，所以肯定不是乖乖待在包厢里这么简单。

假设沈颜死在家中，那么许穆就得在一个小时内完成来回雅虎娱乐会所的路程，并且在赶往许穆家时，还得避开那些无处不在的街道摄像头——因为没有任何摄像头拍到了许穆的行踪。

时间上可行吗？也只能由叶殊去验证这一点了。

“你们店的后门在哪里？”

“这条路直走，走到尽头，左拐就看到了。”经理不解地答。

等叶殊等人走后，他又像是担心叶殊他们惹是生非，叫了几个服务员陪同，看看他们此行的目的，还美其名曰：“给叶警官带路。”

叶殊懒得和这些生意人打交道，只要不妨碍她的公事，他们爱怎么搞，就怎么搞。

会所后门位置很隐蔽，又离楼上包厢的楼梯口很近，要是从这里临时离开，走的时候动点手脚，足以掩人耳目。

推开后门，是黑漆漆的小道，左右两侧都通大路。朝前走几步，黑暗逐渐被人声鼎沸的白光吞噬，进入了人山人海的步行街。

叶殊根据导航，选定了两条能完美避开所有路段摄像头又能直达沈颜家的路。她根据每条路的限速要求，猛踩油门，一直加速到几乎违规的码数，争取花最少的时间赶到沈颜的家里，再返回。

结果两条路都是恰好在一个小时内完成，根本没有杀人的时间，连一秒都不留。

很显然，在时间上来讲，许穆根本不可能赶到沈颜家里，杀了人再逃离现场。所以，这下要排除他的嫌疑了吗？

叶殊猛砸一拳方向盘，指骨被冷硬的塑料外壳撞得生疼。

她抿唇，强忍住痛楚，倒吸一口冷气，呢喃自语：“是我做错了吗？”

“你又在自我怀疑吗？”纪零突然开口，他的声音一贯带有冷冽的质感，能瞬间抚平叶殊心底陡然浮现出的焦虑，那些似平滑的丝绸猛然被猫的利爪钩出一块脱线位置的毛躁情绪，瞬间包裹住她，又在顷刻被纪零风轻云淡的几句问话，熄灭了燥火。

“我觉得我抓不到关键，再这样下去，会被他溜走……”

“既然已经知道了他是一只狐狸，那就别忘了他狡猾的一面。”

叶殊抬头，看纪零，茫然无措问：“你的意思是？”

“就只有开车这条路吗？通往沈颜家，就只能开车去？”

叶殊顺着男人似笑非笑的眸光，朝前望去，不远处有个地铁口。

她恍然大悟：“没错，如果交通不畅的话，地铁的确比开车快得多！我怎么一开始没想到呢？”

叶殊心急火燎地从车内出来，联系了地铁站的工作人员，要求他帮忙查询一月二十六日下午三点到四点，有没有直达沈颜小区附近站的地铁。

“有的，不过只有一班，在三点十分的时候，大概三点二十就到了。”工作人员一边查询时间表，一边头也不抬地说。

“那么，从那边回来呢？在三点到四点之间，有吗？”

“有的，三点四十就有一班，大概三点五十到这边，接下来就是四点二十才有下一班……”

叶殊打断他的话，道：“足够了！”

时间上，坐地铁去沈颜家完全可行。所以，许穆真的是利用了地铁之便吗？

还有最重要的一点，这一切推理都是建立在理论之上的，她得在现实里抓住许穆的狐狸尾巴。

叶殊道：“坐这班地铁的候车位置，有监控摄像头吗？”

“我得查一下……”工作人员敲了两下键盘，道，“还挺凑巧，有一个。”

“我需要一月二十六日下午三点到四点的监控录像，务必帮我核对一下，有没有这个男人出现过。”

叶殊递给他许穆的照片，她自己也站在一侧帮忙排查——已经不能奢求看到许穆毫无掩饰的脸了，只要能看到戴口罩或者是刻意避开摄像头的奇怪男子，她都要花心思去调查一下。

这面墙终于要被打穿了吗？

墙对面的秘密花园，触手可及。

等了五分钟，十分钟，二十分钟……

叶殊的心一点点冷了下去，从原本的如火炙热到现在的心如死灰，也不过是短短半小时的时间。

没有找到他，监控里没有他的影子。

这也就说明，许穆并没有乘坐这班车。

怎么可能？骗人！

附近就只有这个地铁站，如果许穆不是乘坐地铁的话，他绝对不可能赶到沈颜的家里，亲手杀害她。除非他长了翅膀，能在天空翱翔，飞到沈颜家里。

所以，凶手真的不是许穆吗?

冷静一点，再好好想想。叶殊，不能输，绝对不能就此认输。

就现在来看，事件的进展已经绕进了死胡同里，蒙头猛冲，也找不到任何突破点。

不太乐观，却也不能一概否认。因为从另外一个角度来看，消除多种可能性也不失为一件好事，至少这样答案能趋向正确。

即使目前来看，许穆犯罪的可能近乎为零。

这附近没有机场，没有车站，就算有巴士，开车的速度也绝对不会比私家车快多少，所以连私家车都不能办到的事情，就不要奢求巴士能创造奇迹了。

也就是说，在沈颜的死亡时间内，许穆绝对没有来过她家，杀死她。

那么，凶手不是许穆？如果排除了许穆去沈颜家杀人的可能，凶手就可能是神秘男人?

不，不能这么轻易相信他。

狡兔三窟，他狡猾的本质不会改变。这肯定是许穆的障眼法之一，肯定是的。

叶殊一闭上眼，脑海中思绪翩跹，沈颜的死相令人印象深刻，至今都难以忘怀。

只要一合上眼睑，就能看到她被冰封住的精致面庞。隔着厚重的冰层，沈颜的脸依旧美到令人窒息，就好像芭蕾舞裙轻薄的欧纱，被穿透力极强的灯光映照那样，透出或灰或白的透明光影，隐隐生辉。她的衣服也很整洁，唇色泛红，皮肤毫无血色，带着病态的惨白，黑色的长发缝隙内没有半点皮屑，被人打理得很干净，以虔诚而又小心的态度，与掐死她时粗鲁的杀人手法截然不同。

这一幅用尽黑白红三色渲染的画卷啊，展现了人世间最极致的美。

没有浓烈的爱意，是无法做到这一点的。

一个是爱，一个是恨，一目了然。

要么是两个不同的人，要么是两个不同的人格。

凶手究竟是谁呢？许穆，或是神秘男人?

决定赌局的硬币已然抛下，正面人头或是反面花朵，全凭天意……

对了!

叶殊猛然睁开眼，她想到了另外一种许穆杀人的可能性了！

许穆曾对她展现过沈颜死在外面的可能——如果想出门又不被监控拍下，那只有一种可能。也就是她鬼鬼祟祟出门，绕开所有监控的路段。那么，如果见许穆必定不用这样做，见别人，或受人胁迫之类的，就有这样做的必要或是可能性。

原先叶殊以为这个“别人”必定是神秘男人，可现在一想，或许又不是……

如果，沈颜是死在外面的，那么就可以不去考虑来回路程的问题，也在不知不觉间缩短了路程距离。而避开所有监控摄像头，就是至关重要的一点。

那么，许穆完全可以假冒这个“别人”，把沈颜从家中引诱出来，并且在掐死沈颜以后，把真实的“别人”骗到案发现场，作为凶手被逮捕。

而这个“别人”完全有可能是神秘男人，这样就能完美解释“爱与恨做法上的差异”这一矛盾点。

该死，她是有多蠢，才会以为沈颜死在家外，就必定是神秘男人犯的罪呢？！

他明明就是被诬陷的！

怎么办？如果沈颜做得足够滴水不漏，她究竟该怎么查下去？

不可能有人做事能完美预知突发状况，在谋杀期间，肯定会出什么纰漏，任何细节都不能放过！

叶殊决定再次回到沈颜的家，演绎一遍沈颜那天被谋杀的全过程。

开车一段时间，叶殊和纪零终于在夜幕降临之际抵达了沈颜的家。

这附近的交通地图都已经打印出来，各个巷弄的录像在纸张上标记得清清楚楚，甚至是手机里也有准确的地图导航，可以帮助辨别路线。

叶殊的背后是大门，如果她是沈颜的话，必定会四下环顾，找个没人注意的时机朝前行走。

左右两侧都没有监控摄像头，但是都有一个必经之处——那就是离这里路程有十分钟的公园。

经过公园，再去分辨，结果发现能绕开路段监控的街巷太多了，根本就无从下手。

她要是沿途，一家家一户户问过去，只怕这段时间内，许穆早就想好了脱身的方法。

怎么办呢？

有了！那个公园！

唯一交集的点就是这个公园，只要从这里下手，找到那天在公园里待过的人，说不定就能寻到一丝线索，找到蛛丝马迹。

叶殊问了一句现在在公园里散步的大爷：“您好，请问一月二十六日下午三点，您在公园吗？”

老大爷戴着细框眼镜，从气度上看可能是退休的大学教授，说话果然有一种严谨的态度：“那天我不在公园，这里本来就位置偏僻，平时来的人就很少。哦，不过我知道一个美院的学生每天下午都会来这里写生练习，或许你们能去找她问问看。”

叶殊抓到了一个关键点——每天下午对吗？

这里是沈颜的必经之路，只要那个时间段有人待在公园，就肯定能看到沈颜。

只要这个学生确认过沈颜出门，就能证明沈颜有死在家外的可能，即使不能证明是许穆谋杀，但也足以推翻他的不在场证据——他根本不需要到沈颜的家里杀人，他完全可以约到外面杀人，节省一半的路程和时间。

得找到那个学生，速度要快！

叶殊焦急地问：“那个女同学的外貌特征是什么样的？”

“短发，喜欢穿灰色针织外套，没戴眼镜，眼睛很大。别的就不知道了，只知道她是岐山美院的学生。”

“好的，谢谢老师。”

“你怎么知道我是老师？”老大爷玩味地挑起眉头。

“感觉。”

大爷突然哈哈一笑，朝一侧默不作声的纪零挤眉弄眼：“小纪这媳妇找的不错，有空带回家吃饭，你奶奶也回国休息一段时间了，记得来看看她，在家里怪惦记你的。”

“好，爷爷。”纪零毕恭毕敬地答。

叶殊目瞪口呆，目送那位仙风道骨的老大爷从眼前一晃而过，绕进小区里——纪家人是不是都这毛病？语不惊人死不休，非得拐弯抹角坑一回人才算完？

“那是你爷爷？”

“亲的。”

“谁问你这个！你怎么不早说？”

“我没来得及……”他抿唇，“况且，他是故意在这等你的。”

“他怎么知道？”

“早上的时候，稍微和他提了一点案件内容，他猜的。”

叶殊咽了咽口水，问：“那学生的事情是真是假？”

“八成是真的。”

“为什么这么肯定？”

纪零憋了一会儿，出声：“他是岐山美院的校长，兼职讲师。”

“……”很好，她服了，这一家子牛人。

现在不是管这些事情的时候，总账秋后再算。

至关重要的是早日找到那个学生，她需要她的口供，为神秘男人翻案。

叶殊原本熄灭的自信心又因借了东风，燃起绯红星火，顷刻间卷起熊熊烈焰。

“丁零零——”

与此同时，她接到了秦让的电话。

一开接听键，秦让声嘶力竭的嗓音就透过扬声器传来，险些刺穿她的耳膜：“叶姐，大事不好！”

叶殊愣了一会儿，反问：“公安局烧了？”

“呸！不是！是那个你收录过口供的保安，他招了！”

“招了？招了什么？”

“他说自己是在诬陷许穆，他并没有见到过什么戴戒指的男人进出小区，这一切都是那个什么‘神秘男人’指使他说的，就是为了诬陷许穆！还给了地址，徐队已经开出去缉拿人了！这事怎么办？”

“你觉得那个保安说的是真的？”

“我不知道，可是我们没办法判断他话中的真伪。现在国内又不让用什么测谎机作为刑事手段，也测不出来他是不是在说谎啊！就算他做伪证又怎样，只要许穆条件开得够高，但是照这样发展下去，等抓到神秘男人，就差不多能定罪了！”

“如果保安一直坚持，自己所说是真的。那么神秘男人就没有上诉的可能，何况照他之前的所作所为，他也根本不会上诉，请求重审。他只想借自己的手杀了许穆，以犯罪的形式。”

秦让急得像是热锅上的蚂蚁，团团转：“所以，怎么办？”

“没办法，当务之急就是找到那个证明沈颜出去过的学生，只要找到她，得到口供，这一切就有转机。还有，你去调查保安，看看他有没有什么把柄被抓住了！”

“是！”秦让中气十足地回答。

第八集

审讯室很安静，门是虚掩的，不能完全关闭，否则会有密室逼供的嫌疑；也不能大敞开，怕嫌疑人被走道外的声音惊扰，影响思绪。

叶殊用笔头敲了敲下巴，再低下头，重新审视一遍保安的脸：“你说，你是被逼迫的？”

保安点头：“我之前说的，都是他教我这样讲的……他还让我装作醉酒的样子和朋友应酬，然后把戴戒指的细节透露出去。可我真的没有看过戴戒指的人进出公寓，和那个死去的房主碰面。我这次说的是实话！我，我也是没有办法啊，不这样说，他就会在我工作上做手脚。警官，你也知道，我就是高中毕业，这个工作还是亲戚介绍给我的。现在当个保安还要看学历的时代，我要是工作上出了问题，可怎么养活一家人？我、我这也是走投无路了，是被逼无奈……”像是在遇到警察的时候，才获得了安全感，重获新生一般，将之前的畏惧一股脑地说出来。

“那你知道你作伪证的后果是什么吗？”

保安愣了一瞬间，从牙缝里硬生生挤出一句话：“我现在迷途知返了，所以才来说明真相……”

叶殊无动于衷，直白地补充：“嫌疑人以暴力手段或是威胁、贿买等方式阻挠证人作证，以及指使、胁迫他人作伪证，妨碍人民法院审理案件，干扰刑事工作者调查案件的人，《刑法》第305条有明确规定对伪证罪的判定——‘对于这类隐匿罪证或者意图陷害他人的行为，处三年以下有期徒刑或者拘役；情节严重的，处三年以上七年以下的有期徒刑’。你是想要成为其中一员吗？做事之前一定要仔细想清楚利弊，你说你之前是在作伪证，现在不是，那我又怎么能确定你现在究竟是不是在撒谎呢？”

保安不知是不是被叶殊逼得骑虎难下，咬着牙，肯定自己的证词，或是伪证词：“我没有在撒谎！警官，我这次真的……没有撒谎。”

叶殊偏偏要保安着重强调所说的话，要她为自己的言行负责。

“威胁你的男人，是他吗？”叶殊摆出了许穆的照片。

保安矢口否认：“不是他，绝对不是他！”

“那么，是他吗？”叶殊又放上了那张被抓拍到的神秘男人照片。

“看这个身形……应该是他。是他，化成灰我也认得他！警官，你一定要救救我，要抓住他！不然我肯定会被他报复的，他可能还会杀了我！”

“我知道了。那么，我想再问一句，你这次真的没有在作伪证？”

“没有，真的没有！”

叶殊不作声，半眯着眼，试图透过保安那一层皮肉窥探他的本心，隔了一会儿，她呢喃自语：“你没说谎，那最好，假设你现在还在作伪证，我就这么告诉你吧，你的证词只是证据链里面的一小部分，并不是决定性因素，假设我们在后续调查里发现许穆真的和死者有联系，那么就能从中了解到你所说证词的真实与否，一旦发现任何矛盾点，都能从中得出你撒谎的结论，明白吧？如果你还在欺骗我，那你最好用一辈子的时间保佑你的谎言不要被我拆穿！而且你也要知道，刑事案件根据判刑的严重程度确定至少五年追诉期，我有五年以上的时间去反复推敲这一桩案子，也会牢牢盯住你，至少五年。你，确定自己已经了解了作伪证的后果了？”

保安的瞳孔微微扩大，神情恍惚了一会儿，他咽下口水，用很低的声音重复说：“我确定……我真的没在撒谎。”

叶殊偏偏要保安着重强调所说的话，要他为自己的言行负责。

叶殊轻笑一声：“好的，你说你没有作伪证，那就好。谢谢你对我们调查工作的支持，那我没什么可以问的了，至少根据你的证词，可以减轻一点对许穆先生的怀疑。”

原本按照“戴戒指的男人”这一特征，可以稍微把目光放到许穆的身上，可现在这一证词被推翻，全部的线索都指向了神秘男人。

如果神秘男人故意找了一个背后有金主的女人，自导自演这一出戏，杀了她，栽赃嫁祸给许穆。那么，不就可以将许穆完完全全从案件的嫌疑里摘出来了？

反正是杀人犯，再杀一个沈颜也不算多，谁知道杀人犯的内心世界是什么样的？许穆要给世人展现的，不就是这一印象吗？

除非有人能说明许穆和死去的女人有恋爱关系，这样就能解释许穆并不爱沈颜的事实，他就有杀人动机。可这一可能性却被保安推翻了。

又或者，能推翻许穆不在场证明，证明沈颜当时出过门，许穆也有杀人的时间。可那个待在公园里写生的女学生是关键，至今还没有找到人，无法知晓她的证词。

两条路，前有狼后有虎，被扼杀了一条，还有一条路可以走通吗？

当务之急，就是找到那个女学生，知晓那天发生的一切！

与此同时，叶殊又接到了另外一个不好的消息——神秘男人在刺杀许穆的过程中被捕，许穆因失血过多而昏迷，进了医院，成了完完全全的受害者。

更有新闻拿此事做文章：沈家千金惨死之后，凶手又将目标指向了许氏继承人许穆先生，这一出豪门大戏，幕后操纵者究竟是谁？是仇杀，还是情杀？本栏目的编辑将继续为读者深入挖掘内幕。

叶殊合上报纸，只觉得头疼欲裂。

这下有戏瞧了，先是有神秘男人跟踪沈颜的证据，再是有威胁保安的证词，已经被认定他是刻意诬陷许穆，现在还刺杀了他。

林林总总的证据已经推出了新的证据链，是神秘男人跟踪沈颜已久，他以一些把柄威胁沈颜放他入家门，神秘男人杀害沈颜，后见人死了，又不知所措，匆匆忙忙冰封尸体，制造出是两人所为，行径差异很大，杀人者恨沈颜，有计划杀人，而冰封者爱慕沈颜，见到死人，匆匆忙忙筹备制冰机所以拖延了冰封的时间这一矛盾点，将警方带入“是两人所为”这一结论内。

后来，沈颜的尸体被警方找到，神秘男人慌了神，于是决定将错就错，营造出为爱而复仇的假象，把受害者许穆，变成加害人，实施了以下计划——杀死一个有金主包养的女人，找小区内的熟人同伙房主纵火烧屋，再胁迫保安将这一切推给许穆，给他冠上出轨的罪名，那么许穆就有杀人动机了。可保安的证词被推翻，神秘男人知道自己回天乏术，再查下去，肯定会被定罪。所以狗急跳墙，又因嫉妒许穆是沈颜的爱人，所以去刺杀他，甘愿被捕。

一切就此结束。

这个说法就是关注案件至今的群众所推理得出的东西，但叶殊觉得此事没这么简单。

虽然这样想，也行得通。可是直觉告诉她，这里头还有问题，幕后藏着惊天大秘密。

只要找到那个女学生，得知沈颜出过门的信息，就能将这堵坚硬无比，以坚固材质威慑人的石墙撬开一条小小裂缝——别看这样好似无关紧要，可若没这道裂缝，破墙而出根本就是痴人说梦。

好似青虫化蝶，总要先咬开层层叠叠缠绕的茧子，透过那道缝隙看世界，感受到了光与影子，风与潮湿的水汽，这才能够鼓起勇气，一寸寸从中攀爬，挣破这一片屏障，蜕变而出，迎风，翩翩起舞。

叶殊就是这一只青虫，她得找个机会破茧而出，不要坠入永无止境的黑暗之中。

还是去看看神秘男人吧。她对他感到好奇，觉得他还有话可说。

叶殊刚打开车门，突然想起纪零还被她留在办公室里。因为审讯工作不适合太多人在场，所以她叮嘱过纪零要乖乖待在那里，等她回来。

看一眼手表，已经过了饭点了，那男人不会还傻愣愣等着吧？

师兄弟应该也没这么蠢，总会带他去吃个饭吧？

糟了，她皮糙肉厚，因工作繁忙挨饿是家常便饭，可让纪零受饿？叶殊在一瞬间想到了那男人眉头紧锁的样子——他只能抿唇，一动不动干坐着，就算发呆别人都以为他在思索案情，哪敢轻易惊扰他？

她的心底五味杂陈，猜不出是心疼还是愧疚。小心翼翼回到办公室里，结果见男人果真乖巧地坐在椅子上，像是一只等待主人回归的忠犬。

他不怕她丢了他吗？还傻傻等着。

叶殊叹了一口气，出声：“你还在？”

“你回来了？”纪零原本暗沉的眸子，似在一瞬间被火光点亮，变得愈发炽热。

“午饭还没吃？你怎么这么傻，不会跟着他们先去吃饭？”

“你让我等你。”纪零的话没有半点抱怨，轻飘飘一句，反倒显得理所应当。

“我带你去吃，过来。”

他抿唇，不肯及时站起来：“腿麻了。”

怎么这么麻烦？

叶殊无奈，过去牵他的手：“好了，我拉着你，现在肯站起来了吗？”

“好。”纪零微微笑，将她的手握得更紧，像是一只撒娇的猫。

她拿他有什么办法呢？

不想看他不开心，更不想看他眉头紧锁，一个人待在角落里的孤孑模样。明明只要不理会就好了，不去管他，纪零如猫一般有很强的自尊心，被推拒了，自然不会凑上来。可一旦沾上了，就像是上了瘾，戒都戒不掉，只会顺着他的心思来。

想来，叶殊这辈子都无法轻易摆脱这个男人了。

在吃饭前，叶殊先去看望神秘男人。

因为他是杀人犯，杀死了那个背后有金主的女人，又是沈颜案的犯罪嫌疑人，所以在等待庭审定罪之前都得被拘留在监狱内，限制人身自由，以防他逃脱。

叶殊隔着厚厚的防护玻璃，看着那个身形瘦削的男人一步步从中走出。他的肩膀由于紧张而蜷缩、挤压，像是两个扁平的夹子，将衣服松松垮垮夹在他的骨架上。

走了两步，他终于抬起头来，与叶殊对视——那双眼平淡无波，并没有一般犯罪者眼中所流露的狠戾，而是另一种与世无争的温柔。

眼睛不会说谎，她的直觉没错。

叶殊稳住心神，伸手，拿起一侧的电话，问：“听得到吗？”

“嗯。”里面的人细声回答。

“你就是之前用聊天软件联系我的神秘男人？”

“嗯。”

“你有什么想对我说的吗？”

神秘男人抬头，看了她一眼，眼底没有任何希望，有的只是铺天盖地的绝望。似有簌簌夜雪落下，寒寂了一夜，死灰无法复燃。

他没什么可说的。

“你有什么难言之隐，都能跟我说。”叶殊犹不死心。

已经能确定神秘男人杀了一个人了，再为他平反有意义吗？

他是杀人犯，他不配拥有任何救赎。

不过，叶殊也并不想拯救他，她不是圣人，她不会救济任何一个深陷泥潭的人，她需要的只是一个真相，只是关于沈颜案的真相。

绝对不能让任何害人者逍遥法外。

等一切尘埃落定，神秘男人也自然会得到属于他的惩罚。

“我没有什么可以说的，我也不相信你。”

“我知道你不相信警察，但是现在所有人都说你是杀死沈颜的凶手。”

神秘男人讽刺一笑：“你觉得我不是？”

“许穆还没死，有消息称他已经脱离了危险，”叶殊补充，“你不相信我，我可以理解，任何要自行复仇的人都不相信法律可以还他们公道。但是，你真的甘心吗？”

他的左手攥紧了一侧的纸张，用了点力，平滑的纸面起了褶皱。

“即使所有人都误会你是跟踪狂也无所谓吗？从你冰封沈颜的举动可以看出，你是爱着她的对吗？即使所有人为许穆的情深感动，为他对沈颜的爱所感动，你也无所谓吗？你和沈颜之间，真的只是跟踪与被跟踪的关系吗？口口声声要为她报仇，你也不过如此，不是吗？”

“咔嚓——”神秘男人将纸张揉破了，发出刺耳的撕裂声。

他抿着唇，满头都是热汗，忍了很久，终于出声：“我相信你，我委托你帮我‘报仇’。在南山路的205号，二楼的房间内有一封沈颜写给我的信，我们的关系在信中有说明。笔迹的部分，你们也可以去鉴定，自然会有一个说法。”

“好，我会查明真相的。”叶殊松了好大一口气，她本以为是一场拉锯战，可没想到在面对沈颜的问题的时候，神秘男人毫不犹豫松口了。

也是，现在他被限制了自由，也只有她能代替他，挖掘真相了。

叶殊来不及吃饭，立马起身赶往神秘男人所说的地点。

在技术工的帮助下，他们一行人成功找到了制冰机拆卸下的零件，以及沾满死去女人皮屑的手套，能确定女人是神秘男人杀死的，而沈颜被冰封也确确实实和他脱不了干系。

翻动了所有抽屉，终于找到了神秘男人说的信。

叶殊扫了一眼信件上的内容，这是一封从遥远的意大利寄回来的情书，从沈颜欢快愉悦的语气里可以感受出她对神秘男人抱有爱慕的心绪，并且瞒着家人，与他秘密交往。

至于信件的真实性与否，就得交给检验科的人鉴定笔迹了。笔迹鉴定是根据一个人的书写习惯，通过与样本对照，鉴别书写人是否为同一人的专门技术。整个过程可分为分别检验、对照检验、综合判断这三大阶段。然而这一份笔迹证据只能作为证据链里某个关键的物证，不能作为独立的证据证实它的真实性。

可只要证明这封信的笔迹是真的，就能显现出案件的矛盾之处……叶殊就有借口再深入挖掘下去，不被许穆现在一手遮天的状况所限制。

等了大约几小时，检验科的人有了结论——这封信的笔迹的确是沈颜的，而且没有刻意模仿笔迹的迹象，可以作为参考性质证据而存在。

叶殊松了一口气，很好，这一把，她赌赢了！

如果神秘男人就是沈颜的爱人，那么他冰封尸体的动机就显露出来了……这样的人，又怎么会杀死自己的恋人呢？

这其中，必有蹊跷！

最终，叶殊等人还是来到了纪零爷爷担任校长的岐山美院。四下打听那个每天下午到公园写生的同学，可一无所获。

她绕进画展，顺着窄小的甬道一路向前，突然，在一幅画的面前驻足，定睛一看——这画上的景致不就和那个公园一模一样？

是她，肯定是那个女学生画的！

叶殊望了一眼右下角的信息，徐秋歌。她急忙抄下女孩的班级以及名字，去系里打听。这才知道女孩不住校，瞒着家人和男友在外头秘密同居。不过他俩都是大三的学生，不住校本来就是校规允许的。

根据他们好友提供的地址，叶殊登门拜访了女孩的爱巢。

开门的是一个年轻人，明明有课，却翘了没上，待在客厅里抽烟，袅娜的烟雾将他的脸迷住，影影绰绰，看不真切。

叶殊诧异地问：“这是徐秋歌的住处吗？”

“对，我是她的男朋友。你们是？”

“我是一名刑警，特意登门想询问一些事情。”

“我记得我还没报案？你怎么知道消息的？”

“报案？”

“昨晚，我和秋歌因为一些事情吵架，她一气之下出门，再也没回来过。现在已经快满二十四小时了。她是外省的学生，在本地又没亲戚朋友，不知道能去哪里。她常去写生的公园，我也去过，可没找到人。”

叶殊的眉头蹙起，直觉大事不妙，她埋怨地道：“为什么不报案？”

“失踪没满二十四小时，警方不会受理案件的。”

她险些忘记这一茬了。

“对了，”叶殊想起了另外一件事，“一月二十六号的下午，你知道徐秋歌去哪了吗？”

“这个我知道，二十七号就是画展了。她说自己的作品里缺少一点色彩，所以去公园等了一下午的光源，要等到太阳下山的那一瞬间，黄昏时分最好。”

“是这个公园吗？”叶殊出示照片。

“没错！”

那就对了，这说明如果那天，沈颜出门，必定会被徐秋歌看到的。

不过，徐秋歌在这样关键的时刻消失，真的没出事吗，只是怄气消失？有没有可能，许穆害怕她说出见过沈颜的真相，惹火烧身，所以挟持了她？

不对啊，许穆现在身受重伤，正在重症病房里躺着呢。

那么，可能是雇人绑架吗？

不可能的，他不相信任何人，这种事必须越少人知道越好，有钱也不一定能雇到帮忙绑架的人，风险太大了，人人都怕有钱没命花，必定是他亲自下的手。

许穆被刺杀是今天早上的事情，可徐秋歌却是昨天下午失踪的，并不冲突。

所以，她很可能还没受到伤害，因为许穆来不及下手，人就已经被神秘男人捅了。

叶殊想明白了，急忙将这一系列推理说给上级领导听，得到了许可以后，开始趁许穆昏迷时，搜查他家中的各个角落。

大约一个小时以后，秦让等人在许穆家的地下室里找到了徐秋歌，她真的被绑架了！

迎着忽明忽灭的灯光，叶殊撕开了封在徐秋歌唇上的胶带，她拿着沈颜的照片，激动地问："我就问你一个问题，一月二十六日下午三点到四点之间，你有没有见过这个女人？"

徐秋歌受尽了惊吓，还没回过神来，隔了好久，才微颤唇瓣，说道："见过，她……她好像往前面走了，只看见了一眼。"

"好，有你这句话就够了。你别哭，我兄弟会带你出去的。我们是警察，不会伤害你的。"

徐秋歌抽噎地点了点头，脸颊终于恢复了一点血色。

既然沈颜有出过门，那就可以在中途与许穆碰面，并且被杀害。由此得出，许穆原本完美无瑕的不在场证明不攻自破，站不住脚了。他有杀人的时间，绑架徐秋歌也是不争的事实。许穆是犯罪嫌疑人之一，甚至是凶手，这一点毋庸置疑。

随着叶殊脑海中那堵坚固无比的墙倒塌以后，墙后被保护的男人，渐渐露出了明朗的身形轮廓。

是谁呢？大概也能猜到了。

接下来，就只剩下杀人动机这一面墙需要推翻了，根据神秘男人的指引，去调查许穆和死去女人之间千丝万缕的关系。

再度回到审讯室里，气氛还是一如既往的压抑。

叶殊早已过了因拆穿他人谎言而变得亢奋的年纪，她瞥了一眼蜷缩在桌子角落的保安，丧家犬的样子并不好看，他颓着消瘦的肩，低下头，缩入光所不能及的暗影里。

许穆的倒台，代表着他所作的伪证会被拆穿。当然，前提是他承认自己所说的是伪证。如果咬牙否定，那么或许能再"活"上两天，却会付出双倍的代价。

希望这个男人有自己思考问题的头脑，不要在这上头动歪脑筋。

保安微微张嘴，却被叶殊堵了话："你别急着开口，现在的情况是，许穆绑架一名女同学，企图遮掩自己拥有杀人时间的事实……那个死去的女房主，或许和他也脱不了干系。只要等他醒了，就会被拘留，等待庭审。这样的人，真的能保护你吗？你作伪证的矛盾之处已经出来了，你还要坚持说是那个神秘男人犯的罪吗？"

"我……"

"你应该知道作伪证的下场吧？这后果，你真的可以承担吗？如果你积极配合案件调查，或许还有一线生机。"

保安的神经颇为紧张，鬓角很快渗出颗粒大的汗珠，在台灯下泛着浅浅余光。

"你可以再坚持一下，我反正还会继续查下去的……这才过了一天，我们还有一年，两年，五年。我们，来日方长。"

叶殊转身欲离去，却被保安喊住了："叶警官，我，我有话说。"

上钩了。

"你说，我听着。"

"我第一次作证才是真的，着火时，是我在值班，因为出了大事，所以我一直很注意来往的人，也有自己的小心思，想看看小区里有没有陌生人出入，或许能因为这个证词上一次电视……还有，那个戴着婚戒的男人也是真的，我没看清脸。"

"那么，为什么要作伪证？"

"是和你们聊过的那天晚上，我出去喝酒，嘴快，和几个朋友说了这件事。再然后，就被人盯上了，拿一些事情威胁我……我很怕，但是逃不了。那个人教我这样讲，还让我指证是另外一个男人犯的罪。"

"那个人是谁？"

"我不知道，但是他的无名指上戴着婚戒，和我最开始看到进出小区的男人一模一样。我想，他可能是和死去的女房主有联系，也可能是他一手操办的纵火事件。"

"就这些了？"

"就这些。"

"你这次没说谎？"

"天地良心，我这次真的没有！"

叶殊微微一笑："那么，谢谢你对案件调查的帮助，我没什么想问的了。"

之前铁证如山的指控，已经消失了。这样，至少能减轻一点神秘男人纵火的嫌疑。

所谓的大众推理，也完全被推翻了。

继续寻找凶手，谜底即将揭晓。

叶殊终于能松一口气了。

竭尽全力推倒了一面坚不可摧的墙之后，消耗了浑身气力与心血，自然是要带着满足的笑容，沉沉坠入梦乡。

纪零一直默默看着她办案，偶尔给予一点小提示。但用不着他的时候，这个男人绝大多数时候会当一位缄默不语的智者，从不肆意炫耀他的智慧，让人相处舒适。

“现在，想要调查什么？”他发问。

叶殊回答：“我需要调查许穆和死去女人之间的关系，他很有可能就是女人的金主，如果能证明这一点，就能说明许穆对沈颜没有爱意，他劈腿了，并且有杀人动机。可他之前处理得这么干净，又从哪里找到有关他和那个女人在一起的蛛丝马迹呢？还有被许穆指使的纵火犯，他一定是那个小区里面的人，只要抓住了他，就能知道谁是幕后主谋——而那个一心想要毁灭证据的人，一定就是杀死沈颜的凶手。”

要奋不顾身地寻找突破点，即使成功的概率为零，叶殊如是说。

叶殊很累，这次由纪零开车。

他瞥了一眼副驾驶座上的叶殊，说：“昨晚我做了一个很可怕的梦。”

“梦？”叶殊回想了一下，他昨天是蜷缩在她旁边入睡的，并没有异常动作，连做了噩梦也这么淡定吗？

“我梦到一片漆黑的背景，底下可能是河，有水的潮腐味。一抬头，又看到了一个男人，驮着一具尸体，往下抛。”

“然后呢？”

“然后尸体漂浮在河面上，越来越近，漂到我的脚下，那是你的脸。”

“你是指梦到我死了？”

纪零抿唇：“梦和现实是相反的，但是我担心你，害怕你会有危险。”

“别担心，也不要相信梦这种东西。”

“那么，你相信这是预示吗？”

叶殊皱眉："预示？"

"林肯被约翰·威尔克斯·布斯枪杀的前几天，也反复梦到了自己死亡的场景——穿过白宫，听到有人哭泣，他询问守灵的士兵，死者是谁，结果对方回答他'是总统先生，他死于暗杀'，人的直觉真的是完全不可信的吗？"

叶殊沉默了一会儿，不知该如何作答。梦即现实？怎么可能。

不过，她确实是逐渐想起那一段不敢去窥探的噩梦了。

纪零风轻云淡道："所以，为今之计就是，我把你绑架到私人别墅去，再找人监禁你。每天我都会在家里陪你看书，做饭，种花养狗，除了离开我，别的事情你都可以做。"

他的话像黏着力很强的蛛网一样，笼罩在耳郭上，隔靴搔痒似的撩拨着叶殊。

傍晚将至，压抑的天色将山脚下的屋檐挤地更低，舔出稍透白光的一道缝隙。

叶殊侧头，正好看到男人被光打磨出的脸，如玉雕琢，眉峰微蹙，神情也格外认真，他好像并没有在说笑，是真的有这种打算。

车内静了下来，潮湿的河风卷入车内，掀起叶殊零碎的刘海。她定睛看路，这一条大路不是通往家的方向，也不是繁华的闹市区。

所以，真的是如他所说，要去偏僻的私人别墅，被囚禁在那里一辈子？

不免有些慌乱，她傻傻地问："我们是去哪？"

"你说呢？"纪零的回答模棱两可。

"不要做奇怪的事。"

"哦？什么样的事情，是奇怪的事？"

此时的纪零和平日里稍有不同，话里行间多了点年轻人对爱恋的执着以及灼热。这种情愫是盲目的，若引火烧身，会毁灭他。

叶殊想起初次见面时，纪零所说的想把她保存下来。以及在处理尸体时，也表达出了会把深爱之人制作成蜡像永久珍藏的念想。

这样的纪零……

"你不会是想把我关进小房间里？"

"不会，"纪零认真想了想，"要关也只会是大房间。"

"……"叶殊无话可说，可又不得不说些什么，"我警告你，不要轻举妄动！案子还没办完！”

“办完案子就可以了？”

“我没说可以，但现在绝对不可以！”

纪零还是没掉头回市中心，继续开车，道：“我帮你约了一位客人，他不肯在市中心见面，只能约到我的私人别墅里。”

“原来是这样……”叶殊尴尬了一会儿。

“不然是怎样？”纪零顿了顿，意味深长地补充，“哦，我明白了，叶殊。”

“明白什么了？”

“你是个小坏蛋。”

“不要乱学词汇，从你口中吐出这些东西，很惊悚。”

“你以为我是要把你关起来。”

心思被拆穿，她结结巴巴道：“我可没这么说……”

“但是那间房间还没装修好，所以不可行。”

“等一下，你是什么意思？”居然还真的有这种想法？

“没什么。”纪零乖巧地闭嘴了，识时务者为俊杰，点到为止就好。

到了目的地，是一栋位处山脚的小洋楼，外形和海景房有些相像，整体是灰色调，二楼由走道处的水蓝色玻璃点缀。

进屋，纪零就将冰箱里的食材拿出来，做了几道家常小菜。

他将菜都摆在庭院的桌子上，喊叶殊吃饭。一侧挑了白色铁盆，燃了一团篝火，还择了一枝鲜艳欲滴的玫瑰，插入水杯里做装饰。

许是饿惨了，叶殊吃饭大快朵颐，并不雅观。

纪零也不嫌弃，反而一手撑头，饶有兴致盯着她。

叶殊反应过来，停下动作，脖颈发烫，烧起来似的：“吃饭，别看我。”

“看你比满足食欲更具有吸引力。”他全然不觉自己说的话有多暧昧，慢条斯理地摆弄言语技巧，将每一个字眼都牵扯出一番绮丽想象。

不知是恼羞成怒，还是急于想堵住这个男人的嘴。她抿了抿唇，拿勺子舀起一口日本豆腐，塞到纪零嘴里：“食不言寝不语，明白？”

“明白，中国传统美德。”

“所以，快吃，少说话！”

“谨遵纪太太旨意。”

“谁是纪太太？”

“嘘，食不言寝不语。”

“……”行，是她输了。

吃到一半，突然，叶殊看到桌角有一本花边杂志，上面的标题唬人，正是最近闹得沸沸扬扬的沈颜事件，标题底下被圈了一行小字——在下期杂志中，我们将奉上独家秘料，绝对是第一手资料！

独家秘料？独家到什么程度，连警方都没有的吗？

“是不是很有趣？”纪零问。

“我想见见撰写这篇稿子的作者。”

“我帮你约来了。”

叶殊惊讶挑眉：“就是你说的客人？”

“没错。”

与此同时，门铃声响了。

进来的是一个男人，步行时，左脚略显不协调，小腿处的裤管空荡荡的，被风一吹，就挤压到变了形。

他的脸属于很沧桑的类型，发间灰白掺杂，见面之前应该特意理了胡楂，脸颊边有细小的红色刮伤。

叶殊对他的印象没有原先那么坏，但知情不报总归不好，何况是一条人命。

“你好，我叫叶殊，是重案三组的调查员。”

叶殊伸出手，与他交握。男人的力道很大，食指的茧子很深，位置也恰到好处，由此推断，他可能学过射击，是个老江湖，还时常扣动扳机。

“你好，我叫戚夜淮，前身是禁毒局警员，”戚夜淮对叶殊并不友好，嘲讽一笑，“做任务的时候伤了腿，无法再工作了，明明打算把一辈子都搭进去，服务人民的。”

按照他的意思，他似乎热爱缉毒警察这份工作，可被伤势所逼不得不离开那个心心念念要待一辈子的工作岗位。

时间一长，这种烦闷感逐渐转变为恨意，所以他怀恨在心，利用自己学来的侦查与反侦查的能力，调查这起案件，又把线索捂得密不透风，就为了在杂志上刊登，狠狠甩警方一个耳光？

“我想知道你所掌握的独家秘料。”

“纪先生请我过来，我能如约而至已经是给了你们面子了，还想要我的独家报道？凭什么？我卖给杂志社还能挣不少的钱呢，就算告诉许家，为了封我的口，没准也会出高价格……就是风险有点大，怕他们杀人灭口才不敢讲。可你，拿着那点微薄工资的普通警察，也想套我嘴里的证据？”

“你想要钱？”叶殊问。

“我不想要钱，但我需要进入特情工作者部门的机会，我想你帮忙举荐一下。”

“特情工作者？”叶殊听说过这个部门，这是局里要求保密的“神秘力量”，只有在案件调查时，才能引见相关的特情工作人员。他们一般分布在社会各个角落，架构信息网，互惠互利，协助警方破案。一般都是有把柄或是前科这种被警方盯住的人。

所以，戚夜淮也想成为“神秘力量”的其中一员？

“好的，我帮你报上去，但具体会不会录用你，我不能保证。”

“这样就够了，”戚夜淮心满意足，从怀里拿出三张照片。

第一张是死去的女人进入一家旅店的侧脸照，左下角有时间是晚上九点。

第二张是许穆进入这家旅店的侧脸照，时间是十点。

竟然有这么巧的事？都在同一间店里？由此可以说明，这两人有极大可能性是相识的。

“在沈颜失踪的那段时间，我嗅到了大料的气息，特意跟踪她的未婚夫，等了好几天才拍到的照片。在此之后，他们再也没有会过面。许穆的反侦查能力很强，我有几次险些被发现，所以就转移了目标，去调查那间旅店的工作人员，结果有清洁工证实许穆曾出入过282这间房，我又去调查了开房记录，可以确定当天晚上282这间房是以那个女人的身份证开的。”

百密一疏的原因估计是，许穆没想到女人会死，会将身份暴露于人前。

这都多亏了神秘男人的谋杀，真是讽刺。

“你把证人信息交给警方，已经能够确定他有杀人动机和杀人时间了，许穆一定就是那个背后的金主。”

“还有一点，你们不是想要知道纵火犯的身份吗？我也查到了，不过不巧，查到的时候不对。”

“嗯？”

“纵火犯是小区里的一户房主，因生意失败，欠了高利贷，怕女儿受牵连，已经把孩子送往乡下父母那抚养，也打算抵押房子偿还。就在这种时候，许穆搭了一把手，并且让他去纵火烧房。那个男人也不傻，如果拆穿许穆，不但没钱拿而且还是从犯的罪名，不如铤而走险干一把。”

“男人在哪？”

“死了，自杀的，一个小时前的事情，已经有人介入调查了。”

“为什么？”

戚夜淮笑了：“办法很多，随便威胁他的宝贝女儿，人不就乖乖送死了？何况，谁想当一个满身罪名，就算赎罪也被女儿戴有色眼镜看的爸爸。”

叶殊心道不好，男人这么快自杀，就说明许穆有行动了。

她不敢休息，拿起外套就朝车里跑：“纪先生，跟上！戚先生，你把这些信息如实汇报重案三组去，争取让他们早些控制证人。”

“放心，我的事情别忘记了。”

“不会，谢谢了！”

这下，就有足够的理由拘留审讯许穆了，只要犯了罪，就一定会留下蛛丝马迹，叶殊有信心让他吐露出杀人真相，只要他别逃跑。

只要他还来不及逃跑……

就在这时，叶殊的手机突然响了，是秦让打来的电话：“叶姐，大事不妙！”

“许穆不见了？”

“叶姐料事如神啊！”

“放屁！快给我找人！”

“是！”

许穆为什么要逃跑？

他现在所犯下的罪——胁迫别人作伪证，与死去的女人生前发生了什么，没有不在场的证明以及拥有杀人动机，足以让警方审讯他，以及限制他的人身自由了。

甚至是从纵火犯下手，调查许穆与他生前的联系，都必会有所收获。

种种的迹象几乎都指向了他一人，许穆是唯一有可能杀害沈颜的人。

他之所以逃跑，是因为知道自己无法逃过警方的审讯以及针对性很强的调查。在此之前，他一直制造了一层迷幻的深情形象蒙蔽世人，让叶殊等人无法将注意力集中在他身上，也没有任何理由去调查他的行踪。从表面上来看，他完美无缺。

可是杀了人，就会留下破绽，他无法辩解自己的清白，警方只相信证据以及逻辑推理得出的结论。许穆不敢赌，也知道自己必输无疑，绝没有翻盘的可能。

还不如逃跑，如果运气够好，还能逃到海外，躲避追捕，隐姓埋名一段时间，再换个身份回来生活。

毕竟这个世界上“无端失踪的人口”那么多，他想借用一个身份并非难事，有钱能使鬼推磨。

车上，纪零问她：“想好去哪找了吗？”

“他肯定会去拿自己的证件，没身份和钱，什么事情都不好办。只是不知道他将证件放在了什么地方，又或许他早就准备了第二条出路，就为了预防今天所发生的事情。”

“除了这些，我还有几个不太明白的地方。”

“什么？”

纪零侧头，将目光落到叶殊的脸上，异常认真地问：“他有什么理由杀害沈颜？”

“他喜欢上别人了，出轨，养情人，他不爱沈颜。”

“但你也清楚，不爱并不代表必须杀害，不是吗？他明明可以和沈家断绝来往，毁了这一门亲事。”

“宁愿杀害也不要毁去这一门亲事？那就代表，他有必须和沈颜结婚的理由……我想起来了，他们这是利益联姻，是两个企业的商业游戏，根本谈不上爱或是不爱。

可能是沈颜单方面要解除这一层关系，而被沈妈妈制止？从之前的交谈也能看出来她妈妈有很强的控制欲，是个不好对付的女人。”

“既然沈颜单方面阻止不了，那就可能是抓到了许穆的把柄，譬如得知他在外有情人，而这个消息很有可能是神秘男人告诉她的。沈颜不笨，知道私底下拿这个去威胁许穆，让他提出解除婚约的提议，”纪零微微一笑，“很凑巧，我还得知了最近许氏集团有资金周转困难的情况，不只向银行提出了借贷请求，还需要沈家的协助，才能渡过难关。在这种关头，让沈颜泄露出去情人的事情，而后如丧家犬一般被赶走好呢，还是杀死沈颜，伪装成痛失爱妻的深情模样博取同情好呢？别忘了，沈颜是独生女，只要许穆使一些手段，利用这段时间虏获沈家父母的心，承诺会抚养亡妻双亲，让他们全心全意信赖他并非难事。最重要的一点，没有了沈颜，之后总要娶亲，真爱那个情人，借此转正也不是不可能的事情。”

“对，你说的完全符合逻辑。”叶殊一想，也觉得应当就是这么一回事，心下不免更恨。

她知道一对恋人相爱有多么不容易，也知道那种丧失最重要的人的悲恸心绪。

许穆足够冷血，他没有心。

这个男人，在不牺牲自己的情况下，会做出任何有利于自己的事情，包括摧毁别人生存的希望。

隔了一会儿，秦让打来电话：“叶姐，许穆的车在城东路出现过，那里有个码头，或许他有联系到接送他逃离的渡轮，得快一点找到他。还有，他家也去搜查过了，的确拿走了证件……呃，最重要的是，他手上有枪。”

“枪？”

“挂在墙上作装饰的小型猎枪，准确率不高，也不支持远程射击，不过子弹是真的，他非法购来的。”

“好的，我知道了。”

“徐队长也正赶过去，有情况一定要第一时间联系我。”

“好！”

“万事小心，那是真枪实弹，不长眼的。记得别缺胳膊少腿回来，兄弟几个还能喝酒！”

“放屁，你少咒人，挂了。”叶殊也知道他是在担心她，轻笑一声。

“是！”

这种时候绝不能轻易激怒许穆，要知道，枪械方面也有无招胜有招的说法，如果他像疯熊一样蒙上眼睛一通乱开枪，谁知道会不会那么凑巧，一击中弹。

她又想到了纪零的梦——黑夜很深，有水有岸，她死了，纪零站在旁边看。

是预示着这一出吗？

叶殊这一生，还有好多事情要做。绝对不能死，绝对不能！

第九集

警方想要封锁港口周边街道，排查数十个码头停泊的渡轮，然而有两点不可行的地方：一个是上头还没批下搜查令，他们无权行动；另一个是工作量太大，每晚都有固定航次交替，客流量又大，怕误伤，还怕他趁乱逃离。况且警方也不知道许穆的目的地，就连他现在所在的位置都无法得知，担忧强行做搜查工作时，惊扰到这条企图游向大海的虎鲨，让他加强了警惕。

怎么办？

只能硬着头皮上，总比毫无办法的好。

“丁零零——”徐队长亲自来电，“有了交通部门的帮助，我们已经确定了许穆的位置。他很快就要抵达岐山港口的十三号码头，晚上人多，人群还没疏散。你们先赶过去，盯住他的一举一动，非必要时刻不许开枪，避免误伤。如果出现了异常，记得第一时间通知我们。我正在组织队伍赶过去支援，上头的搜查令还没下来，暂时还不能动。”

“好，徐队您放心，我一定好好盯着大老虎。”

“如果觉得不方便纪先生参与行动，可以把他抛下，发个位置给我，我去接他。”

纪零听到了，皱眉，道：“不要。”

叶殊见识过他射击的能力，在国外，枪械没有国内这样限制，只要符合一定条件，不但能练习枪法，还可以拥有持枪的权利，也允许公民合法拥枪自卫。

徐队长沉吟一会儿，吩咐道："让纪先生跟着也可以，他本就是协助破案的人员，有权跟进案件。更何况，你也见识过他的射击能力，有一点你可能不了解，他是IPSC（实用射击协会）会员，也在欧洲射击锦标赛上获过奖项，所以不怕他拖后腿。"

"行吧，那我带上他。"

"一定要安全完成任务。"

"是！"她挂断电话，摸了摸腰侧标配警枪，只觉得呼吸微微滞缓，胸口像被一块刺骨嶙峋的巨石堵住，进退两难，皮肉被割得遍体鳞伤，也无法顺畅呼吸。

总觉得隐隐不安，却不知在担心什么，说不清也道不明。

天暗了，罪恶总在黑夜滋生。

没有时间犹豫，这是一条不归路。

事不宜迟，叶殊以最快的速度上车追捕犯罪嫌疑人。

晚上的港口热闹非凡，岐山区本就是沿海地区，港口也逐渐发展成了知名的旅游地，通过申请，政府那边还特批下了一块海礁居多的位置，每逢月中就燃放一次烟火会演，供海内外游客观赏。

很不凑巧，今晚就举办了一次烟火大会，来来往往的游客挤满了港口两侧街道，车辆无法通行，控制秩序的工作人员照惯例安排外来车辆停放在规划好的大型停车场内，让游客步行进入街道。

叶殊披上一件长款风衣，挡住腰侧的枪，她不敢将枪械上膛，防止走火，误伤路人。

这样的夜晚不好行动，希望不要有什么意外。

纪零很享受与她信步逛街的时光，在人海茫茫中握住叶殊的手，防止走散。

叶殊挣扎了一会儿，说："你以为现在是玩的时候吗？"

纪零无动于衷，低头，亲昵地抵在她的头顶，似一对亲密无间的小情侣那般耳语情话："这附近可能有许穆的人，你那样行动只会引起旁人注意，不如和我扮演恋人，不是吗？"

“不能再过分了。”话也在理，叶殊只能放任不管了。

烟火会演即将开始，路人已经交融成一股潮流，陆陆续续往目的地涌去，像是海里趋光而行的鱼群，灯塔放任耀眼的光肆意流转，吸引这些陌生客人往前涌动，海波粼粼。

说来也可笑，观光客不知危险的存在，抱着欢愉的心情享受人生，而叶殊等人与他们背道而驰，为了守护这些人脸上的笑脸，消散恐惧，只能处在黑暗里，与险恶为敌。

她挤入长长的人流内，顶着风势，慢慢走出来。

值得庆幸的是，因为烟火会演开始，码头上的人开始变少，除了乘船的游客，很少有人在此逗留。

叶殊等人来到了十三号码头，这里的光线还不够亮，隐隐有渡轮燃起灯火，一串串霓虹小夜灯眨着无数眼睛，绽放光芒。

没找到可疑的人，而且不知道哪艘船是许穆要上的。单凭背影去判断，与他相似的人太多。

“砰”远处的烟火会演已经开始了，巨大的火焰就此冲上云霄，由于海与夜相接，幻化了完美的深色背景。

烟火炸裂，绽放出火树银花，映出一片天光，也照亮了港口。

恍惚间，码头上显现出一些隐匿在黑夜中的轮廓——有人匆匆忙忙蹿上了一艘船，没点灯，船上好似有人接应。

这样隐蔽，是做什么？

可能是许穆吗？

叶殊没有犹豫的时间，她将枪支握在手里，抵在腰肋一侧，还不敢上膛，怕行动时触碰扳机，走火误伤无辜。

她对着蓝牙耳机，给徐队长那边回话：“十三号码头中间偏左五十米的位置有异常，人上了船，我去看看。”

上船到收锚开船有一定的时间，只要够快，还来得及。

叶殊三步并两步跳上船舱，舱内没灯，黑影晃动。

说时迟那时快，突然有人扬起铁管，自叶殊的后面击下——可惜海上风大，金属物逆风而动必发出呼啸的声音，早已惊动了动作迅猛的叶殊。她俯身滚开，趁歹徒弯身时，挺腰跃起，一记飞腿扣在男人的后背上，以迅雷不及掩耳之势将他制伏在地。

“别动，警察！”叶殊将枪抵在他的太阳穴上，即使没上膛，也足够唬人。

后面还有几人想上来帮忙，见叶殊持枪，纷纷将凶器扔在地上。

叶殊环顾一圈四周，借着烟火的光看他们的脸，这里没有许穆。

“船舱里有没有藏着什么人？”叶殊问。

“没有，真的没有！”

“那你们鬼鬼祟祟在这里干什么？”

“没干什么，这里地点好，看烟花正合适。你这是拿权限伤害我们这些小市民，我要告你！”底下被压着的男人不服地喊。

叶殊皱眉：“你当我傻？没干什么亏心事的话，怎么会在发现有人之后第一时间就持棍伤人。我这是正当防卫，警察也有人权！”

没过一会儿，徐队长的人就赶到了。他们将船重重包围，搜了船舱，只发现一些小剂量的毒品，他们是趁乱交易的毒贩！

叶殊大失所望，拿出照片，问：“你们有没有见过这个男人？”

男人像是找到了“洗冤”的突破口，急忙说：“我见过他，是他喊我们来船上的，说帮助我们‘做生意’，这船归我们了！哪里知道，他是警察的兄弟！”

“什么兄弟不兄弟的，放屁！”秦让忍不住爆了一句脏话。

就在这时，不远处有一条船已经趁乱开往了海中央——那船上必定有许穆，这是他用来扰乱人心的障眼法，该死！

他们很快换了战场，马不停蹄地朝另一边的码头跑去。

海岸距离船有几十米，远远超过枪械的射程，何况夜里有雾，有剧烈的海风，都会影响子弹的位置。

也不可能真的去射击一艘船，万一沉没怎么办？这是一艘渡轮，上头的客人很多，误伤市民就不好了。

徐队长开始联系工作人员，希望与渡轮上开船的人取得联系。

不知是信号问题，还是其他的原因，明明开着扬声器，却听不到那边任何的回应。

工作人员只能死马当活马医，朝着话筒喊：“警方要求3929客轮马上返回码头，配合搜查工作，给各位带来的不便，敬请谅解。听到请回答，听到请回答！”

对面没有任何回应，过了一会儿，对面传来一阵粗重的喘息声，以及一个年轻男人的回话：“3929客轮拒绝返回，继续前往目的地。”

是许穆的声音！他控制了开船的工作人员？

叶殊心道不好，却也无可奈何——他手上持枪，在这些人眼里，就是能决断生死的死神，谁敢违抗？也没有必要冒着生命危险违抗。

怎么办？

叶殊将下唇咬出了细微的血丝，直到那些咸腥味浸没唇腔，占据她的味觉，也无法将她的焦虑感消除。

“有办法追上那艘船吗？”她不死心，到嘴的肉还能逃跑。

“我料到了海上作战的可能，已经申请了执法使用的直升机，上面也派来了空警，协助行动。”徐队长说道。

叶殊抿唇，问：“我可以协助空警行动吗？这件案子一直是我在跟进，关于嫌疑人的心理刻画工作也是我着手的，我比一般人了解他的性格，也能快速准确辨认出嫌疑人的面目，对抓捕工作会有帮助的。”

“好。”

“我也要去。”纪零很顽固地回答。

叶殊皱眉，语气不善地呵斥：“少添乱！敢跟来，打断你的腿！”

“纪先生或许就不合适了……”徐队长也委婉提议。

这时，忽然有工作人员心急火燎地赶来补充：“3929客轮又发来新的简讯，船上的绑架犯说，如果警方有机会上船的话，必须带上叶警官以及纪先生，他有条件要谈。”

纪零嘴角一翘，自觉这是好事，道：“是他邀请我登船的。”

叶殊斜了他一眼：“上去可以，一定要保护好自己，听从指挥，不要私自行动。”

“好，我都听你的。”纪零乖巧点头，只要能跟着叶殊，确保她的安全，让他做什么都行。

他们穿上防弹衣和海上救生衣，拉开气囊，让空气充斥其中，防止不慎落水。很快就有直升机在空位降落，接应他们。直升机最多坐六个人，这种情况也不需要大部队赶过去，由空警控场，疏散无关人士就足够了。

叶殊戴上耳罩，防止被旋翼巨大的声音影响听觉。

有人给他们配备了下降时防撞击的头盔等防护器具，全副武装好。又有前辈用手语指导他们降落的方式，以及注意事项。因为是贴近甲板降落，只要姿势正确，一般不会出现落水以及摔伤的可能。

估计是直升机的动作已经被许穆发现，船行进的速度又快了很多。然而空警的经验丰富，早已将直升机的速度与客轮持平，防止下落时因速度差而造成惯性后跌。

空警们动作迅猛，在一瞬间如蛟龙入海，纷纷在甲板上站定。

他们将警枪持在手中，闯入豪华的船舱，疏散游客："请配合警方行动，举起双手，蹲下身子。"

几乎没过几分钟，原本混乱的场面已经稳定下来。在相关人员的沟通下，大家也了解到了事情的严重性，没人敢吭声惊扰，影响他们的逮捕行动。

这艘船本就是豪华客轮，内部金碧辉煌，暖色的灯将镏金壁纸照射出淡淡的光辉，驱散乏味的海潮味，与清冷的海夜。

内部设备这么好，船票价格自然也不菲。

没想到许穆就连逃跑都不忘选择舒适的方式，在生死关头还有闲情逸致享受人生的男人，实在是令人毛骨悚然。

叶殊持枪，打开船长室，只见许穆一手持高脚杯，品着白葡萄酒，另一手则将枪抵在船长的后颈处，限制他的自由。

"离我三米远，不然我会开枪的。"许穆不慌不忙，补上这一句。

叶殊照做，人命关天，她没有条件可谈。隔了一会儿，她补充道："其实许先生，你没必要逃的，我们手头上的证据还不足以证明你杀了沈颜，只能确定你的嫌疑。"

"但我永远摆脱不了疯狗一样的警察不是吗？那才是人间地狱一般的生活，我不需要。"许穆缓缓道。

叶殊没料到许穆是这样的人，其实一想也是，他们现在所持有的证据就是钥匙，只要深入调查下去必定会有突破，只是时间问题。

早死晚死都是死，还不如挣出一条血路，这就是犯罪者抵抗服刑的想法。

叶殊将手里的枪支上膛，不慌不忙地道：“但是你这样做，就相当于认罪，是畏罪潜逃。许先生，你真的承认自己杀了沈颜吗？”

她别无他法，只能言语暗示这个男人——如果真的想“脱罪”，就不要轻举妄动，类似这种挟持的行为都会坐实他的罪行，即使没有杀人罪名，光是绑架以及作伪证就要判刑了。

这样一想，其实许穆也是死路一条，他绝对逃不了牢狱之灾。

“认罪？我现在认不认罪又有什么差别吗？都是服刑，我这种人，一旦入狱就会被毁了一辈子。董事会肯定会趁机揽权，公司形象也会因我的名声有所损害……可以说，这是致命的打击。我被你们毁了，全毁了。”许穆每一个字眼都燃着汹涌澎湃的怒火，语气里却很淡然，不显山不露水。不知是他涵养本就好，还是怒极了反倒无所谓的态度，说起来也是嘲讽。

“没有人毁了你，”纪零突然出声，“自己能力不足，所以怨恨整个世界。说再多，也只是技不如人，都是借口。”

他自远处走过来，从黑色的幕后来到人前，由暗处到灯下，任莹白的光勾勒他的眉眼，描绘他的鼻峰。

许穆不说话，微微眯起眼睑，打量了一会儿，说：“怀疑我的人，是你吗？所以，是你毁了我？”

“我说了，是你没用。”

“纪零！”叶殊怕他用词犀利，刺激到许穆。别看他现在说话逻辑正常，说不定都是伪装，已经处于崩溃边缘。

“你闭嘴！”许穆怒斥叶殊，对她哄小孩一样的语气不满。他没有任何问题，所以不需要任何好声好气哄劝的声音。

他是赢家，所有人都畏惧他的枪，都怕他走火杀人。

他是处于主导地位的，每一个人都要看他的眼色行事，至少在最后关头，他也是掌握主权的人！

许穆抿了抿湿润的唇，平复情绪，轻笑问纪零：“你觉得是我输了吗？这里所有的人都要看我的脸色，因为他们怕我。为什么怕我呢？还不是因为我手里的枪？！”

话音刚落，他加重了五指间的力道，将枪口的位置对准船长白皙的后颈，死死嵌入皮肉里，埋没狭窄的枪口。

枪口对准的位置太危险了，一旦枪的安全设备出了问题，就会走火，随时可能要人性命。

怎么办?

先试试看谈条件，实在不行，只能冒险寻找突破点，选择高空击毙歹徒了。

许穆所有的注意力都在纪零的身上，仿佛只有纪零才是他的劲敌，所有的不甘与屈辱一下子淹没了他，强大的压力也将他压垮在地。

叶殊趁此机会，后退一步，询问发号施令的空警，接下来的计划是什么。

对方给她使了一个眼色，拇指向上，微抬下颚，意为上头有行动，在船长室前有狙击手埋伏，争取击破玻璃，射中许穆。

可这一招风险比较大，首先贯穿挡风玻璃时发出的声响或许会惊吓到许穆，让他在一瞬之间做出反应，触动扳机。

这是实在没办法时才想出的下下策，逼不得已不能使用。

可按照许穆的架势，他不要钱，也不想逃跑，他只想要人命——报复所有毁了他人生的人，其中最重要的两个人就是纪零和叶殊。

叶殊还想赌一把，插话道：“你如果想逃跑，等到了岸上，只要你放开人质，我们绝对不会追捕你。”

“不会追捕也只是暂时性的，你们会由着我逍遥法外？我猜，不出半小时，你们就会把我缉拿归案了。反正都是死路一条，我怎么就不能由着自己性子来？”他微微一笑，意味深长地道，“不是有句老话说，人活着，开心最重要了。”

“你想做什么？”

“先这样，我们一起像老朋友一样聊聊天，然后再办正事。”

“正事是什么？”

“有恩报恩，有仇报仇，”许穆说道，“我说过的，我这人报复心重，只要和我有仇，我必十倍奉还。”

纪零歪歪头，对他放的狠话无动于衷：“你想聊什么？我可以陪你。”

“你觉得，沈颜是怎么死的？”

“真要我猜？”

“快说！”

纪零深思了一会儿，道：“应该是你先去雅虎会所，制造不在场的证明，再从后门溜出来，装作神秘男人联系沈颜，喊她出门，并且要求她避开那些监控位置，因为她与神秘男人的恋情无法曝光于人前。再然后，你将人残忍杀害，也许是抛尸在荒芜的公路旁，总之是能避开所有目击者的地方。再然后，你收去沈颜的手机，又假扮死者，给真正的神秘男人发送位置，之后绕回会所，完美制造了不在场的证明。对了，吸引神秘男人过来这一点很关键。”

“哦？关键？”

“毫无准备而来的神秘男人在情急之下，必然会去触碰沈颜，留下指纹。之后无论做什么，都和他脱不了干系。可你没想到的是，这个男人会将她带走，并且冰封起来。你选择隔岸观火，因为你知道无论怎么发展，最后都会查到他的身上。只要不暴露那个被你包养的女人，扮演情深意切的未婚夫形象，就能够保全你。可你没想到的是，神秘男人能苟延残喘至今，将你逼到这个地步。”

“不过这里有一个最矛盾的地方，沈颜是我的爱人，我为什么要杀她？”

“这里也好解释，沈颜写给神秘男人的亲笔信已经证明了她和神秘男人是恋人关系，所以她一直处心积虑想要和你解除婚约，你们之间并没有爱……可这是商业联姻，一旦解除了，影响的不只是你的婚约，还有你的事业。光是这样，或许还不能引起你的杀心，最关键的来了——她发现你养情人的事情，并以此来威胁你解除婚约。别的还好，如果是婚前劈腿，那么沈家父母就不得不慎重考虑了。为了杜绝这种情况的发生，你采用了杀人并推卸责任的方法，甚至连跟踪犯的说辞与照片都准备妥当了。那一场只能存活在夜里的爱情，就这样被你利用了。许先生，我说的对吗？”

许穆不置可否，继续问：“你们为什么怀疑我？”

“这是直觉……在我第一眼看见你的时候，我就觉得你的眼泪很假，”纪零抿唇，补充，“走投无路的时候，直觉很重要，会救你一命。”

“那就让我看看你的直觉有多准，我会不会开枪杀了这个人？嗯？告诉我，我会不会杀了他？”许穆的心理出现了问题，他喜怒无常，稍有不慎就会做出常人难以理解的事情。

“说句难听的，即使你在这里杀人又怎样？”纪零冷笑，“如果不是我深爱的人在这里，就算你杀一百个人，我都不care。”

“你是看不起我？”

“你都选择逃跑了，我还需要看得起你吗？如果你垂死挣扎，不到最后关头，绝不妥协，我或许还觉得你坏得够彻底，把一个坏蛋的尊严表达得淋漓尽致，”纪零抿唇，“可是你没有，我好失望。”

许穆已经完全被纪零激怒了，可好在，他的注意力一直被纪零所吸引，原本抵着船长的枪口微微有一线松动。

就在这时，许穆背后的挡风玻璃处出现了一点细微的红光，是狙击手准备好要击毙歹徒的暗号。说起来很残忍，一船的人命，和许穆的一条命，总要择二取一。

在此之前，他们必须让许穆的枪移开，不要对准人质致命的部位。

叶殊灵机一动，说：“你想报复我们吗？那你可以把枪对准我，我是纪零最重要的人，杀了我，完全可以报复他。”

她现在是在钢索上行走的人，整个世界都陷入了绝对的黑暗，不知归途与来路，也不知底下是否深渊万丈。

稍有不慎，就会坠落。

只有这一点，叶殊是清楚而明白的。

但她还是想赌，她想孤注一掷，赌上所有未来，凭借着对空警兄弟们的信任，引导案件的发展，与许穆博弈。

“那就把枪对准我吧，你不是想报复我吗？那就来吧！”叶殊将手里的枪丢到一侧，幸好没上膛，不怕剧烈撞击引起走火，“我知道你有杀人的能力，也绝非是看不起你。正因为我知道你很危险，所以身为警察的我很害怕，我害怕你会持枪杀人，伤及无辜。既然有冤申冤，有仇报仇，你就朝着我来，这是我欠你的。”

她也不知道丢枪这招，能否博取许穆的信任。也许由于许穆现在正处在被纪零压倒性的屈辱之下，她或许还能有几分胜算。

许穆冷笑一声，问纪零：“你怕吗？如果我把枪口对准她，就像这样——”

“不要！”纪零高声反驳，却助长了许穆嚣张的气焰。

就在此时，挡风玻璃外的红外线对准了许穆的后脑勺，行动开始了！

几乎没给他任何反应的时间，迅猛的子弹就迎风扫来，带着巨大的冲击力，直接穿透玻璃，击碎那一层薄薄的屏障，刺入许穆的脑颅。

可能是人死前下意识的颤动反应，导致许穆在倒地的一瞬间扣下扳机。

叶殊的反应并不能快过子弹，即使有防弹衣，也只能防止贯穿性损伤，而弹片所带来的非贯穿性损伤也是严重且致命的。

她只觉得胸肋处很疼，巨大的痛感淹没了她，眼睛都在一瞬之间黑了。

叶殊倒地时，也不知道自己究竟有没有流血，只是那种剧烈的痛楚已经完全压倒了她，陷入意识不清的眩晕与昏厥。

她的世界，陷入一片漆黑。

这里有水，很凉，没光。

叶殊睁不开眼，上眼皮与下眼皮之间好像合为一体，卡着一线痛觉，稍一触碰，就会撕裂皮肉。

她随波逐流，不知游到了哪里……有一双极尽温柔的手将她轻轻托起，对方的味道熟悉而又清甜，逐渐包裹住了她。

暖起来了，她脱离了那一片冰冷的水域。

叶殊睁开眼，画面闪烁了几下，都是白色的障碍物，隔了很久才看清。

她在病房里，唇上戴着供氧的口罩。纪零握住她的手，趴在床边睡得正香。

蜷曲起手指，触了触这个男人的脸，一点风吹草动都能让他醒过来。

纪零微微笑："早安，纪太太。"

叶殊眨了两下眼，这次倒没力气否认了。

纪太太就纪太太吧，她本来就挺喜欢他的。

"既然你醒来了，我就先把案子的后续告诉你，许穆死了，而另外一个男人因杀了许穆情妇的证据确凿被判刑，警方在他家里找到了手套，上面有女人的头发以及皮屑，那时候，他是戴着这副手套杀人的。不知道是为了作纪念，还是忘了丢弃，"纪零顿了顿，又嘀咕了一句，"不过，我也和他说了许穆死的消息。你对他的反应感兴趣吗？"

叶殊眨眨眼，表示肯定。

“他笑了，说了一句‘我就知道你们警察不懂如何以牙还牙’，别的倒没说什么。”

叶殊能懂神秘男人的意思，他嫌许穆这样死了，太简单了。可人都死了，谁还会去计较死法呢？

案子就这么告一段落了，叶殊累了，也不想继续了。

她在缉毒任务完成之后有一次“离职出国”的福利，或许现在应该利用起来，趁此机会，不再从事刑警工作。

叶殊喘着气，晃了晃手指，代表“放弃了”。

纪零喜出望外，问她：“你是指，你不想干了？”

她眨眨眼。

“那么，现在可以实现监禁计划了吗？把你关在只有我们的大房子里，陪你种花，看书，再也不要接触别人？”

这也想得太美了吧？叶殊很想揍人，但此时也只能作罢。

她的伤势较重，由于中枪，肋骨有骨折迹象，也幸亏是击打在胸肋上，没能直接损伤内脏。

养了快有两个月的伤，她才恢复如初。

叶殊在离职前先申请了一个月的病假，她需要放松一段时间，也需要好好考虑一些东西，譬如自己的心因性失忆症背后的秘密，如若不解开它，就将是一辈子如影随形的疙瘩。

纪零想带她去意大利度假，临行前一周，突然接到了一封神秘的邀请函：老地方，带上你最珍贵的东西过来。否则，你这辈子都别想看到你奶奶。

叶殊瞥了一眼，心中警铃大作，严肃地问他：“要不要我和队里人说一声，做好埋伏？”

纪零摇摇头，略为难地道：“是我爷爷。”

“……”她一头雾水。

“这是他惯用的招数，小时候，他带我出门旅游，也是送了类似这样一封信给我父母。”

“然后呢？”

“然后我父母怒不可遏，把他告上了法庭……”

“……”叶殊无话可说。

“不过，他没赢得官司，毕竟监护权以及抚养权都在我父母那里。”

叶殊这次是真的目瞪口呆，愣了半晌，继续问：“你们家的情况好像比我想象的还要复杂？”

“这些年，他一直在收集有关我的情报，企图找出我父母‘家暴’的罪证，又或者是收集一些有关‘我父母没能照顾好未成年的我’的资料，以此下手，从而获得我的抚养权。”

“他还真是处心积虑多年……那这次，你爷爷要见我们的目的是？”

纪零忧心忡忡地说：“可能是为了孙子。”

“等等，你是说，孙子？”叶殊觉得大事不好。

“既然得不到我，那么就想得到我的孩子，”他抿唇，“之前对我爸也是使用了这招。”

“那我们是去还是不去？”

“去，不然我怕他还会使出更下作的招数。”

“不要这样说自己长辈，很没礼貌！”叶殊呵斥一句。

纪零委屈地答：“哦。”

案件三

4502的秘密

4502
DE
MIMI

▶ 第一集

当天下午六点，他们刚准备好登门拜访的礼物，就有一辆暗黑外壳的七座车驶至门口，迎接他们。

这也是一种警告，意味着：你们这么偏僻的栖身之处，我都能找到，所以别使什么花招，更别想逃跑。

司机下车，戴纯白手套的指尖轻点左侧胸口，鞠了一躬，表示礼节已到："请两位上车，纪老先生已在家恭候多时。"

叶殊与纪零面面相觑，倒也没趁机"私奔"，规规矩矩坐到后座，去往纪老先生的府邸。

可能是老年人都喜欢逗猫养狗的闲暇日子，屋子并不是买在交通方便的市区，而是买在偏远的郊区，是一栋靠近山林的复式小楼，门前有一面清澈如镜子的小湖，一侧搭建了木制走道，可供人日常钓鱼。

门口已经有一对老夫妇相携等待，纪爷爷之前见过了，站在一侧笑得温婉的老妇人，想来应该是纪奶奶。

就面相来看，纪奶奶更显得温婉动人。她披着象牙色的针织披肩，耳坠是一对质地白润的珍珠。即使岁月无情，也没有将她眼角眉梢的柔情泯灭，年轻时肯定是一代名媛。

叶殊朝他们微微一笑："你们好，初次见面，我叫叶殊。"

纪奶奶温柔地牵起她的手，搭了搭手背："老纪都和我说过了，小殊第一次来见零的长辈，想来也不太适应吧？"

"哪里会，哪里会。"叶殊属于话少、做得多的类型，说了两句，也就没什么话可接了。

她窘迫地看了一眼完全不合脚的深色高跟鞋，总觉得在纪奶奶热切的目光下，自己大大咧咧的性格无处遁形，会被看穿。

也是，她本就不是淑女，为了讨好纪零的家人，才换上了得体的长裙，外搭收腰的长款羊绒大衣，能稍微柔弱一点，就装得柔弱一点。

纪奶奶也不介意，继续道："本来该是我们先登门，和你们家长辈先通个气儿的，只是怕你们年轻人不爱这么早就聊这些，所以到现在还没做好打算。按照我的意思啊，毕竟以后也是要一起生活的一家人，与其蹉跎人生，还不如早点和合适的人安定下来，享受接下来的日子，你说是不是这个道理？"

"……"叶殊词穷了。

呃，这就是传说中的逼婚？话怎么能说得这么顺耳？

纪零帮忙打掩护："她脸皮薄，再说两句，她就害羞了，能先进门吗？"

"零原来也会护短，看来有了媳妇就不一样了。"纪奶奶调侃了一句。

"您昨晚学这个学了多久？"纪零对纪奶奶用了生疏的尊称，冷硬地问，"这不符合您平日的风格。"

纪奶奶脸上慈爱的笑容僵硬了一瞬间，很快冷了下去："国内这么多婆媳剧，你就不允许我与时俱进？"

"我不太习惯。"

"小殊喜欢就好。"

"你是指，她会喜欢上你？"

"就目前的状况来看，她对我的好感度一直在提升。"

纪零皱眉："你已经暴露了。"

纪奶奶这才反应过来，一脸惊恐地望向叶殊。

原来纪奶奶才是幕后大BOSS？纪爷爷只是听她发号施令的？

叶殊摆摆手："纪奶奶，您别介意，我没事的。"

"好了，你们快进来吧，别在外吹风，我给你们准备了客房……"纪奶奶亲昵地拉着叶殊的手，往屋里带。

纪零适时出声："希望你没有在客房的门上贴喜字。"

"……"纪奶奶不作声。

"屋里也没有任何不宜的香氛。"

"……"

"还有，安全措施的物品上没扎针？"

纪奶奶还没开口反驳，就被叶殊怒吼了一句："纪零，适可而止！"

话音刚落，她才反应过来，不只是纪奶奶卸去了伪装，连她自己敷的这层假面也节节褪落。

可能，她需要去抽一支烟，冷静冷静。

他们一起吃了一顿晚饭，除了纪老夫妇偶尔语出惊人以外，叶殊居然觉得和他们相处也格外舒适，交谈时也不需要顾虑太多，没有任何压力。

夜里，还没到晚上七点，纪老夫妇就催他们进屋休息，又声称老年人体力不支，容易困，所以要早些休息，纷纷逃到了自己房间。

叶殊洗完澡，望着床上玫瑰色的暗红床单，以及床头柜上那一株插在花盆里的野玫瑰，哑口无言。

整个房间都被布置成婚房的样子，倒不是不好看，只是气氛十足，隐隐约约暗示着什么动机。

走了一步，脚踩在鲜艳欲滴的花瓣上，扬起一阵怪异的白雾，角落里徐徐缭绕的暗香就将她笼罩其中，意识都有些朦胧。

纪零洗完了澡，锁好门，低低问了一句："会不会讨厌？"

他好像是在一语双关暗示着什么，嗓音极低，如同簌簌白雪迎风落在地上，雪压雪，堆积出窸窸窣窣的碎响，不令人厌烦，反倒是喜欢。

"倒不会讨厌，我很喜欢这个房间。"

"那么，你喜欢和你一起待在房间里的我吗？"

喜欢他？

叶殊耳垂升温，脖颈也逐渐渗出湿润的汗水，一点一点浸润在她的四肢百骸上，变烫，变热，似熔岩，似烈焰，将她烧得体无完肤。

不能说不喜欢，可要说喜欢吗？

她深吸一口气，面对生死那么果敢的她，怎么儿女私情上就要被人引导，迟迟放不开呢？

叶殊也没这么笨，相反的，她很聪明。所以应该能懂的。何况是，这个男人……

她抬头，目光落在纪零的脸上——他的黑色发梢还带水，剔透的水珠与眼眶相融，滋润到瞳孔里，那一汪黑潭深不可测，稍一靠近，就会被那眼神吸进去，沉没其中。

纪零一贯是很美的，也极具吸引力。

只是，他这次所说的喜欢，与往常不同。

言下之意就是：喜欢我，所以把一切都交给我。

叶殊闭上眼，用尽半生的力气，说出一句话："我不喜欢你。"

纪零呼吸一窒。

"我爱你，"她终于说出口了，微微一笑，"经过我长期的考察，恭喜你，纪先生，你已经荣获我男朋友的职称了。"

"所以，我们是恋人？"

"对。"

"恋人可以两个人一起做想做的事？"

"嗯。"

"那么，再过一段时间，还能领证？"

"应该可以。"

"一个星期之后吗？"

"纪零，别过分！"

"哦。"纪零点头，凑近一步，拥住她的腰，"既然你说了是恋人，就不能反抗。"

"少……"她的话还没来得及说出口，就被狠狠堵住了唇瓣。

纪零的吻一贯蛮横刁钻，叶殊抵抗，可女人的力气终究敌不过一个男人，又是在这种关键时刻，太强硬未免太不近人情。

算了算了，都吃素了这么久，也该让他尝尝荤肉的滋味了。

第二天早上，叶殊醒来，愣怔地坐在床侧，久久还未回神。她难以置信，自己还没结婚，倒和纪零有了夫妻之实。掀开被子，出于尴尬，她咬牙咒骂了一句。缓和片刻，另一层感受又涌了上来，翻江倒海，淹没她。

没有讨厌，也没有不喜欢。只是出于自尊心作祟，所以用这种死鸭子嘴硬的方式掩盖她也沦陷其中的事实。

算了，爱情哪有输赢，非得较个真？

叶殊特意挑了一件深色高领长袖衫，将零零散散的吻痕尽数掩埋在粗粝的衣料之下，它们见不得光，也不想被人知晓。可能是伤及自尊，所以不想对任何人说明实情。

她强大，武力值也远远高过纪零，居然还被按倒了……丢人，很丢人。

叶殊心里还是有道坎过不去，看见纪零，也没好脸色。

日光渐暖，纪零乖巧地从身后拥住她，两手挟在腰侧，炙热的体温透进衣服，浅浅厮磨一会儿。

"吃早饭了吗？"叶殊问了一句。

她睡得迟了，不知纪零的情况。

"吃了。"男人的嗓音轻柔又温顺，比平日多了更多的小心以及满足——这种感觉难以言说，就像是冷汤上封了一层薄薄的油光，油的张力比水大，溢不出来，沉不下去，透着亮光儿，把整个碗裹得满满当当，又稳又顺眼。

她可能就是那个碗儿，在遇到他之前是空的，风吹雨淋，碗底浅，留有一些残汁枯叶。可某一天，正好被人捡到，洗干净了，倒入滚烫的汤水，原本的热度一点点消逝，渗透进碗里，将她整颗心温暖，渐渐变暖，渐渐舒适。

她正好被纪零塞满，汤汁的多少与她碗的大小契合，天生的合适。

片刻，纪零亲昵地将下颚抵在她的颈窝，迷迷糊糊道："叶殊，你打算什么时候辞职？"

"我想先办完最后一件事，"叶殊的眉心皱起来，这件事简直是噩梦，每每回想起来，心脏都抑制不住狂跳，"对于我来说很重要的事，不解决的话，我一辈子都会想着它。"

"什么事？"

“我在当刑警之前，是禁毒局的缉毒警察，在我当警员的时候，就接受过特殊的培训，直接当卧底了。然而，任务并不是很顺利，我丧失了一部分记忆，而毒枭跑了。”

“任务失败应该是司空见惯的？所有卧底任务，不可能都成功的。”

“话是这么说，没错。可我的情况又比较特殊，虽然我上司已经将卧底任务的总结报告提交给领导，是警方准备不够充分，而毒枭太狡猾，可我却觉得事情没那么简单。”

“什么意思？”

叶殊深吸一口气，不知该从何开口。她只有纪零了，唯一能信任的，也只有这个孤僻的男人：“我觉得自己隐瞒了什么，我不知道我是什么样的人。我，不知道我的过去。”

她在那段丧失的记忆里究竟扮演了什么角色？是现在记忆里那个热血沸腾的缉毒警吗？渐渐复苏的记忆虽暗示叶殊自己是一个好人的事实，然而她又为什么千方百计把那一串号码藏在衣服里呢？

她，真的如她所想，是个好人吗？

“我能明白，不过，怎样的叶殊都好，都是我的挚爱。”纪零话说得很明白，无论怎样的她都好，即使叶殊的真面目是十恶不赦的罪人，他也依旧无所畏惧，对她言爱。

叶殊的心尖一颤，那种酥麻的感觉从心肌外壳渗透进去，顺着静动两脉，覆上所有黏膜，莫名的悸动如惊雷一般在心底炸裂，肆意破坏，搅乱她整颗心脏，与四肢百骸合为一体。

“我可以相信你吗？”叶殊突然也想有个依靠了，她不想再孤军奋战，如小时候被父母抛弃那样，在绝望中等待希望，又在希望中等待绝望。

“可以，叶殊。”纪零的声音很认真，几乎毫不犹豫，也不在乎后果。

叶殊侧头望去，余光笼罩纪零，仅仅一瞬，被他柔情的眼眸所震慑。是啊，这个男人一直以来都是这样。无论刀山火海，无论幽冥地狱，他一直都陪她前往，即使背负所有的罪。

他的爱，干净纯粹，让她无法直视。

现在她还能记起，当时她被袁姗挟持时，这个男人宁愿帮袁姗杀人制造新身份，也不要她涉险。

他从不管和她的未来是黑是白，是在太阳底下，还是阴影中。

他要的，只是他所深爱的她，他所深爱的叶殊平安无事。

这个傻子。

闭上眼，仿佛也能想到那一夜，他以诀别的姿态跟袁姗走，临走前，缠绵的吻。吻很烈，比酒还烫，一路烧到心底，将她整个人灼成灰烬。

不知道那时候的纪零是有备而来，还是真以为再没机会与她见面了，所以才匆忙印下一吻。

“跟我走，从这一刻起，你就是我的人了，绝对不要背叛我，”叶殊目光凛然，望着纪零，一字一句，“你绝对不能背叛我，否则，我会是唯一一个朝你开枪的人。”

“好，”纪零垂眸，白润的指尖抵上左侧胸口，“如果我背叛你，朝这里开枪，我不会躲。”

“傻子。”她苦笑，只是吓唬吓唬他。

“我是认真的，叶殊，你知道的，我对你从来都是认真的。”

“白痴，别乱说话。”

“你不相信我。”

“相信，”叶殊深吸一口气，微笑，“所以这辈子，我都不会朝你开枪。”

她可以将所有隐藏在内心的秘密和盘托出，只和纪零一个人说。

叶殊相信他，如同纪零依赖她的气味而活一样。

他们相辅相成，彼此互生，必不可缺。

傍晚时分，和纪零爷爷奶奶道别，纪奶奶恋恋不舍，握着叶殊的手道：“小叶常来玩，别忘记我们。”

“奶奶放心，有空就回来。”

“现在都喜欢闪婚，你们俩处着合适，就定下吧，别磨蹭了，知道吗？人啊，活到我这个年纪，才知道一辈子太短，经不起蹉跎的。”

叶殊面红耳赤，不知怎么答。

纪零倒了然地点点头：“我会加油的。”

“废话，你小子还想不加油？”

“……”

叶殊干咳一声：“那个，时候不早，我们先走了。”

“路上小心。”

“好的。”她微笑，有家的感觉真好。

第二集

上了车，一路开回家。

到了夜间，山风尚冷，钻入衣领，瞬间起一层毛刺刺的鸡皮疙瘩。

叶殊寻了个偏僻的地方停下，就着夜星，和纪零道：“在这里，没人的地方，我想告诉你一些事情。”

“是你的秘密吗？”

“现在是我们两个共同的秘密。”

纪零嘴角一翘，很愉悦。他喜欢“我们”这个词，亲密无间。

天上野星多，闲落在山峦间，染着孤孑的白点。

就着这样的夜晚，叶殊压低声音，回想从前那段触目惊心的记忆：“我有一段被遗忘的记忆，之前想起了一点，是两个人在对话，一个是警方的线人，另外一个是毒枭。很明显，那个线人认识我，并且觉得我好拿捏，因为他了解我。或许在偷听的时候，我就已经一步步查到他的真面目了，而那一串号码，应该也和他有关，特意被我留着的。可究竟是什么原因，让我在当时隐瞒了这些事情，没有汇报给警方呢？我一直被这个理由困扰着，不得解脱。”

纪零抿唇，道：“如果是单纯隐瞒这些事情，叛变了，不想协助警方，我还能说你是个坏人。可你隐瞒了，却又在调查——这一点就自相矛盾了。只有一个结论，你是好人，也在帮警方继续卧底工作，可你不敢告诉警方，怕消息还没来得及通知上头就被截断，又或者是你觉得现有的证据无法揪出这个幕后主使。”

叶殊点点头，也就只有这种说法了。她在当时可能猜到了谁是幕后主使，可碍于种种顾虑，她不敢轻举妄动。

“最重要的一点是，我在偷听时被发现，紧急通知了警方开始行动。既然我被他们发现了，坠下山崖又没死，他们为了保全自己，应该千方百计杀死我才对。留下我，不就是个隐患吗？”

纪零指节轻叩坐垫，敲了敲，道：“你知道杀一个人有多难吗？”

叶殊当然知道，她就是干这行的。

杀一个人，必须将各方面的情况都想好，包括推断出警方是如何排查犯罪嫌疑人的过程，从而避开所有疑点。

实际上这世上根本没有完美犯罪，除非是自杀，可自杀的人无法处理身后事，又很容易被看出端倪。

只要人犯罪了，那么就会留下破绽，无论是时间，还是作案工具，以及人脉网。

“正因为这样难，还会留下蛛丝马迹，所以他们才不敢行动。可又得证实你没有任何隐患……既然他们没杀你，那就代表这些人潜伏在你左右，并且得知你失忆的事情，确认现在的你无法供出他们，这才留你一命。”

叶殊突然感到恶寒，难以置信地说：“所以，他们是我的……身边人吗？”

“谁知道呢？”纪零微笑，觉得有趣。

叶殊问：“那我又该怎么引他们出来呢？”

“他们最怕的事情，就是你恢复记忆告密，所以在此之前，一旦发现端倪，这些人就会杀人灭口。”

“你的意思是，我该以身涉险，放出点恢复记忆的风声？引他们来追杀我？”

“那你这个风声要放给谁呢？”纪零问。

“肯定是警方的人，或者是我的上司。”

纪零眯起眼睛，眼瞳在那一线缝隙内，折射出浅浅的光，锋芒锐利。

他突然摆正姿态，声音颇有些严肃，问道：“那么，你确定你诉说秘密的那个人是站在你这一边的吗？”

“你是什么意思？”叶殊一愣，很快的，她反应过来，捂住了嘴，“你是说，万一我把秘密告诉了最想要杀我的人？”

纪零说，那些人肯定蛰伏在她左右。所以谁都不能信任，会轻易丢掉性命。

纪零的嗓音低哑，语调变得缠绵动听：“叶殊，你只能信任我，也只剩下我了。”

“只剩下，你了……”叶殊呼吸一窒，不知该作何反应。

这个男人真是无孔不入，像风，像雨，密密麻麻，渗入她的生命里，充斥在每一个角落，漫山遍野都是他的气息。

总觉得……渐渐落入他的圈套了，偏偏她还甘之如饴。该死的男人。

很快，纪零又否决了这个主意：“这是最险的一条路，我不会让你走的，还是从基础物证调查起来吧，万一有了幕后指使的线索，你就不需要冒险了。”

“嗯。”叶殊也不想以死为赌注，她有了纪零，有了眷恋，现在变得“贪生怕死”。

记忆碎片还未衔接好，然而基本的人际脉络都已理清。还需要时间来恢复全部的记忆，这样她才知道那串号码是什么。

然而，世事总有缺憾，月亮也总有圆缺。

她没有办法再等待下去了，即使背负了太多的过往，她也只能硬着头皮，查下去。

换句话说，现在的叶殊啊，像是被罪恶黑羽层层束缚的黑天鹅，无法褪去沉重的负罪感，与黑夜紧紧融为一体。她愤恨、不甘、挣扎，双目赤红，瞳孔深邃，将漫山遍野的星月吞噬其中，而四周漆黑无声。

熄灭星光的就是叶殊那双眼，使她沦陷黑暗的也是她本身。所以怨不得任何人，她是原罪。

好想就此逃脱……撕裂一切！

又想到什么了？

叶殊的脊背刺痛，又长出了新鲜的黑羽，还是黑天鹅，没有恢复原本的纯白，所以无药可解。

她并没有想起什么，记忆还是断层的，也没有知晓来龙去脉。

“从号码查起吧，有什么想法吗？”

恍惚间，她察觉到亮光汇拢，那源源不断的暖意在瞬息之间拥紧她，再睁眼，对上了纪零的视线，幻觉消失了。

叶殊抿唇：“我有个大胆的想法。”

“什么？”纪零不怕事大，越新奇的念头越兴致勃勃。

“这个号码，可能是警号最后四位数吗？就和我的一样。”

纪零抿唇：“也有可能，可警号要怎么查？”

“得去人事科查询一下人事数据，不过要避免被人盯上。”

“我陪你一起去，可以吗？”他想了想，犹豫不决补充，“就当是……家属陪同？”

叶殊笑出声：“行了，一起去。”

“嗯！”纪零大力点头。

去了人事科，叶殊没暴露太多东西，只给相关警员看了警察证，申明有点事情需要用到储存人事数据的电脑。

这是常有的事情，何况也核对过证件，警号属实，很快就有人带她去储存档案的机房：“就是这里，叶警官如果办好了事情，记得把门锁上。还有外头的小哥，记得也一起带走啊。”

年轻警员调笑她一句，摆摆手走了。

叶殊一想到刚才分开时，纪零露出的那张楚楚可怜的脸，颇为头大。

如果每次分开几分钟都要摆出这样一副表情，那让她怎么招架得住？

蓝颜，也是祸水。

时间紧迫，她不能浪费一分一秒。

深吸一口气，从口袋里掏出那张布满褶皱的小纸块——就指甲片大小，纸沿微卷，散着毛刺，易碎易破。要不是有纪零，一般人也发现不了它。不过那时候，她肯定不知道自己会失忆，只想把线索藏得更加隐秘而已，反正也只有自己知情。幸好失忆以后，睡裙没怎么洗，否则里头的字晕染了，不知道重要信息还能不能保得住。

总觉得离真相越来越近了……

那种焦灼感迫在眉睫，逼她一步一步前进，明明迫不及待想要揭开秘密面纱，可在触碰的那一刹那，又刺得她瞬间缩回了手。

叶殊一惊一乍，不知在畏惧着什么，脑内风暴骤然而起……

不能看。

忘了吧……

忘了！

不行……

她不知道自己在想什么，有冷若冰霜的锥子刺入她的脑壳，一寸寸撬开，往昔记忆翻涌而出，头疼欲裂。

“哗啦——”

片刻，她又恢复平静，像是候鸟归巢，往昔风波如烟云，在安逸的傍晚，渐渐散去。

想起什么了吗？没有。

叶殊故作镇定，指尖微微发颤，碰到鼠标，发出窸窸窣窣的碎响。

不能慌。

她将尾数输入，核对信息：警号尾数为4502的男人。

4511……

4507……

4505……

再找下去，已经没了，数字只截止在4505，那就说明并没有4505之后的警号，也没有尾数4502的警察。

没有4502……

叶殊难以置信地瞪大了眼睛，她咬紧下唇，施力处泛白，将鲜红的唇勾勒出一道道血丝。

怎么可能？

她心急火燎，再核对一遍。

“嘀。”还是没有。

叶殊死心了，走出机房，按照吩咐锁好门。

纪零从她虚浮的脚步就能推断出事情的结果，何况，她现在的气息低迷而沮丧，整个人轻飘飘的，味道淡到要化掉，被风吹走。

“或许，不是警号，你排除了一种可能性，值得高兴。”纪零安慰她。

“也只能这么想了。”她答。

出了公安局，叶殊漫无目的地朝正前方的步行街走。

这里热闹、繁华，到处是人间烟火味。随处可见袅袅升腾的白雾，那是关东煮或者煎饼果子等小吃店散发出的热气。

走了两步，叶殊突然在一家格子铺停下，这是一间新潮的寄放售卖店，任何人可以租一个柜台格子摆放自己的物品售卖，或者储存有纪念价值的东西，几年后再回来拿，当然，也是要收费的，租金不菲。

叶殊朝里头窥视一眼，似曾相识的感觉迎面而来。

她曾经来过这里！脑子里有这些画面！

原本散落在外的记忆逐渐活动起来，像是被水冲散的纸屑，渐渐回溯，拼接在原本的纸张上。

连起来了……

叶殊走进去，不顾服务员客套的介绍：“欢迎来到夜星格子铺，您有什么需要寄存的东西都可以委托给我们，寄给未来的自己也可以哦！近期特别推出时光胶囊活动，有八折优惠！”

她心急火燎地扯住服务员双臂，问：“我是不是有东西放在这里，和这个数字有关，你看一看，看一看行吗？”

“好的，您别着急！”服务员皱眉，可能是被抓疼了，看疯子一样的眼神望着她。

“对不起。”叶殊急忙松开。

服务员跑到前台翻客户信息，想尽快赶走叶殊：“您登记的名字是？”

“叶殊。”她在做卧底任务的时候用的是化名，所以登记的时候最有可能用的是毒枭不知情的真实姓名。

“有了，我去取，您稍等五分钟。”服务员上楼拿来了一个保险箱，“为了核实信息，建议您在这里开箱提取物品，否则我们不能把东西交给您。”

叶殊舔了舔下唇，输入4502，“嘀嗒”一声，保险箱开了——是一个信封。

她填写了提取回执，付了钱，拿着那一封信离开了。

这是怎么回事？为什么要大费周章把东西藏在这里？

叶殊有一个大胆的想法，可能，这是她的“遗书”，她不能保证自己活着回来，所以希望把这一切委托给警方调查，根据她提供的线索，深入跟进。

肯定会有人和她一样，第一想法就是警号尾数，查不到了，再注意到这间位处公安局附近的店。

藏得这样隐蔽，就是为了不让那些人找到。

就连死，都不敢死得光明正大，背负所有顾虑，还要死得其所，这就是缉毒警察的悲哀之处。

这封信里有什么？

叶殊不敢看，她想，她在那时候一定很绝望，也认为自己要死了。

怀着必死心情写下的信，注定是一片黑暗。黑夜深处还是黑，没有光，也没有太阳。

她就是在这样的夜晚里，比冬日还要阴寒，比秋日还要萧索的夜里，一个人前行，与夜同行。

回家的时候还是傍晚，打开窗，黄暖的光线映亮了厚厚一摞书，有无数粉尘在光中穿梭。

就着这样的光，叶殊还是打开了那封信，刚一打开，随着纸张的滑动，肆意勾出了一枚小纽扣。是西装袖扣，镀着一层金线，造型独特，外貌熟悉。

她不会忘记这一枚纽扣的来历，这是徐队长四十岁生日那年，她送给他的。意义不同，代表着对救命恩人的感激，以及对养父的敬爱。

叶殊不知道自己的父母是谁，她在幼时能依靠的，就只有徐队长了。

所以，那个和毒枭有联系的人，就是他吗？

正因为从前的叶殊发现了这一点，所以她一直都不敢行动吗？是割舍不下养育之恩，还是没有为民除害的觉悟呢？

不管哪一点来看，她都不配当人民警察。

她很羞愧，这种强烈的愧疚如潮水，一下子淹没了她。

叶殊把袖扣藏好，紧紧嵌入掌心的缝隙内。

如果没有看见就好了……

以前的她，也是这样想的吧？

展开信，上面还有浓重的笔油味，刺激着鼻腔的神经。

致拿到此封信的人：

既然你拆开了我的睡裙，千方百计找到了这封信，那么你必定是在追踪调查此次卧底行动的正义之士。因为没有毒枭会冒着生命危险，返回被警方围剿的窝点，就为了搜取我生前的物件，他们应该也不知道由我揭下了这层遮盖了秘密的面纱。

一次偶然的机会，我听到了警方内部的人和毒枭串通的对话，就声音来看，我心里大概有个底，十分凑巧，是熟悉的人。然而证据不足，也没看到人，只能潜心等待时机。

只是等人走后，我在空荡荡的屋内捡到了这一枚袖扣——这是我送给徐靖徐队的礼物，独家定制，世界上也仅此一枚。他待我有恩，如师如父，我的命是他给的，就私心来说，我根本不想把他定为犯罪嫌疑人。

仅我一己之言根本不足以将他定罪……我选择了暂时隐瞒，不将信息反馈给警方。我有很多层顾虑，我也有罪，我不配当警察。

如果现在的我已经死了，那正好，就当我以死谢罪。

之后的事情就拜托你们了，既然他做了，那必定会留下蛛丝马迹，可以从中着手调查。

信写到此，骤然而止。

其他的不必说太多，寥寥几字，就已将前因后果道明。

她该怎么做？没有过多的证据，当下能做的就是充当诱饵，引蛇出洞。

这样至少能判这些人谋杀未遂，以这个罪名将其逮捕，再逐一调查出之前犯下的罪。

与此同时，家里的座机突然响了——“丁零零。”

叶殊与纪零对视一眼，拿起电话，心如擂鼓：“你好，请问你是？”

应该不是徐靖那一行人，他们的动作没那么快，可也难保有意外……

电话另一头，响起沙沙的骚动，刺激脆弱的耳膜。

“再不说的话，我就挂断电话了。”叶殊道。

“你好，请问是叶警官吗？”是个女人的声音，“我叫戚夜音，是禁毒局特聘的侦查顾问，我这边有点事情想和你谈一谈。”

“是谁聘请的你？”

“是郑淮局长，你有印象吧？”

那是叶殊以前的顶头上司，自然是有印象的：“抱歉，刚才那样说，只是害怕有无聊人士骚扰，所以习惯谨慎询问。”

“我明白的，做这一行的，哪有不小心的。方便见一面吗？局长托我问你一些事情。”对方轻笑一声，言辞有些犀利。

“好的，我也正想和你们聊一聊。”既然是郑局长，应该没什么问题。何况，她本就打算暴露自己，吸引饿狼，这个狼是谁，又有什么要紧的呢？

约了在家附近的咖啡厅见面，不知为何，叶殊这次不想带纪零一起。

她迎着迷茫的夜雾，回头，浅笑，对纪零说：“你在家里等我。”

“为什么我不能去？”纪零的眼底尽是疑惑，侧了侧头，欲言又止。

许是叶殊在心底暗暗决定了什么，此刻只是一味微笑，做出惬意松散的状态，借以迷惑他。

“有点事情谈，毕竟是禁毒局里的事情，和刑侦队无关，带你去不太合适，可能是机密吧。”

“我可以在门口等你，”纪零望了一眼门外的天色，寒冷的雾霭笼罩住他的身体，将侧脸打得很暗，鼻尖亮一道淡黄的光，突显出鼻峰，“我不进去，也听不到，就坐在外面等你。”

叶殊一想到纪零孤零零坐在门口的样子，就有些心酸，可她又必须狠心一点，割断这层羁绊，她有必须做的事情。

“外面天气冷，你等我会着凉，”她看了看手机上的时间，“我和你约定好，一小时后就会回来，不会超过这个时间，行吗？”

纪零抿唇不语。

叶殊狠下心，往前走，一步也没有回头。

跑了几米，远远听到纪零在后头喊：“叶殊，你不要我了？”

没有，她在心里说。

可她不能回答，一旦答话了，就代表她听到了他的心声……会心软的。

“你不要我了吗？”再一次，他撕心裂肺，情绪激动。

怎么可能舍得不要你。

叶殊加快步伐，顶着冷风走，不敢再回头了，一眼都不敢。

她不知该做何种反应，一闭上眼，脑子里就是徐队长牵着她的手的画面——当时她还小，就已知绝望。那时候，那双手，温暖宽大，紧紧攥住她相比之下显得稚嫩的五指，给予她所有光与希望。

她还想赌一把，还想知道徐队长对她究竟是怎样的想法。

叶殊能怎么办呢？得了别人恩惠，是要还的。

可对于纪零，她这辈子都还不清了。

咖啡厅的灯光很暖，根据戚夜音的短信，叶殊顺利找到了偏僻的小包厢。

深色沙发中央坐着一个女人，注重打扮，唇色鲜红，不魅却很艳，又不会张扬，让人心生好感。

戚夜音起身，客气微笑："你好，叶警官，久仰大名。"

"你好，找我来有什么事吗？"

她不卖关子，单刀直入："我来，是想询问一些有关之前的'红龙行动'的后续。听上头的人说，你受伤，得了心因性失忆症对吗？服用了一段时间药物，有好转吗？"

红龙行动是之前卧底任务的名称，因她作为关键人物却失忆了，上头总有人在静观其变，希望她能想起什么，吐露出一些机密信息。毕竟没有人是傻子，毒枭逃得这么顺利，都能看出一点猫腻。

戚夜音话说得犀利，叶殊也明白了大概，她老老实实答："我找到了一封信，还有一枚袖扣，这是背叛者与毒枭见面时留下的……是徐靖队长的袖扣，是我送他的礼物。"

戚夜音显然已经知晓此事，并没有露出诧异的眼神，而是将另外一沓文件摆到叶殊的眼前，道："之前局里有人盯上了他，深挖下去，果真和毒枭有千丝万缕的联系。我们掌握了不少证据，就差个人证了……我就干脆一点说，叶警官，你是最佳人选。"

"我知道。"叶殊什么都知道，只要把她推出来，徐靖必定会狗急跳墙，想要寻找一些极端的方法来保全自己——譬如杀人灭口。

“所以，你会帮助警方吗？不用担心，你的安危由我们保全，只是个诱饵角色。”

“我不担心自己的生命安全，我只是……很为难，”叶殊自嘲一笑，“我打算辞职了，我已经不是人民警察了。所以，我站在普通人的角度来讲一句话，徐队长作为与毒枭同流合污的犯罪嫌疑人，我唾弃他；但作为从孤儿院救我出来的养父，我尊敬他。”

“这世界，向来不是非黑即白，每个人都有不同的身份，我能理解。”

“那你也应该明白，由我去逮捕他，这件事究竟有多难。”

戚夜音点点头，默不作声。

叶殊觉得嘴痒，从桌上摸了一支烟，点起来，不抽，只看袅袅升腾的白烟。烟草燃烧的味道会让她心安，觉得自己已经寻到了一种排遣焦虑的方式。

她抖了抖烟灰：“每个人心里都有一杆自己的秤，没有绝对的对错，这是我爱人教给我的。”

“爱人？”戚夜音很感兴趣。

“他的身份和警察差不多，可因救我，险些去犯罪。你能说他错吗？的确错，可在爱的立场上，他又没错。所以，错与对，是抉择问题。这世上的事情，也从来不是单凭嘴就能说清的。”

“说了这么多，叶警官答应我们去参加逮捕行动了吗？”

她横下心，咬牙：“去。”

叶殊想要涅槃重生，想要和纪零真正在一起，就必须将那个罪恶的自己杀死，否则，这样的她，哪里配得上纪零？又怎能回报他的好呢？

何况，她还在心底祈祷着被徐队长珍视，她待他如父，他待她会如女儿般亲昵吗？

那天噩梦一般的对话，希望只是一场梦。

徐靖，一定不会轻易舍弃她的。因为是他把她，从地狱里拉了回来。

二〇一七年的三月八日，晚上十一点。

叶殊就着茫茫的一场大雾，在冷风里给徐靖打电话。

许是刚刚下过雨，风卷起湿意，湿漉漉裹住她的毛孔，像是一张无处不在的细密蛛网。

“叮。”电话通了。

叶殊开门见山：“徐队长，是我，叶殊。”

“小叶啊，怎么这么晚打来电话，你的伤好了吗？”

“差不多了，”她微微一笑，“我想起了一些事情，想明晚跟你见上一面，可以吗？”

“想起一些事情？”

“‘红龙任务’的事情，具体我想亲自问问您，有些不太好的事……”

“我懂了，你明天听我解释，这事不是你想的那样。”徐靖有些慌神，稳住叶殊，希望她不要轻举妄动。

“嗯，明天我等你，再联系。”她没多说话，很快挂断了。

戚夜音的人明晚会在附近行动，一旦徐靖有不法动作，譬如杀人，那么潜伏在暗处的警方就会一涌而出。

叶殊现在有了故事，她在想……徐靖是会顾念父女之情，带酒谈天；还是会起了杀心，趁机杀人灭口呢？

还是带酒吧，这样，她才能帮他说情，尽最后一点义务。

如果带了刀？那么她本该还他这一刀，就此之后，恩断义绝。

会不会出意外呢？什么任务不会有意外？不会有风险？警察不是神仙，不可能面面俱到。

那么纪零怎么办……能怎么办，是她欠他的。这辈子没机会的话，下辈子再早一点遇到他，到时候她慢慢偿还。

叶殊的家位置偏僻，天气一阴寒，湿气就重。需要炭火烧炉子，驱散房间里的潮气，否则墙角会发霉，衣柜也会有类似木材的刺鼻味道。

那时，因为市区的房子贵，租不起更买不起，警察的工资有限，不高，却要付出生命的代价。

那时刚转到黄山区，临时找房子，正巧遇到了要搬家的一对老夫妇，老先生是她的初中老师，和妻子感情很好，无儿无女，与其空着房子，不如租给她住，还能攒点人气，不会让家里积灰。可能是人越老越恋旧，自己生活了大半辈子的地方，怎么都不肯舍弃。要不是他身体不好，得去侄子安排的医院治疗，应该也会一辈子待在家里，和爱人老死在那。

人都有归根的想法，比起漂泊无依的状态，有根更有安全感，至少是个停泊点。

纪零是她的根，因为有了根，所以贪生怕死；她之前是孤儿，没有根，所以凡事做起来都有股冲劲，无所畏惧。

叶殊挑了挑炭火，红润的火光燃进她的眼里。

天更冷了，外头一片雾茫茫，走出去。露水湿了满身，明明隔着厚厚实实的一层外套，那些露水还总是沾着人，无孔不入，蜇入肌肤内，冰一样直刺入肉，无法躲避。

明明讨厌冬末，冬的尾巴不走，春的头不来，可和纪零相处一室的冬天又倍感温暖。

和徐队长约好了晚上见面，八点，在空无一人的废弃小屋，那是徐靖常带叶殊来玩的老地方，每一个蚂蚁窝，每一个水洼，她都记得一清二楚。

只要他今晚没有狗急跳墙，想要杀人，那警方就不会出动逮捕，一切就还在观察的状况内。

不过，如果叶殊是徐靖，有了这样千载难逢的好机会，不杀她，还等着她那张嘴把事情经过都捅出去吗？

一直在潜心等待这一刻，一辈子没发生，不用杀人，相安无事最好；可一旦发生了，就得尽早做出选择，否则情况就由不得徐靖来决定了。

人都是自私的，为了保全自己，什么事情做不出来？

纪零熬夜酿了酸米酒，煮过的白粥裹上酒曲，放置整整一个晚上，又加入了酸奶发酵，过滤以后放置在冰箱里。

大冷天，烘着烤炉喝冰镇过的酸甜米酒，也就他能想得出来。

叶殊蹲坐在火炉边已经整整一天了，她裹着毯子，端起冰凉的玻璃杯，小抿一口，不觉得冷，舌尖微辣，甜酸味在舌苔上泛滥，很快糅合在一起，除去凉味滚下肚子。

“好喝吗？”纪零满怀期待，侧头问她。

“好喝，”叶殊露出一个大大的微笑，她对他总有愧疚，对于晚上的事情，又不知该怎么说，“我今晚可能还要出门，有点事情。”

“有什么事情？我可以知道吗？或者说，我可以帮你做什么？”

“我想你待在家里，好好等着我，”叶殊褪去脸上的笑，抿起本就缺少血色的唇，一字一句道，“这件事，我想自己处理。你是我的牵绊，所以你不能去。”

“是做诱饵吗？非去不可吗？如果是和警察合作，他们必定会等到徐靖真正下手那一刻再出动。可要是有个万一，你来得及躲？叶殊，我不想你去。”

“这对于我来说很重要，我非去不可。”

“他对于你重要，你对于我不重要吗？叶殊，你说过不会丢下我的。”纪零声音弱了下去，他睫毛微颤，下垂，不敢直视叶殊的眼睛，害怕听到否定的回答。

隔了好一会儿，纪零才开口，继续说：“你答应我的，你绝对不会丢下我的……”

“可能这次，我要食言了。”叶殊抬头，直视男人那双灿若星火的眼，眼瞳里都是她，鼓鼓囊囊，挤满了他所有视线。

“为什么？”他不死心，咬牙切齿，问她为什么。

是她狠心吗？还真是。

纪零明明毫无保留，却一次，又一次被舍弃，这无疑就是背叛。

叶殊松开裹在肩头的毯子，看了一眼时间，七点了，该出发了。

她背对纪零，是怕，也是不舍，故作满不在乎道：“我说过的，我和纪先生不一样。你这么好，爱上我肯定会吃亏的。纪先生这么好，本该找个更好的人，我现在哪能顾得上家庭。这一次，我去处理好这些事情，如果成功了，我就辞职，以一个普通人的身份去爱你。”

“如果失败了？”

“那纪先生，就忘了我吧。”

“为什么？”他又问了。

为什么可以舍弃他，去找徐靖问个究竟？不计后果，也从来没设想过未来吗？

“因为现在的我，不能够随心所欲去爱一个人。我的命是徐队长给的，还了他以后，我才可以重生，才可以毫无芥蒂去爱其他人。”

“叶殊，你不可以去！”纪零喊她。

可叶殊早上了车，对着门口追出来的纪零微微一笑：“再见。”

希望此生，能再相见。

看不见纪零狼狈的模样了，那个男人面对爱情的时候，总是这样毫无保留。

不怕受伤吗？这个傻子。

她加速行驶，在雾霭深深中，扬长而去。

天黑得依旧很早，叶殊侧头，看一眼储物筐，里头闪现隐隐的金属光，是一柄标配警枪，以及一把弹簧式军刀。

下了车，对方还没到。

她深吸两口气，还是决定将枪塞到外套口袋里，军刀也别在靴子内方便抽取。如果是以前那个叶殊，她肯定会悲痛欲绝，放弃和最亲的人厮杀。

可她爱上了一个男人，一切都变了。

叶殊变坏了，她也自私，也想为一个人而活。

只要不死，只要了结了这件事，只要活着回来……

她的要求很卑微，也很肤浅，是世上人皆有的普通愿望——愿此生寻到挚爱，牵住了那一寸温暖，到死都不放手。或轰轰烈烈，或细水长流，与他长相厮守，双双白头。

她本来想把这些故事讲给徐队长听，得到他的祝福，在他背叛之前。

可现在怎么办呢？她还能怎么办啊！

这间废弃小屋如前些年一样荒芜，是她年幼时最喜欢的去处。她可以肆意冒险，玩累了就出去找徐靖，问他在抽什么烟，想什么心事，和普通的父女没什么两样。

直到后来，她上了初中、高中开始住校，来往就少了，许是少女的叛逆期，她也不再喊“徐爸爸”。即使表面上关系别扭，可大学因对他职业的憧憬，还是奋不顾身投入了警校的怀抱。

她毕生的愿望，就是当一个好警察，为民除害，像她的徐爸爸一样，英勇无畏。

可是他塑造了希望，又亲手碾灭了这点希望之光。

所以叶殊不甘心，也不知所措，她想问个清楚，问个明白——为什么要背叛我？凭什么背叛我？

想了这么多，叶殊心烦意乱，再一次点燃了烟。

不远处，有人的身影由远及近，一步步朝她这边走来……是徐靖。

“徐队长。”叶殊咧嘴，客套笑了下。

徐靖也报以一笑，献宝似的将手里的酒抛过去：“带了黄山米酒，杯装的，算是地区牌子，可以尝尝看。”

他没有带刀子，只是带了酒。

叶殊的内心五味杂陈，松了一口气，可不安又死死堵在胸口呼不出，也咽不下。

“我试试看，不过我米酒不太会喝，啤酒倒可以来一打。”她抿了一口辛辣的米酒，滋味甜涩，一下子烧进舌苔，席卷全身，纾解那点烦闷。

徐靖笑：“你这丫头，才十四岁就偷酒喝，跟个小子似的。”

叶殊也笑：“是啊，那时候看您天天喝酒，就嘴馋了，喝了一口又想，这滋味跟马尿似的，你们大人怎么就这么喜欢喝。”

“说得好像你还知道马尿的滋味了！胡说八道！”

她哈哈大笑，很舒畅。

“你叫我来，可不只这点事吧？”徐靖的声音冷了下来，所有温馨画面被驱散，又回归了冰冷的原点，气氛凝固。

“的确有事。”叶殊也收敛了笑容，又抿了一口酒，麻痹自己。

“有关‘红龙任务’的？”

她不想再卖关子，直截了当道：“我听到你和毒枭赵哥说的话了，还有你落下了袖扣，是我送你的那枚。”

徐靖不说话。

叶殊简直要疯了：“为什么要落下那颗袖扣？！你是在提醒我什么吗？！我宁愿什么都不知道，你随身携带我送的东西，这是什么意思？！你要逼疯我！徐队长，我真的很难做人！我不知道该怎么办！”

她不知道他从一开始就是为了利用她心慈手软这一点，还是真的珍惜她所送之物，随身携带。她还能信任徐靖吗？还能想出什么理由为他开脱吗？

“事情不是你想的这样，叶殊，你相信我，我是你的徐爸爸！”

“徐爸爸……”她如醍醐灌顶，瞬间清醒了。

“我带你去看证据，我解释给你听我这样做的原因，好吗？我的证据就在这里，我带你去屋里看，一点点说给你听。”

徐靖站起来，朝叶殊伸出了手——他的手满是粗粝的茧子，一如从前那样温暖宽厚。

“徐队长，你是好人吗？”

徐靖慈爱答：“当然，我是好人，你要相信我。”

叶殊深吸一口气，把手交给徐队长，让他拉自己起来。

这一次，她要赌上自己对徐靖的所有信任。

她跟着他进了屋子，屋内映入了光，无数粉尘飞舞。这里没电，也没有人来过的痕迹，几乎没有被人打扫过。

叶殊皱眉，隐隐不安。

徐靖还在前面带路：“过来，马上就到了，在那个房间里。”

“嗯。”叶殊刻意放缓了脚步，这里实在是太黑了，她把握不住方向，想要从脚步声判断徐靖的去向，可木板吱呀作响，扰乱她的听觉。

总觉得……不太妙。

她的预感没错，突然，四周静了下来。叶殊根据本能，蹲下身子，只听得“咔嗒”一声，金属之间的撞击，这是上膛的声音！

不好，徐靖有枪！

她紧急躲入角落，贴着冰冷的墙壁，随之从身上摸出枪，上膛。

这里黑得让人丧失视觉，伸手不见五指，看不清去向，也分辨不了来路，只能滞留原地，等待着时间一分一秒流逝……

“砰！”尖锐的子弹在狭窄的空间，擦着风，发出一阵阵刺耳的鸣叫，朝她直射过来。

幸好叶殊反应够快，侧头，迈开一步，以腰力迅速闪避，地板坍塌，发出骚动。

险些无法站稳，要沉住气！

叶殊深吸一口气，动作迅猛，两手交握住枪。凭借敏锐的判断能力，她以迅雷不及掩耳之势朝子弹发射过来的位置开枪。

“砰！砰！”连发两枚子弹，总希望能击中敌人。

在第一声枪响之时，已经将她与徐靖的所有关系尽数斩断，他们之间，再没有父女情深，一切都是谎言，都是他精心布下的局！

她，叶殊，再也没有过去！

她，叶殊，此生也只为纪零而活！

枪已动，战役打响了。

“滴答。”不知从哪传来的声音，叶殊踩着脆弱不堪的地板，小心翼翼走过去。

她蹲下身子，指尖一触地面，是新鲜的血腥味，刚才的子弹击中了徐靖，可人逃了。

而此时，屋外亮起了光，是警方的人靠近了这里，正鱼贯而入，企图逮捕徐靖。

叶殊放弃追击徐队长的想法，企图跑到门外先与警方会合。

而就在此时，她的左侧有身影一晃而过，看不真切。

是徐靖吗?

叶殊皱眉，她迅速隐匿到一侧，以后背抵墙，心脏剧烈搏动，险些跳出喉咙。

现在的徐队长，就是濒死之虎，既然逃不掉，难保会做出什么事情。

她即将跑到光明处，即将涅槃重生，可不能在这个节骨眼上跌入徐队长的陷阱。

“砰！”又是一声枪响，近在咫尺。擦过她的侧脸，刮出一道血痕，血腥味顿时充盈于鼻。

她舔去唇上沾上的血珠，目光凛然，朝前看去，与那个身形狼藉的男人对视："徐队长，别挣扎了，外面都是警方的人，你逃不掉的。"

“呵，死在自己一手养大的小兔崽子手里，也算是死得其所。”

“为什么？”

“为什么？谁活在这个世上不想要钱？拿着命做事，一辈子就几千工资？我受够了。”

“正因为这世上需要有人维持秩序，才会有警察的存在。这个职业绝不是你说的几千块金钱价值，它有它自己存在的意义。像我这种从小无父无母的人，才知道守护温暖，守护一个家是有多么路。我很自豪，也从未后悔过。”叶殊目光坚定，她高举起枪，对准徐靖的双腿，“您教我的第一步，想要制伏一个歹徒，在保证旁人生命时，也要保全自己。第一步就是，使他丧失行动能力。”

她闭上眼，朝自己前半生最重要的人开了枪，迫使徐靖丧失了行动能力，倒在地上。

“这是您教我的，我还给你，下半辈子，也不会再用这些招数了。”

她使了一些小手段，最终目的还是想待在纪零的身边。

贪生怕死也没什么不好的，正因为有生的希望，才会想着无论在多艰难的任务里都要赢。

只有胜利者才可以提条件，才可以活着回来，与家人团聚。

她终于明白了这一个道理，在遇到纪零之后。所谓的“贪生怕死”也不过是求生欲，正因为心中有爱，才会对这个世界怀有生存的欲望。

“叶殊。”身后有人喊她，是纪零的声音。

叶殊看着站在门边忧心忡忡的男人，看着他那双温柔如夜雪的眼睛，温柔地笑了：“我们回家。”

番外

白森之暖

BAI SEN
ZHI NUAN

来年的大雪，势头很猛。像是盘旋在半空中的猎鹰，看准了茂密的树梢就往下俯冲，“扑哧”一声落下，一只紧接着一只，铺就了厚厚一层浓稠的白，让人感觉屋子都快要被压垮了。幸好门窗够结实，屋内的人才能无所畏惧地围坐在火炉旁赏雪。

漫山遍野皆是寡淡的白色，这意味着明早起床还得扫雪。纪零烤了一根法棍，切成小段，中间放熟火腿，塞上切片的腌制橄榄以及腌黄瓜，递给叶殊：“早餐。”

“给我煮点豆奶咖啡。”这也算是意大利的特殊饮品了，并不只有牛奶加咖啡的卡布奇诺。叶殊很习惯这个纪零长大的地方，即使意大利语难学，但意大利人社交没有国内那样大的关系网，无时无刻不需要和人打交道。在这里，如果待在小地方，甚至不需要和任何外人接触，可以自顾自过自己的小日子。

“你今天打算做什么？”纪零抿了一口卡布奇诺，问。

现在是意大利的早上八点，一切都刚刚苏醒，因四季不够分明，冬天常常从十月蔓延到第二年四月，长达六个月的寒冬，也不知人们是如何习惯的。

“不知道，或许可以睡个午觉，然后写写推理小说，我的稿子还没写完。”叶殊也喝了一口豆奶咖啡，惬意地喟叹一声。

她自从辞职，就跟着纪零来到了意大利。由于没事做，就打算利用自己的专业知识开始写推理小说，没想到处女作销量就过了百万，成了新人作家里的一匹黑马。至于徐靖的事情，早已是过去式了，他因“谋杀未遂”的罪名被逮捕，后又牵涉出一起与毒贩通信的案件，受到了该有的法律制裁。

几秒后，纪零道：“叶殊，我想和你商量一点事情。”

“什么事情？”

“我想和你结婚。”他从报纸底下掏出了一个深黑的首饰盒，一打开，是一枚钻戒，钻石是水蓝色的，切割得很精致，款式也很经典，是独钻。

叶殊没想到这个男人会突然求婚，还在这么家常，并不浪漫的时刻，毫无征兆。

她结结巴巴，不知该说些什么，顿了顿，从牙缝挤出一句：“怎么这么快？”

“不快了，我们认识了五百天，也就是一万二千个小时，即为七十二万分钟。人的一生又有多少个五百天？我不能预测或确定自己什么时候死亡，但我可以确定，你是纪太太这个身份的不二人选。”

纪零说得很认真，他的眸光微动，眼神柔和许多，似一汪滚烫的泉水，脉脉汇入心中。

“会不会太仓促？”叶殊依旧紧张，“和你恋爱，我感觉很好。但说要结婚，会不会太草率了。”

“你是还想找除我以外的男人吗？”纪零的脸冷了下来。

叶殊嘴角一抽，这厮最近被意大利人教坏了。

她尴尬地答：“我没说不满意，也没说要其他男人。”

“我只要你这个女人，你只要我这个男人，结婚不是理所应当的事情？”

“那你准备好结婚了吗？”

“准备好了。”

“结婚后，需要养育孩子，你也喜欢吗？”

“只要你的爱还是完全属于我一个人，多一个爱的结晶没什么不可以。名字我也想好了，叫纪晨。”

“这是女孩子的名字。”

“对，你还想生男孩子吗？”纪零板着脸，严肃答，“我不同意，已经有我一个护花使者了，不需要第二个。”

叶殊干咳一声：“生男生女是你的染色体决定的。”

“哦，那看来我要加把劲了。”

“等等，”她差点被纪零忽悠过去，“还没结婚，你连孩子都想好了？”

“有什么问题吗？”他扫了叶殊一眼，疑惑问。

“没什么问题……”

可没过几秒，纪零就问：“关于结婚的事情，你考虑得怎么样了？已经给了你十秒时间了。”

叶殊擦汗：“我还没开始考虑……”

“那再给你十秒。”

“……”

十秒后，纪零敲了一下手表，焦急地问：“考虑得如何？”

叶殊深吸一口气：“纪先生，你真的决定是我了吗？”

“纪太太，我决定好了。”

看这称呼，似乎是真的做好了准备。行吧，反正她也不吃亏。

“好，我答应你的求婚。”

纪零很满意，勾唇亮出一个微笑：“婚礼日期也选下来了，奶奶都给你安排好了一切，就在两周以后。”

这次轮到叶殊急了：“这么快？！”

“我的长辈，包括我父母都觉得要快些下手。”

“快些下手？”

“看上我的人不多，他们怕你逃跑。”

叶殊郁闷：“纪先生，你这是多虑了，你的条件这么好，怎么可能会有人看不上你？”

“你对我是一见钟情吗？”

“很显然不是。”

“所以最开始，你也没有看上我。也就是说，我的外表没有优秀到让人一见倾心的地步。”

“好吧，那我对你是一见钟情。”为了让纪零重拾自信，她也只能胡说八道了。

哪料到，听到了想要的答案，这厮抿唇，略羞涩地浅笑，“我也是，叶殊。”

“……”算了，论脸皮厚度，哪比得过这货。

没等叶殊再开口，纪零已经捏着戒指，单膝跪地：“我，纪零，将用一生的时间去照顾与陪伴我的纪太太——叶殊小姐。所以，嫁给我好吗？”

他没有多余的花言巧语，和从前一样，有的只是一片赤诚之心。可就是他这副全心全意为爱付出的样子，让叶殊无法拒绝他的深情，也无法抵抗他的魅力。

说他坏，还是说他好呢？说他单纯，还是说他狡猾呢？

这个男人啊，总是可怜兮兮的模样，让她不忍心抛弃，不忍心割舍。

应该是太狡猾了吧！

在最后关头也是这样，不争不抢，反倒是他这种风轻云淡的态度让人心疼，忍不住多关怀他一点，给他所有的爱。

“好，余生还请多多关照，我的先生。”叶殊微微一笑。

纪先生与先生，虽只有一字之差，可意思却天差地别。

他们的世界只需要彼此，单凭两颗心的无缝衔接，两颗心的完美糅合，也能创造出一个遮风挡雨的地方，抵御全世界的严寒冬雪。叶殊话音刚落，纪零就自顾自呢喃一句：“那么现在，我可以亲吻我的新娘了。”

还没等她回答，这个男人就自顾自地吻了上来，姿态霸道，下手却很温柔。

叶殊在顷刻间软了身子，揪住男人衣领处，不由自主地回应这个热烈的吻。

纪零动情，又深情，抵着她的背脊，另一手托着叶殊后脑勺，将这个吻加深，他纵有百般技巧，在叶殊面前却也无计可施。

叶殊的一颗心狂跳不止，每一次搏动都会伴随着强烈的窒息感，闷得她头昏脑涨，却并不排斥。叶殊又一次，再一次，沦陷进这个男人的甜蜜陷阱里。

这厮估计就是上天派来降服她的，否则她怎么会任他为所欲为呢？

该死，不受自己控制了。该怎么办？

什么都不能做……

她遵循着本能，与纪零那浅淡的草木气息交织在一处，满室兵荒马乱，甜腻的滋味就此蔓延，遍布在屋内每一个角落。像是被魔法封印了数千年的爱之玫瑰花，此刻，在童话的尾声终于找到了盛开的理由，毫无顾忌，在日光沐浴下，以衬托爱、验证爱为名，尽情绽放它的妖冶与美丽。

她喜欢纪零，所以也喜欢和他亲密无间接吻的感觉。

所以，请好好珍惜这一次的吻，她的纪先生。

屋外的雪还在下，簌簌地下，毫无尽头，却再也无法影响到这一室的浪漫暖光。

就这样延续下去吧，所有的故事都会继续，所有的爱情或早或晚都会来。